À PROPOS DE L'AUTRICE

Autrice fréquemment citée par *USA Today*, la Londonienne **Sarah Morgan** a conquis ses nombreux fans grâce à ses histoires finement tissées d'humour et d'émotion intemporelle. Elle a vendu plus de 21 millions de livres à travers le monde. Enfant, Sarah rêvait de devenir écrivain et, bien qu'elle ait pris des détours avant d'y parvenir, elle vit à présent son rêve.

Destination Happy End

SARAH MORGAN

Destination Happy End

Traduit de l'anglais (États-Unis) par
CATHERINE BERTHET

Harper
Collins
POCHE

Titre original :
THE SUMMER SEEKERS

Ce livre est publié avec l'aimable autorisation de HarperCollins
Publishers, LLC, New York, U.S.A.

© 2021, Sarah Morgan.
© 2022, HarperCollins France pour la traduction française.

HARPERCOLLINS FRANCE

83-85, boulevard Vincent-Auriol, 75646 PARIS CEDEX 13
Tél. : 01 42 16 63 63

www.harpercollins.fr

ISBN 979-1-0339-1435-8

Pour Susan Ginsburg, la meilleure des meilleures, avec tous mes remerciements pour ton soutien, tes conseils et ton amitié.

Il n'est jamais trop tard pour partir à l'aventure.

1

Kathleen

La tasse de lait lui avait sauvé la vie. Ainsi que le bacon trop salé qu'elle avait fait frire quelques heures plus tôt pour le dîner, et qui lui avait donné soif.

Si elle n'avait pas eu la gorge sèche, si elle était restée endormie au premier étage sur ce matelas au prix astronomique qu'elle s'était offert pour son quatre-vingtième anniversaire, elle n'aurait pas eu conscience du danger.

Et donc, elle se tenait devant le réfrigérateur, le carton de lait dans une main et la tasse dans l'autre, quand elle avait entendu un bruit sourd. Celui-ci était un peu louche dans cette paisible campagne anglaise, où les seuls sons à percer l'obscurité et les feuillages étaient le hululement des chouettes et, à l'occasion, le bêlement d'un mouton.

Elle posa le verre et tourna la tête, essayant de localiser le son. La porte de derrière. Avait-elle encore oublié de la fermer ?

La lune projetait une lueur pâle dans la cuisine, et elle se félicita de ne pas avoir allumé la lumière. Cela devait lui donner l'avantage, non ?

Elle remit le lait à sa place et ferma silencieusement la porte du réfrigérateur, certaine à présent qu'elle n'était pas seule dans la maison.

Quelques minutes plus tôt, elle dormait encore. Pas très profondément, cela n'arrivait plus que rarement désormais.

Mais elle se laissait transporter par un flot de rêves. Si quelqu'un lui avait dit quand elle était plus jeune qu'elle continuerait de rêver d'aventures à quatre-vingts ans, elle aurait eu moins peur de vieillir. Or, elle vieillissait bel et bien, impossible de l'oublier.

Les gens lui disaient qu'elle était merveilleuse pour son âge, mais la plupart du temps elle ne se trouvait pas merveilleuse du tout. Les réponses à ses chers mots croisés flottaient curieusement hors de sa portée, aux frontières de son esprit. Les noms et les visages refusaient de s'harmoniser au bon moment. Se rappeler ce qu'elle avait fait la veille devenait difficile, en revanche si elle remontait vingt ou trente ans en arrière, sa mémoire était claire. Et puis, il y avait les changements physiques. Sa vue et son audition étaient bonnes, Dieu merci. Mais ses articulations craquaient et elles étaient douloureuses. Se baisser pour donner à manger au chat était un défi quotidien. Monter l'escalier lui demandait plus d'efforts qu'elle ne l'aurait voulu, et elle le faisait toujours en posant une main sur la rampe, *au cas où*.

Elle n'avait jamais été le genre de femme à prendre des précautions, *au cas où*.

Sa fille, Liza, aurait voulu qu'elle porte une alarme sur elle, un de ces systèmes médicaux avec un bouton sur lequel vous pouviez appuyer en cas d'urgence. Kathleen refusait. Dans sa jeunesse elle avait voyagé partout dans le monde, avant que cela ne passe de mode. Elle avait sacrifié la sécurité pour l'aventure, sans l'ombre d'une hésitation. À présent, elle avait l'impression d'être devenue quelqu'un d'autre.

Le fait de perdre ses amis ne l'aidait pas. Ils tombaient les uns après les autres au bord du chemin, emportant avec eux les souvenirs du passé qu'ils avaient en commun. À chaque perte, c'était une petite partie d'elle-même qui s'envolait. Elle avait mis des dizaines d'années à comprendre que la solitude ce n'était pas de ne pas avoir des gens autour de soi. C'était de ne plus être entourée des gens qui vous connaissaient et vous comprenaient.

Elle luttait férocement pour conserver les habitudes de celle qu'elle avait été. C'est pourquoi elle avait résisté à diverses demandes de Liza. Enlever le tapis du salon, cesser d'utiliser un escabeau pour attraper les livres sur l'étagère du haut, et laisser une lampe allumée la nuit. Chaque compromis était une entaille dans son indépendance. Or, sa plus grande peur était de perdre son autonomie.

Kathleen avait toujours été la rebelle de la famille. Elle se considérait encore comme telle, bien qu'elle ne fût pas sûre qu'on puisse être rebelle avec des mains qui tremblaient et un cœur qui s'emballait au moindre effort.

Elle entendit des pas lourds. Quelqu'un explorait la maison. Dans quel but, exactement ? Quels trésors cet inconnu espérait-il trouver ? Et pourquoi n'essayait-il même pas de cacher sa présence ?

Ayant jusqu'ici résolument ignoré toute suggestion tendant à prouver qu'elle était vulnérable, elle se trouvait obligée de reconnaître que c'était une possibilité. Peut-être n'aurait-elle pas dû être aussi entêtée. Combien de temps se serait-il écoulé entre le moment où elle aurait pressé le bouton de son alarme, et l'arrivée de la cavalerie ?

En réalité, la cavalerie s'appelait Finn Cool, et celui-ci vivait à trois champs d'ici. Finn était musicien, et il avait acheté la propriété précisément pour ne pas avoir de voisins proches. Ses excentricités provoquaient des rumeurs au village. Il organisait tard le soir des fêtes tapageuses, auxquelles assistaient d'illustres Londoniens qui terrorisaient la population locale en roulant à un train d'enfer avec leurs luxueuses voitures de sport sur les petites routes de campagne. Quelqu'un avait affiché une pétition à la poste pour interdire ces fêtes nocturnes. On avait parlé de drogues, de femmes à moitié nues, et tout cela avait paru si amusant que Kathleen avait été tentée de s'inviter chez Finn. C'était sûrement plus drôle que ces sinistres groupes de bonnes femmes qui se réunissaient pour faire de la pâtisserie et du tricot, ou échanger des recettes de *banana bread*.

Finn ne lui serait d'aucune utilité en ce moment. Selon toute probabilité, il devait être dans son studio d'enregistrement avec des écouteurs sur les oreilles. À moins qu'il ne soit ivre mort. Dans les deux cas, il n'entendrait pas ses appels à l'aide.

Appeler la police ? Il faudrait qu'elle traverse la cuisine et le hall pour se rendre dans le salon, où se trouvait le téléphone. Elle ne voulait pas révéler sa présence. Sa famille lui avait bien acheté un téléphone portable, mais il était toujours dans sa boîte. Elle n'y avait pas touché. Son esprit d'aventure ne s'étendait pas à la technologie. L'idée d'être suivie à la trace par une personne sans nom et sans visage ne lui plaisait pas.

Il y eut un autre bruit, plus fort cette fois. Kathleen pressa une main contre sa poitrine. Son cœur battait trop vite, mais au moins il n'avait pas lâché. Elle aurait dû s'en réjouir.

Ce n'était pas du tout ce qu'elle avait en tête, quand elle s'était plainte de ne pas avoir une vie plus animée. Que faire ? Elle n'avait ni bouton sur lequel appuyer, ni téléphone pour appeler au secours. Il ne lui restait plus qu'à gérer la situation elle-même.

Elle croyait déjà entendre Liza : *Maman, je t'avais pourtant prévenue !*

Si elle survivait à cette aventure, elle n'aurait pas fini d'en entendre parler.

Tout à coup, la peur céda la place à la colère. À cause de cet intrus, elle allait être cataloguée comme « Vieille et Vulnérable » et être obligée de passer le reste de ses jours enfermée dans une chambre avec des cerbères qui lui couperaient sa viande, lui parleraient trop fort et l'accompagneraient à la salle de bains. La vie qu'elle avait toujours connue serait terminée.

Eh bien, cela n'arriverait pas.

Elle préférait encore mourir sous les coups d'un cambrioleur. Au moins, sa notice nécrologique serait intéressante.

Mieux encore, elle n'allait pas mourir, et prouver à tous qu'elle était capable de mener une vie indépendante.

Elle balaya la cuisine d'un coup d'œil, à la recherche d'une arme providentielle. Son regard s'arrêta sur la lourde poêle en fonte dont elle s'était servie pour faire cuire le bacon.

Agrippant solidement le manche, elle la souleva en silence et alla à la porte qui donnait dans le hall. Le carrelage était froid sous ses pieds qui, par chance, étaient nus. Pas un bruit. Rien pour trahir sa présence. Elle avait l'avantage.

Elle pouvait le faire. N'avait-elle pas repoussé un agresseur, un soir, dans une obscure ruelle parisienne ? Certes, elle était beaucoup plus jeune à l'époque, mais cette fois l'effet de surprise jouait en sa faveur.

Combien étaient-ils ?

S'il y en avait plus d'un, cela poserait un problème.

Avait-elle affaire à un cambrioleur aguerri ? Non, aucun professionnel n'aurait été aussi bruyant ni aussi maladroit. Si des gamins espéraient lui voler son poste de télévision, ils allaient être déçus. Ses petites-filles avaient essayé de la persuader d'acheter une télé « moderne », mais à quoi bon ? Son poste actuel lui convenait parfaitement, merci bien. La technologie lui donnait toujours l'impression d'être une complète idiote. Elle n'avait pas besoin d'un appareil plus intelligent que celui qu'elle possédait déjà.

Ils n'entreraient peut-être pas dans la cuisine. Elle pouvait rester cachée pendant qu'ils prenaient ce qu'ils voulaient et repartaient.

Ils ne devineraient jamais sa présence.

Ils…

Une latte de parquet craqua non loin d'elle. Kathleen connaissait par cœur tous les bruits et les craquements de cette maison. Quelqu'un se tenait juste devant la porte.

Elle se liquéfia.

Oh Kathleen, Kathleen.

Ses deux mains se crispèrent sur le manche de la poêle.

Pourquoi n'avait-elle pas pris des cours de self-défense, au lieu de choisir le yoga pour personnes âgées ? Plutôt que d'apprendre la posture du « chien tête baissée », elle aurait mille fois mieux fait de prendre un chien de garde !

Une ombre entra dans la pièce. Sans réfléchir, elle souleva la poêle et l'abattit de toutes ses forces, aidée par le poids de l'objet. Il y eut un bruit sourd, et une vibration quand la poêle entra en contact avec le crâne de l'inconnu.

— Je suis désolée… je veux dire…

Pourquoi s'excusait-elle ? C'était ridicule !

L'homme leva un bras en tombant, par réflexe. Mais le geste renvoya la poêle sur la tête de Kathleen. Aveuglée par la douleur, elle crut sa dernière heure arrivée et eut tout juste le temps de penser qu'elle donnait enfin l'occasion à sa fille d'avoir raison. Puis il y eut encore un bruit mou, suivi d'un craquement, lorsque l'homme s'écroula et que sa tête heurta le carrelage.

Kathleen se figea. Était-ce terminé, ou bien allait-il soudain se relever et l'assassiner ?

Non. Contre toute attente elle était toujours debout, alors que le rôdeur gisait inerte à ses pieds. Il émanait de lui une forte odeur d'alcool et Kathleen fronça le nez.

Un ivrogne.

Son cœur battait maintenant si fort qu'elle craignait qu'il ne lâche d'un instant à l'autre.

Elle se cramponna à la poêle.

L'homme avait-il un complice ?

Retenant son souffle, elle se prépara à voir quelqu'un d'autre franchir la porte en courant pour comprendre ce qui se passait. Mais le silence régnait.

Elle s'approcha de la porte avec précaution et passa la tête dans le hall. Celui-ci était vide.

Apparemment, l'homme était seul.

Elle se décida enfin à lui jeter un coup d'œil.

Grand, corpulent, entièrement vêtu de noir, il était toujours allongé, immobile, à ses pieds. La boue qui maculait le bas de son pantalon laissait deviner qu'il avait traversé les champs situés à l'arrière de la maison. Elle ne pouvait voir ses traits, puisqu'il était tombé face contre terre, mais du sang s'écoulait d'une plaie sur sa tête et s'étalait sur le sol de la cuisine.

Un peu étourdie, Kathleen pressa une main contre sa tempe douloureuse.

Qu'était-elle censée faire, maintenant ? Devait-on administrer les premiers secours pour une blessure qu'on avait soi-même causée ? Était-ce une réaction normale, ou de l'hypocrisie ? À moins que cet homme n'ait plus besoin de secours d'urgence, ni même de soins quels qu'ils soient ?

Elle poussa le corps du bout de son pied nu, sans obtenir de réaction.

L'avait-elle tué ?

L'énormité de cette pensée lui fit un choc.

S'il était mort, elle était une meurtrière.

Quand Liza avait exprimé le désir de voir sa mère logée en toute sécurité dans un lieu où elle pourrait lui rendre visite régulièrement, elle ne songeait probablement pas à une prison.

Qui était cet homme ? Avait-il une famille ? Quelles étaient ses intentions quand il était entré chez elle par effraction ?

Kathleen posa la poêle et, bien que tremblant de tous ses membres, parvint à gagner le salon. Quelque chose lui chatouilla la joue. Du sang. C'était le sien.

Elle décrocha le téléphone et pour la première fois de sa vie composa le numéro de police secours.

Cependant, sous le choc et l'effet de la panique, elle ressentait quelque chose qui ressemblait fort à de la fierté. Quel soulagement, de découvrir qu'elle n'était pas aussi faible et sans défense que tout le monde semblait le croire !

Une femme répondit, et Kathleen s'exprima d'une voix claire, sans la moindre hésitation.

— Il y a un corps dans ma cuisine, annonça-t-elle. Je suppose que vous allez devoir venir le récupérer.

2

Liza

— Je te l'avais dit ! Je te l'avais dit, non ? Je savais que ça allait arriver !

Liza jeta son sac sur la banquette arrière et se glissa sur le siège du conducteur. Son estomac était contracté. Elle n'avait pas eu le temps de déjeuner. Les examens de fin d'année approchaient, et elle était à l'école en train d'aider deux élèves à compléter leurs devoirs d'art plastique quand une infirmière l'avait appelée de l'hôpital.

L'appel qu'elle redoutait depuis toujours.

Elle avait trouvé quelqu'un pour la remplacer au pied levé et s'était précipitée chez elle, le cœur battant et les mains moites. Sa mère avait été agressée aux premières heures du jour, et c'était seulement maintenant qu'on la prévenait ? Elle était partagée entre la panique et la fureur.

Sa mère était tellement désinvolte ! D'après les policiers, elle avait laissé la porte de derrière ouverte. Liza n'aurait pas été étonnée d'apprendre qu'elle avait invité le cambrioleur à entrer et lui avait offert une tasse de thé.

Donnez-moi donc un coup sur la tête, je vous en prie.

Sean passa la tête par la fenêtre de la voiture. Il rentrait d'une réunion, et portait une chemise du même bleu que ses yeux.

— J'ai le temps de me changer ?

— Je t'ai préparé un sac.

— Merci, dit-il en défaisant un bouton. Tu ne veux pas me laisser conduire ?

— C'est bon, je tiens le coup.

En fait elle était à cran, et l'inquiétude qu'elle éprouvait pour sa mère faisait monter la tension qui l'habitait déjà.

— Je suis anxieuse, c'est tout. Et agacée. Je ne sais pas combien de fois je lui ai dit que la maison était trop grande, trop isolée, et qu'elle devrait s'installer dans un logement protégé ou un établissement adapté. Elle ne m'écoute jamais.

Sean jeta sa veste sur le siège arrière.

— Elle est indépendante. C'est une bonne chose, Liza.

Vraiment ? À quel moment l'indépendance se transformait-elle en irresponsabilité ?

— Elle avait laissé la porte de derrière ouverte.

— Pour le chat ?

— Comment savoir ? J'aurais dû insister davantage pour qu'elle déménage.

En réalité, Liza n'avait pas vraiment envie que sa mère quitte cette maison. Oakwood Cottage avait joué un rôle primordial dans sa vie. La demeure était splendide, entourée par des hectares de bois et de champs qui s'étendaient jusqu'à la mer. Au printemps, on entendait le bêlement des agneaux qui venaient de naître. En été, l'air était empli du parfum des fleurs, des chants d'oiseaux et du roulement lointain de l'océan.

Il était difficile d'imaginer sa mère vivant ailleurs, même si la maison était trop grande pour une personne seule, et très peu pratique à entretenir. Surtout pour quelqu'un qui trouvait qu'une fuite dans la toiture était une adorable caractéristique des vieilles propriétés, et non un problème qu'il fallait réparer au plus vite.

— Tu n'es pas responsable de tout ce qui arrive aux autres, Liza.

— Mais je l'aime, Sean !

— Je sais.

Sean s'installa dans le siège passager en prenant tout son temps. Liza, qui traversait la vie à toute vitesse, comme un délinquant qui aurait la police à ses trousses, trouvait son comportement nonchalant et son calme inébranlable exaspérants.

Elle songea à l'article, dans le magazine qu'elle avait fourré au fond de son sac. « Huit signes qui prouvent que votre mariage bat de l'aile. »

La semaine précédente, dans la salle d'attente du dentiste, le titre lui avait sauté aux yeux alors qu'elle feuilletait distraitement les pages. Elle avait commencé à lire l'article tout en cherchant à se rassurer.

Ce n'était pas comme si Sean et elle se disputaient. Il n'y avait rien qui n'allait pas. Excepté ce vague sentiment de malaise, qui lui rappelait constamment que la vie rangée à laquelle elle aspirait n'était peut-être pas aussi stable qu'elle le croyait. Tout comme un million de détails minuscules pouvaient pousser un couple à se former, un million d'autres détails pouvaient le défaire.

Au fur et à mesure de sa lecture, son malaise n'avait fait que s'accroître. En arrivant au sixième signe, elle avait été si terrifiée qu'elle avait arraché les pages du magazine en toussant très fort pour couvrir le bruit. Cela ne se faisait pas, de voler de vieux magazines dans les salles d'attente.

Et maintenant, ces pages étaient pliées dans son sac, comme pour lui rappeler qu'elle s'efforçait d'ignorer quelque chose de très profond et de très important. Elle savait que le problème devait être abordé, mais elle redoutait de toucher à la toile fragile qui enveloppait son mariage, de crainte de la voir tomber en lambeaux… comme la maison de sa mère.

Sean attacha sa ceinture.

— Tu n'as aucun reproche à te faire.

Liza éprouva un bref instant de panique, puis comprit qu'il faisait allusion à sa mère. Quel genre de personne était-elle, pour oublier aussi facilement sa mère blessée ?

Une personne inquiète pour son mariage.

— J'aurais dû insister pour lui faire entendre raison.

Il faudrait vendre la maison, cela ne faisait pas l'ombre d'un doute. Liza espéra que la vente pourrait attendre la fin de l'été. Dans quelques semaines, l'école serait finie. Ensuite, les filles avaient divers engagements. Après cela, ils pourraient partir en vacances en famille, dans le sud de la France.

La France.

Un calme soudain la submergea.

En France, elle aurait le temps de réfléchir sérieusement à son mariage. Ils seraient tous les deux détendus, libérés des contraintes de la vie quotidienne. Elle pourrait passer du temps avec Sean, sans avoir à régler toutes sortes de soucis. Mais jusque-là elle allait oublier tout ça et se concentrer sur le problème immédiat.

Sa mère.

Oakwood Cottage.

Elle fut soudain assaillie par un accès de tristesse. C'était peut-être ridicule, mais elle se sentait encore chez elle dans cette maison. Elle se cramponnait à ce dernier vestige de son enfance, incapable d'imaginer qu'un jour elle ne pourrait plus s'asseoir dans le jardin, ou passer à travers champs pour gagner le bord de mer.

— Papa m'a fait promettre de ne jamais la placer dans une maison de retraite.

— Ce n'était pas juste. Personne ne peut faire de promesses pour l'avenir. Nul ne sait ce dont il sera fait. Et tu ne la « places » pas quelque part, ajouta Sean d'un ton raisonnable. C'est un être humain, pas un nain de jardin. De plus, il y a beaucoup de très bonnes résidences pour personnes âgées.

— Je sais. J'ai un classeur plein de brochures bariolées, sur la banquette arrière. Ces foyers sont présentés sous un jour tellement radieux que j'ai presque envie d'y entrer moi-même. Malheureusement, je doute que ma mère voie les choses sous le même angle.

Sean consultait ses mails sur son téléphone.

— Le choix lui appartient, en fait. Cela n'a rien à voir avec nous.

— Cela a tout à voir avec nous. Ce n'est vraiment pas pratique de se rendre là-bas tous les week-ends. Et même si les jumelles n'étaient pas en pleine période d'examens, comme en ce moment, elles ne viendraient pas volontiers. Tu connais leur argument ? « Mais maman, c'est au milieu de nulle part ! »

— C'est pourquoi nous ne les avons pas emmenées ce week-end.

— Et cela me terrifie aussi. Imagine qu'elles décident de faire une fête, ou quelque chose dans ce genre ?

— Pourquoi faut-il toujours que tu imagines le pire ? Traite-les comme des personnes responsables, et elles se comporteront comme telles.

Les choses étaient-elles réellement aussi simples ? Le raisonnement de Sean n'était-il pas basé sur un optimisme délirant ?

— Je n'aime pas les nouvelles amies de Caitlin. Elles ne s'intéressent pas à leurs études, et passent leurs week-ends à traîner dans les galeries commerciales.

Sean ne leva même pas les yeux.

— Cela me paraît normal, pour des filles de leur âge.

— Elle a changé depuis qu'elle connaît Jane. Elle est devenue insolente, et elle n'a plus aussi bon caractère qu'avant.

— C'est une question d'hormones. Ça lui passera.

En matière d'éducation, Sean préférait intervenir le moins possible. Il considérait cela comme de la souplesse. Pour Liza, c'était de l'abdication.

Quand les jumelles étaient petites, elles jouaient ensemble. Puis elles étaient allées à l'école, et avaient invité leurs amies à la maison. Liza les trouvait adorables. Cela avait changé quand Alice et Caitlin étaient entrées au lycée et s'étaient fait de nouvelles copines. Celles-ci avaient un an de plus qu'elles. La plupart conduisaient déjà et, Liza en avait la certitude, buvaient de l'alcool.

Le fait qu'elle puisse ne pas aimer les amies de ses filles ne lui était jamais venu à l'esprit jusqu'à l'année dernière.

Elle reporta son attention sur le problème que lui posait sa mère.

— Si tu pouvais réparer le toit du salon de jardin ce week-end, ce serait génial. Nous aurions dû consacrer plus de temps à l'entretien de cette maison. Je me sens coupable de ne pas en avoir fait assez.

Sean finit par lever la tête de son téléphone.

— Ce qui te culpabilise, c'est le fait de ne pas être plus proche de ta mère. Mais ce n'est pas ta faute et tu le sais.

Liza le savait, mais il n'était pas agréable d'entendre la vérité. Elle n'avait pas envie de le reconnaître. Ne pas être proche de sa mère était un défaut. Un vilain secret. Une chose pour laquelle elle aurait dû présenter des excuses.

Elle avait fait tellement d'efforts. Mais sa mère était le genre de personne qui ne vous laissait pas entrer dans son univers intime. Extrêmement réservée, Kathleen ne révélait rien de ses pensées profondes. Elle avait toujours été ainsi. Même quand le père de Liza était mort, Kathleen s'était concentrée sur les problèmes concrets. Toute tentative de l'entraîner dans une conversation touchant aux sentiments et aux émotions était repoussée. Certains jours, Liza avait l'impression de ne pas connaître vraiment sa mère. Elle savait ce que Kathleen faisait, comment elle passait le temps, mais elle ignorait tout de ce qu'elle ressentait. Y compris pour sa fille.

Elle n'avait aucun souvenir de sa mère lui disant qu'elle l'aimait.

Était-elle fière d'elle ? Peut-être, mais Liza n'en était pas sûre non plus.

— Je l'aime beaucoup, mais j'aimerais qu'elle s'ouvre davantage.

Liza serra les dents, consciente qu'elle gardait elle aussi certaines choses pour elle. Commençait-elle à ressembler à sa mère ? Elle devrait sans doute avouer à Sean qu'elle se sentait submergée. Comme si tout le déroulement de leur vie de famille reposait sur ses épaules. Dans un sens, c'était le cas. Sean avait un cabinet d'architecte à Londres et sa vie professionnelle était bien remplie. Quand il ne travaillait pas, il allait à la salle de sports, courait dans le parc, ou jouait au golf avec des clients. En dehors du travail, Liza passait son temps à s'occuper de la maison et des jumelles.

Était-ce cela, le mariage ? Était-ce ce qu'il devenait, une fois passées les premières années, centrées sur le couple ?

Huit signes qui prouvent que votre mariage bat de l'aile.

C'était juste un article stupide. Liza avait rencontré Sean quand elle était adolescente, et ils avaient connu des années de bonheur. Certes, maintenant il lui semblait qu'il n'y avait plus que le travail et les responsabilités. Mais c'était cela, la vie d'adulte, n'est-ce pas ?

— Je sais que tu aimes ta mère. C'est d'ailleurs pour cela que nous sommes dans cette voiture un vendredi après-midi. Et nous traverserons cette crise, comme toutes les autres. En faisant un pas après l'autre.

Mais pourquoi faut-il que la vie soit une succession de crises ?

Elle faillit poser la question, mais Sean était déjà passé à autre chose, et répondait à l'appel d'un collègue.

Liza écouta d'une oreille distraite, tandis qu'il réglait divers problèmes. Depuis que le cabinet avait pris son envol, il n'était pas rare que Sean reste collé au téléphone.

— Mmm… Mais il s'agit de créer un simple espace de vie… Non, ça ne marchera pas… Oui, je vais les appeler.

Quand il mit fin à la conversation, elle lui lança un coup d'œil en coin.

— Et si les filles invitent Jane ?

— Tu ne peux pas les empêcher de voir leurs amies.

— Ce ne sont pas leurs amies qui m'inquiètent… c'est seulement Jane. Tu sais qu'elle fume ? Je m'inquiète à cause de la drogue. Sean, tu m'écoutes ? Arrête d'écrire tes mails.

— Désolé. Mais je n'avais pas prévu de m'absenter du bureau cet après-midi et j'ai beaucoup de choses en cours.

Il pressa le bouton pour envoyer son message, et leva les yeux.

— Tu disais ? Ah oui, la cigarette et les drogues… Mais même si Jane fait tout cela, ça ne veut pas dire que Caitlin l'imitera.

— Elle est influençable. Elle veut tellement être acceptée…

— C'est courant à son âge. Tous les gamins font pareil. Cela leur fera du bien de se débrouiller seules pendant le week-end.

Elles n'auraient pas beaucoup d'efforts à faire. Liza avait rempli le réfrigérateur. Elle avait aussi enlevé toutes les bouteilles d'alcool du placard de la cuisine, et les avait enfermées dans le garage dont elle avait emporté la clé. Mais elle savait que cela ne les empêcherait pas d'en acheter d'autres si elles en avaient envie.

Toutes sortes de possibilités lui venaient en tête.

— Et si elles donnent une fête de folie ?

— Cela n'aurait rien d'anormal. Tous les ados font ça.

— Pas moi.

— Je sais. Tu étais incroyablement bien élevée et innocente, dit-il en rangeant son téléphone. Jusqu'à ce que j'arrive et mette fin à tout cela. Tu te rappelles le jour où tu étais partie te promener sur la plage ? Tu avais seize ans. J'étais avec un groupe.

— Je m'en souviens.

C'était un groupe de jeunes branchés, et elle avait failli faire demi-tour en les voyant. Mais finalement elle s'était jointe à eux.

— J'ai passé la main sous ta robe.

Il fit reculer son fauteuil pour allonger les jambes.

— J'avoue que ma technique manquait de subtilité.

Son premier baiser.

Elle s'en souvenait comme si c'était hier. L'excitation, l'interdit. La musique en arrière-plan. Le délicieux frisson d'impatience.

Elle était tombée follement amoureuse de Sean cet été-là. Elle se savait en total décalage avec les filles de son âge, qui étaient déjà passées de relations en relations, tels des papillons butinant le nectar de fleurs différentes. Liza n'avait jamais voulu de cela. Elle ne ressentait pas le besoin de ces aventures romantiques. Celles-ci étaient synonymes d'incertitude, et elle avait déjà eu assez de désarroi dans sa vie. Tout ce qu'elle voulait c'était Sean, avec ses larges épaules, son sourire décontracté et son calme.

La simplicité de cette époque lui manquait.

— Es-tu heureux, Sean ?

Les mots franchirent ses lèvres malgré elle.

— C'est quoi, cette question ?

Elle avait enfin réussi à capter son attention.

— Mon cabinet fonctionne à merveille. Les filles travaillent bien à l'école. Bien sûr que je suis heureux. Pas toi ?

Son affaire. Les filles.

Huit signes qui prouvent que votre mariage bat de l'aile.

— Je me sens parfois… un peu dépassée. C'est tout.

Elle s'aventurait avec précaution sur un chemin où elle n'avait encore jamais posé le pied.

— C'est parce que tu prends tout trop au sérieux. Tu t'inquiètes pour des détails. Les jumelles. Ta mère. Il faut te détendre.

Les mots pénétrèrent sous sa peau comme une lame. Autrefois le calme de Sean lui plaisait. À présent, elle avait l'impression que ce flegme était une façon de critiquer ses capacités d'adaptation. Non seulement elle faisait tout, mais elle prenait tout trop au sérieux.

— Tu veux dire que je prends trop au tragique le fait que ma mère de quatre-vingts ans ait été agressée chez elle ?

— Cela ressemble plus à un accident qu'à une agression, mais je parlais en général. Tu t'inquiètes pour des choses qui ne sont pas arrivées et tu voudrais tout contrôler dans les moindres détails. La plupart du temps, les choses se passent bien sans que tu aies besoin d'intervenir.

— Elles se passent bien parce que j'anticipe les problèmes avant qu'ils ne surviennent.

Et tout anticiper devenait épuisant. C'était comme essayer de nager avec des poids attachés aux chevilles.

L'espace d'un instant, elle se demanda à quoi ressemblerait sa vie si elle était célibataire. Si elle n'avait plus à se soucier de personne en dehors d'elle-même.

Aucune responsabilité. Du temps libre.

Elle repoussa cette pensée.

Sean appuya la tête contre le dossier.

— Nous reprendrons cette discussion à la maison. Pour le moment, nous allons passer le week-end ensemble au bord de la mer. Profitons-en. Tout ira bien.

Sa capacité à se concentrer sur l'instant présent était une force, mais c'était aussi un défaut qui agaçait parfois Liza. Il pouvait vivre dans l'instant parce qu'elle s'occupait de tout le reste.

Il tendit le bras pour poser une main sur sa jambe. Elle repensa à la fois où, vingt ans plus tôt, ils avaient fait l'amour dans la voiture, garés sur un petit chemin de campagne. La buée avait recouvert toutes les vitres, et on ne voyait plus à travers.

Qu'était-il arrivé à cette partie de leur vie ? Où était passée la spontanéité ? Le plaisir ?

Cela semblait si loin qu'elle s'en souvenait à peine.

Désormais, seuls l'inquiétude et le devoir guidaient sa vie. Elle croulait sous le poids toujours plus lourd des responsabilités.

— Quand sommes-nous partis ensemble pour la dernière fois ? demanda-t-elle.

— Nous partons ensemble aujourd'hui.

— Ceci n'est pas un week-end de vacances, Sean. Ma mère a eu une commotion cérébrale, il a fallu lui faire des points de suture sur le crâne.

Elle avançait à une vitesse d'escargot dans la dense circulation londonienne. Le sang lui battait aux tempes à la pensée du trajet. Le vendredi après-midi était le pire moment pour prendre la route, mais ils n'avaient pas eu le choix.

Quand les jumelles étaient petites, ils voyageaient de nuit. Ils arrivaient à Oakwood Cottage au petit matin. Sean portait les enfants à l'intérieur et les déposait dans les petits lits jumeaux de la chambre mansardée, puis les bordait avec les couvertures que la mère de Liza avait ramenées de ses nombreux voyages à l'étranger.

— Je n'en ai pas vraiment envie, mais je crois qu'il est temps de vendre Oakwood Cottage. Si ma mère entre dans une résidence pour personnes âgées, nous n'aurons pas les moyens d'entretenir la maison.

Quelqu'un d'autre jouerait à cache-cache dans le jardin, grimperait dans le grenier poussiéreux, et remplirait les étagères de livres. Quelqu'un dormirait dans son ancienne chambre et profiterait de la vue imprenable sur les champs et le bord de mer.

Quelque chose en elle se déchira.

Le fait qu'elle soit incapable de se rappeler quand elle avait passé un week-end de détente en Cornouailles pour la dernière fois ne diminuait en rien le sentiment de perte qu'elle éprouvait. Cela intensifiait même son émotion, car maintenant elle voulait encore plus profiter du cottage. Elle avait cru qu'il serait toujours là…

Depuis la mort de son père, les visites étaient associées aux corvées. Nettoyer le jardin. Remplir le congélateur. S'assurer que sa mère parvenait à gérer une maison beaucoup trop grande pour une personne seule, surtout quand la personne en question prenait de l'âge et ne s'intéressait pas du tout à l'entretien que nécessitait une vieille demeure.

Liza avait cru que la mort de son père la rapprocherait de sa mère, mais cela ne s'était pas produit.

Le chagrin l'assaillit et lui coupa le souffle. Cinq ans avaient passé, et son père lui manquait toujours autant.

— Je vois mal ta mère vendre le cottage, dit Sean. D'autre part, il est important de ne pas dramatiser. Cet accident n'est pas arrivé par sa faute. Jusqu'ici, elle s'est toujours très bien débrouillée.

— Tu crois ça ? En dehors du fait qu'elle avait laissé la porte ouverte, je suis sûre qu'elle ne se nourrit pas correctement. Elle se contente d'un bol de céréales pour le souper. Ou de bacon frit. Elle mange trop de bacon.

— On ne mange jamais trop de bacon.

Sean lui lança un regard de côté, avec un petit sourire.

— Je plaisante. Tu as raison, le bacon n'est pas bon pour la santé. Mais à l'âge de ta mère, est-ce que ça a encore de l'importance ?

— Si elle renonce au bacon, elle vivra peut-être jusqu'à quatre-vingt-dix ans.

— Mais profitera-t-elle vraiment de ces misérables années supplémentaires sans bacon ?

— Tu es sérieux ?

— Absolument. Le plus important, ce n'est pas le nombre des années, mais la qualité de la vie. Tu essaies de renoncer à tout ce qui est mauvais, mais en faisant cela tu te prives aussi de ce qui est bon. Elle pourrait peut-être rester dans la maison, si nous trouvions quelqu'un pour veiller sur elle.

— Elle a du mal à accepter de l'aide, d'où qu'elle vienne. Tu sais à quel point elle tient à son indépendance.

Liza appuya brusquement sur le frein, car la voiture qui les précédait venait de s'arrêter. La ceinture de sécurité se resserra sur elle. Ses yeux étaient brûlants de fatigue, son cœur battait à tout rompre. Elle n'avait pas bien dormi la nuit dernière, tourmentée par le problème de Caitlin et ses amies.

— Tu crois que j'aurais dû fermer à clé la porte de notre chambre ?

— Pourquoi ? Si un cambrioleur entre chez nous, il cassera les portes qu'il trouve fermées et fera encore plus de dégâts.

— Je ne pensais pas aux cambrioleurs, mais aux jumelles.

— Pourquoi les filles entreraient-elles dans notre chambre ? Elles ont les leurs, qui sont très confortables.

Quelle femme était-elle donc pour ne pas faire confiance à ses propres enfants ? Les filles avaient été horrifiées en apprenant que leur grand-mère avait été attaquée, mais elles avaient fermement résisté à toutes ses tentatives pour les persuader de venir avec eux.

— Il n'y a rien à faire chez Granny, avait dit Alice en échangeant un coup d'œil avec sa sœur.

— En plus, on a du travail, avait renchéri Caitlin en désignant une pile de manuels scolaires. Contrôle d'histoire lundi. Je vais étudier tout le week-end. Je n'aurai sans doute même pas le temps de commander une pizza.

C'était une réponse raisonnable. Mais alors, pourquoi Liza était-elle aussi nerveuse ?

Elle se promit de leur passer un appel vidéo un peu plus tard, pour surveiller ce qui se passait.

La circulation finit par devenir plus fluide, et ils prirent l'embranchement de l'ouest vers la Cornouailles.

Quand ils s'engagèrent sur la route de campagne menant au cottage de sa mère, l'après-midi était déjà bien avancé, et le soleil enveloppait les champs et les haies de ses rayons d'or rose.

Liza essayait de se détendre pour profiter du paysage, quand une petite voiture de sport rouge vif les croisa à toute allure dans un virage et manqua les envoyer dans le fossé.

— Pour l'…

Elle appuya de toutes ses forces sur le klaxon, et entrevit brièvement un regard bleu et rieur alors que le bolide passait en vrombissant.

— Tu as vu ça ?

— Oui. Magnifique voiture. Un moteur V8.

Sean tourna la tête, mais la voiture était déjà loin.

— Il a failli nous tuer !

— Mais il ne l'a pas fait. Donc, tout va bien.

— C'était ce maudit chanteur de rock, qui s'est installé ici l'année dernière.

— Ah, oui. J'ai lu un article dans un journal au sujet de ses six voitures de sport.

— J'allais dire que je ne comprends pas pourquoi un homme aurait besoin de six voitures, mais s'il conduit de cette manière, nous tenons la réponse à cette question. Il doit en user une par jour.

Liza tourna le volant et Sean grimaça lorsque des branches éraflèrent la carrosserie.

— Tu serres un peu trop la haie de mon côté, Liza.

— C'était ça, ou une collision frontale, répliqua-t-elle, secouée.

Ils l'avaient échappé belle, et de plus elle avait été bouleversée en apercevant Finn Cool.

— Il riait… tu as vu ça ? Il a souri en nous croisant. Tu crois qu'il aurait ri, s'il avait été obligé de sortir mon corps estropié de la carcasse défoncée de la voiture ?

— Il m'a semblé être un conducteur très habile.

— Ce n'est pas son habileté qui nous a sauvés. J'ai eu le réflexe de me déporter contre la haie. Ce n'est pas prudent de conduire à cette allure sur ces petites routes.

Liza souffla lentement, et repartit avec prudence, s'attendant presque à tomber de nouveau nez à nez avec une autre star du rock roulant à tombeau ouvert. Mais elle atteignit la maison de sa mère sans encombre, et les battements de son cœur s'apaisèrent quand elle s'engagea dans l'allée.

Des aubriètes s'accrochaient aux murs de pierre qui bordaient la propriété, et les lobélies et les géraniums aux tons de rose et de pourpre retombaient en cascade des paniers accrochés de part et d'autre de la porte d'entrée. Si sa mère négligeait la maison, elle adorait le jardin et passait des heures au soleil, à soigner ses plantes.

— Cette maison est un bijou. Elle pourrait en tirer une fortune si elle décidait de la vendre, avec ou sans fuites dans la toiture. Tu crois qu'elle a fait son fameux gâteau au chocolat ?

Sean était toujours plein d'espoir.

— Tu veux dire avant, ou après, qu'elle ait affronté son agresseur ?

Liza se gara devant la maison. Elle aurait sans doute dû apporter un gâteau maison, mais elle avait décidé que la priorité était de prendre la route le plus tôt possible.

— Tu peux appeler les filles ?

— Pourquoi ?

Sean sortit de la voiture en se dépliant lentement, et s'étira.

— Il y a à peine quatre heures que nous sommes partis.

— Je veux vérifier que tout va bien.

— Prends le temps de souffler, dit-il en sortant les bagages du coffre. Je ne t'ai jamais vue comme ça. Tu es merveilleuse, Liza, tu surmontes tout. Je sais que tu es sous le choc après ce qui est arrivé à ta mère, mais nous surmonterons cette épreuve aussi.

Liza avait l'impression d'être un élastique tendu au maximum. Elle était bien obligée de tout surmonter, sinon que leur arriverait-il ? Même si sa famille n'en avait pas conscience, elle savait, elle, qu'ils ne pourraient pas s'en sortir sans elle. Les jumelles mourraient de malnutrition, ou succomberaient étouffées sous leur désordre, car elles étaient incapables de ranger le moindre objet leur appartenant, et de manger autre chose que de la pizza réchauffée. Le linge ne serait jamais lavé, et les placards seraient vides. Caitlin hurlerait : « Est-ce que quelqu'un a vu mon débardeur bleu ? » et personne ne répondrait, car personne ne saurait où était passé le débardeur.

La porte s'ouvrit, et elle oublia aussitôt les jumelles. Sa mère se tenait là, agrippant le chambranle d'une main. Un pansement était enroulé autour de sa tête, et Liza sentit son cœur sombrer. Elle avait toujours cru que sa mère était invincible. Et maintenant celle-ci paraissait fragile, fatiguée, comme un être humain ordinaire. En dépit de leurs nombreuses différences, elle aimait tendrement sa mère.

— Maman !

Laissant Sean s'occuper des bagages, elle traversa l'allée en courant.

— Je me suis fait tellement de souci ! Comment te sens-tu ? Je n'arrive pas à croire qu'il te soit arrivé une chose pareille. Je suis désolée.

— Pourquoi ? Ce n'est pas toi qui es entrée par effraction dans la maison.

Comme toujours, sa mère se montrait brusque et terre à terre, balayant toute idée de faiblesse comme elle aurait chassé une mouche qui l'agaçait. Si elle avait eu peur… et c'était sûrement le cas, non ? Elle ne le révélerait jamais à Liza.

Néanmoins, c'était un réel soulagement de la voir saine et sauve, et étonnamment en forme étant donné les circonstances.

S'il y avait un mot pour décrire sa mère, c'était la vivacité. Pour Liza, elle évoquait irrésistiblement un colibri délicat au plumage coloré et sans cesse en mouvement. Aujourd'hui, elle portait une longue robe ample, dans les tons bleu turquoise, et un châle plus foncé sur les épaules. De nombreux bracelets tintaient à ses poignets. Le style vestimentaire éclectique et peu conventionnel de sa mère avait souvent gêné Liza quand elle était enfant. Et même maintenant, sa robe aux couleurs vives jurait avec la gravité de la situation. Elle semblait s'apprêter à fouler le sable d'une plage de Corfou.

Bien qu'elle ne l'y ait nullement encouragée, Liza étreignit gentiment sa mère. Son apparente fragilité l'horrifia.

— Tu aurais dû avoir une alarme sur toi, ou un téléphone dans ta poche.

Instinctivement, elle inspecta la tête de sa mère, mais elle ne vit que des pansements et un hématome qui commençait à apparaître autour de son œil. Bien que Kathleen ait essayé de se donner bonne mine avec du blush, son teint était pâle et cireux. Ses cheveux blancs coupés court accentuaient son allure fragile.

— Ne fais pas d'histoires, répondit Kathleen en s'écartant. Cela n'aurait rien changé. Tout aurait été fini bien avant l'arrivée des secours. Ma bonne vieille ligne fixe a très bien fait l'affaire.

— Mais s'il t'avait assommée ? Tu n'aurais pas pu appeler à l'aide.

— Si j'avais été inconsciente, je n'aurais pas pu non plus appuyer sur un bouton. Une voiture de patrouille se trouvait par hasard dans le secteur, et ils sont arrivés sur place en quelques minutes. Ce qui m'a rassurée, car l'homme a vite repris conscience, et je ne savais toujours pas quelles étaient ses intentions. La policière était charmante, mais elle ne paraissait pas beaucoup plus âgée que les jumelles. Ensuite une ambulance est arrivée, et la police a pris ma déposition. Je m'attendais un peu à finir la nuit au poste, mais ce n'est pas arrivé. Dans le fond, tout cela était plutôt excitant.

— Excitant ? Tu aurais pu être tuée. Cet homme t'a frappée.

— Non, c'est moi qui l'ai assommé avec la poêle en fonte dans laquelle j'avais fait frire du bacon un peu plus tôt.

Liza décela un mélange de fierté et de satisfaction dans la voix de sa mère.

— Il a levé le bras en tombant. Un réflexe, je suppose. Et c'est ainsi qu'il a projeté la poêle sur ma tête. C'est regrettable, mais le plus drôle c'est de penser que le bacon m'a sauvé la vie. Tu ne pourras plus me harceler avec ma tension et mon taux de cholestérol.

— Maman…

— Si je m'étais fait cuire des pâtes, j'aurais utilisé une casserole… qui n'aurait pas été assez lourde. Et si je m'étais fait un sandwich au jambon, je n'aurais rien eu sous la main à part un morceau de pain. À partir de maintenant, je vais remplir le réfrigérateur de bacon.

— Le bacon peut vous sauver la vie, c'est ce que j'ai toujours dit.

Sean se pencha pour embrasser sa belle-mère sur la joue.

— Vous êtes un adversaire formidable, Kathleen. Content de vous voir sur pied.

Liza eut l'impression d'être la seule adulte du groupe. Était-elle vraiment la seule à voir la gravité de la situation ? Sean et sa mère n'étaient pas plus mûrs que les jumelles.

— Comment pouvez-vous plaisanter ?

— Je suis très sérieuse. C'est bien, de savoir que je peux désormais manger du bacon la conscience tranquille.

Kathleen adressa un sourire affectueux à son gendre.

— Vous n'étiez vraiment pas obligés de vous précipiter ici un vendredi après-midi. Je vais très bien. Les filles ne sont pas avec vous ?

— Elles ont des examens. Le stress de l'adolescence, vous savez ce que c'est, répondit Sean en transportant les bagages à l'intérieur. La bouilloire est sur le feu, Kathleen ? Je tuerais pour une tasse de thé.

Était-il vraiment obligé d'employer le mot *tuer* ? Liza continuait d'imaginer une fin différente à cette histoire. Sa mère étendue inerte sur le sol de la cuisine. Elle se sentait un peu étourdie, pourtant ce n'était pas elle qui avait reçu un coup sur la tête.

Bien sûr, elle savait que des gens avaient parfois la visite de cambrioleurs. C'était un fait bien réel. Mais il y avait une différence entre le savoir, et en faire l'expérience.

Elle jeta un coup d'œil anxieux à la porte de derrière.

— Tu l'avais laissée ouverte ?

— Apparemment. Et il pleuvait si fort qu'il est entré s'abriter, le pauvre homme.

— Le pauvre homme ?

— Il avait bu un coup de trop et il s'est excusé abondamment. Auprès de moi, et de la police. Il a admis que c'était entièrement sa faute.

Il s'était excusé ?

— Tu es toute pâle, reprit Kathleen en tapotant gentiment l'épaule de sa fille. Tu t'inquiètes pour de petites choses sans importance. Entre, ma chérie. Ce voyage depuis Londres est tuant. Tu dois être épuisée.

Tuant...

— Vous pourriez tous cesser d'employer ce mot ?

Sa mère arqua les sourcils.

— C'est juste une façon de parler.

— Eh bien, si tu pouvais trouver une autre expression, ce serait bien, répondit Liza en la suivant dans le hall. Comment te sens-tu, maman ? Franchement ? Ce qui s'est passé, ce n'est pas rien.

— C'est vrai. Cet homme était grand, et le bruit qu'a fait sa tête en heurtant le carrelage… c'était affreux. Je n'aurais jamais dû demander à ton père de faire poser ces carreaux italiens hors de prix. Je ne sais pas combien de tasses et d'assiettes j'ai cassées en les laissant tomber sur cette surface dure. Et maintenant, le crâne de cet homme. Il m'a fallu des heures pour nettoyer le sang. Nous avons de la chance qu'il n'ait pas été gravement blessé.

Même en ce moment, sa mère ne laissait rien filtrer de ses sentiments. Il n'était question que de bacon, d'assiettes cassées, et de carreaux en céramique. Elle se faisait plus de souci pour cet intrus que pour elle-même.

Liza était exténuée.

— Tu aurais dû me laisser faire le nettoyage.

— C'est absurde. Je n'ai jamais été une bonne maîtresse de maison, mais je suis capable d'éponger une flaque de sang. Et je préfère ne pas déjeuner au milieu d'une scène de crime.

Sa mère se dirigea droit vers la cuisine. Elle se comportait comme s'il ne s'était rien passé d'extraordinaire, et Liza ne savait pas si elle devait être soulagée ou exaspérée. En fait, Kathleen semblait pleine d'énergie et un tantinet triomphante, comme si elle avait accompli quelque chose de remarquable.

— Où est cet homme, à présent ? Qu'a dit la police ?

— Cet homme… il s'appelle Lawrence, je crois. Il va très bien, mais je n'aimerais pas être à sa place avec la gueule de bois qu'il doit avoir. Il avait beaucoup trop bu. Je me souviens d'un soir à Paris, quand j'avais fêté…

— Maman !

— Quoi ? Oh… la police. Ils sont revenus ce matin et j'ai fait une déposition. Un homme très aimable, mais il n'aimait pas le thé, ce que je trouve toujours un peu suspect…

Les goûts du policier n'intéressaient pas du tout Liza.

— L'ont-ils inculpé ? Pour être entré par effraction ?

— Il n'y a pas eu d'effraction. Il s'est simplement appuyé à la porte et celle-ci s'est ouverte. Il s'est longuement excusé et a reconnu que tout était sa faute. Un homme très bien élevé.

Liza résista à l'envie d'enfouir la tête entre ses mains.

— Tu devras te rendre au poste de police pour témoigner ?

— J'aimerais bien. Ce doit être très amusant de passer la journée au tribunal, mais il est peu probable qu'ils aient besoin de moi, puisque ce pauvre Lawrence a reconnu ses torts. Il avait des remords, il était vraiment désolé. Je croyais que ma vie allait enfin être un peu plus animée grâce à une apparition devant la cour. Mais apparemment, je devrai me contenter des fictions de la télévision.

Sa mère tournait autour du fourneau, versait l'eau frémissante dans la grosse théière que Liza connaissait depuis son enfance. Le thé était de l'earl grey. Kathleen ne buvait jamais autre chose. Son parfum était aussi familier que la maison.

La cuisine, avec sa vieille cuisinière en fonte et sa longue table de pin, avait toujours été sa pièce préférée. Chaque soir après l'école, Liza faisait ses devoirs sur cette table pour rester à côté de sa mère, lorsque celle-ci était à la maison.

Sa mère avait été une des pionnières des émissions télévisées sur les voyages. Ses aventures sportives autour du monde avaient fait naître chez les téléspectateurs une envie de vacances à l'étranger, de la Riviera italienne à l'Extrême-Orient. L'émission *Destination Happy End* avait duré presque vingt ans, en grande partie grâce à la popularité de sa mère. Après quelques semaines à la maison, Kathleen faisait sa valise et partait pour une destination lointaine. Les camarades de classe de Liza trouvaient cela fascinant. Mais la fillette était accablée de solitude. Un de ses plus anciens souvenirs remontait à ses quatre ans. Elle s'était cramponnée si fort à l'écharpe de sa mère pour l'empêcher de partir qu'elle l'avait presque étranglée.

Afin de consoler Liza des incessants départs de sa mère, son père avait accroché au mur de sa chambre une grande carte du monde. Chaque fois que Kathleen embarquait pour un nouveau voyage, Liza et son père cherchaient le lieu de sa destination et y plantaient une épingle. Ils découpaient des photos dans des brochures et les collaient dans un cahier. Ainsi, elle se sentait plus proche de sa mère. Et la chambre de Liza était remplie d'objets hétéroclites. Une girafe sculptée à la main venant d'Afrique. Un tapis indien.

Et puis Kathleen revenait, ses vêtements fripés et couverts de poussière. Elle ramenait avec elle une énergie qui la transformait. Ces premiers moments de retrouvailles avaient toujours été inconfortables, crispés. Puis les vêtements de voyage étaient remplacés par ceux de tous les jours, et Kathleen la voyageuse et star de télévision redevenait la maman de Liza. Jusqu'à la prochaine fois. Alors la carte réapparaissait.

Un jour, Liza avait demandé à son père pourquoi sa mère devait toujours partir. « Parce qu'elle en a besoin », avait-il répondu.

Très jeune, Liza s'était demandé pourquoi les besoins de sa mère avaient la priorité sur ceux des autres. Elle s'était demandé de quoi elle avait besoin, exactement, mais elle n'avait pas osé poser la question. Elle avait remarqué que son père buvait et fumait davantage quand Kathleen n'était pas là. Il avait été un père attentif, mais à la présence discrète. Il s'assurait qu'elle ne manquait de rien, mais passait de longues journées dans son bureau ou à l'école, où il était directeur de la section de littérature anglaise.

Elle n'avait jamais compris la relation de ses parents et n'avait jamais cherché à obtenir de réponses. Ils semblaient heureux ensemble et c'était tout ce qui comptait.

Liza imaginait sa mère explorant le désert de Tunisie à dos de chameau, et elle se demandait pourquoi Kathleen avait besoin d'un monde aussi vaste, et pourquoi sa famille en était exclue.

Était-ce à cause de ces absences incessantes que Liza aimait tant son foyer ? Elle avait choisi l'enseignement car les horaires et les vacances étaient adaptés à la vie de famille. Quand ses filles étaient petites, elle était restée à la maison, mettant sa carrière entre parenthèses. Lorsqu'elles étaient entrées à l'école, Liza avait arrangé son emploi du temps en fonction du leur, fière de les emmener elle-même à l'école et d'aller les chercher à la fin de la journée. Il ne fallait pas que ses enfants subissent les séparations et les scènes d'adieux auxquelles elle avait eu droit. Elle avait mis un point d'honneur à communiquer avec elles, à les encourager à exprimer leurs sentiments. Même si aujourd'hui ces tentatives de conversations avaient moins de succès avec les filles. « Tu ne peux pas comprendre, maman. » Comme si Liza n'avait pas été jeune aussi !

Quoi qu'il en soit, personne ne pouvait l'accuser de ne pas être attentive. Une autre raison pour laquelle elle ne se sentait pas à l'aise en ce moment.

Sean bavardait avec Kathleen tout en l'aidant à préparer le thé, comme si de rien n'était.

Liza jeta un coup d'œil à la ronde. Elle commençait à se rendre compte que vider cette maison représenterait un travail monumental. Au fil des ans, sa mère y avait accumulé des bibelots et des souvenirs de voyages, allant des simples coquillages aux masques africains. Il y avait des cartes partout, épinglées aux murs et empilées dans toutes les pièces. Les journaux de voyages de sa mère et ses divers écrits remplissaient deux douzaines de grosses boîtes entassées dans la petite pièce où elle avait installé son bureau. Les étagères du salon croulaient sous les albums de photos.

Quand son père était mort, cinq ans plus tôt, Liza avait proposé de débarrasser certaines de ses affaires, mais sa mère avait refusé. « Je veux que tout reste tel quel. Une maison doit être comme une aventure. Tu ne sais jamais sur quel trésor oublié tu vas tomber. »

Tomber, et te casser une jambe, avait songé Liza, désespérée. C'était une façon intéressante de gérer le désordre.

Avant que sa mère ne vende cette maison, il faudrait la vider. Et ce serait sans doute Liza qui serait chargée de cette corvée.

À quel moment aborder le sujet ? Il était trop tôt, ils venaient à peine de franchir la porte. Pour l'instant, il valait mieux rester en terrain neutre.

— Le jardin est très joli.

Les portes-fenêtres de la cuisine donnaient sur le patio, où les plates-bandes débordaient de fleurs colorées. Des pots remplis d'herbes aromatiques et serrés les uns contre les autres étaient disposés autour de la porte. Des branches parfumées de romarin se mêlaient à la sauge, dont sa mère garnissait le rôti de porc du dimanche. Le seul plat qu'elle ait jamais préparé avec enthousiasme. L'allée de pierres inondée de soleil menait à un potager aux rangées bien garnies, et à un bassin entouré de joncs. Au-delà du jardin s'étendaient les champs derrière lesquels se trouvait la mer.

L'atmosphère était si tranquille et paisible que l'espace d'un moment Liza eut envie d'une vie différente, dans laquelle elle ne s'agiterait pas en cochant les corvées sur sa liste. Elle avait envie de s'asseoir et se détendre.

Son doux rêve de venir un jour vivre au bord de la mer s'était éteint. Pendant un temps, au début de leur relation, Sean et elle en avaient parlé souvent. Puis la vraie vie avait étouffé ces rêves puérils. Vivre sur la côte n'aurait pas été commode. Le travail de Sean était basé à Londres. Tout comme le sien d'ailleurs, mais l'enseignement offrait plus de possibilités de changement.

Sean alla chercher les provisions dans la voiture et Liza les rangea dans le réfrigérateur.

— J'avais un ragoût au congélateur, et je l'ai apporté, avec quelques légumes.

40

— Je suis capable de préparer des repas, rétorqua sa mère.

— Tu te nourris de bacon et de céréales. Tu ne manges pas convenablement, dit-elle en remplaçant un saladier de fruits frais. J'ai pensé que tu n'étais pas prête à faire face à une invasion.

— Une invasion de deux personnes ?

Kathleen parlait d'un ton léger, mais Liza la vit agripper le bord de la table et s'asseoir avec précaution. Elle se précipita vers elle.

— Je devrais jeter un coup d'œil à ta plaie sur la tête.

— Personne ne touchera à ma tête, merci. Elle me fait déjà bien assez mal. Le jeune médecin qui m'a recousue m'a prévenue que j'allais garder une cicatrice. Comme si, à mon âge, j'allais me faire du souci pour ça.

À son âge.

Était-ce le bon moment pour suggérer qu'il était temps d'envisager un changement ?

De l'autre côté de la cuisine, Sean servait le thé.

Craignant de perturber ce moment de calme, Liza prit un temps de réflexion.

— Tu as dû avoir peur, dit-elle, dans une tentative pour lancer une conversation plus profonde.

— Je suis surtout inquiète pour Popeye. Il déteste les étrangers, tu sais. Il a dû se sauver par la porte ouverte, et je ne l'ai pas revu.

Liza renonça. Si sa mère voulait parler du chat, eh bien, qu'il en soit ainsi.

— Il a toujours été un peu vagabond.

— C'est sans doute pour cela que nous nous entendons si bien. Nous nous comprenons.

Était-il normal d'être jalouse d'un chat ?

Mais sa mère avait l'air triste, et Liza décida de faire ce qu'elle pouvait pour retrouver Popeye.

— S'il n'est pas revenu demain matin, nous irons à sa recherche. Pour le moment, je crois que tu devrais t'allonger.

— À 4 heures de l'après-midi ? Je ne suis pas invalide, Liza.

Kathleen versa du sucre dans son thé. Une autre mauvaise habitude qu'elle refusait d'abandonner.

— Je ne veux pas que tu te tracasses pour moi.

— Je ne me tracasse pas. Nous sommes là pour nous occuper de toi, et pour…

Pour que tu penses au futur. Liza s'interrompit avant de prononcer les mots.

— Et pour quoi ? Pour me persuader de porter une alarme sur moi ? Je ne le ferai pas, Liza.

— Maman…

Sean lui lança un regard de mise en garde, mais elle n'en tint pas compte. Peut-être valait-il mieux aborder le sujet maintenant. Ainsi, ils auraient tout le week-end pour discuter des détails.

— Nous avons tous été choqués par cet incident, et il est temps de regarder la réalité en face. Les choses doivent changer.

Sean tourna le dos en secouant la tête. Mais sa mère acquiesça d'un geste du menton.

— Il faut absolument que ça change. Ce coup sur la tête m'a fait revenir à la raison.

Liza fut submergée par le soulagement. Sa mère allait enfin être raisonnable. Finalement, elle n'était pas la seule personne sensée dans cette pièce.

— Je suis heureuse que tu sois de cet avis. J'ai des brochures dans la voiture, il ne nous reste plus qu'à choisir. Et nous avons tout le week-end pour ça.

— Des brochures ? D'agences de voyages ?

— D'établissements pour personnes âgées. Nous pouvons…

— Pourquoi les as-tu apportées ?

— Parce que tu ne peux plus rester ici, maman. Tu viens de reconnaître qu'il fallait que ça change.

— C'est vrai. Et je suis en train de mettre au point un projet dont je te ferai part quand j'aurai réglé certains détails. Mais je n'irai pas dans une résidence. Ce n'est pas ce que je veux.

Que voulait-elle dire ? Souhaitait-elle venir vivre à Londres avec eux ?

Liza déglutit, et s'obligea à poser la question.

— Que veux-tu ?

— De l'aventure.

Kathleen tapa sur la table du plat de la main, faisant s'entrechoquer les tasses.

— Encore une aventure. J'étais la vedette de *Destination Happy End*, et cette époque me manque terriblement. Combien d'étés me reste-t-il à vivre ? Nul ne le sait. Donc, j'ai l'intention de profiter pleinement de celui-ci.

— Mais maman…

Cette idée était ridicule…

— Tu auras quatre-vingt-un ans à la fin de l'année.

Sa mère se redressa sur sa chaise, les yeux brillants.

— Raison de plus pour ne pas perdre une minute.

3

Kathleen

Kathleen s'éveilla avec une migraine atroce. Pendant un moment, elle flotta dans un demi-sommeil et crut être de nouveau en Afrique, souffrant de la malaria. Une expérience terrible, que personne n'avait envie de revivre.

Au prix d'un effort considérable, elle s'assit, tâta le pansement qui entourait son crâne, et tout lui revint.

L'ivrogne habillé de noir.

La police.

Popeye disparu.

Sa tête.

Ce n'était pas la malaria qui lui donnait mal au crâne, mais la blessure qu'elle s'était elle-même infligée. Ce qui, réflexion faite, était beaucoup plus amusant.

Depuis la mort de Brian, elle avait la sensation que quelqu'un avait appuyé sur un bouton et mis sa vie en pause. Elle vivait ici, en sécurité dans son petit monde, amarrée au port au lieu de prendre hardiment la mer.

Liza ne voulait même pas qu'elle reste au port, elle voulait la mettre en cale sèche. Enfermée quelque part où elle ne courrait aucun risque.

Sa fille avait de bonnes intentions, mais Kathleen avait été prise de panique à l'idée de vendre la maison qu'elle adorait. Cette éventualité l'avait tellement horrifiée qu'elle avait bredouillé n'importe quoi. Notamment qu'elle voulait repartir à l'aventure.

Aucun d'eux ne pourrait oublier de sitôt l'expression ahurie de Liza.

De toute évidence, elle pensait que le coup que Kathleen avait reçu sur la tête avait altéré ses capacités de réflexion.

Maman ? Tu es sûre que tu te sens bien ? Tu n'as pas la tête qui tourne ? Te rappelles-tu quel jour nous sommes ?

Oui, elle le savait très bien. C'était le jour où elle allait devoir prendre quelques décisions.

Kathleen sortit du lit en faisant fi de ses articulations douloureuses, et avala des analgésiques pour son mal de tête. De la fenêtre de sa chambre, elle voyait l'océan au loin. Soudain, elle rêva de raser les vagues à bord d'un catamaran, le visage fouetté par l'air salin. Il lui était arrivé de sillonner la Méditerranée pendant un mois, entourée d'une flottille. Elle avait vécu pieds nus, la peau brûlée par le soleil, les cheveux raidis par l'eau de mer. Mais le principal souvenir qu'elle gardait de cette aventure, c'est qu'elle s'était sentie libre et vivante.

Elle voulait éprouver de nouveau cette sensation. Cela n'avait sûrement rien à voir avec l'âge, si ?

Liza aurait-elle raison ? Kathleen était-elle entêtée, irréaliste ? Que pouvait-elle faire, à quatre-vingts ans ? Croyait-elle vraiment qu'elle allait danser pieds nus sur le sable et hisser les voiles ? Partir boire de la tequila à Mexico ?

Ce temps-là était derrière elle. Même si elle en gardait précieusement le souvenir, et les preuves concrètes de la vie qu'elle avait menée autrefois.

Kathleen traversa la maison silencieuse et entra dans la pièce qu'elle considérait depuis des années comme son bureau. Les murs étaient couverts de cartes géographiques. Afrique. Australie. Moyen-Orient. Amérique. Le monde était là, sous ses yeux, et lui tendait les bras.

Les expéditions lui manquaient tellement. L'agitation de l'aéroport, les odeurs et les bruits d'un nouveau pays, l'excitation de la découverte. Le plaisir de partager avec les autres. Allez là-bas, visitez ceci, faites cela. *Destination Happy End* avait été son émission. Son bébé. À qui servait son expérience, maintenant ? Elle avait pensé écrire un livre pour raconter ses voyages. Mais elle avait découvert qu'écrire était loin d'être aussi excitant que de voyager. Au bout de deux chapitres elle avait abandonné, fatiguée de rester assise à son bureau, noyée dans un torrent de nostalgie. Elle ne voulait pas écrire, elle voulait agir.

Cela faisait huit ans qu'elle n'avait plus mis un pied en dehors du pays. Et encore, la dernière fois c'était à l'occasion d'un tranquille voyage à Vienne, où ils avaient fêté leur anniversaire de mariage. Ils avaient mangé de la *Sacher Torte*, ce fameux gâteau viennois très riche en chocolat. Les goûts et les parfums faisaient partie du plaisir des voyages. Chaque parfum évoquait un souvenir. Quand elle sentait des épices, elle était transportée sur les plages bordées de palmiers de Goa. L'ail frit dans l'huile d'olive lui rappelait les longs étés de Toscane.

Elle avait toujours eu une passion pour l'aventure. Les voyages. Elle n'avait jamais fait de pause assez longue pour laisser la sédentarité la gagner.

Elle se campa devant la carte d'Amérique du Nord, traversée par la légendaire Route 66.

Ce voyage-là figurait depuis longtemps sur sa liste. Elle l'aurait entrepris des années plus tôt, si la fameuse route n'aboutissait pas en Californie. La Californie était un lieu formidable, bien sûr. Mais elle ne s'y sentirait pas à l'aise.

Cela lui rappela les lettres. Elle tendit la main pour ouvrir le tiroir du bureau, mais se ravisa.

Il était trop tard désormais. On ne pouvait changer le cours de l'histoire. Tout ce qu'elle pouvait faire, c'était regarder les cartes et les photos. Et rêver.

En vendant cette maison, elle ne vendrait pas seulement son lieu de vie. Elle devrait aussi dire adieu à son passé. Son foyer était rempli à craquer de menus objets et de morceaux de sa vie. Chaque chose avait une signification, était rattachée à un souvenir.

Elle verrouilla la porte du bureau, retourna dans sa chambre et cacha la clé dans un tiroir.

En entrant chez elle, cet homme l'avait obligée à évaluer sa vie.

Certes elle était vulnérable, mais tous les êtres humains l'étaient. La plupart n'en avaient pas conscience, bien entendu. Les gens croyaient qu'ils contrôlaient tout ce qui leur arrivait. Peut-être fallait-il avoir de l'âge et de l'expérience pour savoir que la vie pouvait vous administrer des coups impossibles à esquiver, même avec l'aide d'une poêle en fonte.

Kathleen n'avait jamais laissé la peur prendre le dessus sur son envie de vivre. Elle avait tiré parti de chaque instant, réglant les problèmes quand ils apparaissaient. On pouvait dire qu'elle avait été téméraire.

Elle ne l'était plus, mais elle n'était pas prête non plus à finir ses jours dans une chambre, avec une alarme pour seniors autour du cou.

Un sentiment familier d'agitation s'éveilla en elle. Un mélange d'excitation et d'impatience. Une soif d'aventure. Dernièrement elle ne l'avait pas éprouvé, et elle était rassurée de constater qu'elle en était encore capable. Cela lui donnait de l'énergie, un élan dont elle avait bien besoin.

Elle alla à la salle de bains et ôta son pansement. Cela suffisait comme ça.

Elle frotta le sang séché et nettoya son crâne comme elle pouvait, décidant qu'il ne serait sans doute pas raisonnable de se laver les cheveux maintenant. Elle s'arrangea pour ne pas regarder son reflet. Dans sa tête, elle était jeune. Mais le miroir se moquait de ses tentatives pour s'en persuader.

Puis elle s'habilla aussi rapidement que son corps ankylosé le lui permettait, avant de descendre dans la cuisine. À sa grande déception, elle ne vit aucune trace de Popeye. Elle éprouvait pour ce chat une affection qui frisait le ridicule. Et pas seulement parce qu'il ne lui demandait rien.

Elle avait toujours été une lève-tôt, et commençait la journée avec un café fort. Le soleil brillait, aussi alla-t-elle déposer sa tasse sur la petite table au plateau de marbre qu'elle avait ramenée d'Italie. À l'instant où elle mit le pied dehors, son moral remonta.

Une journée splendide s'annonçait, l'air était empli du parfum des fleurs et du chant des oiseaux.

Ce moment avec son café lui offrait un bref répit avant un week-end dont elle savait qu'il serait difficile. Elle excellait dans beaucoup de domaines, mais le rôle de parent ne faisait pas partie de ceux-ci. Elle s'était mariée à quarante ans, et Liza était née neuf mois plus tard. De toutes les aventures que Kathleen avait entreprises, aucune ne l'avait effrayée autant que la perspective d'être mère et d'avoir un petit être dépendant d'elle émotionnellement parlant.

Elle ne correspondait pas au modèle qui servait couramment à mesurer vos capacités de parent. Elle avait raté toutes les compétitions sportives, n'avait jamais assisté à un cours de danse, et avait décidé que sa présence aux réunions entre parents et professeurs était facultative. En revanche, elle avait lu des histoires à sa fille. Même si elle avait toujours préféré les récits de voyage à la fiction. Elle voulait que Liza comprenne à quel point le monde était vaste. Et elle s'attribuait le mérite des excellentes notes que sa fille obtenait en géographie. Mais elle devait reconnaître aussi que la première fois que Liza avait prononcé deux mots à la suite, c'était pour dire : « Maman partie ».

Kathleen s'était toujours efforcée de concilier ses propres envies et ce que la société attendait d'elle.

À présent, elle se retrouvait encore une fois dans cette situation. Une personne de son âge n'était pas censée vouloir se lancer dans de nouvelles aventures.

Que devait-elle faire ? Vendre sa maison et emménager dans une résidence pour seniors, afin de faire plaisir à sa fille ? Se protéger et ne plus bouger de son fauteuil jusqu'à ce que son cœur lâche ?

Dans les années 1960, elle avait fumé de la marijuana et dansé le rock.

Quand était-elle devenue aussi timorée ?

Elle finit son café et se baissa pour arracher une mauvaise herbe qui avait poussé entre les pavés. Ce jardin faisait sa fierté et son bonheur, mais l'entretenir était une tâche usante. Elle aurait pu payer quelqu'un, mais elle n'aimait pas avoir des étrangers dans sa maison. Elle voulait pouvoir boire son café du matin en chemise de nuit.

Le soleil était déjà chaud, et elle offrit son visage à ses rayons. La chaleur lui donnait toujours envie de voyager.

— Maman ?

Liza se tenait à la porte de la cuisine.

— Tu t'es levée tôt. Tu n'as pas bien dormi ?

— J'ai dormi comme un loir, répondit Kathleen en décidant de ne pas parler de son mal de tête. Et toi ?

— Oui, moi aussi.

De toute évidence, c'était un mensonge. De larges cercles mauves soulignaient les yeux de sa fille et elle paraissait exténuée. Pauvre Liza. Elle avait toujours été si sérieuse, accablée par son sens des responsabilités, s'imposant de veiller à ce que chacun suive ce qu'elle considérait comme la route la plus sûre.

Kathleen avait parfois déploré que sa fille n'ait pas hérité d'un brin de son goût de l'aventure. Quand Liza avait six ans, elle s'était demandé s'il était très sain qu'un enfant soit aussi docile. Elle avait vaguement espéré voir pointer un soupçon de rébellion pendant l'adolescence, mais Liza était restée invariablement responsable, adulte avant l'heure, reprochant un peu à sa mère son style de vie excentrique. Elle ne s'était pas teint les cheveux en rose, ne s'était jamais soûlée à mort, et, pour autant que Kathleen le sache, n'avait jamais embrassé de garçon qui ne soit pas convenable. Pour Kathleen, Liza menait une vie qui manquait singulièrement de piquant.

Mais elle était affectueuse et généreuse, cela ne faisait aucun doute. Beaucoup plus généreuse que sa mère.

Kathleen s'était dit qu'en affirmant ses choix elle donnait l'exemple à son enfant. En réalité, ses expériences avaient poussé sa fille à devenir extrêmement prudente.

Et en ce moment, elle réveillait encore une fois son anxiété.

Liza posa sa tasse de café sur la table.

— Tu as enlevé ton pansement.

— Il me gênait. Et la plaie guérira plus vite en étant exposée à l'air, répondit Kathleen en pressant les doigts sur son crâne. Ils ont été obligés de raser une partie de mes cheveux. Je ressemble à une créature de film d'horreur.

Liza secoua la tête.

— Tu es très belle. Comme toujours.

Kathleen se sentit coupable d'avoir souhaité pouvoir rester un peu plus longtemps seule avec son café et les oiseaux.

Sa fille avait tout laissé en plan pour venir ici, un vendredi après-midi, malgré la circulation infernale. On ne pouvait rêver d'une fille plus attentionnée.

— Les jumelles se débrouillent bien ?

— Je ne sais pas. Il est trop tôt pour les appeler. Elles ne se lèvent jamais avant la fin de matinée. Ce n'est pas l'âge le plus facile. Je suppose qu'elles sont vivantes, sinon j'aurais été avertie.

Liza s'assit en face de sa mère et tendit son visage vers le soleil. Elle portait un pantalon en lin bleu marine avec une chemise à la coupe stricte. Une tenue aussi bien adaptée à une salle de classe qu'à une réunion entre parents et professeurs. Ses chaussures avaient un petit talon, et ses cheveux lisses tombaient gracieusement sur ses épaules.

Tout chez Liza était sous contrôle. Son attitude, ses vêtements, son style de vie.

— Tu t'inquiètes trop pour elles. Tout se passe beaucoup mieux quand on ne s'en fait pas trop.

— Je préfère plus m'impliquer que toi. Désolée, ajouta Liza en rougissant un peu. Je n'aurais pas dû dire ça.

Il était si rare que sa fille laisse échapper une remarque sans le vouloir que Kathleen s'en réjouit. L'esprit ne manquait pas à Liza, même si elle ne le laissait pas souvent se manifester. Elle eut envie de l'encourager.

— Ne t'excuse jamais de dire ce que tu penses. Il est vrai que je n'étais pas très présente. Je te laissais fréquemment, mais tu étais avec ton père. Tu ne courais pas de danger. Je pourrais dire que c'était pour mon travail… et ce serait la vérité. Mais c'est aussi que j'avais besoin de voyager.

— Pourquoi ? Que te manquait-il, à la maison ?

Kathleen regretta que sa fille ne soit pas restée au lit un peu plus longtemps. La religion, la politique et les sentiments étaient les trois sujets qu'elle évitait à tout prix dans les conversations. Elle ne parlait jamais de ses sentiments, ni du passé. Liza le savait pourtant. Il valait mieux garder certaines choses pour soi. Kathleen avait appris à se protéger, et elle était beaucoup trop vieille pour changer.

— C'était compliqué. Mais cela ne concernait que moi, tu n'étais pas en cause.

Liza posa sa tasse.

— Je n'aurais pas dû poser la question.

— Tu trouves que j'étais égoïste. Et tu le penses encore aujourd'hui, parce que je ne veux pas aller dans une résidence pour seniors.

— Je suis inquiète, c'est tout. Je t'aime, maman.

Kathleen se crispa. Pourquoi Liza disait-elle des choses comme ça ?

— Je sais.

Elle aperçut une drôle de lueur dans les yeux de sa fille. Était-ce de la déception ? De la résignation ?

— Ce n'est pas facile de quitter un endroit qu'on aime, je le concède. Mais je veux que tu sois en sécurité.

— Et si ce n'est pas ce que je désire, moi ?

— Tu ne veux pas être en sécurité ? dit Liza en chassant une abeille qui tournait autour de la table. C'est la chose la plus étrange que j'ai jamais entendue.

— Il y a des choses plus importantes que la sécurité.

— Quoi, par exemple ?

Comment pouvait-elle lui expliquer ?

— Le bonheur. L'aventure. L'enthousiasme.

— Je suppose que tu as eu assez d'aventure pour un moment, après cette confrontation avec un intrus.

— Ce n'était pas de l'aventure. C'était un signal d'alarme.

— Exactement. Une façon de te rappeler que vivre seule dans cette maison n'est pas très pratique. Mais bien sûr, nous t'aiderons quoi que tu décides.

Liza semblait fatiguée. Kathleen crut la voir ajouter mentalement à une liste de corvées déjà longue : *Garder un œil sur maman.*

Il y aurait de fréquents coups de fil, des visites deux fois par mois, et une inquiétude s'ajouterait à celles déjà nombreuses qui empêchaient Liza de dormir.

Kathleen se demanda comment libérer sa fille de l'accablant sentiment de responsabilité qu'elle éprouvait pour tous ceux qui l'entouraient.

— Je ne suis pas sous ta responsabilité, Liza.

— Maman…

— Je veux assumer les conséquences des décisions que je prends. J'ai toujours tenu à mon indépendance, tu le sais. Je suis sûre que beaucoup de gens me trouvaient égoïste de voyager en laissant ma petite fille à la maison, et je l'étais peut-être. Mais c'était mon job, et je l'adorais. *Destination Happy End* faisait partie de moi. Est-il égoïste de faire parfois passer tes propres désirs avant le reste ? Je ne crois pas. J'étais une mère, mais je n'étais pas que cela. Une épouse, mais pas seulement. Et bien entendu, si j'avais été un homme personne n'aurait rien trouvé à redire. Les règles ont toujours été différentes pour les hommes, mais j'espère que c'est en train de changer. C'est le progrès.

— Je ne vois pas les choses comme toi. Je fais partie d'une famille.

— La famille peut être ta priorité, sans que tu sois nécessairement aux petits soins pour elle.

Kathleen s'attendait à ce que sa fille proteste et défende sa façon de vivre, mais Liza se tassa un peu sur sa chaise.

— Je sais. Et je ne sais pas comment j'en suis arrivée là. Je crois que je trouve plus simple de faire les choses moi-même, car au moins je suis sûre que c'est fait.

— Et si les choses ne sont pas faites, que peut-il se passer de terrible ?

— Je finis par réparer le gâchis, ce qui me donne encore plus de travail que si j'avais fait les choses tout de suite.

Liza avala son café et ajouta :

— N'en parlons plus.

Comme la conversation s'orientait vers les sentiments personnels, ce que Kathleen mettait un point d'honneur à éviter, elle ne protesta pas. Il y eut un silence gêné.

— J'entends Sean dans la cuisine.

— Je vais préparer le petit déjeuner.

Elles parlèrent en même temps, et Liza se leva si vite qu'elle heurta la table et renversa le café de Kathleen. Elle marqua une pause, parut sur le point de dire quelque chose, puis tourna le dos et retourna dans la cuisine.

Kathleen la suivit des yeux, en proie à un mélange d'agacement et de regrets.

Elle avait cru que ses fréquents voyages rendraient sa fille plus indépendante, et dans un sens cela avait été le cas. Liza avait appris à faire la cuisine et à s'occuper de la maison. Elle avait donné à celle-ci l'ambiance chaleureuse qui lui manquait. Mais cela n'avait pas fonctionné sur le plan émotionnel. Liza avait développé un sentiment d'insécurité, et elle s'accrochait à Kathleen quand celle-ci rentrait de voyage.

Était-ce pour cette raison qu'elle s'était mariée si jeune ? Cherchait-elle la sécurité ?

Kathleen avait fait l'inverse. Elle ne s'était mariée qu'à quarante ans. Et encore, elle n'avait accepté qu'à la troisième demande de Brian. Elle éprouva une étrange douleur dans la poitrine, et se rendit compte que le chagrin l'oppressait. Cinq ans avaient passé depuis la mort de Brian, mais il lui manquait toujours autant.

Elle se leva. Ses articulations la faisaient souffrir. Les gens qui prétendaient qu'on était aussi en forme à quatre-vingts ans que nos grands-parents l'étaient à soixante, n'avaient jamais eu quatre-vingts ans. À son âge, une seule chose était certaine. C'était que rien n'allait s'arranger.

Au bout de quelques secondes ses douleurs s'effacèrent et elle rejoignit Liza et Sean dans la cuisine.

— Bonjour, Kathleen.

Sean fit la grimace en voyant sa plaie, et les traces de sang dans ses cheveux.

— Votre blessure est impressionnante. Mais je suis sûr que c'est pire pour votre agresseur. Vous êtes un exemple pour nous tous.

— Sean ! s'exclama Liza, exaspérée. Tu as faim ? Je vais préparer le petit déjeuner.

Elle ouvrit le réfrigérateur et prit des œufs pendant que Sean, assis devant la table, parlait de son golf, de la pêche et du coût prohibitif des propriétés à Londres.

Liza dressa la table en silence, et se mit à cuisiner.

Kathleen regarda sa fille battre les œufs et préparer de jolies petites omelettes qu'elle parsema de ciboulette cueillie dans les pots du jardin. Veiller sur les autres était parfaitement naturel pour elle, mais elle avait oublié de penser aussi à elle.

Sean prit sa fourchette.

— Mon repas préféré.

Liza refit du café et posa la cafetière sur la table, avec des bols de fruits rouges et de yaourt.

— Je t'ai apporté des oranges, maman.

— Délicieux, répondit Kathleen. Nous allons faire des jus, c'est tellement bon.

Mais Liza refusa d'un signe de tête.

— Tu devrais les garder.

— Pourquoi ? À quoi bon garder des oranges dans un saladier ? Celui-ci est décoratif, mais les oranges ne le sont pas. Il faut les presser jusqu'à la dernière goutte, et en profiter tant que c'est possible. Quand il n'y en aura plus, ce sera terminé.

— Est-ce que c'est une métaphore ? La vie qui t'offre des citrons, et tout ça ?

Mais Liza pressa les oranges, et posa la carafe sur la table avec des verres.

— Quels sont les projets pour aujourd'hui ? s'enquit Sean en finissant ses œufs. Nous pourrions faire une promenade sur la plage ?

— Nous ne sommes pas en vacances, rétorqua Liza en posant deux toasts devant lui. Il faut aider maman dans la maison.

— Je sais, mais nous pouvons aussi en profiter pour nous détendre.

Sean étala du beurre sur un toast, et ajouta :

— J'ai envie d'aller voir si la planche de surf est toujours dans le garage.

— Oh ! oui, elle y est toujours, répondit Kathleen en levant les yeux.

Liza regarda ses œufs comme si elle était trop fatiguée pour porter la fourchette à sa bouche.

Après le petit déjeuner, ils passèrent au salon.

Sean semblait un peu perdu.

— Voulez-vous que je tonde la pelouse, ou autre chose ? Que j'appelle un agent immobilier ? J'attends les ordres.

Kathleen eut un haut-le-corps.

— Pas question d'appeler un agent immobilier. Je ne veux pas vendre cette maison, et ne perdez pas votre temps à essayer de me convaincre.

Était-ce ainsi que les choses se passeraient, à partir de maintenant ? Allaient-ils essayer systématiquement de la persuader de partir ? Cela allait être terriblement triste et frustrant pour tout le monde. Qu'allait-elle devoir faire pour qu'ils comprennent qu'elle n'avait pas du tout l'intention de vendre ? Ne voyaient-ils pas ce qu'elle éprouvait pour cette maison ?

Elle ignora la petite voix intérieure qui lui soufflait qu'ils ne pouvaient pas le savoir, puisqu'elle ne leur avait jamais confié ses sentiments à ce sujet.

Sean jeta un coup d'œil à Liza, qui époussetait les meubles.

— Bien. Il y a une autre possibilité. Vous pourriez rester ici, et nous pourrions vous trouver de l'aide.

— Quel genre d'aide ? Un garde du corps ?

Liza secoua la tête avec lassitude.

— Cet homme savait sans doute que tu étais seule et vulnérable, maman.

— Il était trop ivre pour savoir quoi que ce soit.

Sean éclata de rire.

— J'allais vous suggérer d'acheter un chien qui fasse peur, mais il ne pourrait pas être plus effrayant que vous en train de brandir une poêle en fonte ! Si la presse a vent de cette histoire, vous ferez les gros titres.

Liza serra si fort son chiffon de poussière que ses doigts blanchirent.

— Sean, maman aurait pu être tuée.

— Mais je ne l'ai pas été, déclara calmement Kathleen. Et si cela avait été le cas… eh bien tant pis. Je ne vendrai pas cette maison. Si vous voulez vraiment vous rendre utile, vous devriez chercher Popeye. Il n'est pas rentré.

— J'y vais.

Sean se leva, apparemment soulagé d'avoir une bonne excuse pour sortir.

— Je vais passer la matinée à mettre de l'ordre dans cette pièce, dit Liza. Je vais débarrasser les étagères. On n'y a pas touché depuis des décennies.

Kathleen se hérissa.

— Je préfère affronter un nouvel agresseur plutôt que de jeter des livres !

— Mais il doit y en avoir que tu ne reliras plus jamais.

— C'est possible. Mais si nous les jetons, je n'aurai plus le choix. Et il n'y a aucune raison de débarrasser ces étagères. Je t'ai déjà dit…

— Que tu ne vendras pas la maison. Je sais. Mais ce n'est pas pour cela qu'il ne faut pas faire un peu de nettoyage de temps en temps. Nous n'avons pas besoin de nous presser pour prendre une décision.

De toute évidence, Liza ne renoncerait pas. Kathleen décida que le plus simple était de l'autoriser à entasser quelques objets dans des cartons. Cela lui donnerait l'impression de contrôler la situation, et Kathleen pourrait toujours vider les cartons une fois qu'elle aurait tourné le dos.

— Dans ce cas, commence par ces étagères dans le coin.

La matinée passa dans un silence tendu. De temps à autre, Liza brandissait un livre.

— Celui-là ?

— À garder, répondait Kathleen.

Ou parfois :

— Dans le carton.

Sean revint et leur annonça que Popeye demeurait introuvable.

— Il a dû partir explorer le monde.

Kathleen n'aurait jamais cru avoir un jour une raison d'envier son chat.

D'autre part, si un chat borgne et ne possédant que trois pattes pouvait explorer le monde, pourquoi ne pourrait-elle pas en faire autant ? Il n'existait aucune loi exigeant qu'une personne soit en parfaite condition physique pour voyager.

Liza feuilletait des albums.

— Il y a une très jolie photo de toi avec papa, dit-elle en le posant pour en prendre un autre. Ce doit être un des albums les plus anciens.

Elle tourna une page et sourit.

— Ta remise de diplôme. Quelle coiffure ! Pourquoi ne l'avais-je jamais vue ?

— Parce que j'ai tendance à m'intéresser plus au présent qu'au passé.

C'était Brian qui avait classé les photos dans des albums. Brian qui avait transformé cette maison en foyer chaleureux, et leur petit trio en famille unie. Kathleen avait pris des milliers de photos au cours de ses voyages, mais elles étaient entassées dans des boîtes dans son bureau.

— Qui sont ces deux-là ?

Kathleen traversa le salon pour aller regarder par-dessus son épaule. L'émotion lui noua la gorge.

Elle aurait dû détruire ce cliché.

— Maman ?

— Mmm ?

— Les deux personnes sur la photo. Qui sont-elles ?

— Des amis. Nous étions inscrits dans le même cours à la fac, et nous étions devenus inséparables. La photo a été prise à Oxford.

— Le garçon est très beau. Comment s'appelait-il ?

— Adam, répondit-elle d'une voix étranglée.

— Et la fille ?

— Ruth.

Non, décidément, sa voix n'était pas comme d'habitude.

— Nous partagions une chambre.

Elle était ma meilleure amie.

— Je ne t'ai jamais entendue parler d'elle. Que s'est-il passé ? Vous vous êtes perdues de vue ? demanda Liza, en tournant encore une page.

— Euh… oui.

Les jambes flageolantes, Kathleen se laissa lourdement tomber sur la chaise la plus proche. Elle songea au paquet de lettres soigneusement cachées au fond d'un tiroir. Jamais ouvertes.

— Toutes les amitiés ne résistent pas au temps.

— Et Adam ? Es-tu restée en contact avec lui ?

— Non.

— Mais vous êtes de nouveau là, tous les trois. Sais-tu où se trouve Ruth, à présent ?

— La dernière fois que j'ai eu de ses nouvelles, elle vivait en Californie.

Kathleen éprouva un pincement au cœur. Elle prit l'album des mains de Liza. Ruth était là, souriant à l'appareil, ses longs cheveux lui balayant l'épaule. Et Adam, avec ses yeux bleus et son visage de jeune premier.

Elle se rappelait les soirées au bord de la rivière avec Ruth. Allongées dans l'herbe, elles parlaient jusqu'à l'aube. Kathleen était enfant unique, et avec Ruth elle avait eu une idée de ce que sa vie aurait été si elle avait eu une sœur. Elle n'ignorait rien de Ruth, et il n'y avait rien que Ruth ignorât d'elle. Elle avait vraiment cru que rien ne pourrait jamais briser leur amitié.

Elle posa un doigt sur la photo, effleurant le sourire de Ruth et se rappelant son rire.

Brian l'avait poussée à se rendre en Californie, mais elle avait refusé.

Par lâcheté.

Kathleen sentit quelque chose se contracter en elle.

Elle leva les yeux. Popeye se tenait à la porte du salon, la tête penchée de côté, visiblement contrarié de voir son territoire envahi. Balançant la queue, il se dirigea vers Kathleen.

Celle-ci posa l'album et prit le chat dans ses bras. L'animal lui accorda quelques secondes d'affection, puis glissa à terre et gagna la cuisine.

Ce cher Popeye. S'il pouvait partir à l'aventure, pourquoi pas elle ? Au lieu de rester assise là, à ressasser des choses du passé, elle ferait mieux de vivre dans l'instant présent.

Liza ramassa l'album abandonné sur le sol.

— Je suis désolée si ces photos t'ont bouleversée.

— Elles m'ont surtout fait réfléchir, répondit Kathleen avec fermeté. Elles m'ont fait comprendre qu'il est temps que je fasse ce que j'aurais dû faire il y a des années.

— Classer les albums ?

— Non.

Le courage faisait-il partie de ces choses qui s'affaiblissaient avec l'âge, comme la mémoire et la tonicité musculaire ?

— Assieds-toi, Liza.

Liza s'assit sur le canapé avec elle, les sourcils froncés.

— Maman ?

— J'ai beaucoup de chance d'avoir une fille qui se soucie de mon bien-être. Quand je pense que tu es venue passer le week-end avec moi, alors que tu as déjà tant à faire. Je te remercie d'avoir fait toutes ces recherches sur les résidences adaptées à mon âge… mais je n'ai pas encore besoin de ces renseignements, déclara-t-elle en soutenant le regard de Liza.

Jamais, ajouta-t-elle en elle-même. Mais elle ne dit rien, car il valait mieux laisser Liza croire qu'un jour ou l'autre elle finirait par entendre raison.

— Maman…

— Je sais que tu agis par amour. Mais je suis saine d'esprit, et capable de prendre mes propres décisions.

Liza eut une expression d'intense frustration.

Entêtée. Comme son père. Après tout ce qui s'était passé, Kathleen ne voulait plus entendre parler de mariage. Heureusement pour elle, Brian n'avait pas accepté cela. S'il n'avait pas été aussi persévérant et ne lui avait pas demandé sa main trois fois, elle n'aurait pas eu la vie heureuse qu'elle avait connue. Elle n'aurait pas eu Liza, qui la regardait anxieusement et s'inquiétait pour elle.

— Tu ne peux pas rester ici, maman.

— Ce n'est pas mon intention. Mais je ne vais pas non plus attendre patiemment la mort dans une maison de retraite.

— Non, pas la mort, mais…

— Je vais partir en Californie.

L'endroit était assez grand pour qu'elle ne tombe pas par hasard sur quelqu'un qu'elle n'avait pas envie de voir.

— En Calif…, bredouilla Liza. Tu plaisantes ? Il y a douze heures d'avion.

— Je ne prendrai pas l'avion jusqu'au bout. Je compte traverser les États-Unis par la route. La Route 66.

Au moment où elle prononça ces mots, elle fut traversée par une sensation d'enthousiasme, mêlé d'appréhension. Était-ce un projet audacieux, ou complètement fou ?

Peu importe. Elle avait attendu assez longtemps. Trop longtemps. Le passé ne l'empêcherait pas de faire ce dont elle avait toujours rêvé.

Mais c'était tout de même un voyage ambitieux. Certains matins, elle se réveillait avec de telles douleurs dans tout le corps qu'elle quittait son lit avec difficulté. Et là, elle envisageait allègrement de parcourir en voiture deux mille quatre cents miles ! Elle avait toujours détesté compter en kilomètres.

Comme si ce n'était pas plus difficile que de faire un saut au village voisin.

Sean fut le premier à ouvrir la bouche.

— Super. Que pouvons-nous faire pour vous aider ?

Brave petit.

Liza voulut dire quelque chose, mais Kathleen la devança.

— Vous pourriez me conduire à l'aéroport, une fois que j'aurai tout préparé.

Elle était sur le point de demander de l'aide pour réserver son billet, mais elle savait qu'elle devrait trouver le courage de le faire elle-même. C'était ridicule, mais l'idée de réserver un vol l'effrayait plus que d'entreprendre un voyage par la route. Elle n'arrivait pas à croire qu'il suffisait de taper sur une touche et de donner le numéro de sa carte de crédit pour être sûre d'avoir une place d'avion.

Liza finit par recouvrer la voix.

— La Route 66 ? Tu ne parles pas sérieusement ?

— Je n'ai jamais été aussi sérieuse de toute ma vie. J'ai déjà fait les recherches.

Kathleen songea à l'énorme classeur rangé sous son bureau, qui débordait de cartes et de guides.

— Mais pourquoi la Californie ? Si tu as envie de soleil, tu n'as qu'à venir avec nous dans le sud de la France. À moins que tu n'aies envie de revoir Ruth, après toutes ces années ?

— Je ne sais pas si Ruth vit toujours là-bas. Elle a peut-être déménagé, ou…

Ou bien elle était morte. À leur âge, c'était une possibilité. Mais ce voyage n'avait rien à voir avec Ruth. Kathleen n'avait pas envie de la voir, et elle était sûre que Ruth non plus.

Il n'était pas possible de changer le passé.

— Ce que je veux, ce n'est pas du soleil, mais de l'aventure. Il y a longtemps que j'ai envie de faire la Route 66.

— Pourquoi n'as-tu pas fait ce voyage plus tôt ?

— Ce n'était jamais le bon moment, répondit Kathleen d'un ton vague. Jusqu'à maintenant.

Liza parut chercher ses mots.

— Tu laisses de côté un très gros problème.

Il y avait un million de problèmes. Cela lui donnait le tournis, mais elle était bien décidée à les régler les uns après les autres.

Après tout, elle avait assommé un intrus avec une poêle à frire. Elle était capable de gérer n'importe quelle complication, y compris des souvenirs désagréables.

— J'ai un passeport, si c'est ce qui t'inquiète. Il est là, dans mon sac.

Elle referma les doigts sur l'anse et serra le sac contre elle.

Le regard de Liza passa du sac à Kathleen.

— Tu gardes toujours ton passeport sur toi ?

— Oui.

— Pour faire les courses au village ? Pour aller à la poste ?

— Je l'ai toujours sous la main.

Cela faisait des années qu'elle n'avait plus voyagé, mais le fait d'avoir son passeport lui faisait penser qu'elle pouvait repartir à tout moment.

Liza semblait atterrée.

— Et si quelqu'un t'arrache ton sac ?

— Que veux-tu qu'ils en fassent ? Qu'ils usurpent mon identité ? Je la leur donne bien volontiers, en échange de la leur. À condition qu'ils n'aient pas de rhumatismes.

Sa fille secoua la tête, perplexe.

— Tu n'as pas seulement besoin de ton passeport, maman. Il te faut aussi un permis de conduire. Pour traverser les

États-Unis d'est en ouest, tu seras obligée de conduire une voiture. Et tu ne conduis plus depuis longtemps.

Kathleen redressa fièrement les épaules.

— Il faudra donc que je trouve un chauffeur.

4

Martha

— Tu pourrais au moins m'écouter ?

— Non.

Martha remonta l'allée vers la maison. Son sac plein de livres de bibliothèque battait contre ses jambes. Elle avait hâte de plonger dans un monde de fiction, ce qui était en ce moment sa seule façon d'échapper à la réalité. L'angoisse la submergea.

— Je n'ai aucune envie d'entendre ce que tu as à dire.

— Je sais que c'est essentiellement ma faute, mais tout le monde fait des erreurs.

Steven trébucha en essayant de rester à sa hauteur.

— Et puis tu dois admettre que tu t'es un peu laissée aller. Quoique ce jean moulant te fasse de très jolies fesses.

— Je ne veux plus jamais te voir.

Martha étira le dos dans l'espoir de paraître plus élancée, et se reprocha aussitôt sa réaction. Son jean était trop serré, c'était vrai. Elle aurait dû en acheter un nouveau, mais s'il y avait quelque chose de plus serré que son jean en ce moment, c'étaient les cordons de sa bourse.

Comment en était-elle arrivée là ? Et que devait-elle faire pour sortir de ce pétrin ?

Elle commençait à redouter de devoir quitter la maison, pourtant celle-ci n'était pas vraiment un sanctuaire. Tout allait mal, à l'intérieur comme à l'extérieur.

Elle avait envie de partir, mais pour cela il fallait de l'argent.

Steven fourra les mains dans ses poches.

— Tu sais ce que c'est ton problème, Martha ?

— Non.

Elle n'avait pas besoin qu'on l'aide à identifier ses problèmes. Elle pouvait facilement en faire la liste, grâce à son entourage qui ne lui laissait jamais oublier ses défauts.

— Tu en attends trop. Les gens sont humains. Nous ne sommes pas tous parfaits.

Elle chercha ses clés au fond de son sac.

— Martha, tu m'écoutes ?

— J'en ai assez entendu. Au revoir, Steven. Ne me rappelle pas.

Fière de sa froideur, elle fit claquer la porte d'entrée derrière elle et entendit sa mère l'appeler de la cuisine.

— C'était Steven ? Fais-le entrer. Il pourrait jeter un coup d'œil à l'écoulement de l'évier. Il y a une fuite.

Sa mère était la seule personne de sa connaissance capable de faire passer l'état de la plomberie avant le bonheur de sa fille.

— Demande à papa de réparer.

Il y avait beaucoup d'inconvénients à vivre avec ses parents à l'âge de vingt-quatre ans. Mais le pire de tous, c'était d'être entourée de gens qui ne vous comprenaient pas. Le deuxième était l'impossibilité de s'isoler. Pas d'espace pour lécher vos plaies tranquillement, ou pleurer la tête sous l'oreiller. Impossible de chercher du réconfort devant la télé, avec une boîte de chocolats. Quelqu'un venait aussitôt changer de chaîne et vous enlever les chocolats de la bouche.

Et puis, il n'y avait aucun moyen d'échapper à un interrogatoire en règle.

— Ton père est sorti.

Sa mère émergea de la cuisine, un chiffon à la main et les sourcils froncés.

— Steven est plombier. Il sait comment réparer un tuyau. *Mais il ne sait pas faire grand-chose d'autre.*

La dernière chose qu'elle voulait, c'était avoir une discussion avec sa mère. Mais la maison était petite, et personne ne se souciait de ce qu'elle voulait réellement.

— Il est parti.

Sa mère donna un coup de chiffon sur le miroir.

— Tu es impitoyable. Tu pourrais au moins lui parler.

— J'ai dit tout ce qu'il y avait à dire.

— Oh ! Martha…, répondit sa mère d'un air désespéré.

— Quoi ? Qu'y a-t-il encore ?

— Il est gentil, et très serviable. Tu ne devrais pas repousser aussi vite un garçon qui a un emploi stable.

— Choisir quelqu'un parce qu'il sait réparer les toilettes ne correspond pas à mes standards. J'espère trouver mieux.

— Tu fais trop d'histoires. Voilà ton problème. La vraie vie ne ressemble pas à ce que tu lis dans tes livres, tu sais. Je ne te comprendrai jamais, Martha.

C'était réciproque.

Quand elle avait dix ans, Martha avait demandé à ses parents si elle avait été adoptée. Car elle ne trouvait vraiment rien chez eux qui lui ressemblait. Elle rêvait en secret d'une jolie dame qui viendrait un jour taper à la porte pour annoncer qu'elle était sa vraie mère. Mais cela n'était jamais arrivé.

Chaque fois que sa mère la critiquait, cela formait une brèche en elle, et elle se sentait de moins en moins elle-même.

— C'est fini.

Sa mère fut visiblement contrariée.

— Tous les hommes ont des faiblesses. Et des envies. Parfois, il vaut mieux fermer les yeux. Si tu avais…

— Je ne veux pas parler de ça.

— Ce que je veux dire, c'est que la faute n'est jamais d'un seul côté.

— Dans ce cas, si.

— Vraiment ? Tu as beaucoup grossi depuis que tu as perdu ton boulot. Tu restes trop souvent assise, à ruminer. Tu me trouves peut-être dure, mais je suis ta mère, et c'est mon devoir de te dire la vérité.

Elle frotta une tache qui refusait de partir sur le miroir.

— À ton âge, je pouvais encore mettre les vêtements que je portais à seize ans. Je n'ai jamais pris une livre de trop.

Chaque mot était un coup de ciseaux.

Comment les grands sculpteurs savaient-ils quand ils devaient cesser de sculpter ? À quel moment un chef-d'œuvre se transformait-il en désastre ?

— On parle en kilogrammes de nos jours, maman.

— C'est vrai pour toi. Si on devait te peser en grammes, ce serait difficile. Tu manges parce que tu t'ennuies et que tu es malheureuse. C'est ta faute, tu renonces à tout trop vite. D'abord à tes études, et maintenant à Steven. Tu aurais dû tenir bon et obtenir tes diplômes comme ta sœur, au lieu de laisser tomber. Au moins, tu aurais une chance de trouver un emploi. Tu payes les mauvaises décisions que tu as prises.

Sa mère, dont la vie avait été tellement décevante, avait espéré ce qu'il y avait de mieux pour ses filles. Elle voulait vivre à travers leurs déjeuners d'affaires, leurs voyages internationaux, et leurs promotions successives. Pippa, la sœur aînée de Martha, l'avait comblée en devenant physiothérapeute et en décrochant un excellent job dans un club de sports huppé, fréquenté par quelques personnes connues. Cela permettait à sa mère de se vanter quand elle discutait avec les voisines, par-dessus la haie du jardin.

Malheureusement, Martha la mettait dans l'embarras.

— Je n'ai pas passé mes examens parce que je voulais m'occuper de Nanna.

Sa grand-mère lui manquait toujours autant. Une partie de son cœur était comme engourdie, solitaire.

— Quand elle a eu son attaque, je voulais rester tout le temps avec elle. Je ne pouvais pas me concentrer sur mes cours, en pensant qu'elle était toute seule. Mes études ne me semblaient pas importantes.

— Et maintenant, tu te rends compte qu'elles l'étaient.

— Rien n'est plus important que les gens qu'on aime.

Elle ne parlait pas de la famille. Ses parents la rendaient folle. Quoi qu'elle fasse, ils n'étaient jamais contents. Son opinion ne valait rien. Ses désirs encore moins. Elle ne pensait pas qu'elle aurait abandonné ses études pour s'occuper d'eux. Mais sa grand-mère…

— Je ne regretterai jamais le temps que j'ai passé avec elle.

Elle avait toujours eu une relation spéciale avec sa grand-mère. Quand elle avait huit ans, et qu'elle s'était fait brutaliser par les autres à l'école, elle s'était réfugiée chez sa grand-mère. Celle-ci l'avait consolée et écoutée, ce que sa mère ne faisait jamais. Le seul conseil que lui avait donné sa mère, c'était de « les ignorer ». Mais ce n'était pas facile, quand on vous enroulait la lanière de votre cartable autour du cou, pour vous accrocher au grillage.

Martha s'était mise à aller prendre le thé chez sa grand-mère tous les jours, après l'école. Cette routine était réconfortante. Elle aimait la jolie théière décorée de cerises rouges. Les tasses délicates qui avaient appartenu à son arrière-grand-mère. Mais la plus grande consolation, c'était de se retrouver avec quelqu'un qui s'intéressait à elle. La routine s'était poursuivie, jusqu'à ce qu'elle parte à l'université pour étudier la littérature.

Elle venait d'aborder sa troisième et dernière année, quand sa mère l'avait appelée pour lui annoncer que sa grand-mère avait eu une attaque. Martha avait fait ses bagages et était retournée à la maison pour s'occuper d'elle. Comment aurait-elle pu étudier Tolstoï ou Thomas Hardy, quand Nanna était malade ? Sa mère avait été consternée. Mais Martha avait ignoré ses reproches, et avait dormi sur le canapé du salon. Contre toute attente, sa grand-mère s'était rapidement rétablie. Elle jouait aux cartes avec Martha, discutait de ses lectures, et riait avec elle devant les émissions amusantes. Elles faisaient même de courtes promenades dans le jardin. Ces jours-là avaient été précieux, et Martha ne les oublierait jamais.

Et puis, une nuit, sa grand-mère avait eu une deuxième attaque et tout avait été fini.

Abasourdie de chagrin, Martha avait ignoré les conseils de sa mère, qui la poussait à reprendre ses études. Elle avait accepté un emploi dans un café, à quelques pas de la maison.

Il y avait quelque chose de réconfortant dans le fait d'apprendre à faire un bon cappuccino. De dessiner des volutes dans la mousse. Elle pouvait le faire, même lorsqu'elle était accablée de tristesse. Le fait de voir souvent les mêmes personnes, aux mêmes heures du jour, lui plaisait aussi. Il y avait cette femme avec son ordinateur portable, qui faisait durer son café toute la journée en écrivant son roman. Et le vieil homme qui avait perdu son épouse et ne supportait pas de rester seul à la maison.

Elle aimait parler avec les gens. Et ne pas avoir de travail à ramener à la maison quand elle quittait le café le soir.

Mais le café avait fermé, ainsi que beaucoup d'autres. Et soudain, il semblait que des milliers de personnes postulaient pour les quelques emplois qui restaient en ville. Elle avait travaillé dans le refuge pour animaux pendant six mois, avant qu'ils se retrouvent avec un budget trop serré pour la payer.

Sa mère ne perdait pas une occasion de lui rappeler qu'elle ne pouvait s'en prendre qu'à elle-même. Son père, qui aimait la tranquillité, avait décidé d'être toujours d'accord avec sa femme, quel que soit le sujet.

— Si tu n'avais pas tout laissé tomber, tu ne serais pas dans cette situation.

— Ce n'est pas le tout d'avoir des diplômes, tu sais. Il y a des milliers de diplômés qui ne trouvent pas de travail.

— Exactement. Et donc, pourquoi un employeur choisirait-il quelqu'un comme toi ? Il faudrait que tu aies quelque chose de plus que les autres, Martha. Et tu n'as aucun avantage sur eux.

Elle n'avait rien pour elle.

Cela ressemblait bizarrement à l'insulte que Steven venait de lui lancer.

— J'aimais le job que j'avais.

— Tu ne peux pas passer le reste de ta vie à travailler dans un café ou dans des refuges pour animaux. Tu aurais dû étudier pour avoir une profession comme ta sœur. Mais tu es trop vieille maintenant, même si tu acceptais de retourner à l'université pour passer tes examens.

— Je ne veux pas reprendre mes études. Et je n'ai que vingt-quatre ans.

— La fille d'Hélène a vingt-quatre ans, et elle est déjà médecin. Elle sauve des vies. Et toi, que fais-tu de tes journées ?

— J'ai répondu à une centaine d'annonces au cours des quatre derniers mois, mais des milliers de gens postulent pour chaque job. La plupart du temps, on n'obtient même pas de réponse. C'est destructeur.

— Raison de plus pour faire une formation comme ta sœur. Mais c'est trop tard, tu as manqué le bateau.

Martha imagina une flottille s'éloignant au loin. Elle aurait donné cher pour se trouver à bord d'un de ces bateaux. De préférence en train de prendre un bain de soleil, une boisson glacée à portée de main.

— Merci de me remonter le moral.

— Si ta propre mère ne peut pas te dire la vérité, qui le fera ? Mais ce n'est pas la peine de rester assise à te lamenter. Tu ferais mieux d'aller courir avec ta sœur.

Aller courir avec sa sœur serait une autre mauvaise décision. Non seulement cela l'obligerait à sortir de la maison, et donc à prendre le risque de croiser Steven, mais Martha serait à la traîne, ce qui était globalement l'histoire de sa vie. Elle avait toujours été dix pas derrière sa sœur, et elle ne pouvait pas l'oublier.

Martha savait qu'elle n'était pas aussi jolie que Pippa. Elle n'était pas aussi mince qu'elle. Et elle ne faisait pas les bons choix, contrairement à elle.

Elle savait ce qu'elle n'était pas, mais elle ne savait pas très bien ce qu'elle était, en dehors du fait qu'elle était un peu trop enveloppée.

Elle savait faire de délicieux cappuccinos, et tenir une conversation. Mais ce dernier point était plus un défaut qu'une qualité. « Martha pourrait faire la conversation à un âne », disait sa mère en levant les yeux au ciel. « S'il existait un prix de parlotte, Martha le gagnerait. »

Elle n'était peut-être pas aussi maligne que sa sœur, mais elle avait assez de bon sens pour savoir que vivre avec des gens qui vous critiquaient sans cesse n'était pas bon. Il lui fallait un job et un petit appartement à elle. Mais elle n'avait aucune chance de trouver cela à Londres.

Après tout ce qui s'était passé, elle n'avait pas eu le choix, elle avait dû retourner vivre chez ses parents. Elle espérait qu'ils n'en arriveraient pas au point de s'entre-tuer.

— Coucou, Martha !

Pippa dévala l'escalier en balançant sa queue-de-cheval.

— Comment va Steven ? Il se comporte toujours aussi mal ?

Elle ne pouvait même pas être malheureuse en amour sans que sa sœur le sache.

Martha observa d'un air lugubre la chevelure brillante de Pippa. Celle-ci gagnait sur tous les tableaux, même ses cheveux étaient plus beaux que les siens.

— Pippa ! Tu es magnifique ! s'exclama sa mère, radieuse. Tu pars au travail ? Tu t'occupes d'une personnalité, aujourd'hui ?

— Je suis off aujourd'hui. J'ai un cours de yoga dans une demi-heure. Il faut que je mange quelque chose avant de partir.

Pippa prit la direction de la cuisine, et Martha lui emboîta le pas.

Elle avait fait des cupcakes la veille, en suivant la recette préférée de sa grand-mère. Il en restait deux, et elle en offrit un à sa sœur qui refusa d'un signe de tête.

— Non, merci. Je vais me faire un jus de légumes.

Elle gagnait aussi sur le plan de la diététique. Martha la regarda mettre une pomme, des épinards, du concombre et divers autres ingrédients dans le mixer, puis faire tourner celui-ci. Elle obtint une boisson vert pâle peu appétissante. Si Martha en avait trouvé une goutte sur le comptoir de la cuisine, elle l'aurait nettoyée avec un spray antibactérien.

Sa mère réapparut.

— N'oublie pas de laver le sol de la cuisine, Martha.

Sa vie était tellement excitante qu'elle n'en pouvait plus.

Elle finit son cupcake et ouvrit la porte de derrière. De l'autre côté de la haie, elle vit leur vieille voisine, Abigail Hartley, se débattre avec des draps qu'elle essayait d'étendre sur un fil. Les bords traînaient presque sur le sol.

— Je vais m'en occuper, madame Hartley.

Martha courut le long de la haie, et entra dans le jardin voisin.

— Vous ne devriez pas faire cela, avec vos rhumatismes.

— Tu es gentille, Martha.

— Ce n'est rien.

Au moins, Abigail la remerciait de l'aider. Chez elle, tout le monde trouvait normal qu'elle travaille.

— J'ai du mal à lever les bras.

— Je sais. Ce doit être dur pour vous, dit Martha en fixant le drap avec des pinces à linge. Je reviendrai plus tard pour les rentrer, quand ils seront secs. Ne vous inquiétez pas.

— Tu es souple, et tu as de la force.

Oui. Personne n'étendait le linge aussi bien qu'elle. Elle était la championne de la lessive.

Mme Hartley essaya de lui glisser quelques pièces au creux de la main, et Martha fut horrifiée car l'espace d'un instant elle fut tentée de les prendre. En ce moment, elle n'avait même pas les moyens de s'acheter une nouvelle barrette, et chaque sou comptait.

Pas question. Sa famille ne l'aimait pas beaucoup. Mais si elle commençait à accepter de l'argent pour aider ses amis ou ses voisins, elle ne s'aimerait pas non plus.

— Je n'ai pas besoin de ça.

Elle faillit ajouter que c'était un plaisir de faire quelque chose pour quelqu'un qui appréciait ses efforts, mais cela aurait été déloyal. La famille était la famille, même quand elle vous donnait envie de hurler.

— Je suis contente de vous aider.

— C'était bien Steven, que je viens de voir passer ?

— Oui. Je n'arrive pas à me débarrasser de lui, répondit-elle en vérifiant que les draps n'allaient pas s'envoler.

— Tu es contrariée, dit Mme Hartley en lui tapotant le bras. Ne t'inquiète pas. Il y a d'autres poissons dans l'océan.

Martha n'avait aucune envie de partir à la pêche.

Pourquoi les gens vivaient-ils en couple ? Elle ne comprenait pas. Elle avait passé des années à regarder ses parents vivre ensemble, et franchement leur relation ne lui faisait pas envie. Sa mère criait sans cesse contre son père, qui n'entendait que ce qu'il voulait entendre. Ils ne se témoignaient jamais d'affection.

Mais que savait-elle des relations humaines ?

Apparemment, rien du tout.

— Maman voudrait que je fasse une carrière brillante, mais pour cela il faudrait que j'aie un métier, et pour le moment ça s'annonce mal. Il y a plus de gens qui cherchent du travail que de jobs proposés.

— Oui, mais à la fin il faut bien que quelqu'un obtienne le job. Et ce pourrait être toi. Une fille comme toi peut faire tout ce qu'elle veut.

Sa grand-mère lui aurait dit la même chose. C'était formidable, mais cela ne lui remonta pas le moral.

— C'est gentil, madame Hartley, mais ce n'est pas tout à fait vrai.

— Tu ne peux pas attendre qu'un job te tombe du ciel, dit Mme Hartley en désignant les cieux d'un geste du menton. Il faut te démener. Quel est ton rêve ?

Son rêve était d'être heureuse et d'envisager chaque nouvelle journée avec joie. Mais cela n'arriverait pas tant qu'elle vivrait chez ses parents. Il fallait qu'elle soit indépendante. Qu'elle n'ait pas l'impression de tout rater. Et qu'elle fasse sortir Steven de sa vie.

Et pour tout cela, il lui fallait une chose…

— Mon rêve est de trouver du travail, dit-elle en soulevant le panier à linge. N'importe quel travail.

— C'est absurde ! protesta Mme Hartley en agitant le doigt. Il faut que tu trouves un travail qui te plaise.

— Quel travail faisiez-vous ?

— Je travaillais à Bletchley Park pendant la guerre, avec les décrypteurs de codes. Je ne peux pas t'en dire plus, car je serais obligée de te tuer et de faire disparaître ton corps.

Mme Hartley assortit ces paroles d'un clin d'œil appuyé.

— Tout était très secret en ce temps-là, nous ne bavardions pas comme maintenant.

Martha essaya d'imaginer sa mère à Bletchley Park. L'ennemi n'aurait plus ignoré un seul secret.

— Je suis sûre que vous étiez une force avec laquelle il fallait compter.

— C'est ce que disait mon mari.

— Combien de temps avez-vous été mariée, madame Hartley ?

— Soixante ans. Et je n'ai jamais regretté mon choix. Même si certains jours j'avais envie de le tuer, mais c'est normal.

Martha serra contre elle le panier d'osier vide.

— Vous avez eu de la chance.

— Tu traverses une période difficile, mais ça s'arrangera, dit Mme Hartley en lui tapotant le bras. Tu sais écouter, et tu es enjouée.

Pas avec sa famille. Celle-ci l'avait vidée de toute sa joie.

— Je dois y aller. Mon job de rêve ne se présentera que si je vais le chercher.

Martha retourna dans la cuisine, et trouva sa mère en train d'examiner le contenu du réfrigérateur.

— Il n'y a plus grand-chose. Je vais faire les courses, mais il faut que tu frottes le sol pendant ce temps.

— Plus tard. Je suis occupée.

— À quoi ?

— Je cherche du travail. J'essaye de trouver un bateau que je n'ai pas raté.

Elle devait échafauder un plan pour s'échapper. Elle avait atteint un point où elle aurait fait n'importe quoi pour cela.

— J'avais oublié, dit sa mère en prenant une enveloppe dans sa poche. C'est arrivé pour toi. Je l'ai cachée, car je savais que ton père serait contrarié s'il la trouvait sur le paillasson.

Martha prit la lettre en espérant que sa mère ne verrait pas sa main trembler.

— Merci.

Tout était donc bien fini. Terminé.

Impossible de revenir en arrière.

Martha glissa la lettre dans sa poche, se lava les mains, se fit une tasse de thé, et s'éclipsa dans sa chambre.

Elle avait la plus petite de la maison. La pièce ne pouvait pas contenir grand-chose en dehors d'un lit. Il y avait un placard exigu où elle rangeait ses vêtements, et un bureau qui se repliait quand elle ne s'en servait pas.

Le mur en face de son lit était couvert par une carte du monde. Parfois quand elle était dans son lit, le soir, elle rêvait de tous ces endroits qu'elle ne visiterait jamais.

Elle sortit la lettre de sa poche et la regarda fixement. Puis elle déchira l'enveloppe, et son cœur se serra alors qu'elle savait déjà ce qu'elle contenait.

Elle lut le document et ses yeux s'emplirent de larmes.

Sa mère avait raison. Elle ne prenait que de mauvaises décisions. Qu'avait-elle réussi dans sa vie ?

Repliant soigneusement la lettre, elle la fourra dans son sac.

Elle décida de la garder, pour se rappeler de faire de meilleurs choix à l'avenir.

Son téléphone posé sur le lit se mit à vibrer. Steven.

Elle refusa l'appel.

L'été s'étendait devant elle, telle une longue route sinistre. Elle jeta un coup d'œil à son réseau social, et vit qu'une de ses amies était en vacances à Ibiza et postait des selfies d'elle sur la plage. Une autre passait la semaine sur une péniche avec ses parents et publiait des photos de rivières ondoyantes, de couchers de soleil, et de verres de vin posés en équilibre sur le pont. Martha jeta le téléphone sur son lit. Non qu'elle accordât une grande importance aux réseaux sociaux, mais lorsque vous n'aviez strictement rien à publier, cela en disait long sur votre vie.

Elle regarda par la fenêtre. L'événement le plus excitant qu'elle avait vécu ces dernières semaines, c'était le jour où un renard s'était introduit dans le jardin de Mme Hartley et avait saccagé ses massifs de fleurs. Martha avait passé la matinée à ramasser les crottes de renard, pour éviter que le petit chien de Mme Hartley aille se rouler dedans.

Elle ôta ses chaussures, posa sa tasse sur une étagère au-dessus du lit, et ouvrit son vieil et capricieux ordinateur portable. Ses doigts hésitèrent au-dessus des touches. Elle ne savait même plus quel genre de job chercher.

Championne de lessive, experte en nettoyage de crottes de renards. Ce n'étaient pas vraiment des qualités recherchées.

Ce qu'il lui fallait c'était un job comprenant un logement, afin qu'elle puisse quitter la maison de ses parents.

Elle fit défiler les annonces sur le site web.

Quelqu'un cherchait une dame de compagnie capable de donner des soins infirmiers. Qu'est-ce que cela comprenait, exactement ? Martha, qui était terriblement délicate, décida qu'elle préférait ne pas le savoir.

Un couple avec une vie professionnelle bien remplie proposait un logement gratuit en échange de cat-sitting.

Mais il n'y avait pas de salaire. Comment était-elle censée se nourrir ? Elle s'imagina venant rendre visite à ses parents, si mince qu'ils ne la reconnaîtraient pas.

Elle était sur le point d'abandonner, quand une autre annonce attira son attention.

Aimez-vous conduire ?

Martha referma l'ordinateur et prit sa tasse de thé. Non, elle n'aimait pas conduire. En fait, elle pouvait dire sans exagérer qu'elle détestait cela, et que la conduite le lui rendait bien. Elle avait échoué cinq fois à l'examen. Elle n'avait finalement réussi à décrocher son permis que parce que l'examinateur était inquiet pour sa femme enceinte qui lui envoyait des SMS pendant la leçon pour lui dire qu'elle avait des contractions. Il était si perturbé, qu'il n'avait pas remarqué que Martha n'avait pas emprunté la bonne file en approchant d'un rond-point. Et il n'avait pas réagi quand elle n'avait pas fait preuve de la moindre habileté pour se garer en marche arrière. Martha avait l'habitude de provoquer de terribles frayeurs chez ses passagers, y compris son moniteur habituel. Aussi avait-elle été aussi surprise que soulagée quand l'examinateur s'était contenté de hocher la tête en consultant discrètement son téléphone. Quand il lui avait annoncé qu'elle avait réussi, elle avait dû faire un effort pour ne pas s'exclamer : *Vous êtes sûr ?*

Cependant, elle avait été enchantée et s'était promis d'être à la hauteur de la confiance qu'il lui avait ainsi témoignée. Néanmoins, elle se mettait à transpirer chaque fois qu'elle s'asseyait derrière un volant. Elle avait l'impression d'être un imposteur. Elle n'aurait pas été étonnée si des policiers l'avaient arrêtée et lui avaient dit qu'ils avaient des images de vidéosurveillance prouvant qu'elle n'avait pas passé l'examen.

Conduire la terrorisait. Elle aurait pu s'en sortir si elle avait été la seule personne sur la route. Mais tous les véhicules semblaient s'agglutiner à son pare-chocs arrière, ou la dépassaient comme s'ils faisaient une course. Elle savait qu'elle manquait d'entraînement, mais depuis qu'elle avait envoyé sa voiture dans le fossé pendant une leçon de conduite accompagnée, son père refusait de lui laisser le volant. Le fait qu'il ait été un très mauvais professeur ne comptait pas, apparemment.

Tu attendras de pouvoir te payer une voiture.

Comme si cela pouvait arriver un jour.

Martha finit son thé et regarda par la fenêtre. Depuis son lit, elle avait une vue imprenable sur les jardins des maisons d'en face. Mme Pettifer, qui avait quatre-vingt-cinq ans et se remettait assez bien d'une opération de la hanche, arrosait ses plantes.

Quelles histoires aurait-elle à raconter quand elle aurait quatre-vingt-cinq ans ? À moins d'un changement radical dans sa vie, rien qui soit susceptible d'intéresser qui que ce soit.

Elle entendit sa mère s'affairer dans la cuisine.

— Martha ! cria-t-elle du bas de l'escalier. Le sol de la cuisine !

— Je cherche du travail !

Martha ouvrit de nouveau son ordinateur. Elle était prête à tout. Il valait mieux accepter un job qui n'était pas fait pour elle, plutôt que ne rien faire.

L'emploi de chauffeur était toujours sur l'écran.

Êtes-vous prêt pour l'aventure de votre vie ?

Oui, absolument, elle était fin prête.

Poussée par la curiosité, elle continua de lire.

Recherche chauffeur enthousiaste et compétent pour un voyage en voiture à travers l'Amérique. De Chicago à Santa Monica. Salaire généreux, tous frais payés. La personne devra être enjouée, souple et sympathique. Permis de conduire valide.

Martha relut le texte.

Elle n'était pas une conductrice enthousiaste. Et même avec beaucoup d'imagination, elle ne pouvait être décrite comme compétente dans ce domaine. En revanche, elle était sympathique, et très souple. Du moins dans son attitude. Car s'il s'agissait de toucher le bout de ses pieds sans se froisser un muscle, cela concernait plutôt sa sœur.

Elle passa de nouveau les détails en revue.

Un voyage en voiture à travers l'Amérique.

Pourquoi fallait-il que ce soit un voyage en voiture ? Mais il lui semblait avoir lu quelque part qu'il n'y avait pas beaucoup de ronds-points en Amérique. S'il n'y avait que des routes droites et pas de ronds-points, tout irait bien. À condition qu'elle n'ait pas besoin de rouler en marche arrière.

Son permis était parfaitement valide, car jusqu'ici aucun policier en uniforme n'avait pu constater un de ses méfaits. Cependant, le papier était un peu délavé, car il était passé trois fois à la machine avant qu'elle ne se rende compte qu'elle l'avait oublié au fond de sa poche.

Quelle était la distance entre Chicago et Santa Monica ?

Elle tapa la question sur un site de recherche et contempla la réponse.

Deux mille quatre cents miles.

Elle ne parvenait pas à imaginer une telle distance.

Il y avait deux miles de la maison jusqu'au supermarché le plus proche.

Deux mille quatre cents... Ce qui représentait mille deux cents voyages jusqu'au supermarché.

Elle déglutit, étudia la carte sur l'écran, puis regarda celle qui était épinglée au mur. Route 66. La route traversait de multiples États avant d'aboutir sur la côte pacifique. Elle avait étudié Steinbeck à l'école, et *Les Raisins de la colère*. La Mother Road ne lui avait pas paru très attirante.

D'un autre côté, c'était une des routes les plus légendaires du monde.

Elle chercha des images de Santa Monica, et tomba sur des plages de sable, des palmiers, une fille en vélo les cheveux au vent et le sourire aux lèvres. Un couple se regardant amoureusement dans un restaurant. Elle crut même entendre les vagues rouler sur la plage.

L'endroit avait l'air tellement vivant.

Elle regarda de nouveau par la fenêtre et vit Mme Pettifer couper les fleurs fanées de ses géraniums.

La Californie.

C'était un autre monde. Exactement ce qu'elle voulait. N'importe quel monde, en dehors de celui dans lequel elle vivait en ce moment. Et cerise sur le gâteau, celui-ci se trouvait à des milliers de kilomètres de la vie médiocre qu'elle menait ici.

Elle relut encore l'annonce, essayant de trouver quelque chose qui la qualifiât pour le job. Elle était très enjouée. Elle n'avait pas cessé de sourire un instant en ramassant les crottes de renard. Et pas seulement parce que sa sœur avait marché dedans en partant travailler. Si la personne qu'elle devait conduire avait un aussi bon caractère qu'elle, il y avait des chances pour qu'elles s'entendent.

Pourquoi cette personne ne conduisait-elle pas elle-même ?

Probablement parce qu'elle ne pouvait pas, ou ne voulait pas. D'une façon ou de l'autre, cela jouait en sa faveur. Si la personne ne savait pas conduire, elle ne remarquerait pas ses erreurs. Et si elle ne voulait pas, elle comprendrait que Martha ne veuille pas conduire non plus en temps normal.

Cette personne voulait quelqu'un de compétent. Qu'entendait-elle exactement par là ? Il était difficile d'être compétent quand on n'avait pas les moyens d'acheter une voiture, et que personne ne voulait vous prêter la sienne.

Si elle pouvait dissimuler ses faiblesses au début, il y avait de grandes chances qu'après deux mille quatre cents miles elle ait acquis de sérieuses compétences. Si elle parvenait à sortir de Chicago sans s'encastrer dans un mur ou autre chose, tout irait bien. Elle serait folle de joie ! Elle n'avait jamais rien réussi dans sa vie, comme sa mère ne manquait pas de le lui rappeler. Mais traverser l'Amérique en voiture… ce serait une belle réussite. Et cela l'éloignerait de sa famille pendant l'été. Mieux encore, elle ne verrait plus Steven. Elle n'aurait plus besoin de regarder par-dessus son épaule chaque fois qu'elle sortait de la maison.

De plus, un road trip lui donnerait le temps de réfléchir à ce qu'elle voulait faire dans la vie.

Cela l'orienterait peut-être vers un nouveau métier.

Martha Jackson, conductrice de camions longue distance.

Elle s'imagina faisant halte dans un motel surmonté d'une enseigne au néon. Ou bien entrant dans un restaurant traditionnel pour commander un burger.

L'Amérique.

Cela paraissait incroyablement prestigieux, à côté de son petit quartier londonien.

— Martha ! Le sol de la cuisine !

Martha fut tirée de son rêve, dans lequel elle mettait des pièces dans un vieux juke-box et dansait sur de la musique country.

Elle avait l'impression d'être Cendrillon. Obligée de frotter le sol de la cuisine, pendant que sa sœur se pavanait dans des leggings de yoga à l'imprimé léopard.

Armée d'une détermination toute nouvelle, elle saisit son téléphone et composa le numéro.

Elle ignorait qui voulait se faire conduire à travers l'Amérique, mais cette personne ne pouvait pas être plus ennuyeuse que sa propre famille. Il fallait qu'elle lui donne l'impression d'être la candidate idéale.

Martha Jackson, chauffeur privé. Calme (excepté dans les ronds-points), sûre d'elle et fiable.

Elle attendit d'entendre une voix à l'autre bout de la ligne, et sourit en s'efforçant de faire passer dans sa voix une dose de bonne humeur et de souplesse.

— Je m'appelle Martha, et j'appelle pour l'annonce…

Souple, chaleureuse, et vraisemblablement la pire conductrice du monde.

5

Liza

— Qui est cette fille ? Nous ne savons rien d'elle.

Liza faisait les cent pas dans la cuisine de sa mère. C'était son troisième voyage en Cornouailles en un mois, et chaque visite était plus exaspérante que la précédente, et pas seulement à cause de la densité de circulation qui empirait avec la chaleur. C'était à croire qu'en affrontant un agresseur sa mère avait abandonné toute inquiétude pour sa sécurité personnelle. Ou bien, cet incident lui avait trop donné confiance en elle et en sa capacité de survivre au pire.

Quelle que soit l'explication psychologique, rien de ce que disait Liza ne parvenait à lui faire entendre raison.

— Si tu veux absolument faire ce voyage, réserve un circuit. Pars avec un groupe. Et un guide.

— Je ne veux pas voyager en groupe. Je suis trop vieille pour tolérer la compagnie de gens que je n'ai pas choisis, et que je trouverai ennuyeux. J'irai où je veux, et je resterai aussi longtemps que j'en ai envie. À mon âge, je n'ai rien d'autre à faire.

— Maman…

— Tu ne voulais pas que je reste seule dans cette maison, de cette façon je n'y serai pas.

Certains jours, Liza avait l'impression de se cogner la tête contre les murs.

— Et s'il t'arrive quelque chose ?

— J'espère bien qu'il m'arrivera beaucoup de choses. Je serais terriblement déçue si je parcourais deux mille quatre cents miles sans connaître la moindre péripétie.

— Tu ne crois pas que tu devrais commencer par un voyage moins ambitieux ? dit Liza en rangeant les tasses du petit déjeuner dans le lave-vaisselle. Tu n'as plus voyagé depuis la mort de papa.

— J'ai eu tort.

Kathleen déposa un carton rempli de cartes routières sur la table.

— La confiance et le courage se perdent quand on ne s'en sert pas. Je suis restée trop longtemps à la maison.

— Tu ne peux pas traverser l'Amérique d'est en ouest avec une inconnue.

— Pourquoi pas ?

Kathleen étala une carte sur la table, et prit un grand bloc-notes.

— C'est dangereux.

Pourquoi était-elle la seule à trouver que c'était une mauvaise idée ? Sean avait refusé de s'en mêler. « C'est sa vie, Liza. C'est son choix. »

Sa mère la regarda par-dessus la monture de ses lunettes.

— Passe-moi le guide, s'il te plaît.

Tout le monde autour d'elle prenait des décisions ahurissantes. Au moment où elle passait la porte pour partir en Cornouailles, Caitlin lui avait annoncé qu'elle se rendait à une fête avec Jane, ajoutant que si Liza essayait de l'en empêcher elle ferait une fugue. Liza avait eu peur de la laisser seule à la maison, mais Sean était intervenu, et avait persuadé Caitlin d'inviter des amis chez eux plutôt que de sortir. Les choses s'étaient arrangées, jusqu'à la prochaine fois. Qu'était donc devenue son adorable petite fille qui aimait se déguiser, ou « jouer à l'école » ? Où étaient passés les câlins et les bisous ? Désormais, Liza n'avait droit qu'à des soupirs agacés, et des yeux levés au ciel.

Liza avait décidé de passer l'été à réparer ses liens avec ses filles. Et aussi avec Sean, car la plupart du temps leur relation se limitait à s'occuper tour à tour des gens qu'ils aimaient.

Huit signes que votre mariage bat de l'aile.

L'article était toujours au fond de son sac. Enterré sous une foule de menus objets, mais elle ne l'oubliait pas.

Elle regarda sa mère étudier la carte avec concentration.

C'était un voyage énorme. Et encore plus énorme pour quelqu'un qui allait sur ses quatre-vingt-un ans.

Son sens du devoir lui lança un appel.

Liza rêvait déjà de leurs deux semaines de vacances dans le sud de la France. Ses livres étaient rangés dans sa valise avec son chapeau de paille.

Mais voilà, sa mère avait besoin de quelqu'un pour l'accompagner dans ce ridicule road trip.

Et soudain, une pensée la traversa. Ne serait-ce pas l'occasion parfaite pour se rapprocher de sa mère ? Calée pendant des heures dans une voiture, Kathleen finirait sûrement par s'ouvrir un peu ?

Ce que Liza ressentit était proche de l'enthousiasme.

— Je te conduirai moi-même. J'aimerais beaucoup le faire.

Elle aurait eu du mal à dire qui fut le plus choqué par cette proposition. Sa mère, ou son mari ?

— Euh… Liza ? dit Sean en se grattant la tête. Et la France ?

— Tu pourrais y aller sans moi, cette année.

Plus elle réfléchissait, plus cette idée lui paraissait géniale. Enfant, elle rêvait d'accompagner sa mère dans ses voyages. Le moment était venu. Elles créeraient un lien, se rapprocheraient.

— Ce ne sera pas pareil sans toi.

L'expression horrifiée de Sean la rassura. Elle commençait à croire que les gens la considéraient comme un rabat-joie. Quelqu'un qui les freinait sans cesse dans leur élan.

Mais Sean voulait qu'elle soit avec eux.

84

Ce qui n'allait pas dans leur mariage, c'était peut-être simplement le fait qu'ils aient cessé de consacrer du temps à leur couple.

— Je te manquerais ?

— Bien sûr.

Sean, qui avait apparemment décidé que seul le café lui permettrait de survivre à ce week-end, se servit une troisième tasse.

— Comment ferions-nous sans toi ? Je ne sais même pas où récupérer les clés. C'est toujours toi qui t'arranges avec la redoutable Mme Leroux. Tu parles mieux le français que moi. Et puis il y a la question des repas. Nous mourrions sans doute de faim, si tu n'étais pas là.

La joie de Liza s'évapora en un clin d'œil.

Il voulait qu'elle soit avec eux parce qu'elle lui facilitait la vie ? C'était donc cela ?

Est-ce qu'il l'aimait encore un peu ? Non pas pour ses qualités d'organisatrice, mais pour elle. Liza. La femme qu'il avait épousée ?

— Je suis sûre que tu sauras réserver une table au restaurant.

Et maintenant, elle avait encore plus envie de partir avec sa mère. Non seulement cela les rapprocherait, mais ce serait une occasion de montrer à Sean et aux filles tout ce qu'elle faisait pour eux.

— Ne paniquez pas, Sean, dit Kathleen. J'apprécie la proposition de Liza, mais je ne veux pas qu'elle me conduise. Ce n'est pas la personne qu'il me faut pour ce genre de voyage.

Ce refus rouvrit une ancienne plaie. Elle se revit à huit ans, cramponnée à sa mère qui venait de franchir la porte d'entrée. *Emmène-moi avec toi !* Une autre fois, elle avait même glissé son propre sac de voyage dans la valise de sa mère, et s'était mise à hurler quand celle-ci l'avait ressorti.

— Pourquoi ne serais-je pas la bonne personne ?

— En dehors du fait que tu adores tes vacances en France et que tu regretterais de ne pas y être allée cette année, tu voudrais tout contrôler. Or, dans ce genre de voyage, rien n'est sous contrôle. Tu t'inquiéterais constamment pour ta famille, et passerais la moitié du temps pendue au téléphone. De plus tu surveillerais ce que je mange et me supplierais d'être prudente. Ce serait stressant pour toutes les deux.

Kathleen lissa la carte sur la table, du plat de la main.

— Je ferai ce voyage seule.

Elle avait fait tous ses voyages seule, songea Liza, qui ravala son chagrin tout en faisant bonne figure. Elle aurait dû avoir l'habitude d'être repoussée, depuis le temps. Alors, pourquoi souffrait-elle autant ?

Il fallait qu'elle accepte que, quoi qu'elle fasse, sa mère et elle ne seraient jamais proches. Et qu'elle cesse d'espérer un changement.

Elle irait en France, bien que cette perspective fût gâchée à présent.

Elle ressassait encore l'idée que Sean la considérait comme une parfaite organisatrice de voyages, quand le bruit d'un moteur de voiture lui parvint par la fenêtre ouverte.

Kathleen se redressa, une main posée à plat sur la carte.

— C'est elle. Martha. Ma conductrice. Vous ne voulez pas aller respirer l'air de la mer, tous les deux ?

Sa mère ne voulait pas d'elle dans les parages.

Mais son sens des responsabilités l'obligeait à rester pour rencontrer cette fille.

— As-tu vérifié ses références ? Comment sais-tu que tu peux lui faire confiance ?

— Les routes qui mènent à cette maison sont étroites et sinueuses. Si elle a pu les suivre sans encombre, c'est qu'elle sait conduire. Je vais la voir. Je ne veux pas que tu lui fasses peur, ou que tu la fasses partir.

Kathleen sortit de la cuisine et Liza resta plantée là, seule, incomprise, consciente de ne pas être appréciée à sa juste valeur.

Sean lui pressa gentiment l'épaule.

— Nous l'avons échappé belle, Liza. Imagine qu'elle ait dit oui, comment aurions-nous fait ?

Elle aurait traversé l'Amérique et passé des moments agréables avec sa mère.

Mais ce n'était pas ce que Kathleen voulait. Elle préférait passer des semaines avec une inconnue plutôt qu'avec sa propre fille. Liza n'était pas assez téméraire pour elle.

— C'est tout ce que je suis pour toi ? Quelqu'un qui organise tes vacances ?

— Non, répondit Sean en finissant son café. Mais je reconnais que tu le fais très bien. Grâce à toi, la vie est un fleuve tranquille.

Les vacances, qu'elle attendait avec impatience depuis si longtemps, ne lui semblaient plus aussi attrayantes. Elle aurait aimé dire à Sean ce qu'elle ressentait, mais elle ne pouvait pas le faire alors qu'une inconnue était sur le point de les rejoindre dans la cuisine.

Elle s'empara du mug de Sean et le remplit de nouveau.

Il fallait qu'elle cesse de trop réfléchir à tout, spécialement à son mariage. Sean avait fait une remarque qui manquait de délicatesse. Et alors ? Les gens disaient sans arrêt ce qu'il ne fallait pas. Elle aussi. Le principal était de ne pas avoir de réaction disproportionnée. Elle allait jeter cet article idiot à la poubelle.

Des rires résonnèrent dans le hall, puis sa mère entra dans la cuisine, accompagnée d'une jeune fille qui paraissait à peine plus âgée que Caitlin.

Des boucles tombaient sur ses épaules, et un jean et un T-shirt étroits moulaient ses formes arrondies. Son nez était parsemé de taches de rousseur, et son sourire aimable semblait contagieux.

Sean fit un pas vers elle.

— Enchanté. Vous êtes Martha, n'est-ce pas ? Vous avez fait bon voyage ?

— Excellent, merci. Le train était direct.

Liza la regarda d'un air ahuri.

— Vous êtes venue en train ?

— Oui, ensuite j'ai pris un taxi à la gare. Le chauffeur a râlé tout le long du chemin, précisa-t-elle avec un air compatissant. Il prétendait que la route était trop étroite et les haies trop hautes.

— Je croyais que vous viendriez en voiture, remarqua Liza, qui se sentit soudain très vieille.

— Je n'en ai pas, et de toute façon j'aime prendre le train. Cela me permet de lire, et le rythme du voyage est apaisant.

— Je suis de votre avis, déclara Kathleen. J'ai fait le trajet de Moscou à Vladivostok par le Transsibérien.

Liza se souvenait de ce voyage. Elle avait eu une méningite, et avait dû passer des semaines à l'hôpital. Les gens parlaient à voix basse autour d'elle. Son père, pâle et tendu, n'avait pas quitté son chevet. Pendant quelque temps, elle avait été le centre du monde. Puis sa mère était arrivée avec des cartes postales et des souvenirs de voyage, et l'atmosphère de la maison avait changé.

Sa mère se rappelait-elle qu'elle avait été gravement malade ?

— Venez vous asseoir, Martha.

Kathleen fouilla dans son dossier et en sortit quelques photos.

— Que savez-vous de la Route 66 ?

— J'ai étudié *Les Raisins de la colère* à l'école. Je sais que pour échapper à la tempête de sable, le Dust Bowl, dans les années 1930, les gens ont quitté le Midwest pour gagner la côte californienne. Par la Route 66, qu'on appelle aussi la Mother Road. J'ai détesté ce livre quand j'étais enfant, mais je l'ai relu cinq fois par la suite. C'est un de mes romans préférés. C'est étrange, comme l'école peut vous rebuter, au lieu de vous inspirer. En dehors de cela, reprit-elle après une légère pause, je sais que l'ancienne route ne sert plus beaucoup, puisqu'elle a été remplacée par l'autoroute. Mais je suppose que vous voudrez que nous roulions sur la Route 66 historique, chaque fois que ce sera possible ?

Kathleen parut enchantée.

— En effet. Mon rêve était de louer une Ford Mustang classique pour voyager avec style, mais je me suis dit que j'étais peut-être trop vieille pour ça.

Enfin, songea Liza. *Un peu de bon sens.*

Kathleen enchaîna, presque aussitôt :

— Mais je me suis dit que nous allions plutôt opter pour la Mustang décapotable la plus moderne et la plus chic. Avec la climatisation, bien entendu. Car lorsque nous atteindrons Needles, entre l'Arizona et la Californie, la température sera assez élevée pour rôtir un porc sur la route.

Une Mustang décapotable ?

Martha se pencha au-dessus de la carte, et ses boucles tombèrent sur son front.

— Nous pourrions mourir de chaud ?

— Exactement, répondit Kathleen, ravie. C'est un climat désertique, avec de terribles tempêtes en été.

Liza n'en croyait pas ses oreilles.

— Je pensais que tu choisirais un SUV, moderne et fiable.

— Ce ne serait pas drôle, répliqua sa mère sans cesser d'étudier la carte. J'ai lu un article qui disait qu'en partant très tôt le matin on évitait la chaleur de la journée. Pouvez-vous voyager léger, Martha ? Il n'y aura pas beaucoup de place pour les bagages.

— Attends… Tu veux louer une voiture de sport ?

— Ce sera plus amusant pour Martha.

Liza crut voir une lueur de terreur dans les yeux de la jeune femme, mais elle se dit que c'était sans doute le reflet de ses propres émotions.

— Et si vous tombez en panne ?

— Pourquoi cela arriverait-il ? De toute façon, la société de location dit que nous aurons un numéro à appeler en cas de problème. Avec un peu de chance, ils nous enverront un beau dépanneur pour Martha.

Kathleen fit un clin d'œil à cette dernière, qui se mit à rire.

— Si nous tombons en panne dans le désert, ce sera chaud.

— Cela a l'air si drôle que j'ai envie de me cacher sous la banquette arrière, dit Sean.

Liza se demanda pourquoi il lui incombait encore de poser les questions importantes.

— Mais vous pouvez vraiment conduire, Martha ? Aux USA il faut avoir au moins vingt-cinq ans pour louer une voiture.

— Je les ai eus le mois dernier.

Elle paraissait plus jeune. Liza résista à la tentation de lui demander son certificat de naissance.

— Et vous ne voyez pas d'inconvénient à partir tout l'été ?

— Merci, Liza, dit sa mère. Martha, jetez un coup d'œil à la carte. C'est excitant, non ?

— Très, répondit Martha en se penchant. J'ai étudié la route. Il me tarde de voir le Grand Canyon.

— Moi aussi, dit Kathleen en lui faisant signe de s'asseoir. Je prendrai en charge toutes les dépenses, naturellement. Vous n'aurez pas besoin de débourser un sou.

Et si cette fille avait des goûts de luxe ? Si elle commandait d'énormes steaks dans tous les restaurants où elles s'arrêteraient ?

— Maman…

— Êtes-vous assez flexible ? Nous réserverons quelques chambres d'hôtel en chemin, mais je voudrais conserver une certaine spontanéité. Rester plus longtemps quelque part si nous en avons envie. Partir plus tôt si l'endroit ne nous plaît pas.

— Parfait. Allons quelque part où personne ne pourra nous retrouver. Euh… c'est enthousiasmant, ajouta-t-elle en rougissant un peu. Et je peux dormir n'importe où.

Liza se rembrunit. Pourquoi voulait-elle aller quelque part où on ne la retrouverait pas ?

— Je voudrais prendre deux semaines pour le voyage, et ensuite passer un peu de temps en Californie. Nous serons parties au moins un mois, conclut Kathleen en repliant la carte. Quand faut-il que vous soyez rentrée chez vous ?

— Je n'ai aucune obligation. Je peux rester aussi long-temps que vous le voudrez.

Quoi ? Quel genre de personne pouvait s'absenter indéfiniment ? N'avait-elle donc rien à faire, dans sa vie ?

L'agacement de Liza se transforma en suspicion. Quelque chose n'allait pas.

Et on n'avait pas encore abordé le sujet des formalités. Il fallait un visa.

— Vous avez de la famille, Martha ?

— Oui.

Martha accepta en souriant la tasse de thé que Sean lui tendit.

— Je vis chez mes parents, car je suis entre deux jobs en ce moment.

— Quel était votre dernier emploi ? demanda Liza en ignorant le soupir excédé de sa mère.

— Je travaillais dans un refuge animalier. J'ai beaucoup cherché, mais il y a très peu d'offres d'emploi en ce moment.

— Si nous pouvions avoir le nom de votre dernier employeur, ce serait bien. Il nous faut des références.

Kathleen rangea la carte dans son dossier.

— Les références ne seront pas nécessaires, annonça-t-elle en se levant. Dites-moi ce qui vous plaît dans le fait de conduire, Martha.

— Le meilleur moment, c'est quand j'atteins ma destina-tion et que je suis encore vivante. C'est toujours une bonne raison pour boire un verre. Sans alcool, naturellement.

Martha éclata de rire, aussitôt imitée par Sean et Kathleen.

Liza inspira profondément.

— Vous avez déjà eu des accidents ?

Martha but une gorgée de thé.

— Un seul. Sans conséquences graves, si ce n'est que j'ai perdu une partie du cœur de mon papa ce jour-là.

— J'ai eu trois accidents quand j'ai commencé à conduire, dit Kathleen. Cela vous apprend à être plus prudent.

À condition de ne pas perdre la vie. Liza eut un sourire forcé.

— Je suppose que tu veux te renseigner sur ses qualifications ?

— Ah, oui. Vos qualifications, dit Kathleen en regardant Martha dans les yeux. Savez-vous préparer le thé ? Je ne bois que de l'earl grey.

— Je fais un thé excellent. Avant le refuge, je travaillais dans un café.

— Dans ce cas, vous êtes parfaitement qualifiée pour cet emploi. Je sais déjà que nous allons très bien nous entendre. Le poste est à vous, si vous acceptez de passer l'été avec une octogénaire mal élevée, qui ne fait jamais ce qu'on lui demande.

Kathleen regarda Liza avec une lueur amusée dans les yeux, et Martha sourit.

— Je ne fais jamais ce qu'on me demande non plus. Ma mère dit que je finirai par la faire mourir avant l'heure.

Parfait, songea Liza. *Deux irresponsables ensemble. Que pouvait-il leur arriver ?*

Martha dut se rendre compte que Liza était loin d'être conquise, car elle se pencha vers elle pour affirmer :

— Je vous promets de bien veiller sur votre mère.

— Merci.

Liza pouvait difficilement mettre en doute son enthousiasme ou ses bonnes intentions.

— Que diront vos parents en apprenant que vous allez passer l'été en Amérique ?

— Ils seront enchantés que j'aie trouvé un emploi.

Cette réponse n'avait rien pour rassurer Liza, mais Kathleen se leva d'un air décidé.

— C'est donc entendu. Vous avez un passeport ?

— Oui. Je suis allée en Italie avec l'école lors de ma dernière année au lycée, et il est toujours valide.

Liza passait plusieurs éléments en revue dans sa tête.

Combien de filles de vingt-cinq ans choisiraient de tout plaquer pour aller traverser l'Amérique avec une octogénaire ? Pourquoi Martha ne passait-elle pas l'été avec ses copines, ou son petit ami ?

Quelque chose clochait. Mais il était trop tard. Sa mère fouillait déjà dans le tiroir où elle rangeait son argent.

— Je vais vous donner de l'argent tout de suite, afin que vous puissiez vous équiper pour le voyage. J'espère que vous ne voyez pas d'inconvénient à ne pas avoir de virement bancaire. L'idée que mon argent voyage dans l'espace ne me séduit pas. Il suffit que vous vous trompiez de touche sur l'ordinateur pour perdre les économies de toute une vie.

— Comme vous voudrez, madame Harrison. Mais que voudriez-vous que j'achète ? Faites-moi une liste, et j'irai chercher ce dont vous avez besoin. Du thé ?

— Je m'occuperai du thé. Cet argent est pour vous. Il vous faudra des vêtements confortables pour conduire. Un sac souple, que vous pourrez ranger dans un petit espace. Des lunettes de soleil, pour avoir l'air cool dans notre voiture de sport. Un foulard pour empêcher vos jolies boucles de tomber devant vos yeux quand nous roulerons à toute allure sur l'autoroute. Et une ou deux robes ?

Martha tira sur son T-shirt.

— Je porte plutôt des jeans, mais merci. C'est généreux. Vous êtes sûre ?

— Je vous demande de faire deux mille quatre cents miles au volant. Le moins que je puisse faire est de m'assurer que vous serez confortablement équipée pour le trajet.

Kathleen tendit à la jeune fille une épaisse liasse de billets.

— Ignorez la moue désapprobatrice de Liza. Ma fille est d'une prudence exagérée.

Quel mal y avait-il à être prudente ? Était-ce un péché d'avoir le sens des responsabilités ?

Liza ne voyait pas ce qu'il y avait de vertueux à nier ses responsabilités, et à ne pas penser aux autres.

Des larmes lui piquèrent les yeux.

Elle avait passé un week-end sur deux en Cornouailles depuis « l'incident ». Ce qui lui avait laissé très peu de temps avec sa propre famille, dont l'état se délabrait de jour en jour.

Cependant aucun de ses efforts n'avait pu la rapprocher de sa mère.

Blessée, elle eut un bref sourire et alla vers la porte.

— Je vais me promener. Enchantée d'avoir fait votre connaissance, Martha. Faites un bon voyage.

Elle se sentit presque désolée pour Martha, qui était si souriante et si optimiste. Quelles que soient les raisons pour lesquelles elle acceptait ce job, Liza était sûre qu'elle ne savait pas où elle mettait les pieds. Quant à sa promesse de veiller sur Kathleen… eh bien, elle lui souhaitait bonne chance.

Soudain, elle eut très envie de rentrer chez elle. Ils pourraient partir demain après le petit déjeuner, au lieu d'attendre midi, comme prévu. Elle préparerait le dîner pour les filles et ils mangeraient tous ensemble, en famille.

Tout en traversant les champs avec Sean, elle respira lentement et profondément. Le paysage était beau, mais elle ne pouvait jamais vraiment se détendre, ici. Pour se détendre il fallait laisser tous ses soucis loin derrière soi, et ici, à Oakwood Cottage, il y avait trop de corvées qui l'attendaient. Des complications se profilaient. Elle imaginait sa mère tombant, la maison s'écroulant sur elle.

Sean se pencha pour ramasser un coquillage sur la plage.

— Martha a l'air formidable.

— Mmm.

Liza regarda les vagues s'écraser sur le sable. Elle avait toujours eu le sens des responsabilités. Même lorsqu'elle était enfant. Elle préparait les repas pour son père, essayait de compenser les nombreuses absences de sa mère.

Sean lui passa un bras sur les épaules et fit mine de l'embrasser, mais elle se dégagea et avança sur la plage. Elle était encore bouleversée. Impossible de passer en un clin d'œil du chagrin et de l'irritation à l'affection. Ces mots, qu'il avait prononcés sans réfléchir, avaient créé une barrière entre eux et elle ne parvenait pas à la franchir. Pour elle, le sexe était lié aux sentiments. Elle n'était pas le genre de femme à se servir du sexe pour se réconcilier après une dispute. Elle avait besoin de se sentir aimée et choyée. Et en ce moment ce n'était pas du tout le cas.

Sean la rattrapa.

— Je sais que tu es contrariée. Mais ta mère est ce qu'elle est.

Ce n'était pas seulement sa mère qui l'avait contrariée, mais ce n'était pas le moment d'avoir une conversation aussi grave. Elle était fatiguée, blessée, et ne faisait pas confiance à ses propres émotions.

Ils se promenèrent ensemble, dans un silence embarrassé, et lorsqu'ils regagnèrent la maison Martha était partie.

Pendant que Sean téléphonait aux filles, Liza fit une salade d'été, parsema les tranches de mozzarella de basilic, et ajouta des amandes grillées, tout en écoutant d'une oreille la conversation.

— Tout va bien, Caitlin ? demanda Sean en piquant une olive dans le saladier. La maison tient toujours debout ? Vous n'avez pas eu besoin d'appeler les pompiers ? Quoi ? Oui… Bien sûr, je plaisante.

Il lança un coup d'œil à Liza, comme pour dire : « *Tu vois ? Je les surveille.* »

— Fermez bien la porte à clé avant d'aller vous coucher. Et vérifiez que la porte du congélateur n'est pas restée ouverte.

Liza saupoudra des tomates, des poivrons et des oignons rouges d'ail haché, et glissa le plat dans le four.

— Ça sent bon, dit Sean en raccrochant. Les jumelles vont bien. Elles passent tranquillement la soirée à la maison, et tout va bien.

— Et la fête qui était prévue ?

— Tu leur as dit qu'elles ne devaient pas y aller.

— Depuis quand quelqu'un tient compte de ce que je dis ?

Liza coupa des tranches de pain, et sortit le beurre du réfrigérateur.

— Visiblement, elles t'écoutent.

Elle se sentit coupable de ne pas être aussi confiante que lui.

— Tu as parlé à Alice ?

— Non. Pourquoi ?

Parce qu'elle ne ment pas aussi bien que sa sœur.

Chez les jumelles, Caitlin était la sœur dominante.

— Pour rien.

Pourquoi n'était-elle pas rassurée ? C'était à cause du regard que Caitlin lui avait lancé, avant qu'ils ne quittent la maison. Ce « oui maman », qui ne voulait pas du tout dire oui.

Les jumelles étaient ses filles, et elle les aimait plus que tout. Elle aurait dû avoir confiance en elles. Il était impossible de raccommoder leur relation si la confiance manquait. Il fallait qu'elle essaye de devenir comme Sean, qu'elle envisage toujours le meilleur et non le pire.

— Merci de les avoir appelées. C'est gentil.

Elle embrassa Sean sur la joue et prit le verre de vin qu'il lui offrait.

La première gorgée fut un enchantement. Comme si son verre contenait un rayon de soleil. Une partie de son anxiété s'évapora.

Ils dînèrent à l'extérieur, en regardant le soleil se coucher sur les champs et disparaître au loin, dans l'océan.

Popeye apparut alors, comme souvent quand il y avait de la nourriture sur la table.

Ils parlèrent du voyage, et Liza exposa quelques-uns de ses projets pour les vacances en France, résistant prudemment à la tentation d'exhorter sa mère à la prudence.

Les yeux fermés, elle savoura le vin et les rayons du soleil couchant, jusqu'à ce que l'air se rafraîchisse. Quand le ciel s'assombrit, elle débarrassa la table et Kathleen monta se coucher.

Liza avait l'impression que sa mère aurait été aussi heureuse si elle avait été seule.

Il était clair que ses attentions l'agaçaient. Mais Liza ne savait pas être indifférente.

— Nous devrions nous coucher tôt aussi, dit-elle à Sean. L'air de la mer m'a fatiguée.

En proie à un sentiment de solitude et de frustration, elle passa un temps infini dans la salle de bains, et fut soulagée de constater que Sean dormait déjà quand elle se glissa dans le lit, à côté de lui.

Elle mit longtemps à s'endormir. Mais elle rêvait du sud de la France quand le téléphone de Sean se mit à sonner.

Il le chercha à tâtons dans l'obscurité, et Liza alluma sa lampe de chevet, le cœur battant.

— Ce sont les filles ?

Il examina l'écran.

— Non, c'est Margaret et Peter. Nos voisins. Pourquoi diable appellent-ils au milieu de la nuit ?

Il s'assit dans le lit et répondit.

— Margaret ? Oui… non, pas de souci.

Il écouta, et se passa une main sur le visage.

— Ce n'est pas vrai… Oh ! non !

— Quoi ? fit Liza à mi-voix.

Mais Sean secoua la tête et leva la main.

— Je suis absolument désolé. Oui… tout à fait. Nous partons sur-le-champ, mais il y a quatre heures de voyage. Oui bien sûr, vous avez appelé la police… je comprends.

— La police ? Que se passe-t-il ? s'exclama Liza, paniquée.

— Oui, je peux vous assurer que nous allons régler cela.

Sean finit par raccrocher et jura entre ses dents.

— Nous devons rentrer.

— Ce sont les jumelles ? Elles ont eu un accident ?

— Non, elles ont donné une fête.

Le visage fermé, Sean entassa à la hâte leurs vêtements dans le sac de voyage.

— Elles ont démoli la maison, cassé la baie vitrée des voisins, et détruit leurs précieuses plates-bandes. Il faut rentrer au plus vite.

6

Kathleen

Deux semaines plus tard, assise dans la voiture de Liza qui la conduisait à l'aéroport, Kathleen serrait son sac sur ses genoux.

Elle se sentait vieille. Conséquence directe de deux soirées passées avec des adolescentes.

Était-il normal d'être soulagée que cette partie du voyage soit terminée ? Elle commençait à comprendre pourquoi Liza paraissait tout le temps vidée de ses forces.

Sa fille eut un pâle sourire.

— Désolée. Ce n'était pas le plus relaxant des séjours.

— J'étais contente de voir les filles.

Kathleen s'obligea à mentir. Ce qui était une épreuve, pour quelqu'un qui pensait devoir toujours dire la vérité. Mais cela lui semblait la moindre des politesses, même si elles savaient toutes les deux que les jumelles avaient été abominables. Avec elle, elles avaient été charmantes, bien entendu.

— *Granny ! C'est super, de te voir !*

Mais elles étaient odieuses avec leur mère.

— *Nous aurions pu aller dîner en famille, mais maman nous oblige à mener une vie sinistre. Elle a chassé toute joie de notre vie.*

Étant donné le niveau des hostilités, Kathleen admirait sa fille de s'en tenir aux sanctions qu'elle avait imposées.

Dans la même situation, elle n'était pas sûre qu'elle aurait été aussi ferme. Mais Liza avait été une enfant facile, et il n'avait pas été nécessaire de lui imposer une discipline stricte.

Quel horrible monde habitait sa fille ! Conflictuel et dépourvu de joie.

— Pas d'Internet, pas de télé, pas de téléphone pendant un mois ! avait lancé Caitlin à la cantonade en traversant la cuisine. C'est une violation des droits de la personne.

Alice, qui détestait les conflits, avait quitté la pièce en se bouchant les oreilles.

Liza avait gardé son calme.

— Vous avez violé les droits de nos voisins en les empêchant de dormir, en cassant leur fenêtre, et en saccageant les fleurs de leur jardin.

— Ce n'était pas ma faute, avait protesté Caitlin. Je ne suis pas responsable de ce que font les autres.

— Tu l'es, quand tu les invites à la maison.

— Ils n'étaient pas invités ! Je ne les connaissais même pas. Et nous priver de tout, c'est… c'est… médiéval. Granny, dis-lui que cette punition est moyenâgeuse !

Kathleen avait fait un effort pour se montrer impartiale.

— Rien dans votre vie n'est médiéval. Au Moyen Âge, tu n'aurais sans doute pas vécu jusqu'à l'adolescence. Le taux de mortalité infantile était incroyablement élevé.

— Tu veux dire que tu n'as jamais fait la fête, quand tu avais notre âge ?

Oh ! ciel…

— Si, je suppose que…

— Tu vois ?

Triomphante, Caitlin s'était tournée vers Liza.

— Granny faisait des fêtes de folie quand elle avait notre âge.

— Je n'ai pas dit « de folie », avait rectifié Kathleen.

Mais plus personne ne l'écoutait. Liza faisait un tel effort pour garder son calme que tout son corps vibrait.

— Pour commencer, il s'agit de toi et non de Granny. Deuxièmement, les réseaux sociaux n'existaient pas quand Granny était adolescente, et même si elle donnait une fête, je suppose qu'elle connaissait tout le monde. Troisièmement, ses invités ne détruisaient pas la maison, ni celle des voisins.

— Nous n'avons pas détruit la maison, avait marmonné Caitlin, en ayant la sagesse de prendre une mine penaude. Nous n'avions pas invité ces gens.

— Mais quelqu'un l'a fait. Tu dois trouver qui, et leur demander des comptes.

— Pas question. Ce ne serait pas cool.

Kathleen s'était attendue à ce que Liza réponde : *Tant que tu vivras sous mon toit, tu respecteras les règles*. Mais elle n'en avait rien fait.

Elle s'était seulement assise devant le comptoir de la cuisine, l'air accablé, comme si elle ne parvenait plus à porter le poids de la vie.

— Caitlin, si un inconnu que tu n'as pas invité entrait dans ta chambre et cassait toutes les choses auxquelles tu tiens, serais-tu contrariée ?

Caitlin avait réfléchi un instant.

— Ce n'est pas pareil.

— C'est exactement pareil. La compagnie d'assurances a envoyé quelqu'un hier pour évaluer les dégâts. Les réparations vont coûter des milliers de livres.

— C'est fou. C'est une arnaque.

— C'est la réalité. Tes « amis » ont laissé le robinet ouvert dans la salle de bains du rez-de-chaussée. L'eau a coulé dans le hall, et les dommages causés au parquet sont irréparables. Il y a des brûlures de cigarettes sur le canapé du salon, et des taches de vin sur le tapis. La vitre de la fenêtre du patio est fendue. Et je ne parle pas des conséquences sur nos relations avec M. et Mme Brooks. Je suis tellement gênée que je n'ose même pas les regarder. Apparemment, un de tes soi-disant amis s'est soulagé dans leur jardin.

Caitlin avait perdu un peu de sa superbe.

— Je ne le savais pas.

— Cette propriété était sous ta responsabilité.

— Je ne pouvais pas savoir qu'ils allaient inviter une tonne de gens que je ne connaissais pas ! s'était-elle exclamée, avec un brin de panique.

— C'est ce qui arrive quand tu lances des invitations sur les réseaux sociaux.

Caitlin avait pâli.

— Ce n'est pas ce que j'ai fait.

— Mais quelqu'un d'autre s'en est chargé, et tu dois découvrir qui. Ensuite, il faudra que tu te poses sérieusement quelques questions sur ton amitié avec cette personne.

— Oh ! pourquoi tu ne dis pas ce que tu penses ? s'était exclamée Caitlin, que la culpabilité rendait grincheuse. Tu crois que c'est Jane. Je suis sûre que tu espères que c'est elle, car cela te donnera une bonne raison pour la tenir à l'écart. Tu la détestes depuis le début. Juste parce qu'elle a un an de plus que moi, et qu'elle est cool. Mais je suis assez grande pour choisir mes amis.

— Tu ne fais pas vraiment ton choix, répliqua Liza. Tu suis leurs choix. C'est bien ce qui m'inquiète. Tu suis tout ce qu'elle fait, tout ce qu'elle dit, même si ça va à l'encontre de tes valeurs. Si tu es assez grande pour faire tes choix, tu l'es aussi pour prendre tes responsabilités.

Sean était entré dans la cuisine au moment où Liza prononçait ces mots. Il avait aussitôt fait demi-tour.

Kathleen avait surpris l'expression agacée de Liza quand celle-ci avait ouvert la bouche pour le rappeler, avant de se raviser. Bizarre. Pourquoi ne réglaient-ils pas ce problème ensemble ? Il valait mieux faire front.

Puis elle s'était rappelé toutes les fois où elle avait été absente, en voyage dans des pays exotiques, laissant Brian régler lui-même ces petites crises familiales.

Caitlin avait continué sur sa lancée :

— Tu voudrais que j'aie une vie ennuyeuse, comme la tienne. Mais je ressemble à Granny, j'aime l'aventure et je n'ai pas froid aux yeux. C'est dans mon ADN, je suis née comme ça.

Dans d'autres circonstances, Kathleen aurait peut-être admiré l'habileté avec laquelle Caitlin, en bonne manipulatrice, avait détourné l'attention de sa personne.

L'ADN. Apparemment, toute cette histoire était arrivée par la faute de sa grand-mère.

Kathleen avait estimé que c'était le moment de s'éclipser et de se retirer discrètement dans sa chambre pour étudier son guide. Voyager était la façon idéale de sortir de sa propre vie, et c'était ce qu'elle avait envie de faire. Elle aurait aimé que sa fille puisse en faire autant, car sa vie ne semblait pas particulièrement agréable.

Pour la première fois, elle s'était demandé pourquoi elle avait regretté autrefois que sa fille ne soit pas un peu plus rebelle. Si Caitlin était un exemple de rébellion, elle était bien contente de ne pas avoir eu à gérer ce genre d'attitude.

Maintenant, elles étaient dans la voiture. Kathleen était bien consciente de s'échapper, tandis que Liza allait retourner vivre dans cette atmosphère toxique.

Sa fille était pâle et fatiguée, mais son expression était déterminée. Comme si elle livrait sans relâche une bataille épuisante.

Avait-elle oublié comment se détendre ? Comment s'amuser ?

Kathleen se redressa un peu, tout en réfléchissant. Elle n'avait pas été la meilleure mère du monde. Mais il n'était jamais trop tard pour bien faire.

Mais comment ? Comment persuader sa fille de prendre du temps pour elle ? Elle détestait que les gens lui disent comment elle devait vivre, aussi n'allait-elle pas lui faire la leçon, ni même lui donner des conseils. D'autre part, elles arriveraient bientôt à l'aéroport, où elles seraient entourées par des inconnus, au milieu du bruit et de la bousculade. Ce n'était pas le moment pour une discussion à cœur ouvert, surtout pour quelqu'un d'aussi réservé que Kathleen.

Coincée dans un embouteillage, Liza pianota sur le volant et lui lança un coup d'œil.

— Tu n'as pas de regrets ? Tu sais que s'il se passe quelque chose pendant le voyage tu pourras toujours m'appeler, et je t'aiderai.

Kathleen eut le cœur serré. Sa fille pensait qu'elle faisait une erreur, mais elle souhaitait quand même l'aider si le voyage se passait mal. Alors qu'elle devait faire face à une crise importante chez elle. Liza était comme ça, elle faisait passer les autres avant elle.

Mais les gens faisaient des sacrifices pour ceux qu'ils aimaient. Nul ne le savait mieux qu'elle.

Elle repoussa ces pensées qui la concernaient. Revenir sur le passé n'était pas son passe-temps favori, et il n'était pas question d'elle en ce moment.

— Je pensais à toi.

Vas-y, Kathleen, dis quelque chose de profond, qui pourra l'aider. Assume tes sentiments.

— Ces derniers jours ont été éprouvants, dit Liza en reportant son attention sur la route. J'espère que les tensions s'apaiseront pendant les vacances, et que je pourrai me détendre. J'ai hâte de partir.

— Tu ne peux pas vivre en attendant ces deux semaines de vacances par an pour te distraire, Liza. Que fais-tu pendant les cinquante autres semaines ?

Liza se rembrunit.

— Je n'ai pas que ces deux semaines pour me distraire. C'est vrai que la vie de tous les jours est un peu fatigante, mais c'est la vie, n'est-ce pas ? C'est pareil pour tout le monde. Nous avons tous notre fardeau à porter.

Mais tout le monde ne le portait pas avec autant de zèle que sa fille.

— Il faut que tu continues de te détendre pendant le reste de l'année, et pas seulement deux semaines en août.

Kathleen s'humecta les lèvres, avant d'ajouter :

— Je suis inquiète pour toi.

— Tu t'inquiètes *pour moi* ? s'exclama Liza en éclatant de rire. Alors que tu vas traverser l'Amérique avec quelqu'un que tu ne connais pas ?

Cela convenait très bien à Kathleen. Elle n'avait pas envie de connaître Martha. Elle avait toujours préféré les relations superficielles.

— Je suis inquiète parce que tu ne te protèges pas.

Liza resserra les doigts sur le volant.

— Nous sommes différentes, tu le sais bien.

— Oui. Mais tu laisses les gens profiter de ta bonté, jusqu'à ce qu'il ne te reste plus rien. Est-ce que tu as peint, dernièrement ?

— Oui, la chambre de Caitlin.

— Tu sais très bien que ce n'était pas ce que je voulais dire.

— Non, je ne peins pas, répondit Liza avec lassitude. Je n'ai pas le temps.

— Tu devrais le prendre.

— Je n'en ai pas eu envie. Il n'y a aucun plaisir à voler un moment pour essayer de créer quelque chose, alors que tout le monde te sollicite. Cela devient une corvée. De plus, je me sentirais coupable de prendre du temps pour moi, alors qu'il y a tant à faire.

Cela n'allait pas. Pas du tout.

Kathleen persista, mais avec précaution, tel un explorateur s'aventurant en terre inconnue.

— Tu es le ciment qui maintient la famille. Mais sais-tu ce qui arrive au ciment, avec le temps ? Il sèche, s'effrite, et alors tout s'écroule.

— Tu crois que je suis en train de me dessécher ?

Le ton était léger, mais les mains de Liza se crispèrent sur le volant.

— Il faut que je change de crème hydratante, dit-elle, narquoise.

— Tu mets de la crème hydratante ?

— Quand j'y pense. Tu me crois faible. Tu crois que je me laisse marcher dessus.

— Non. Je crois que tu es généreuse. Tu es la personne la plus gentille que je connaisse, mais curieusement tu oublies d'être gentille avec toi-même. Y a-t-il une partie de ta vie qui est pour toi, et personne d'autre ? *Liza !*

Kathleen hurla alors que leur voiture se précipitait vers celle qui les précédait. Liza appuya à fond sur le frein.

— Désolée. Je... As-tu vraiment dit que j'étais gentille et généreuse ?

— Oui.

Pourquoi ces quelques mots de louange suscitaient-ils une réponse aussi spectaculaire ? Et y avait-il vraiment des larmes dans les yeux de Liza ? Non, non !

Sa fille cligna rapidement les paupières.

— Tu me trouves ennuyeuse. Et timorée.

— Tu n'es pas ennuyeuse du tout. Timorée, peut-être. Affectueuse, certainement.

Cette conversation était probablement une erreur. Même si elle l'avait voulu, Kathleen n'était pas en position d'aider sa fille, ou de l'influencer. Et d'une manière générale, elle était d'avis qu'une personne avait le droit de se gâcher la vie sans que quiconque essaie de l'en empêcher. Mais Liza était sa fille.

— Tu aimes profondément les gens qui t'entourent et tu fais toujours passer leur bonheur avant le tien. Tu étais déjà comme ça quand tu étais petite.

— C'est mal ?

— Ce peut être mal, si les gens profitent de toi. Quand il y a quelque chose à faire ils savent que tu t'en chargeras, expliqua Kathleen.

Et soudain, la solution lui apparut. Sans intervenir dans la vie de quelqu'un, on pouvait l'orienter gentiment dans une direction. En lui laissant le choix.

— Et comme je sais que tu es serviable, je vais te demander encore une chose.

Il était inutile de poursuivre cette conversation malaisée. Tout ce qu'il fallait, c'était agir de façon à obtenir le résultat qu'elle voulait.

— Tu me dis que je devrais apprendre à dire non, et aussitôt, tu me demandes de faire quelque chose de plus ? répondit Liza, agacée.

— Oui. C'est égoïste, je sais, mais j'ai besoin de quelqu'un. J'aurais dû t'en parler plus tôt.

Si elle y avait pensé, elle l'aurait fait. Elle n'avait pas abordé le problème sous le bon angle.

— Pourrais-tu aller voir une ou deux fois si Popeye va bien, pendant mon absence ?

— Tu ne m'as pas dit que quelqu'un allait le nourrir ?

— C'est vrai, mais tu connais Popeye. Il est indépendant, mais je ne l'ai jamais laissé seul aussi longtemps. Je serais plus tranquille si une personne de confiance gardait un œil sur lui. Et lui faisait un câlin de temps en temps.

Elle adressa des excuses silencieuses à Popeye, qui n'avait jamais raffolé des câlins. La culpabilité qu'elle éprouva à exploiter la nature généreuse de Liza et son sens des responsabilités fut atténuée par l'idée qu'elle agissait pour une bonne cause.

— J'essaierai, mais les filles sont occupées, et il n'est pas question de les laisser seules à la maison après ce qui s'est passé…

— Tu pourrais y aller seule. Et laisser Sean surveiller les filles. Cela te plaira sans doute. Il n'y a rien de tel qu'une promenade matinale sur la plage encore déserte. Parfois, j'emporte ma tasse de café et je vais m'asseoir sur le sable.

— Tu fais ça ? Je ne le savais pas.

— Tu vas me dire que cela te paraît un peu risqué ?

— Non, ce doit être merveilleux. Je donnerais cher pour passer une demi-heure seule sur la plage.

— Eh bien, tu n'as qu'à le faire. Passe un week-end au cottage. Prends du temps pour toi. Pourquoi pas ?

— Eh bien, parce que…

Liza fronça les sourcils, et reprit :

— Je ne vais jamais nulle part seule. Nous faisons tout ensemble.

C'est justement cela, le problème, songea Kathleen.

106

Elle fit un réel effort pour prendre une mine pathétique.

— Je ne te demanderais jamais un service pareil, mais… je suis tellement inquiète pour Popeye. Le pauvre petit.

— Je sais que tu y es très attachée.

La circulation redémarra, et Liza appuya légèrement sur l'accélérateur.

— Je te promets de veiller sur Popeye. Mais s'il fugue, je ne serai pas responsable.

— Il ne fugue jamais. Il part quelquefois en exploration, mais il finit toujours par rentrer.

Liza sourit.

— Je ne m'étais jamais rendu compte que vous vous ressembliez autant.

— C'est vrai. Tout ce que je veux, c'est être libre de vagabonder.

Ce qui n'était pas très loin de la vérité.

— Si tu vas passer le week-end au cottage, ne prends pas la peine de faire des courses et de cuisiner. Un merveilleux traiteur a ouvert récemment au village. Tu n'as qu'à leur dire que tu es ma fille. Et si tu veux marcher le long de la plage, à un mile du village, le Tide Shack fait de délicieux burgers. Leurs frites sont extraordinaires.

— Ton régime alimentaire est choquant, maman !

Pour une fois, Liza dit cela sur le ton de la plaisanterie, et non pour réprimander sa mère. La circulation était fluide à présent, et elles n'étaient plus qu'à quelques minutes de l'aéroport.

— Essaye de manger des légumes et des fruits, quand tu seras aux States.

— Je te promets de ne manger que des brocolis.

Kathleen ouvrit son sac, et vérifia encore une fois son passeport. Elle se sentait un peu nerveuse, mais elle ne l'admettrait pour rien au monde devant sa fille. Elle voulait bien tenir une conversation touchant aux sentiments, à condition qu'il ne soit pas question des siens.

— Il y a tellement longtemps que je n'ai plus voyagé. J'ai oublié ma routine. Je me sens obligée de vérifier que mon passeport et ma carte de crédit sont bien là, alors que j'ai déjà regardé deux fois dans mon sac.

— Tout ira bien, affirma Liza en s'engageant sur la bretelle qui menait vers l'aéroport. Tu as un téléphone. Martha a mon numéro. Si tu as besoin de quoi que ce soit, ou si vous avez des problèmes, appelle-moi.

— J'espère bien que nous aurons quelques problèmes, répondit Kathleen en tapotant la jambe de sa fille. C'est pour cela que je pars.

Liza s'arrêta devant les Départs.

— Tu es incorrigible.

— Je sais. Et surtout, pense à Popeye.

— J'irai le voir.

Liza ouvrit sa portière et contourna la voiture pour aider Kathleen à sortir les bagages du coffre.

— J'aurais dû aller au parking, pour entrer avec toi.

— Je déteste les adieux.

Elles échangèrent un regard, pensant toutes les deux aux douloureuses séparations quand Liza était enfant. Les émotions avaient des tentacules, se dit Kathleen. Elles s'enroulaient autour de vous, pénétraient dans votre cœur et vous faisaient souffrir. Elle tapota gauchement l'épaule de Liza.

— Merci. Passe de bonnes vacances en France.

Elle éprouva un curieux sentiment d'oppression dans la poitrine. Elle aurait dû s'éloigner maintenant, mais pour une raison obscure ses jambes refusaient de bouger. Liza fit un pas en avant et la prit dans ses bras.

— Amuse-toi bien. Je t'aime.

L'impression d'étouffement s'accentua, comme si un ballon se mettait à gonfler à l'intérieur de sa poitrine.

Kathleen s'humecta les lèvres et essaya de parler, mais les mots ne lui vinrent pas à l'esprit. Comment était-il possible de ressentir quelque chose d'aussi fort, et de ne pas pouvoir le dire ? C'était son monde. Elle gardait des sentiments enfermés dans ce ballon, en espérant qu'il ne finirait pas par exploser un jour.

Liza recula, lui adressa un petit sourire, et retourna à la voiture.

Kathleen fit un signe de la main, déconcertée par le terrible sentiment de perte qui venait de s'emparer d'elle.

Elle demeura plantée au même endroit tandis que Liza s'insinuait dans la file de voitures. Pour elle, c'était plus qu'un au revoir. C'était un moment perdu pour toujours. Une occasion qu'elle venait de laisser échapper.

Je t'aime aussi. Tu le sais, n'est-ce pas ?

Elle tourna les talons, en proie à la même déception que lorsque vous aviez raté un examen, ou raté un but. Ce sentiment qui s'abattait sur vous quand vous saviez que vous auriez dû mieux faire.

Au moment où elle entra dans le terminal, l'agitation et le bruit l'enveloppèrent, et son moral remonta. Le présent pouvait toujours vous faire oublier le passé, à condition de vivre intensément.

Cette sensation dura quelques minutes, jusqu'au moment où un jeune homme la bouscula et lui lança :

— Regardez où vous allez, mamie.

Puis elle vit toutes les destinations inscrites sur le tableau des départs, comme pour lui rappeler que le monde était vaste, et que le sien s'était rétréci.

Elle repéra Martha, l'air un peu perdu, à côté de la borne d'enregistrement automatique.

Kathleen lui fit signe et se fraya un chemin entre les passagers, en traînant sa valise sur le sol lisse et brillant. Martha vint à sa rencontre, l'air aussi enthousiaste qu'un labrador sur une piste.

— Kathleen ! s'exclama-t-elle en la prenant dans ses bras. Notre vol est à l'heure, j'ai vérifié. Chicago, nous voilà.

Son énergie était contagieuse, et la pression dans la poitrine de Kathleen diminua. Ces sentiments inconfortables reprirent leur place, dont ils n'auraient jamais dû sortir, au plus profond d'elle-même.

Pendant tout un mois, elle n'aurait pas besoin d'y penser.

Martha et elle allaient former un duo parfait. Son expérience et sa sagesse, combinées à la jeunesse et à l'énergie de Martha.

Sa compagne de voyage allait compenser toutes les petites choses en elle qui ne fonctionnaient plus aussi bien qu'avant.

Trois fuseaux horaires, huit États, une aventure incroyable. Tout allait se dérouler à la perfection.

7

Martha

Quarante-huit heures plus tard, Martha contemplait la superbe voiture haute performance que Kathleen avait louée, et prononçait une prière silencieuse pour demander pardon du mal qu'elle allait lui faire. Pourquoi, mais pourquoi, n'avait-elle pas avoué franchement qu'elle détestait conduire ?

Sa mère avait raison. Elle ne prenait que de mauvaises décisions.

C'était bien joli d'avoir l'air sûr de soi... *Oui, j'adore conduire.* Mais tôt ou tard vous étiez confrontée à vos mensonges. C'était ce qui lui arrivait en ce moment. La pensée de s'asseoir au volant de cette voiture de sport lui donna la nausée. Comment enfourcher un cheval de course, quand on ne connaissait que les chevaux de bois de la fête foraine ?

Martha, oh Martha...

Tout cela allait mal finir. Elles seraient mortes toutes les deux avant d'avoir atteint le bout de la rue... ou alors, elle serait virée. Ce serait le contrat de travail le plus court de l'histoire. Dommage, car elle aimait beaucoup Kathleen, et jusqu'ici le voyage avait été encore plus excitant qu'elle ne s'y attendait. Elle n'avait jamais eu l'occasion de voyager, et elle devait se retenir pour ne pas s'extasier devant tout ce qu'elle voyait.

Martha faisait des efforts pour avoir l'air d'une femme sophistiquée, ce qui n'était pas facile du tout.

Et maintenant, l'heure de vérité allait sonner.

— Vous aviez retenu une Ford Mustang, n'est-ce pas ?

Cade, un grand gars dégingandé au visage marqué d'acné, lui tendit les clés.

— Vous avez de la chance. Elles sont très demandées, et nous n'en avons pas toujours une de disponible. Vous êtes sûre que vous la voulez ? Nous pourrions vous donner une Corvette, ou une Camaro. Ou un 4x4, dans lequel vous auriez plus de place.

Ce que je veux, c'est un véhicule plus vieux et plus lent.

Mais Kathleen secoua énergiquement la tête.

— Un des avantages de ne pas être grande, c'est de ne pas avoir besoin de place pour les jambes. Je veux la Mustang.

Deux jours en sa compagnie avaient suffi à Martha pour savoir que ce que Kathleen voulait Kathleen l'obtenait.

Elle revécut en pensée le tourbillon qu'elles avaient traversé au cours des dernières quarante-huit heures.

Après avoir atterri à Chicago, elles avaient passé la nuit dans un hôtel chic, où Martha avait réservé une suite comprenant deux chambres. La salle de bains était plus grande que la chambre de Martha chez ses parents.

Kathleen avait ouvert toutes grandes les fenêtres donnant sur le balcon, et inspiré profondément, comme si elle inhalait de l'oxygène pour la première fois depuis des années. Puis elle était restée là à contempler Chicago, et avait dit *oui*, d'une voix suggérant qu'elle était plus que satisfaite.

Martha aussi disait *oui* à ce voyage.

Le fait de devoir conduire mis à part, elle vivait un rêve. Quel luxe ! Une chambre si grande que vous pouviez danser sans vous cogner aux murs. Pas de famille pour vous faire remarquer vos défauts. Et surtout, aucune chance de voir Steven débarquer devant votre porte.

La suite était incroyable, mais comment Kathleen pouvait-elle se payer cela ? Avait-elle cambriolé une banque, dans sa jeunesse ? À en croire la lueur malicieuse dans ses yeux, tout était possible.

Et quelles étaient les règles du voyage, exactement ? Martha était-elle censée rester à l'écart, ou accompagner Kathleen partout ?

Martha n'avait pas reçu d'instructions, hormis le fait qu'elle devait conduire. La perspective de passer une soirée tranquille avec un gros burger et son vieil exemplaire des *Raisins de la colère* pour se mettre dans l'ambiance l'enchantait. Néanmoins, elle espérait qu'elle aurait moins d'épreuves et de situations difficiles à affronter pendant son périple personnel à travers les États-Unis que les personnages du roman.

Submergée par la reconnaissance, Martha avait rejoint Kathleen sur le balcon.

— Voulez-vous que je commande un repas au room service, Kathleen ? Vous voudrez sans doute vous coucher de bonne heure.

Sa grand-mère faisait toujours une petite sieste dans l'après-midi. Mme Hartley aussi, elle le savait car la vieille dame hurlait toujours contre les gens qui sonnaient à sa porte entre 3 heures et 4 heures.

Mais Kathleen était en pleine effervescence.

— Se coucher ? Il est à peine 5 heures.

Son teint était pâle et ses yeux fatigués, mais ils brillaient d'une énergie communicative.

D'ailleurs, elle n'avait pas à discuter les décisions de sa nouvelle employeuse. Elle était là pour conduire et lui tenir compagnie, pas pour la surveiller. Et si à quatre-vingts ans vous ne saviez pas ce que vous vouliez, il n'y avait plus d'espoir.

L'expression inquiète de Liza s'insinua dans son esprit. Martha avait essuyé suffisamment de regards dans ce genre, pour savoir qu'elle n'inspirait pas confiance à la fille de Kathleen. Liza l'intimidait un peu. Elle enviait toutes les femmes qui avaient une chevelure disciplinée. Mais ce n'était pas tout. Liza avait un teint pâle et doux comme de la crème. Et puis il y avait cet air compétent. Martha n'avait pas eu besoin qu'on le lui dise pour deviner qu'elle était professeur. Elle doutait fort qu'il y eût un problème que Liza ne sache résoudre, ou qu'il existât une classe qu'elle ne pût contrôler.

Toutefois, elle n'était pas employée par la fille, mais par la mère.

Cependant, elle ne risquait rien à le vérifier.

— Il est 10 heures du soir chez nous. Non, attendez. Il y a une différence de six heures. Donc, il est 11 heures.

Sa mère devait être en train de se brosser les dents, et de crier à son père de vérifier si les portes étaient fermées. Martha était contente de ne pas être avec eux.

— Il faut vivre à l'heure de Chicago, à présent. Nous avons deux heures pour nous reposer et nous rafraîchir, ensuite nous sortirons dîner et boire des cocktails.

— Des cocktails ?

Sa grand-mère buvait du chocolat chaud avant d'aller se coucher. Martha le lui préparait en utilisant la quantité exacte de lait et de sucre qu'elle aimait. Parfois, elle mangeait un biscuit.

Kathleen jeta un coup d'œil vers le ciel.

— La dernière fois que je suis venue, j'ai bu des cocktails. Je veux recommencer.

— Vous êtes déjà venue ? Quand ?

— J'avais trente ans. C'était mon premier voyage à Chicago.

— Il me tarde d'entendre toutes vos histoires. Vous me raconterez en buvant.

Tout cela lui paraissait tellement adulte, tellement raffiné. Elle, Martha, allait boire des cocktails en parlant de voyages exotiques. En temps normal ses conversations étaient très prosaïques, mais ce soir elle allait voyager par l'intermédiaire de Kathleen. Mais peut-être était-elle un peu présomptueuse.

— Je ne suis pas obligée de venir, bien sûr. Si vous préférez être seule…

114

— Pourquoi voudrais-je rester seule ? Vous faites partie de cette aventure ! s'exclama Kathleen, radieuse. Vous appartenez à la jet-set désormais, Martha.

Martha n'avait pas l'impression d'être un membre de la jet-set, et elle était sûre de ne pas en avoir l'allure. Mais elle voulait bien faire ce qu'il fallait pour adopter ce genre de vie.

— Comment dois-je m'habiller ?

— Chic et décontractée.

Qu'entendait-elle par là ?

Finalement, elle opta pour la seule robe qu'elle possédait. Elle prit sa veste en jean au cas où il ferait frais, et enfila des baskets blanches.

Kathleen portait une de ses habituelles robes amples et colorées, une petite montre en or au poignet, et plusieurs bracelets qui s'entrechoquaient. Avec ses cheveux blancs et son élégance naturelle, elle était fascinante.

Quand on la regardait on voyait son maintien, son allure, mais pas son âge, songea Martha.

— Vous êtes très belle, madame Harrison.

— Appelez-moi Kathleen, dit cette dernière en prenant son sac. Nous allons monter sur le toit terrasse pour boire des manhattans et manger du risotto au homard.

Allait-elle trouver cela délicieux, ou dégoûtant ? Martha s'imagina au pub du coin, à son retour. *Je prendrai un manhattan et du homard.*

Elle aurait droit à un regard interloqué, une assiette de poisson frit, et une pinte de bière.

Le toit terrasse offrait une vue panoramique sur Chicago, et sur le lac Michigan.

— C'est sympa, dit Martha en s'installant à la table la plus proche.

Mais Kathleen fit signe au serveur.

Elle lui dit quelque chose que Martha n'entendit pas, et l'instant d'après on leur proposa une table près de la balustrade d'où elles pouvaient contempler l'horizon.

Martha jeta un coup d'œil autour d'elle et fut soulagée de voir divers styles de vêtements. Certaines personnes étaient décontractées, d'autres un peu plus habillées, mais elles avaient toutes une chose en commun. L'assurance. Elles se sentaient à leur place.

Martha redressa un peu les épaules et essaya de donner l'impression qu'elle se trouvait dans son élément. Mais elle était sûre de ne tromper personne. Elle devait avoir l'air aussi peu à sa place qu'un zèbre sur une plage.

Puis les cocktails apparurent, servis avec classe.

— À l'aventure !

Kathleen leva son verre. Étourdie par la fatigue, le décalage horaire et l'excitation du voyage, Martha l'imita.

— À l'aventure.

À une nouvelle vie, très loin de l'ancienne.

Martha, exploratrice et goûteuse de cocktails exotiques.

Prends-toi ça, Steven la limace.

Elle avala une bonne gorgée d'alcool et manqua s'étrangler. Sa consommation d'alcool était limitée par son manque de moyens financiers, et quand elle buvait c'était générale-ment la bière que son père gardait au réfrigérateur. Elle devait avoir le palais le moins formé de toute la planète.

Il lui fallut trois gorgées pour découvrir que ce cocktail était la chose la plus délicieuse qu'elle ait jamais goûtée, et quatre pour décider qu'elle ne boirait plus jamais autre chose. Quand elle eut vidé son verre, elle comprit enfin que Kathleen n'avait rien en commun avec sa grand-mère.

La tête lui tournait, de façon étrange. Était-ce l'effet du décalage horaire ? Ou le cocktail ? Comme elle n'avait jamais connu l'un ou l'autre jusqu'à ce moment, elle ne pouvait le dire.

Kathleen commanda deux autres verres, et Martha allait lui faire remarquer qu'il n'était pas raisonnable de boire l'estomac vide, lorsque le risotto au homard arriva.

Les lumières de Chicago s'étalaient devant elles.

— Que leur avez-vous dit pour les convaincre de nous donner cette table ?

116

— La vérité, répondit Kathleen en prenant sa four-chette. C'est-à-dire que j'avance en âge, et que ce dîner sera peut-être le dernier pour moi.

Martha n'avait pas l'habitude d'entendre les gens évoquer aussi naturellement leur propre mort. Que devait-elle dire ? *Ne soyez pas idiote, vous allez encore vivre longtemps.* Mais si ce n'était pas vrai ? Si Kathleen mourait au cours du voyage ?

Elle avala une nouvelle gorgée d'alcool. Elle n'avait jamais vu de cadavre.

Était-il égoïste de souhaiter que Kathleen ne meure pas avant la fin du voyage ? Elle n'avait pas envie que cette aventure prenne fin trop tôt. Elle ne voulait pas non plus que la sévère Liza lui reproche d'avoir conduit sa mère à sa perte.

Elle avait sans doute intérêt à la protéger un peu.

— Êtes-vous en bonne santé ? Y a-t-il quelque chose que je devrais savoir ?

Elle aurait sans doute dû demander à Kathleen de passer un check-up ou de lui fournir un certificat de santé. Mais comme Kathleen ne lui avait demandé aucune preuve qu'elle savait conduire, cela n'aurait pas été équitable.

— J'ai quatre-vingts ans. Je suis comme une vieille voiture, j'ai besoin d'entretien. Mon moteur bégaye et la carrosserie est éraflée, mais je résiste.

Kathleen leva son verre.

— Au moment présent.

Martha l'imita et répéta les mots après elle. Tout cela était très bien, tant qu'elle ne se retrouvait pas obligée de gérer la dépouille de Kathleen. Après tout, elles allaient traverser la vallée de la Mort, n'est-ce pas ? Ce n'était pas de bon augure. Peut-être devraient-elles emprunter une route différente ? En outre, la comparaison avec une voiture ne l'emballait pas car elle n'avait pas un très bon palmarès, question voitures. Elle ne tenait pas à être responsable d'une nouvelle éraflure dans la carrosserie de Kathleen.

— Voulez-vous un jus de fruits ? De l'eau ?

— Je vais prendre un autre cocktail pour célébrer notre première soirée en Amérique. Et vous ?

Un cocktail de plus, et elle était sûre de se réveiller avec un mal de tête. Martha fit un signe négatif. Elle avait l'impression qu'elle aurait suffisamment de raisons d'avoir la migraine pendant ce voyage, sans ajouter un excès de boissons alcoolisées.

— De l'eau pétillante, s'il vous plaît.

Kathleen fit un geste au serveur, avec un sourire radieux.

— Cet homme est charmant. Mais vous n'emploieriez pas ce mot, n'est-ce pas ? Votre génération dirait plutôt craquant, à en croire mes petites-filles.

— Craquant, oui.

— Il y a cinquante ans, je l'aurais invité à me retrouver dans ma chambre. Il a des yeux magnifiques, et un sourire malicieux.

Kathleen fixa Martha d'un air pensif.

— Vous, peut-être…

— Non, merci. Ça ne m'intéresse pas.

L'aventure, oui. La route, sans problème. Les cocktails, certainement. Les hommes ? Pas question. Mais quel genre de vie menait-elle, pour qu'une femme de quatre-vingts ans essaye de la pousser dans les bras d'un homme ?

Kathleen se pencha vers elle.

— Vous êtes gay ?

— Non, pas du tout. J'ai renoncé aux histoires d'amour pour le moment.

Elle pensa à Steven, et regretta de ne pas avoir demandé un autre cocktail plutôt que de l'eau pétillante.

— Je devrais prendre une photo de vous pour l'envoyer à Liza. Je lui ai promis de le faire. Vous devriez peut-être poser votre verre ? Ne risque-t-elle pas de s'inquiéter ?

— Elle serait sans doute plus inquiète si je ne buvais pas.

Kathleen prit la pose dans le soleil couchant, et Martha fit des photos avec son téléphone.

Quand elle rangea l'appareil, elle remarqua qu'elle avait deux appels manqués de Steven. La magie du moment s'évanouit. Même de loin, il parvenait à lui gâcher la soirée.

Elle fut tentée de lui envoyer une photo d'elle en train de siroter des cocktails, avec un message. *Je n'ai pas le temps de te parler. Je suis occupée.*

Kathleen la regardait fixement.

— Tout va bien ?

— Très bien, répondit-elle en refermant son sac. Parlez-moi encore de vous, Kathleen. Avez-vous beaucoup voyagé ?

— Oui. Et ce lieu est aussi beau que dans mon souvenir. Vous ne sentez pas votre pouls s'emballer en regardant le paysage ?

— Votre pouls s'emballe ?

Martha se redressa sur sa chaise.

— Avez-vous des douleurs dans la poitrine ?

Elle aurait dû faire un stage de premiers secours, avant de se lancer dans ce voyage. Mais Kathleen était imperturbable.

— À mon âge, on a toujours quelques douleurs. Il vaut mieux les ignorer.

Martha avait aussi quelques douleurs, la plupart dans la région du cœur. Ses sentiments et sa confiance en soi étaient malmenés, meurtris. Elle était d'accord, il valait mieux ne pas s'attarder sur ce point.

— Vous faisiez du tourisme dans la région ?

Elle se rendit compte que tout ce qu'elle savait sur Kathleen c'était qu'elle vivait dans une belle maison au milieu de nulle part, qu'elle avait assez d'argent pour payer des hôtels de luxe, et qu'elle était décidée à vivre le reste de sa vie d'une façon peu convenable pour son âge.

— Je travaillais, dit Kathleen en posant sa fourchette. Je présentais une émission de voyages. Des années avant votre naissance, bien entendu. J'ai fait le tour du monde. J'ai même été célèbre, pendant quelque temps.

— Comment s'appelait l'émission ?

— *Destination Happy End*. Vous êtes beaucoup trop jeune pour en avoir entendu parler, mais votre mère s'en souvient peut-être.

Martha n'avait pas du tout l'intention de faire signe à sa mère. Cette rupture momentanée lui faisait du bien, et elle était sûre que la réciproque était vraie.

— Vous étiez journaliste ?

— J'ai commencé à travailler à la télévision à la fin de mes études. J'ai fait plusieurs sortes de jobs, mais il est apparu que j'étais une bonne présentatrice. J'ai pris part à plusieurs émissions, dont une pour les enfants. Et ensuite, il y eut *Destination Happy End*. Avez-vous déjà exercé un métier qui semblait fait pour vous ?

Martha ne vit pas de raison de ne pas être honnête.

— Non, répondit-elle. On pourrait dire que… je me cherche encore. Il y a eu des essais et des erreurs, vous voyez ?

Plus d'erreurs qu'elle ne voulait le reconnaître, en réalité.

— Eh bien, *Destination Happy End* était une émission taillée sur mesure. Je l'ai adorée dès le début. J'essayais de donner aux gens un aperçu du lieu que je visitais. Je voulais qu'ils se fassent une idée, qu'ils décident s'ils avaient envie de s'y rendre. Et pour ceux qui voyageaient dans leur fauteuil, et ils étaient nombreux, je voulais qu'ils aient l'impression d'avoir fait cette visite en personne sans avoir quitté le confort de leur maison. Quand nous arrivions quelque part, c'était à moi de décider ce qu'il fallait mettre en valeur. Je parlais de la culture du pays, de la nourriture, mais j'ajoutais toujours quelques balades hors des sentiers battus. Si j'avais de la chance, je trouvais un autochtone qui acceptait de m'accompagner et de me faire découvrir les endroits secrets des gens du lieu. Cette vue de l'intérieur donnait aux spectateurs une idée de la réalité.

Martha était fascinée.

— Est-ce que vos émissions peuvent se trouver sur Internet ?

— Je n'en ai aucune idée, je ne me sers pas de l'Internet. J'ai des DVD, mais ils sont à la maison.

— Si vous n'avez pas Internet, comment avez-vous réservé les billets d'avion, les hôtels et la voiture ?

Kathleen eut une brève hésitation.

— Si je vous le dis, vous devez me promettre de ne pas en parler à Liza. Elle ne serait pas contente.

Martha trouva bizarre que Kathleen ait des secrets pour sa fille. Peut-être n'était pas la seule à avoir un peu peur de Liza.

— Je vous le promets.

— Mon voisin l'a fait pour moi.

Martha mangeait son risotto lentement, savourant chaque bouchée.

— Pourquoi est-ce un problème ?

— Parce qu'il n'est pas très recommandable.

— Pas recommandable. J'adore la façon dont vous vous exprimez. Que fait-il ?

— Il profite de la vie, expliqua tranquillement Kathleen. Un trait de caractère qui a tendance à susciter l'envie chez ceux qui observent ses facéties. L'envie se cache sous le masque de la désapprobation. C'est un chanteur de rock. Très connu, d'après ce que me disent les gens qui s'y connaissent mieux que moi. Il est devenu assez riche pour acheter les terrains qui entourent le mien, et plusieurs voitures de sport. Sa maison est fantastique. Il a une vue imprenable.

— Comment s'appelle-t-il ?

— Finn Cool.

Martha laissa tomber sa fourchette.

— Vous plaisantez ? Le célèbre Finn Cool ? J'adore sa musique. Bien sûr, il est assez vieux, mais…

Elle se rendit compte, mais un peu tard, que Finn avait la moitié de l'âge de Kathleen.

— Mais je le trouve génial. C'est lui qui a acheté les billets ?

— Il ne l'a pas fait personnellement. Il m'a consultée sur mes préférences, et a contacté son manager qui a tout arrangé. Il s'est montré très serviable. J'étais reconnaissante, car je ne pouvais me résoudre à demander à Liza de s'en occuper. Il n'est pas très cohérent de prétendre que je veux partir à l'aventure, et d'avoir peur d'utiliser un ordinateur.

Martha trouva cela adorable.

— Comment avez-vous fait la connaissance de Finn Cool ? Je croyais que les personnes connues avaient un besoin pathologique de préserver leur vie privée.

— C'était assez amusant.

Kathleen prit son verre, faisant tinter les bracelets à son poignet.

— L'entrée de sa maison est difficile à trouver. Je suppose que c'est la raison pour laquelle il a choisi cette propriété. Des gens viennent sans arrêt sonner chez moi, pour me demander où il vit.

— Ce doit être agaçant.

— Pas du tout. C'est très amusant. Un jour, j'ai envoyé un journaliste qui avait une sale tête dans la direction complètement opposée. Il portait un énorme appareil photo, et je n'ai jamais fait confiance à ces gens-là, vous savez ? On se demande toujours ce qu'ils essayent de prouver.

Martha s'étrangla un peu en buvant.

— Je ne connais personne qui se serve d'un appareil photo. Tout le monde utilise son téléphone.

— Eh bien, c'était un de ces hommes qu'on déteste au premier coup d'œil. C'est pourquoi je lui ai indiqué la mauvaise direction. Mais il n'a pas vu la pancarte signalant la présence d'un taureau dans le champ. Il a fallu que le fermier aille à son secours.

C'était l'histoire la plus drôle qu'elle ait entendue depuis longtemps.

— Finn Cool sait ce que vous avez fait ?

— Il ne l'a pas su tout de suite. Mais un jour, croyant bien faire, j'ai envoyé au village une voiture pleine de belles jeunes femmes. En réalité, il les avait invitées à l'une de ses fêtes délirantes.

— Comment l'avez-vous su ?

— Elles l'appelèrent pour lui demander le chemin, mentionnant sans doute au passage la vieille dame qui vivait en bas de la route. Le jour suivant, il apparut sur le pas de ma porte avec un énorme bouquet de fleurs et une bouteille d'excellent gin, pour me remercier de jouer les dragons devant sa grille. Nous avons bu du gin ensemble dans le jardin. Et quand je lui racontai l'épisode du photographe, il éclata de rire. Après cela, nous convînmes d'un code. Chaque visiteur attendu devrait avoir un mot de passe, qui changerait chaque mois. De cette façon, si quelqu'un frappait chez moi et n'avait pas de mot de passe, je pourrais l'envoyer faire une longue et intéressante promenade dans la lande.

Martha décida qu'elle adorait Kathleen.

— Quel est le mot de passe, ce mois-ci ?

— J'ai juré le secret. Mais nous avons un accord, tous les deux. Il n'est pas du tout tel que les gens le croient, même s'il est vrai qu'il donne des fêtes gigantesques. Une fois, ses invités sont partis explorer la campagne et se sont retrouvés dans mon jardin au beau milieu de la nuit. Des femmes adorables, bien que vêtues à l'économie.

— Vous voulez dire qu'elles portaient des vêtements bon marché ?

— Je faisais référence à la quantité de tissu, plutôt qu'à la qualité, précisa Kathleen en prenant une gorgée d'alcool. L'une d'elles portait un bas de bikini, et rien d'autre. Finn me trouverait peut-être un peu présomptueuse s'il m'entendait, mais je le considère comme un ami.

— C'est une histoire géniale.

Était-ce la raison pour laquelle elles avaient un traitement de faveur à l'hôtel ? Le directeur croyait peut-être que Kathleen était une proche parente de Finn Cool. C'était hilarant. Avec un peu de chance, elles seraient traitées comme des stars du rock pendant tout le voyage.

— Vous êtes donc déjà venue à Chicago. Et la Californie ?

Kathleen posa son verre.

— Je n'y ai jamais mis les pieds.

— Est-ce le voyage de vos rêves ?

Martha devina à l'expression de Kathleen qu'elle avait posé la mauvaise question. Elle enchaîna vivement.

— Je n'étais jamais venue en Amérique. Je suis allée en Italie avec l'école. C'est tout.

Kathleen contempla l'horizon, l'air lointain. Martha fut tentée de claquer des doigts pour la sortir de sa rêverie.

— Vous voulez un autre verre ?

Kathleen cligna des yeux.

— Il vaut mieux pas, dit-elle en serrant son verre vide. Je ne suis pas censée boire, avec les cachets que je prends contre la tension.

— Que se passe-t-il si vous buvez ?

— Je ne sais pas. Nous allons peut-être le savoir sous peu. *Espérons que non.*

— Le risotto et les cocktails étaient délicieux. Merci.

— Prenez-en un autre, déclara Kathleen en faisant signe au charmant serveur. Si vous ne faites pas de folies à vingt-cinq ans, vous n'aurez pas de souvenirs à quatre-vingts. Si un jour je suis trop décrépite pour voyager et garder mon indépendance, je passerai mes journées à voyager dans mes souvenirs. Et quand cela arrivera, j'aimerais que ceux-ci soient intéressants. Je suis sûre que vous serez de cet avis.

Martha avait du mal à s'imaginer à quatre-vingts ans. Mais elle se laissa persuader de boire un troisième cocktail. Le scénario se renouvela le soir suivant. Et maintenant, elle se trouvait devant une voiture de sports rouge, alors que son esprit était encore embrumé par l'absorption des cocktails de la veille. Le soleil brûlant se reflétait sur la carrosserie rutilante et la faisait étinceler.

Elle avait passé deux soirées merveilleuses. Et la veille elle avait consacré sa journée à visiter seule Chicago, tandis que Kathleen se reposait avant de commencer le voyage.

La visite avait été plus excitante que Martha ne l'avait imaginé. Pendant quelques heures, elle avait oublié son anxiété à l'idée de devoir conduire. Mais celle-ci réapparaissait soudain et la frappait de plein fouet. Elle allait être responsable de deux vies, la sienne et celle de Kathleen. Ainsi que de la vie des inconnus qui se trouveraient par hasard sur sa route.

Cade attendait toujours une réponse, et elle fit un effort pour se concentrer.

— Pardon, vous disiez ?

— Je voudrais m'assurer que c'est vraiment la voiture que vous vouliez.

Le regard de Cade passa de l'une à l'autre, comme s'il n'avait jamais vu deux personnes aussi mal assorties. Martha le comprenait. *Non bien sûr, ce n'est pas ce que nous voulons,* eut-elle envie de dire. Mais Kathleen prit la parole avant elle.

— C'est parfait.

Elle fit glisser sa main frêle et ridée sur la surface brillante. Ses bagues paraissaient trop grosses pour ses doigts.

— Elle est rapide ?

— Rapide ? répéta le garçon en faisant passer son chewing-gum d'un côté à l'autre de sa bouche. Madame, cette merveille a un moteur V8 de cinq litres sous le capot. Elle peut monter à cent kilomètres à l'heure en moins de quatre secondes. C'est assez rapide pour vous ?

Kathleen pencha la tête de côté.

— Cela me paraît suffisant pour ce que nous avons à faire.

Cade sourit en secouant la tête.

— Vous alors, vous êtes quelqu'un.

De toute évidence, il pensait que Kathleen aurait dû louer un fauteuil roulant, plutôt qu'une voiture de sport.

Martha se sentit dépassée. L'âge était censé vous rendre prudent, n'est-ce pas ? Sa voisine, Mme Hartley, ne sortait jamais sans sa canne. Et elle n'ouvrait pas sa porte sans avoir d'abord jeté un coup d'œil par le judas.

Elle comprenait maintenant pourquoi Liza avait l'air inquiète, et pourquoi elle avait posé tant de questions.

Mais ce voyage était celui de Kathleen. Elle avait le droit de vivre comme elle voulait, non ? Sauf que, bien sûr, elle n'avait pas tous les éléments en main. Martha ne lui ayant pas révélé ses piètres qualités de conductrice, Kathleen avait sous-estimé les risques de ce voyage.

— Les culasses ont été redessinées sur ce modèle, et l'arbre à cames…

Cade continua d'un ton monocorde, et l'esprit de Martha s'évada. Elle ignorait ce qu'était un double échappement, et pourquoi aurait-elle voulu le savoir ?

Cade ouvrit la portière et fit un geste.

— Vous avez deux gestions de circuits possibles…

Martha jeta un coup d'œil, et fut soulagée de voir une boîte automatique. *P* pour Parking, et *D* pour Démarrer. C'était tout ce qu'elle devait se rappeler. Elle n'avait pas l'intention de passer en marche arrière. Ce voyage se ferait uniquement en marche avant. En fait, cela pourrait être une métaphore pour sa vie. Pas de retour en arrière.

Cade se redressa.

— Vous voulez l'essayer ?

Et lui donner la preuve qu'elle était nulle en conduite ? Il refuserait sans doute de leur louer le véhicule.

— Pas tout de suite. Réglons d'abord les formalités. Il nous faut une assurance tous risques.

Elle croisa son regard, et ajouta :

— Nous n'en aurons probablement pas besoin, mais il vaut mieux tout envisager. Au cas où un conducteur irresponsable nous rentrerait dedans.

Un arbre, par exemple. Ou un poteau. Cela s'était déjà vu.

— Bien sûr. Vous avez tout vu ? Alors, nous avons terminé, concéda Cade en haussant les épaules. Vous avez des questions ?

— Oui, j'ai une question.

Kathleen ôta ses lunettes de soleil. La lueur malicieuse qui luisait dans ses yeux inquiéta Martha, au moins autant que la perspective de conduire la voiture.

— Kathleen…

— Quelle est la limite de vitesse ?

Oh ! pour l'amour…

— Pourquoi ? Vous êtes pressée, madame ?

Cade se mit à rire et se gratta le torse, par-dessus son T-shirt.

— Vous avez dévalisé une banque ? La police est à vos trousses ?

— Non. Bien que j'aie eu affaire à eux récemment, quand ils sont venus enlever un corps dans ma cuisine.

Cade cessa brusquement de rire.

— Un corps ?

Un corps ? Martha se rendit compte qu'elle ne savait pas grand-chose sur Kathleen. Elle lui avait parlé de son travail, de ses voyages, mais ne lui avait rien révélé de personnel. Martha savait qu'elle avait une fille, uniquement parce qu'elle avait rencontré Liza avant le départ.

Il était tout à fait possible qu'elle traverse les États-Unis avec une tueuse en série de quatre-vingts ans.

— Kathleen ? Vous ne m'aviez pas parlé… de…

— Cela m'avait échappé, ma petite. À moins qu'inconsciemment je n'aie essayé d'oublier. L'esprit bloque les souvenirs traumatisants, n'est-ce pas ?

Martha l'espérait. Car elle avait l'impression que ce voyage serait inoubliable, mais pas pour de bonnes raisons.

— Parlez-nous de ce corps, Kathleen.

— Ce n'était pas n'importe quel corps. C'était celui d'un homme qui était entré chez moi au milieu de la nuit.

— Oh ! c'est terrible, dit Martha en lui posant une main sur le bras. Cela a dû être effrayant.

— Il n'a pas eu l'air effrayé. En fait je l'ai trouvé téméraire.

— Je voulais dire effrayant pour vous.

— Je sais. Je vous taquinais, répondit Kathleen en lui tapotant la main. C'est l'histoire la plus amusante qui me soit arrivée depuis longtemps. J'admets que j'ai eu de la chance qu'il soit seul et complètement ivre. Un conseil, mon garçon, ajouta-t-elle en se penchant vers Cade. Si vous voulez entrer dans une maison par effraction, soyez sobre, et emmenez toujours un complice avec vous. Il est beaucoup plus difficile d'éliminer deux personnes.

Cade fit un pas en arrière, en écarquillant les yeux.

— D'accord. Et donc… vous l'avez tué ?

— Non. Il est en pleine forme.

Kathleen se rembrunit.

— Sans doute parce que j'ai utilisé la poêle de vingt-quatre centimètres, et non le modèle supérieur. Je ne prends la grande poêle que si je fais frire des œufs et des champignons avec le bacon.

— C'est bon à savoir.

Le regard de Cade se porta sur Martha, et elle vit de la pitié dans son expression.

— Les limitations de vitesse et les renseignements sur la façon de conduire dans ce pays se trouvent là, dans notre guide, dit-il en lui passant brusquement le livre. Dans le coffre vous trouverez une torche électrique, une couverture, des câbles de démarrage, des fusées de signalisation et un kit de premiers secours. Nous vous conseillons d'emporter de l'eau, surtout quand vous atteindrez le désert. Et gardez votre téléphone en charge, même si vous n'avez pas de réseau. Tout ce dont vous avez besoin est noté ici. Et si vous avez des problèmes…

Son expression suggérait que cela lui paraissait haute-ment probable.

— Vous pouvez appeler le numéro au dos du guide.

— Merci !

Kathleen prit le livre et sourit, radieuse.

— C'est très excitant.

Martha ne trouvait pas cela excitant du tout. Des fusées de signalisation ? Pourquoi en auraient-elles besoin ?

Cade s'éclaircit la gorge.

— Avez-vous encore des questions ? Sinon, nous avons terminé.

Oui, j'ai une question, songea Martha.

Pourquoi ? Mais pourquoi ai-je pris ce job ?

8

Liza

Liza regarda la photo de sa mère levant son verre, avec le grandiose paysage de Chicago illuminé par le soleil couchant derrière elle. Martha avait ajouté une courte légende : *Vivre son rêve.*

La jeune femme avait eu une gentille attention en envoyant ce cliché, mais cela obligeait Liza à regarder objectivement sa propre vie.

L'envie lui transperça le cœur, et elle s'assit devant le comptoir de cuisine qu'elle venait de nettoyer.

En comparaison, son monde était gris et banal. Sa mère était entourée de chandelles lumineuses et de cocktails. Liza se trouvait devant un bol de céréales vide.

C'était son anniversaire de mariage aujourd'hui. Elle n'espérait rien d'extraordinaire, mais une petite fête lui aurait fait plaisir. C'était l'occasion.

Sa mère n'attendait pas d'avoir une occasion pour célébrer chaque instant de la vie.

Comment Liza avait-elle pu croire que l'attitude de Kathleen était irresponsable ? C'était en fait une excellente façon de vivre pleinement sa vie.

Qu'avait-elle fait hier soir, pendant que sa mère buvait, riait, et regardait le soleil se coucher sur le lac Michigan ? Elle avait fait son repassage en retard, et des plans de dernière minute pour leur voyage en France.

Sa mère logeait à l'hôtel. Elle n'avait même pas à faire son lit. Si elle était absorbée par un livre, elle pouvait choisir un menu et demander à être servie dans sa chambre. Tout ce qu'elle avait à faire, c'était de décider ce qu'elle voulait manger, et quelqu'un d'autre se chargeait du travail.

Liza se leva, et rangea les ustensiles de ménage dans le placard.

Elle s'était assez apitoyée sur son sort.

Elle devait trouver un moyen d'éprouver plus d'enthousiasme pour le présent, au lieu d'espérer toujours que les choses s'arrangeraient dans le futur. Certains jours, elle avait l'impression d'avoir passé toute sa vie à attendre quelque chose. Elle avait attendu que les jumelles n'aient plus de colique infantile, puis qu'elles fassent leurs nuits, puis qu'elles cessent de faire des caprices. Et maintenant, elle attendait que la phase difficile de l'adolescence se termine. Arriverait-elle un jour à être satisfaite de sa vie présente ?

Sean entra. Il portait un costume et regardait les informations sur son téléphone. Sans même lever la tête, il posa son bol du petit déjeuner sur le comptoir.

Ce bol, abandonné là, lui parut symboliser toute sa vie.

Joyeux anniversaire, ma chérie.

— Le bol n'entre pas tout seul dans le lave-vaisselle, tu sais.

Il leva les yeux de son téléphone.

— C'est juste un bol.

— Il faut que quelqu'un le mette dans la machine. C'est toujours moi qui le fais.

L'article au fond de son sac lui aurait conseillé d'aborder le problème calmement, en exprimant son inquiétude de façon constructive. Et de ne pas faire de remarques sèches et perfides. Mais la réponse de Sean l'agaçait, et elle en avait par-dessus la tête d'essayer d'être parfaite.

Sean ouvrit le lave-vaisselle, rangea le bol à l'intérieur, et referma la machine d'un geste sec.

— Voilà, tu es contente ?

Non, elle n'était pas contente. C'était leur anniversaire, et il avait oublié.

Il aurait pu mettre une bouteille dans le réfrigérateur, pour plus tard. Il aurait pu lui annoncer qu'il l'emmenait dîner dehors.

— Je ne devrais pas être obligée de te le demander, Sean.

— Oui, tu as raison. Désolé.

Ses cheveux étaient encore humides, il sortait de la douche.

— Qu'est-ce qui ne va pas ?

Ma mère boit des cocktails sur une terrasse panoramique, pendant que je nettoie les saletés laissées par les autres.

Sa mère savait extraire de la vie le moindre moment de bonheur. Cela faisait peut-être d'elle une femme téméraire ou égoïste. Ou bien quelqu'un de sensé.

— Je passe trop de temps à faire le ménage derrière vous, c'est tout.

— Nous allons essayer de t'aider.

Il lui adressa un sourire lumineux et glissa son téléphone dans sa poche.

— Mais quand tu dis que tu m'aideras, cela signifie que la responsabilité repose sur moi. Que ce travail est le mien, mais que tu acceptes de me seconder. Je ne veux pas être « aidée ». Je veux que les autres prennent leurs responsabilités.

Le livre qu'elle avait acheté suggérait de commencer par dire « j'ai l'impression que ». Elle avait encore tout gâché.

J'ai l'impression…

— J'ai l'impression que les autres profitent de moi, Sean.

— Quoi ? Oh ! ce n'est pas bien du tout. Nous allons parler de cela. De façon raisonnable.

Il vint vers elle et l'embrassa sur la joue. Elle perçut le parfum presque insaisissable de son gel de rasage, et sentit quelque chose se déployer au plus profond d'elle-même.

C'était leur anniversaire de mariage. Elle aurait dû être d'humeur romantique. Ne pas se fâcher.

Ils devraient faire plus attention l'un à l'autre. C'était peut-être tout ce qu'il leur fallait.

Elle posa une main sur son torse.

— Je suis contente que tu dises cela. Je crois que nous avons vraiment besoin de parler.

— Et nous allons le faire, affirma-t-il en consultant sa montre. Mais j'ai rendez-vous au bureau à 9 heures précises, avec le client le plus pointilleux que j'ai le malheur d'avoir dans ma liste d'acheteurs. Je dois partir sur-le-champ si je ne veux pas le louper.

Liza laissa retomber sa main.

Votre mariage est-il en danger ?

Oui, c'était certain.

Était-elle injuste ? Elle ne pouvait exiger que Sean annule un rendez-vous, juste pour parler avec elle. Il avait des responsabilités envers ses associés et ses clients. Et s'ils avaient une conversation maintenant, elle serait gâchée par le fait qu'il était stressé à l'idée d'arriver en retard.

— Allons dîner dehors ce soir.

Puisqu'il ne proposait rien, elle le faisait elle-même.

— Ce soir ? s'exclama-t-il, paniqué. Je dois prendre un verre après le travail avec mes associés. Je ne te l'avais pas dit ?

— Non.

— Nous irons demain, si tu veux. Pour célébrer ça.

Une vague chaude envahit Liza. Il n'avait donc pas oublié.

— Célébrer quoi ?

— Le début des vacances, du moins pour les filles et toi…

Il sourit.

— Nous pourrions aller chez l'Italien. Les filles adorent. Et demain, c'est très bien pour moi, car c'est samedi et je ne sentirai pas l'ail au travail.

— Je ne pensais pas inviter les filles.

— Oh… tu voudrais une soirée en tête à tête ? Super, dit-il en prenant une barre protéinée dans le placard. N'importe quand sauf ce soir.

N'importe quand sauf ce soir. Le jour de leur anniversaire. La chaleur se dissipa.

Elle regarda Sean prendre son sac de sport dans la buanderie, et fourrer la barre dans une poche sur le côté.

— Sean…

— Réserve une table quelque part. Où tu voudras. Il me tarde d'y être.

Il eut franchi la porte avant qu'elle ait pu répondre. *Je trouverais cela plus romantique si tu choisissais toi-même le restaurant.*

La porte d'entrée claqua derrière lui et elle sursauta, comme si elle s'était rabattue sur son doigt.

Bon anniversaire, Liza.

Elle se servit une dose de café supplémentaire. Avait-elle tort d'espérer un peu de romantisme ? Les couples étaient-ils tous comme le sien, après vingt ans de vie commune et deux enfants ? Pour leur premier anniversaire de mariage, ils s'étaient offert un week-end à Paris. Avec leur petit budget, ils avaient dû choisir un hôtel minable de la Rive gauche, mais ils avaient vécu un enchantement. Pour leur deuxième anniversaire, ils avaient pique-niqué au bord de la rivière, étalant leur couverture à l'ombre d'un saule pleureur.

Il y avait des années qu'ils n'avaient plus rien fait de spécial.

Huit signes que votre mariage bat de l'aile.

Pourquoi est-ce que cela la tracassait autant ? Et pourquoi huit signes ? Pourquoi pas sept ? Ou neuf ? Des gens s'étaient sans doute assis autour d'une table pour échanger des idées, et le chiffre huit leur avait plu.

Caitlin dévala l'escalier en criant :

— Tu n'as pas vu mon jean ?

— Tu vas à l'école aujourd'hui, pas de jean.

— C'est le dernier jour, et nous avons le droit de mettre ce que nous voulons ! Tu as oublié ?

Oui, elle avait complètement oublié.

— Ton jean est au lavage, tu n'as qu'à porter autre chose.

— Quoi ?

Le hurlement de Caitlin alerta sa sœur, qui apparut en haut de l'escalier.

— Que se passe-t-il ?

— Maman a lavé mon jean ! Non, mais, tu le crois ?

— Merci d'avoir lavé mon jean, maman, répliqua Liza.

Caitlin s'empourpra.

— J'en avais besoin aujourd'hui, c'est tout.

— Si tu en avais besoin, pourquoi était-il dans la buanderie ?

— Parce qu'il avait besoin d'être lavé… mais je pensais que tu l'aurais fait plus tôt. Je l'ai mis dans le panier lundi.

— Moi aussi, j'ai eu une semaine chargée. Je suis sûre que tu trouveras autre chose à mettre aujourd'hui.

— Je voulais mon jean. Je vais être affreuse sur toutes les photos, et ce sera ta faute. Tu continues de me punir à cause de cette fête idiote. Ma vie est un enfer !

Elle remonta dans sa chambre comme un ouragan, et réapparut dix minutes plus tard, vêtue de cuissardes et d'une minijupe qui laissaient voir ses cuisses nues.

Encore désarçonnée à la pensée que sa fille croyait qu'elle avait négligé de laver son jean par pure méchanceté, Liza battit des paupières.

— Où as-tu trouvé ces bottes ?

— Jane me les a prêtées.

— Eh bien, tu vas les lui rendre.

Calme-toi. Ne fais pas dégénérer la situation.

— Dernier jour ou pas, tu n'iras pas à l'école habillée comme ça. Ce n'est pas convenable.

Les yeux de Caitlin lancèrent des éclairs.

— Je sais que tu veux absolument tout contrôler dans notre vie, mais tu n'as pas à te mêler de ce que je porte. C'est moi qui décide. J'ai un cerveau, tu sais.

— Et il serait bon que tu t'en serves. Va te changer.

Cette discussion était inutile et épuisante.

— Pas le temps.

Caitlin hissa son sac sur son épaule et se dirigea vers la voiture. Alice la suivit.

— Ne provoque pas une dispute, la supplia-t-elle au passage. Je ne peux pas être en retard aujourd'hui. J'ai un poème à réciter, tu n'as pas oublié ? C'est déjà assez horrible, sans en plus arriver en retard.

Pourquoi était-ce toujours à Liza de gérer ces situations ?

Elle aurait donné n'importe quoi pour changer de place avec Sean. Entre un adulte pointilleux et une adolescente en crise, son choix était vite fait.

— On y va ? dit Alice en la tirant par la manche. Tout le monde porte ce qu'il veut le dernier jour. Personne n'y fait attention.

— Est-ce que certains viennent à moitié nus ? Apparemment, c'est ce que veut faire ta sœur.

Liza regarda les jambes minces et nues de sa fille, alors qu'elle s'asseyait dans la voiture.

Elle aurait vraiment dû faire preuve de fermeté, mais Alice avait raison. Si elle tenait bon et discutait avec Caitlin, elles seraient toutes les trois en retard. Ce n'était pas juste de se faire remplacer par ses collègues, sous prétexte que sa fille lui rendait la vie aussi dure que possible.

La honte la submergea.

Elle se laissait manipuler, et elle n'avait même plus la force de résister. Elle était trop fatiguée.

Vaincue, elle ferma la porte à clé et prit le volant.

Caitlin garda un air renfrogné et se cacha sous sa frange pendant tout le trajet. À l'instant où la voiture s'arrêta, elle descendit et franchit les grilles. Dès qu'elle vit ses amies, elle leur fit signe et retrouva le sourire.

— Au revoir, maman.

Alice fit claquer la portière derrière elle et rejoignit sa sœur.

Liza demeura assise dans la voiture silencieuse, puis jeta un coup d'œil aux jumelles. Caitlin se tordait de rire avec ses amies. Moins d'un quart d'heure plus tôt, elle se comportait comme si sa vie était finie. Et maintenant, elle n'avait plus un souci en tête.

Une flèche douloureuse s'insinua dans son cœur.

Respire, Liza. Respire.

Ils traverseraient cette crise, comme toutes les autres. Un jour, elle rirait en y pensant. *Peut-être…*

Elle souhaitait tellement être proche de ses filles. Elle aurait voulu qu'elles ne se disent jamais « *J'aimerais être plus proche de ma mère* », comme elle se le disait si souvent. Mais elle ne semblait pas les intéresser.

Qu'était-elle, pour elles ? Un chauffeur, une cuisinière, une femme de ménage.

À qui la faute ?

Liza déglutit, la gorge serrée. Que lui avait dit sa mère ? *Quelle partie de ta vie appartient à toi seule ? À personne d'autre ?*

La réponse était *aucune*.

Elle s'obligea à regarder la vérité en face. Peu à peu, au fil du temps, ses filles et son mari s'étaient habitués à ce qu'elle fasse tout pour eux. Ils ne voyaient pas ça comme un acte d'amour. Ils profitaient d'elle. *Où est mon jean ? Il n'y a plus de lait ?*

Les filles n'accordaient aucune valeur à son affection. À l'intérêt qu'elle leur portait. *Arrête avec tes questions, maman. C'est l'Inquisition.*

Le résultat de ces seize années de tâches ménagères, c'était deux filles qui trouvaient normal qu'elle prépare leurs repas, qu'elle fasse leur lessive, et qu'elle soit à leur entière disposition.

Pile à ce moment, son téléphone se mit à sonner.

C'était Caitlin.

Liza tendit la main pour répondre, et se ravisa. Non. Si elle n'était pas toujours disponible, les filles commenceraient peut-être à prendre leurs responsabilités.

Elle laissa sonner. La communication bascula sur la messagerie, et elle éprouva une immense angoisse. C'était peut-être urgent. À moins que Caitlin ne souhaite s'excuser pour son comportement grossier et égoïste ?

Furieuse contre elle-même de ne pas être plus forte, elle consulta le message que sa fille lui avait laissé.

— Maman !

La voix de Caitlin résonna comme un aboiement.

— J'ai oublié la coupe du club d'art dramatique à la maison, et c'est le dernier jour d'école ! Je vais perdre des points si je ne l'apporte pas, et mes copines vont me détester. Il faut absolument que tu la déposes à la réception à l'heure du déjeuner.

Liza entendit des rires en arrière-plan, et la communication fut coupée.

S'il te plaît, maman. Merci, maman.

Je t'aime, maman.

Liza rangea le téléphone dans son sac.

Il était temps de changer. Elle allait sûrement payer le prix fort, et la vie serait difficile pendant quelque temps, mais quoi qu'il arrive elle demeurerait inflexible.

Soutenue par la colère et le chagrin, elle alla jusqu'à l'école où elle enseignait et entra dans la salle des professeurs quelques secondes avant la sonnerie.

Andrew, un de ses collègues, se préparait une tasse de café instantané.

— Plus qu'un jour. Vivement l'été. Tu as l'air sur les nerfs, Liza. Tout va bien ?

Tout n'allait pas bien, mais elle n'avait pas envie d'en parler. Ce n'était pas parce qu'elle était bouleversée qu'elle allait parler de ses adolescentes dans la salle des professeurs. La conversation ne serait pas à son avantage, et elle avait déjà une assez piètre opinion d'elle-même sans avoir besoin de l'avis de ses collègues.

— C'est la fin de l'année. Tu sais ce que c'est.

Andrew n'en avait probablement aucune idée. Mais ils n'étaient pas dans la salle d'attente d'un psychiatre, et l'endroit n'était pas propice aux confidences.

Il remua le sucre dans son café.

— Tu fais quelque chose de spécial cet été, Liza ?

La lessive. Le ménage. La cuisine. La vaisselle.

— Liza ?

Elle sursauta.

— Sean a beaucoup de travail pour le moment, mais ensuite nous partons en France. Et toi ?

— Nous allons faire une croisière de deux semaines dans les îles grecques. Ce sont nos premières vacances sans les enfants. J'ai hâte.

— Vous n'emmenez pas les enfants ?

Liza décida qu'elle n'avait pas le temps d'attendre que son café refroidisse, aussi elle le remplaça par un verre d'eau.

— Phoebe a un stage de tennis, et Rory a obtenu une place dans un orchestre de jeunes. Ils partent en même temps, et Jenny et moi avons décidé d'en profiter pour passer quelque temps en tête à tête, tu vois ?

Non, elle ne voyait pas, mais elle aurait beaucoup aimé en faire autant. Cela résoudrait-il ses problèmes ? Probablement pas. En vérité, elle se sentait seule. Elle n'était pas proche de sa mère, ni de ses filles, et en ce moment elle ne se sentait pas proche non plus de son mari.

Andrew souffla sur son café.

— Tes filles font quelque chose de spécial cet été ?

— Deux semaines d'atelier théâtre, mais elles restent à la maison.

Ce n'étaient pas vraiment des vacances.

Andrew mordit dans un cookie au chocolat.

— Tu pars quelque part avec Sean ?

— Non.

Et même si elle l'avait voulu, ils ne pouvaient pas faire confiance aux filles après ce qui s'était passé la dernière fois. Elle allait devoir rendre service à ses voisins le reste de sa vie pour se faire pardonner.

Et elle ne pensait pas que les jumelles étaient capables de se débrouiller seules.

Elle envisageait de se rendre un jour à Oakwood Cottage pour voir Popeye, comme elle l'avait promis à sa mère, mais elle ne savait pas du tout comment elle allait s'organiser. Il faudrait qu'ils partent tous les quatre, mais Sean ne pouvait pas se permettre de prendre des jours de congé en ce moment et il serait stressé.

— À plus tard, Andrew.

Elle donna ses cours, mais ses élèves étaient surexcités car c'était leur dernier jour d'école.

À l'heure du déjeuner, elle retrouva ses collègues dans la salle des professeurs.

Elle avait trois appels en absence de Caitlin, qu'elle ignora. Si sa fille avait eu un accident, l'école l'aurait prévenue.

Ce déjeuner était la dernière occasion qu'elle avait de discuter avec d'autres adultes avant la rentrée. Et elle préférait écouter Wendy lui parler de son jardin d'herbes aromatiques, plutôt que de rouler dans les embouteillages pour aller chercher un trophée que Caitlin n'aurait pas dû oublier d'emporter ce matin.

Il était temps de sévir. Non en leur interdisant de sortir ou en leur ôtant certains privilèges comme elle l'avait fait jusqu'à présent, mais en les obligeant à prendre leurs responsabilités. Elle aurait dû le faire depuis longtemps.

— Je n'arrive pas à croire que tu n'aies pas apporté la coupe ! lui lança Caitlin dès qu'elle franchit la porte. Je t'ai appelée des milliers de fois, pourquoi tu n'as pas décroché ?

— J'étais en cours.

— Mais tu réponds toujours, au cas où ce serait une urgence.

— Ce n'est jamais urgent.

Sean allait-il rentrer bientôt ? Elle avait besoin de soutien. Puis elle se rappela. Il allait prendre un verre avec ses associés. Ce qui signifiait qu'elle allait passer la soirée seule avec les filles.

Heureux anniversaire, Liza.

Caitlin jouait une scène digne d'un grand prix d'art dramatique.

— J'aurais pu être en train de me vider de mon sang !

— Mais tu ne l'étais pas, répliqua Liza en ouvrant le réfrigérateur. C'est toi qui as oublié cette coupe, Caitlin. Il faut être plus organisée.

— Mais je t'ai demandé de l'apporter ! C'est la preuve que je m'organise.

Logique d'adolescente.

— J'étais au travail.

— Tu aurais pu aller à la maison à l'heure du déjeuner !

Personne ne lui demandait si elle avait passé une bonne journée, ou comment elle se sentait. Personne ne se souciait d'elle.

Elle avait une impression de vide intérieur. Sa mère lui manquait. N'était-ce pas ridicule ? Elle n'était pas plus proche de sa mère que de ses enfants, mais en ce moment elle aurait voulu être près d'elle. C'était à cause de cette conversation dans la voiture. Cette conversation étrange, surprenante, au cours de laquelle sa mère s'était montrée bienveillante, et avait loué ses qualités. Liza y avait longuement réfléchi. Elle avait été sur le point de craquer, et de tout lui raconter. Non parce qu'elle était proche d'elle, mais parce qu'elle n'avait personne d'autre à qui se confier.

Elle aurait voulu sentir qu'elle était spéciale pour quelqu'un.

Liza referma lentement le réfrigérateur. Pourquoi l'avait-elle ouvert ? Elle ne se rappelait pas.

Son esprit était encombré par ses propres erreurs.

Elle avait voulu créer une maison chaleureuse, confortable, être la mère attentive et aimante qu'elle rêvait d'avoir. Mais tout ce qu'elle avait réussi à faire, c'était créer l'équivalent d'un hôtel cinq étoiles avec service en chambre.

Elle était une femme à tout faire. Une réparatrice.

Et le pire, c'était qu'ils ne s'en rendaient même pas compte. Ils avaient tellement l'habitude qu'elle fasse tout à leur place que l'idée de le faire eux-mêmes ne les effleurait jamais. En revanche, ses filles se plaignaient du service. Si

Liza avait été une employée, Caitlin l'aurait probablement mise à la porte.

L'espace d'un instant, elle éprouva un sentiment proche de la panique. Elle avait été tellement sûre d'être une bien meilleure mère que Kathleen ! Mais quand elle avait quitté la maison de ses parents, elle savait se débrouiller seule, car elle le faisait depuis qu'elle était petite. L'idée de demander à sa mère d'aller chercher quelque chose qu'elle avait oublié ne lui avait jamais traversé l'esprit. Soit elle ne l'aurait pas oublié, soit elle aurait trouvé un moyen d'aller le chercher elle-même.

Elle avait raté l'éducation de ses filles. Un parent était censé apprendre à ses enfants à être indépendants. À respecter la vie des autres. Et qu'avait-elle fait ? Elle les avait laissées hurler quand il n'y avait pas de pizza au congélateur ou quand un débardeur avait disparu de l'armoire.

Comment feraient-elles, une fois qu'elles auraient quitté la maison ?

Et elle, comment allait-elle faire face à la situation, maintenant ?

Elle avait l'impression que sa tête allait exploser. Elle était oppressée, et respirait avec difficulté.

L'été tant attendu s'étendait devant elle, mais rien n'allait changer.

Elle allait continuer d'aplanir les difficultés, pour que la vie des membres de la famille se déroule sans le moindre accroc. C'était ce qu'elle faisait depuis toujours.

— On peut commander une pizza ce soir ? demanda Alice en jetant son sac de sport dans la buanderie. Pour fêter les vacances ?

— Et pourquoi pas ce fabuleux restaurant thaï ? suggéra Caitlin en prenant un yaourt dans le réfrigérateur. Ou l'Indien ?

Elle mangea le yaourt et laissa le pot vide sur le comptoir.

Qu'est-ce qui te ferait plaisir, maman ? Laissons maman choisir.

Assez !

Ignorant le pot de yaourt, Liza sortit de la cuisine. Elle était dans l'escalier quand Caitlin la rattrapa.

— Maman ? On a décidé qu'on voulait de la pizza. Quelle garniture, pour toi ?

Liza se dirigea vers sa chambre.

— Non, pas de pizza ce soir. Vous n'avez qu'à prendre quelque chose dans le réfrigérateur.

— Quoi ? Pourquoi ?

Affolée, Caitlin la suivit dans la chambre, et la regarda jeter quelques vêtements dans un sac de voyage.

— Que fais-tu ? Tu vas où ?

— Je pars.

Liza prit ses affaires de toilette dans la salle de bains et les jeta en vrac dans le sac. Alice apparut à ce moment sur le seuil.

— Que se passe-t-il ?

— Maman s'en va.

— Tout de suite ? Tu ne l'avais pas dit. Papa part avec toi ?

— Non, répondit Liza en fourrant une paire de chaussures dans le sac. Papa est en train de prendre un verre avec ses associés. Et puis, il faut que quelqu'un reste avec vous.

— Mais où vas-tu ? Tu ne pars jamais sans papa.

Encore une chose qui devait changer.

Liza prit ses clés de voiture et de l'argent.

— Je vais à Oakwood.

— Pourquoi ? dit Alice en grimaçant. Granny n'est même pas là !

— Je sais. Granny doit être en train de boire des cocktails sur une terrasse à Chicago, parce qu'elle est intelligente et sait qu'il faut profiter de la vie.

Dans ce domaine, je suis novice. Mais je vais apprendre.

— Je vais voir si Popeye va bien, et prendre un peu de temps pour moi.

Les filles s'entre-regardèrent, en se demandant si elle parlait sérieusement. Pour une fois, leur mère suivait son agenda personnel. Ce n'était encore jamais arrivé, et elles ne savaient pas ce qu'elles devaient en penser.

— Papa sait que tu t'en vas ?

— Je vais lui laisser un mot.

Elle prit un stylo dans son sac et trouva une feuille de papier dans un tiroir.

Sean, j'ai décidé d'aller à Oakwood. Je veux jeter un œil à la maison, m'assurer que le chat ne manque de rien, et passer quelques jours là-bas.

Elle faillit griffonner : *surveille les filles,* puis se rappela juste à temps qu'elle devait cesser d'organiser la vie des autres. Sean n'avait qu'à décider lui-même s'il voulait les surveiller ou non. Devait-elle lui souhaiter un heureux anniversaire ? Non, ce serait mesquin. Et il risquait de penser qu'elle partait parce qu'il avait oublié leur anniversaire, alors que le problème était beaucoup plus profond que ça. Elle signa simplement, *bisous, Liza.*

Elle posa le papier sur l'oreiller, fière d'avoir résisté à l'enfant qui se cachait en elle et qui avait envie de crier : *Tu as oublié notre anniversaire !*

Caitlin avait l'air paniquée.

— Mais comment allons-nous faire ?

— Pour quoi ?

Liza transféra son portefeuille, son téléphone et ses clés de voiture dans un sac qui ne lui rappelait pas l'école. Avait-elle pris tout ce qu'il fallait ? Probablement pas, mais le plus important était de partir avant de changer d'avis. Son sens des responsabilités grattait déjà à la porte de sa conscience. *Coucou, tu te souviens de moi ?*

Liza demeura indifférente. Ce n'était pas parce que quelqu'un tapait à la porte que vous étiez obligée d'ouvrir.

— Nous avons beaucoup de choses prévues cette semaine, dit Caitlin. Des activités de vacances. C'est toujours toi qui nous conduis. Et comment ferons-nous pour le déjeuner ?

144

— Trouvez une solution. Considérez qu'il s'agit d'une autre activité de vacances. Au lieu de faire du tennis ou du théâtre, vous apprendrez l'autonomie.

Liza prit les livres qu'elle avait préparés pour les vacances, et les rangea dans son sac.

— La différence, c'est que le tennis et le théâtre c'est amusant !

— La vie ne peut pas être toujours amusante. C'est une leçon que vous devrez apprendre. Une vie doit être composée à parts égales de choses qu'on est obligé de faire, et d'autres qu'on a envie de faire. Je suis sûre que vous parviendrez toutes les deux à relever le défi.

Et elle aussi. Elle allait observer sa propre vie de plus près, pour s'assurer que l'équilibre était respecté.

— Mais si tu ne cuisines pas et que nous ne pouvons pas commander de pizza, qu'allons-nous manger ce soir ?

— Cela dépend de vous. Soyez créatives.

Pour la première fois, elle ne leur donna ni le menu ni les ingrédients.

— Nous allons mourir de faim.

Caitlin, la tragédienne.

— Cela m'étonnerait.

Liza prit son sac et gagna la porte. Était-ce une décision extrême ? Exagérée ? En les laissant se débrouiller seules, n'allait-elle pas se retrouver avec une charge de travail supplémentaire en revenant ?

— Mais quand reviendras-tu ? s'exclama Alice, mêlant sa voix plaintive à celle de sa sœur. Il y a toujours une tonne de choses à faire, avant de partir en vacances.

Liza marqua une pause sur le seuil.

— Et c'est moi qui les fais. Pour le moment, je ne suis pas sûre d'avoir assez d'énergie pour ça.

Sans s'attarder sur l'expression choquée d'Alice, elle descendit l'escalier et ouvrit la porte d'entrée. La voiture était dans l'allée, toute prête à l'emporter. Sur une impulsion, elle ouvrit la porte du garage, et en sortit un grand carton qu'elle déposa dans le coffre.

Alice et Caitlin se tenaient devant la porte, désemparées.

— Tu disais que tu n'avais plus confiance en nous, après ce qui s'est passé la dernière fois.

Elles n'avaient pas envie de la voir partir. Liza savait que ce n'était pas par affection qu'elles voulaient la retenir, mais simplement parce que son départ ne les arrangeait pas.

— Vous trouvez que je vous contrôle trop et vous voudriez que je vous laisse tranquille. Donc, c'est ce que je fais. Considérez que ceci est une leçon dans la série « Débrouillez-vous seules ». J'espère que vous réussirez l'examen avec de bonnes notes.

— Mais… tu reviendras à temps pour aller en France ? demanda Alice, effarée.

Peut-être. Elle jeta son sac dans la voiture, s'assit au volant, et se sentit libérée. Pour la première fois depuis une éternité, elle pouvait ne penser qu'à elle.

Elle éteignit son téléphone.

— Attends ! s'écria Caitlin en cognant contre la vitre. Tu n'as pas répondu, pour la France.

Parce qu'elle ne connaissait pas la réponse. Tout ce qu'elle savait, c'était qu'elle devait s'éloigner. Elle avait besoin de faire quelque chose pour elle. Et jusqu'ici elle trouvait cela plutôt agréable.

Liza descendit très légèrement la vitre.

— Soyez sages !

Avec un rapide signe de la main, elle recula dans l'allée.

Prochain arrêt, Oakwood Cottage.

Sa mère n'était pas la seule à se lancer dans un voyage. Comparé à celui de Kathleen, le sien était peut-être moins glamour. Mais en ce moment elle avait l'impression de vivre la plus grande aventure de sa vie.

Heureux anniversaire, Liza.

9

Kathleen

Chicago-Pontiac

Au moment où Liza s'engageait sur la route, Kathleen et Martha quittaient Chicago.

Kathleen ne savait pas si elle devait attribuer son léger mal de tête à sa consommation d'alcool un peu excessive ou au décalage horaire. Quoi qu'il en soit, elle était secrètement soulagée de quitter Chicago, après y avoir passé deux nuits. Cette ville vaste et bruyante provoquait une stimulation du système nerveux qui ne contribuait pas à dissiper sa migraine.

Martha avait passé leur journée de repos à visiter la ville, alors que Kathleen était restée à l'hôtel pour la contempler depuis la paix relative de son balcon. Son confort était d'autant plus appréciable que le repas qu'elle avait commandé lui avait été apporté par un adorable jeune homme.

Cette impression de paix avait volé en éclats quand Martha avait fait irruption dans la chambre, après quatre tentatives, car elle ne semblait avoir aucune affinité avec les cartes magnétiques. Elle était en effervescence et intarissable sur ses multiples découvertes. Elle avait vu ceci, visité cela, s'était rendue à tel endroit, avait goûté ceci, rencontré une personne qui… Kathleen savait-elle que…

Elle n'avait pas cessé de parler, tout en dévorant les restes du thé de Kathleen. Celle-ci avait trouvé son enthousiasme étrangement revigorant. Comment pouvait-on se sentir vieille et complètement à plat en compagnie de Martha, qui respirait la jeunesse et une certaine naïveté ? Elle semblait voir le monde pour la première fois.

Kathleen l'écouta. Elle n'était pas sûre d'avoir déjà éprouvé autant d'admiration que Martha pour les immenses gratte-ciel, mais elle s'efforça de lui répondre de façon encourageante. Oui, cela représentait une incroyable quantité de verre. Non, cela ne signifiait pas nécessairement que tous les habitants de cette ville aimaient contempler leur propre reflet. Oui, il était vrai que le lac gelait en hiver… Kathleen l'avait vu de ses propres yeux. Et oui, ce n'était pas pour rien que Chicago était surnommée la Ville du vent.

L'enthousiasme de Martha n'avait pas connu de répit pendant qu'elles dégustaient leurs cocktails, ni pendant le dîner. La jeune femme avait commandé pour la deuxième fois du risotto au homard car, comme elle l'expliqua à Kathleen avec le plus grand sérieux, elle n'aurait plus jamais l'occasion d'en manger, et de toute façon il fallait toujours abuser des bonnes choses.

Était-ce vrai ?

Kathleen, qui venait de renoncer à un troisième cocktail en se disant qu'elle avait un peu abusé, ne savait plus que penser.

Telle une pile longue durée, Martha avait fini par épuiser sa réserve d'énergie. Les jambes flageolantes, elle avait gagné son lit, et avait sans doute sombré aussitôt dans le sommeil enviable de la jeunesse.

Kathleen, que le sommeil fuyait généralement, s'était longtemps retournée dans son lit, et avait bourré de coups de poing l'oreiller trop bombé, avant de glisser dans une somnolence hantée par des rêves et des souvenirs du passé.

Aujourd'hui, premier jour de ce voyage tant attendu, elle avait l'impression de traîner derrière elle quatre-vingts longues et lourdes années. Peut-être avait-elle fait une erreur en s'accordant tous ces cocktails. D'un autre côté, c'était une expérience mémorable, et elle avait toujours été persuadée qu'il fallait profiter de l'instant présent. À l'époque de *Destination Happy End,* elle commençait chaque tournage par une petite célébration avec son équipe.

Ce souvenir lui fit éprouver une bouffée de nostalgie.

En voyageant pour cette émission, elle pénétrait dans une réalité parallèle. La vraie vie était mise entre parenthèses, et la joie des participants était accrue par la pensée que ce moment ne durerait pas. À la fin, ils étaient obligés de sortir de leur bulle et de retourner à la vie réelle. Le contraste entre le monde temporaire qu'ils avaient construit et la réalité provoquait un choc. Il avait toujours fallu quelque temps à Kathleen pour se réadapter. À son retour, dès qu'elle franchissait la porte de la maison, Liza lui demandait du temps et de l'attention, alors qu'une partie d'elle-même flottait encore dans un autre univers. Elle se sentait désorientée en passant d'une vie à l'autre, et elle avait fréquemment trébuché entre les deux.

Elle n'avait pas été la meilleure des mères, et cette pensée la mettait mal à l'aise. Kathleen s'était mariée tard, et sa grossesse avait été une surprise. Quand la sage-femme lui avait posé le bébé dans les bras, elle avait éprouvé de la terreur. Un bébé était beaucoup plus qu'un bébé. C'était une responsabilité, un souci perpétuel, et un amour si immense qu'il pouvait vous submerger au moment le plus inattendu.

Et il n'y avait pas de retour en arrière possible. Même si elle avait conscience de ne pas être compétente, et de ne pas posséder les qualifications essentielles pour devenir mère. La fiabilité, la constance, la capacité à être toujours présente… ce n'était pas elle du tout. Si les choses s'étaient passées différemment pour elle quand elle avait vingt ans, alors qu'elle était encore romantique et idéaliste, peut-être se serait-elle glissée plus facilement dans ce rôle. Mais la vie l'avait formée différemment. Elle avait navigué seule dans l'existence pendant presque quatre décennies, aussi le mariage lui avait-il semblé un grand pas à franchir. C'est pourquoi Brian avait dû s'agenouiller trois fois devant elle, avant qu'elle ne se décide à lui accorder sa main.

Et puis Liza était arrivée.

Kathleen avait eu l'impression que sa vie, ce qu'elle était en réalité, avait été prise définitivement en otage.

Sûre d'elle et aux commandes dans sa vie professionnelle, elle avait l'impression d'être une usurpatrice dans le rôle de mère. Elle ne savait pas partager ses sentiments. Brian l'avait si bien compris qu'il lui avait laissé tout l'espace dont elle avait besoin. Mais avec sa fille elle avait gardé une grande partie d'elle-même secrète.

Était-ce pour cette raison que Liza laissait les exigences de sa famille dévorer sa vie ? Compensait-elle inconsciemment les défaillances de Kathleen ?

Cette pensée accentua son malaise.

Elle ne parvenait pas à oublier ce moment à l'aéroport. Liza l'avait serrée tellement fort qu'elle avait cru que ses côtes allaient se casser. *Je t'aime.*

Kathleen lui avait tapoté le bras, incapable de se débarrasser du sentiment qu'une fois de plus elle laissait tomber sa fille.

Que faisait Liza en ce moment ? Elle regrettait presque d'avoir passé deux jours chez eux avant le voyage, car maintenant elle pensait constamment à sa fille. C'était Liza qui fournissait le plus d'efforts pour maintenir une relation entre mère et fille. Ce n'était pas de son côté qu'il fallait chercher des lacunes.

Kathleen prit ses lunettes de soleil dans son sac. Il faisait une chaleur torride, et le soleil l'aveuglait à travers le pare-brise.

Tous ces cocktails l'avaient rendue encline aux pleurnicheries.

Martha devait souffrir également d'un accès de doutes ou de regrets, car l'enthousiasme et le bavardage d'hier avaient laissé la place à un silence tendu.

Elle fixait intensément la route, comme si celle-ci était un ennemi qu'elle devait vaincre. Ses lèvres bougeaient légèrement, donnant l'impression qu'elle tenait une conversation silencieuse avec elle-même.

Kathleen prit soudain conscience du fait qu'elle n'avait pas prononcé un seul mot depuis qu'elles étaient montées dans la voiture.

Martha avait vérifié trois fois que la ceinture de Kathleen était bien bouclée. Elle l'aurait fait une quatrième fois si Kathleen n'avait pas fait remarquer qu'elles prenaient simplement la route et qu'elles ne partaient pas pour un voyage dans l'espace. D'autre part, la circulation dense excluait toute tendance à pousser leur petite voiture rouge au maximum de ses possibilités.

— Vous vous sentez bien, mon petit ?

Kathleen avait apprécié le bavardage spontané et incessant de Martha. Cela lui donnait l'impression d'être redevenue jeune, et l'aidait à se concentrer sur autre chose que ses articulations douloureuses et ses pensées perturbantes. Leurs échanges n'étaient pas pour autant profonds ou indiscrets. À part la fois où Martha lui avait innocemment demandé si elle avait déjà visité la Californie, Kathleen n'avait eu aucune question gênante à esquiver. C'était l'idée qu'elle se faisait de la conversation parfaite. Mais dès l'instant où Martha l'avait aidée à monter dans la voiture, elle avait cessé de parler. Et maintenant ses yeux, légèrement écarquillés semblait-il, étaient fixés sur la route comme si elle se préparait à affronter une catastrophe.

— Je me concentre. Il y a… du monde.

Chicago était une grande ville, et bien sûr il y avait du monde. Mais Kathleen ne trouvait pas utile de souligner l'évidence, aussi garda-t-elle le silence en vivant pleinement l'expérience. Les voitures se pressaient pare-chocs contre pare-chocs, avançant comme des limaces, dans un vacarme où les cris se mêlaient aux klaxons. Les conducteurs faisaient parfois brusquement demi-tour, sans avertir de leurs intentions. En outre, atteindre la route s'était révélé ardu. Pour Kathleen, ce détail ajoutait du piquant au voyage. Mais

Martha n'avait cessé de respirer profondément, comme si cela augmentait son stress et annihilait son exubérance.

À présent, la voiture se traînait lentement le long du lac Michigan, dominé par l'ombre des gratte-ciel de Chicago.

Kathleen se sentit obligée de prononcer quelques paroles rassurantes.

— Je suis sûre que la circulation sera plus fluide quand nous aurons quitté Chicago.

— Je l'espère. Sinon, d'après mes calculs, il nous faudra un an et demi pour atteindre notre destination. Non que je sois pressée. Ou que je n'aime pas conduire dans les embouteillages. C'est un excellent entraînement.

Elle inspira brusquement, et précisa :

— Je ne dis pas que j'ai besoin d'entraînement. Je ne voudrais pas que vous soyez inquiète. Êtes-vous inquiète ?

Quelqu'un dans cette voiture était angoissé, songea Kathleen. Et ce n'était pas elle.

— Pourquoi le serais-je ? Vous conduisez très bien.

Elle n'aurait su dire si Martha était une conductrice quelconque ou excellente. Mais, après sa conversation avec Liza sur le chemin de l'aéroport, elle avait appris qu'un peu d'encouragement était souvent utile.

— Vous trouvez ?

Les doigts de Martha étaient si crispés sur le volant que si ce dernier avait été un être vivant il aurait été mort depuis longtemps.

— Si vous voulez que je ralentisse, dites-le-moi.

Si elles ralentissaient, elles seraient quasiment à l'arrêt.

— Roulez à l'allure qui vous convient. J'espère que vous trouvez cette voiture agréable à conduire ?

Martha s'humecta les lèvres.

— Oh ! je… j'ai l'impression qu'elle aimerait aller plus vite.

Comme si ce véhicule avait une volonté propre.

— C'est vous qui êtes aux commandes.

— Oui, concéda Martha en redressant légèrement les épaules.

Finalement, elles quittèrent le lac Michigan, laissant derrière elles le bruit et l'agitation de la ville, et se dirigèrent vers le sud-ouest. Les doigts de Martha finirent par se détendre sur le volant. Elle continuait toutefois de parler pour elle-même, et Kathleen parvint au prix d'un effort à lire sur ses lèvres. *Conduire à droite.*

Kathleen fut rassurée. Un pense-bête était mille fois préférable à une collision frontale.

Elles traversèrent les villes de Joliet, Elwood, et Wilmington, avant de traverser la rivière Kankakee et de continuer leur route vers le sud et St Louis. Chaque ville comprenait des sites originaux, empreints de nostalgie. Elles passèrent devant des enseignes au néon proposant des hot-dogs et des hamburgers, des restaurants à l'allure vintage, des bâtiments historiques, et des stations-service anciennes restaurées, où elles s'arrêtèrent pour prendre des photos devant des pompes à essence d'un rouge brillant.

— J'ai préparé une liste de morceaux de musique, dit Martha, mais je préfère m'habituer à la voiture avant de l'écouter. À moins que vous n'ayez envie de musique. Certaines personnes détestent le silence.

— Le silence est très sous-estimé.

Surtout après trois cocktails, ajouta Kathleen en elle-même.

— Mais c'était gentil de votre part d'avoir pensé à la musique.

— J'ai choisi des morceaux adaptés à chaque endroit que nous allons visiter.

Sa concentration était telle qu'elle avait le regard d'un suricate hypnotisé par la route. Rien n'échappait à son attention.

— Plus tard, peut-être, ajouta-t-elle.

Kathleen avait posé le guide ouvert sur ses genoux, avec un cahier sur lequel elle griffonnait ses remarques et ses impressions. Même maintenant, après tant d'années, elle cherchait instinctivement la meilleure façon de présenter un lieu au public. Une partie de son talent consistait à pénétrer directement au cœur de la localité, montrant ce qui la rendait unique, devinant ce qui plairait et ce qui attirerait les visiteurs.

Dans sa tête, elle enregistra un texte face à la caméra.

Quand vous entendez les mots road trip, *à quoi pensez-vous ? Ouverte en 1926, la Route 66 est devenue l'une des plus célèbres d'Amérique du Nord. Ce n'est pas pour rien qu'elle figure sur la liste des choses à faire avant de mourir de tant de gens de par le monde. Au cours des deux prochaines semaines, nous parcourrons deux mille quatre cent quarante huit miles de Chicago à Santa Monica, franchissant huit États et trois fuseaux horaires. Nous dînerons dans des restaurants historiques, nous admirerons des fresques murales, nous ferons un détour par le Grand Canyon et traverserons des plaines, des déserts et des montagnes, avant d'atteindre enfin les rivages de l'océan Pacifique. Restez avec nous, pour découvrir non seulement ces paysages variés, mais aussi l'histoire de l'Amérique.*

À ce moment-là, elle aurait souri à la caméra. Dirk aurait crié : « Coupez ! » et ils auraient tous fêté le début de l'aventure au bar le plus proche.

Elle se vantait d'avoir rarement besoin d'une deuxième prise. Mais le fait d'écrire elle-même ses textes l'aidait.

— Vous vous sentez bien, Kathleen ? Vous êtes silencieuse.

Martha quitta un instant la route des yeux pour lui lancer un regard en coin.

— Je pensais à la façon dont je présenterais ce lieu si j'enregistrais l'émission.

— J'aimerais en voir quelques-unes. Je vais les chercher sur Internet, répondit Martha en reportant toute son attention sur la route. Voulez-vous que je m'arrête ? Avez-vous envie d'un café ?

Kathleen consulta le guide.

— Il y a plusieurs arrêts conseillés plus loin, dont un où se trouve un restaurant historique particulièrement intéressant. Je suppose que c'est le bâtiment qui est historique, et non le contenu du réfrigérateur.

Les villes se firent plus rares et la route plus tranquille alors que les autres automobilistes choisissaient une voie plus rapide. Elles n'étaient plus entourées désormais que de champs cultivés.

Elles s'arrêtèrent pour déjeuner, et on leur servit un délicieux poulet frit. Martha mangea tout en étudiant le guide, suivant la route du bout du doigt.

— Quand nous atteindrons ce point, nous devrons décider sur quelle route nous engager.

— Route 66.

Kathleen remercia d'un sourire la serveuse qui vint remplir leur tasse de café.

— C'est plus compliqué que cela, car la route se sépare du tracé original. D'après ce livre, des réalignements ont été effectués. Il existe des voies plus rapides, si nous avons envie d'aller plus vite.

— Ce n'est pas le cas.

Kathleen était bien décidée à rester aussi proche que possible de l'historique Route 66. Et elle voulait savourer chaque instant du voyage.

— D'après ce qui est écrit, nous avons le choix. Nous pouvons continuer sur la route telle qu'elle était en 1926, ou prendre celle de 1930.

Martha délaissa le livre pour déguster son poulet.

— C'est délicieux. J'ai décidé que ce voyage serait gastronomique. Hier, près du lac, j'ai mangé une fabuleuse part de pizza.

— Oui, vous me l'avez dit.

Déjà cinq fois.

— Nous devrions choisir la route sur laquelle se trouvent les meilleurs restaurants, suggéra Martha en reportant son attention sur le guide.

— Cela me va. Je m'amuse comme une folle.

Martha leva les yeux.

— C'est vrai ? dit-elle en esquissant un sourire. Vous êtes sûre ?

— Tout ça est palpitant.

Kathleen finit son poulet et s'essuya les doigts.

— Vous ne pouvez pas savoir depuis combien de temps j'ai envie de faire ce voyage. C'est un rêve devenu réalité.

— Tant que ma façon de conduire ne le transforme pas en cauchemar…, dit Martha en lui rendant le guide. Il faudra peut-être que vous me donniez des instructions. Ce guide dit que le GPS a tendance à vous orienter vers l'autoroute, et donc à vous faire quitter l'ancienne route.

Elles retournèrent à la voiture et Martha manœuvra avec prudence pour sortir du parking et regagner la route. Elle se mordait les lèvres, et ses mains étaient si crispées sur le volant que ses doigts étaient blancs.

Kathleen se demanda ce qu'elle pouvait faire pour l'aider à se détendre.

— Parlez-moi un peu de vous.

La question parut accroître la tension de la jeune femme.

— Oh… je suis une personne terne et ennuyeuse. Il n'y a rien à dire.

— Vous vivez chez vos parents ?

— Oui.

— Est-ce un arrangement harmonieux ?

— Harmonieux ? Oui, nous nous entendons bien.

Elle ralentit en approchant d'un croisement.

— En fait, non. Pas vraiment.

Kathleen avait découvert que Martha n'avait pas besoin de beaucoup d'encouragements pour parler, aussi elle n'hésita pas à l'aiguillonner.

— Cela ne doit pas être facile. Une fille comme vous a besoin d'indépendance.

— Malheureusement, il y a une différence entre avoir besoin d'indépendance, et avoir les moyens de se l'offrir. Dois-je aller tout droit ?

Kathleen consulta la carte.

— Oui.

Elle attendit que Martha ait pris la bonne direction, avant de demander :

— Êtes-vous proche de votre mère ?

— Non. Et vous, êtes-vous proche de Liza ?

Kathleen regretta d'avoir posé cette question.

— Nous avons une bonne relation.

Ce qui était vrai pour elle, mais probablement pas pour Liza. Néanmoins, elle n'avait pas l'intention d'aborder un sujet aussi intime avec qui que ce soit.

— Vous n'avez donc jamais été proche de votre mère ?

— Non. Elle préfère ma sœur aînée.

Cette humble aveu déstabilisa Kathleen. Elle avait sûrement échoué sur bien des plans, mais elle était sûre que si elle avait eu deux enfants elle aurait échoué de la même façon avec les deux. Elle n'aurait pas fait de préférences.

— Vous en êtes sûre ?

— Oui. Si j'avais reçu de l'argent chaque fois qu'elle m'a dit : *Pourquoi ne ressembles-tu pas à ta sœur ?* je serais riche.

— Que fait votre sœur, pour être aussi digne de louanges ?

— Elle fait les bons choix.

— Les choix sont subjectifs, et seule la personne qui les fait peut porter un jugement sur ses décisions. Généralement, il faut un certain recul pour le faire.

— Pas chez moi.

La route s'élargit, et Martha accéléra un peu.

— Ma mère considère qu'elle a le droit de commenter mes choix, et elle trouve normal de le faire sur le moment. Mais elle n'a sans doute pas tort. J'étudiais la littérature anglaise, avant que Nanna devienne malade.

Avant qu'elle ne tombe malade, rectifia intérieurement Kathleen. Elle parvint à ne pas interrompre Martha pour corriger. Voilà ce qui arrivait, quand on était présentatrice à la télévision, et mariée de surcroît à un professeur de littérature.

— Que s'est-il passé ?

— Je suis rentrée à la maison pour m'occuper d'elle. Ma mère a cru que j'avais perdu la tête, bien entendu. Mais Nanna était une mère pour moi, je l'adorais. Et pas seulement parce qu'elle faisait de fabuleux gâteaux au chocolat. Elle m'encourageait toujours à être moi-même, et elle était gentille. Trop peu de gens savent être gentils. Elle ne m'a pas culpabilisée une seule fois. Elle me manque terriblement, même après tout ce temps.

Sa voix se brisa, et Kathleen éprouva un brin d'inquiétude. Elle aurait voulu en savoir davantage sur Martha, à condition que son récit ne s'accompagne pas de larmes. Les faits l'intéressaient, mais elle ne voulait pas faire surgir un flot d'émotions.

Elle tapota gauchement la jambe de la jeune femme.

— Votre grand-mère avait de la chance d'avoir quelqu'un comme vous.

— Peut-être. Je ne sais pas.

Maintenant que la circulation était moins dense, Martha semblait plus détendue.

— Dans un sens, ma mère a raison. J'ai du mal à trouver du travail, mais je ne suis pas sûre que ce serait plus facile si j'avais passé mon diplôme. J'aurais fini par avoir encore plus de dettes, et pas de salaire pour les rembourser. La vie est dure, avec ou sans diplôme.

Kathleen fut soulagée de constater que Martha avait repris le contrôle sur ses émotions.

— Qu'aimeriez-vous faire, si vous aviez le choix ?

— J'ai adoré travailler dans un café. Ce n'était pas pour le café, mais pour les gens. J'aime parler avec eux. Je suppose que s'il existait une profession consistant à parler je postulerais pour ce job.

Elle regarda Kathleen en souriant.

— Manager de discussion. Est-ce que ça existe ? Hé, regardez. Une belle station-service, à côté du panneau Route 66. Nous devrions nous arrêter pour prendre une photo, et l'envoyer à Liza.

Elle se gara sur le côté, et Kathleen posa pour la photo.

Il fallait que Martha trouve un job assez bien payé pour pouvoir louer un appartement à elle, songea-t-elle.

— Où dois-je me tenir ?

— Là où vous êtes, c'est parfait. Si vous présentiez une émission, que diriez-vous ? Je vais faire une vidéo…

Martha appuya sur deux boutons et tint son téléphone à bout de bras.

— Vous êtes prête ?

— Prête pour quoi ?

— Ce que vous faites en général. Action. On tourne.

— Mais que ferez-vous de la vidéo ?

— Je ne sais pas. Je l'enverrai à Liza. Ou je la garderai en souvenir. Nous en parlerons plus tard. Prête ? On y va !

Martha ne semblait pas vouloir renoncer à son idée, aussi Kathleen prit la pose et se lança :

— Regardez au-delà des enseignes au néon et des stations d'essence. Que voyez-vous ? L'Histoire. Dans les années 1920…

Elle parla pendant trois minutes, répétant ce qu'elle avait lu dans le guide. Quand elle eut fini, Martha la regarda d'un drôle d'air.

— Qu'y a-t-il ? J'avais du rouge à lèvres sur les dents ?

— Vous étiez incroyable. Très professionnelle.

Martha pressa encore un bouton, et tendit le téléphone à Kathleen.

— Regardez.

Elle prit l'appareil et enleva ses lunettes de soleil. C'était vraiment elle ? Elle avait l'air si vieille que ça ?

Mais sous la déception se cachait une certaine fierté. Son débit était plus lent, et elle avait beaucoup de rides, mais elle n'avait pas perdu son talent.

— Vous avez filmé ça avec votre téléphone ?

— Oui. C'est ma grand-mère qui me l'avait offert, et les photos sont d'excellente qualité. Nous allons mettre cette vidéo en ligne. Elle est trop géniale pour ne pas la publier. Je suis sûre que nous aurons des milliers de vues, décida

Martha en rempochant le téléphone. Allons-y. Nous avons encore un long trajet avant l'étape de ce soir.

Elles roulaient depuis une demi-heure, quand Kathleen vit le téléphone de Martha s'éclairer.

— Un certain Steven essaye de vous appeler. Vous voulez que je réponde ?

— Non ! Laissez tomber.

Martha s'empara du téléphone et le retourna.

Intéressant, songea Kathleen. C'était la première fois que Martha était tentée de lâcher le volant. La sonnerie cessa, pour reprendre presque aussitôt.

— Il est persévérant.

— C'est un des nombreux traits de caractère qui m'agacent chez lui, dit Martha en repoussant ses cheveux en arrière d'une main tremblante. Désolée.

— Vous avez le droit de recevoir des appels personnels. Si vous voulez vous arrêter pour le rappeler…

— Non.

Cependant, elle tourna le volant et s'arrêta au bord de la route. Inspirant profondément, elle agrippa le téléphone et l'éteignit.

— Voilà. Plus d'appels. Par chance, il ne pourra pas débarquer au motel. Je suppose que je devrais être reconnaissante pour ce petit détail.

Il y avait longtemps que Kathleen n'avait pas assisté à la fin d'une mauvaise histoire d'amour, mais elle n'avait pas oublié à quoi cela ressemblait.

— C'était un vaurien ?

— Un vaurien ? s'exclama Martha avec un rire étouffé. Oui, un vrai vaurien, Kathleen. Un méga vaurien. Un *super vaurien !*

— Vaurien est un mot qui se suffit à lui-même. Inutile d'en rajouter. Je suppose qu'il vous a brisé le cœur ?

— Entre autres, oui. Il a aussi cassé une théière que ma grand-mère m'avait donnée, et je ne pourrai jamais le lui pardonner.

En tant qu'amatrice de thé, Kathleen pouvait comprendre.

— Décrivez-moi cette théière.

— Elle était blanche, et décorée de cerises rouges. Cela me faisait penser à l'été.

Martha soupira, et ramena la voiture sur la route.

— Je refuse de le laisser s'insinuer dans ma vie, et dans ce voyage.

— C'était sérieux ?

— Pour moi, oui. Pour lui… la fin de l'histoire me prouva que non. Ma mère considéra cela comme une preuve supplémentaire de mon incapacité à faire de bons choix.

— De toute évidence votre mère ne connaît pas ce genre de voyous. Ils sont charmants, convaincants, et sur le moment on a l'impression de faire le bon choix. C'est à cause de lui que vous avez accepté ce job ?

— Quoi ?

Martha freina brusquement. Kathleen fut projetée en avant, et sa ceinture se bloqua. Elle aurait dû attendre d'être arrivée au motel pour poser la question.

— J'ai eu l'impression que vous vouliez fuir quelque chose. Ou quelqu'un.

— Vous… qu'est-ce qui vous a fait penser cela ?

— Le jour où vous êtes venue à la maison, vous sembliez un peu… prête à tout. Gardez les yeux sur la route, ma chère.

Les mains de Martha étaient crispées sur le volant.

— Vous l'avez remarqué ? Et vous m'avez donné le job quand même ?

— Vous étiez exactement le genre de personne que je cherchais. Quelqu'un de jeune, avec assez d'énergie pour compenser la mienne parfois défaillante, et aussi quelqu'un qui n'avait absolument aucune raison de changer d'avis et de retourner à la maison au beau milieu du voyage.

— Kathleen…

— Au début ce n'était qu'une vague impression. Mais maintenant, je suis sûre que seul le désespoir pouvait vous pousser à prendre un job qui vous obligeait à conduire alors que visiblement vous avez horreur de cela.

Martha essuya son front moite et adressa des excuses silencieuses à la voiture qui les suivait et dont le conducteur appuyait frénétiquement sur le klaxon. Par bonheur, l'enseigne du motel apparut, et avec un soulagement évident elle entra sur le parking et se gara.

L'air défait, elle se tourna vers Kathleen.

— Comment savez-vous que je déteste conduire ? Je vous fais peur ? Je ne fais pas ce qu'il faut ?

Kathleen commençait à regretter d'avoir parlé. Liza lui avait conseillé de vérifier le permis de conduire de Martha. Mais ce qu'elle aurait dû faire, c'était lui faire passer une sorte de test psychologique. Celui-ci aurait révélé que sa compagne de voyage était une boule de nerfs.

— Vous ne faites rien de mal, mais vous ne semblez pas à l'aise. Chaque fois qu'une voiture approche, vos mâchoires se crispent, vous vous penchez en avant, et vous agrippez le volant si fort que le sang ne circule plus dans vos doigts. Et je ne comprends pas pourquoi, car vous conduisez très bien.

— Très bien ? Vous trouvez ? Vraiment ?

— Oui. Pourquoi ne le croyez-vous pas ?

— Je n'ai pas… confiance en moi.

— Je vous trouve prudente. Étant donné que vous conduisez du mauvais côté de la route, que le volant est à gauche, et que vous ne connaissez pas le pays, j'ai de bonnes raisons de m'en féliciter. La dernière chose qu'il me fallait, c'était un conducteur espérant en secret devenir pilote de course. Voulez-vous me dire pourquoi vous avez accepté cet emploi, alors que vous détestez conduire ?

— Je n'ai jamais dit que je détestais cela.

— Martha…, reprit gentiment Kathleen, nous allons être très proches pendant les prochaines semaines. Jouer la comédie en permanence serait épuisant pour vous. Il est important que je vous comprenne.

Kathleen n'avait pas besoin, ni envie, que Martha la comprenne. La jeune femme renversa la tête contre le dossier.

— Vous avez raison, je déteste conduire. Cela me terrifie. J'ai échoué cinq fois à l'examen, bien que je doive préciser pour ma défense que la dernière fois ce n'était pas ma faute. Si vous me l'aviez demandé tout de suite, je vous l'aurais dit. Je ne suis pas menteuse. Mais vous n'avez pas posé de question, aussi j'ai décidé de me taire. J'avais vraiment besoin de ce job. Vous paraissiez gentille, et vous avez raison, j'étais prête à tout.

Les mots s'échappaient sans qu'elle puisse les retenir. Elle se recroquevilla, accablée.

— Vous allez me renvoyer ?

— Pourquoi ferais-je cela ? Et comment pourrais-je continuer mon voyage sur la Route 66 ? Je ne peux plus conduire, et je ne suis pas dans une condition physique me permettant de pousser la voiture.

— Vous pourriez trouver un autre chauffeur.

— Je veux un chauffeur exactement comme vous.

Des larmes brillaient dans les yeux de Martha.

— Vous voulez dire nulle ?

— Il n'y a aucun problème avec votre façon de conduire, ma chère. Tout ce qui vous manque, c'est un peu de confiance en vous.

Martha fouilla dans son sac, à la recherche d'un mouchoir en papier.

— On acquiert de la confiance quand on réussit quelque chose. Et je n'ai jamais rien réussi. Je suis un désastre.

Cette confession fit frémir Kathleen. Si elle n'avait pas eu aussi mal aux hanches, elle serait sortie de la voiture et se serait enfuie en courant. Elle ne faisait pas partie de ces gens qui savaient toujours quoi dire quand quelqu'un était bouleversé.

— C'est ridicule. Pour avoir confiance en soi, il faut avoir conscience de sa propre valeur. Aimer ce que l'on est. Vous êtes gentille, drôle, intelligente, chaleureuse, et visiblement loyale. En plus de cela, vous avez eu assez de bon sens pour tenir un voyou à distance, ce qui fait de vous une femme au jugement sûr.

Martha se moucha bruyamment.

— J'aurais dû faire preuve de discernement un peu plus tôt.

— Vous le connaissiez depuis longtemps ?

— Le voyou ? Oui, nous allions à l'école ensemble. Nous sortions de temps à autre. J'aurais dû me demander ce qu'il faisait quand nous ne sortions pas ensemble, au lieu de me marier avec lui. Comment ai-je pu être aussi stupide ?

Elle déchira le mouchoir sans s'en apercevoir.

— Vous aviez de l'espoir, vous étiez optimiste. Ce sont de beaux traits de caractère.

Kathleen eut l'impression de se décrire elle-même.

— C'est votre mari, qui appelle sans arrêt ?

— Ex-mari, rectifia Martha en se rongeant un ongle. C'est choquant, n'est-ce pas ? J'ai vingt-cinq ans, pas de diplôme, pas d'appartement, pas de travail, mais j'ai un ex-mari. Ma mère dit que je ne suis bonne qu'à tout abandonner.

L'opinion de Kathleen sur ses propres qualités de mère s'améliora sur-le-champ.

— Vous avez un travail. Celui-ci. Et dans l'immédiat, vous avez un toit sur la tête.

Kathleen n'était peut-être pas douée pour recevoir des confidences, mais elle était excellente quand il s'agissait de donner des conseils pratiques.

— Je ne vois pas comment un diplôme universitaire pourrait vous aider en ce moment. Combien de temps avez-vous été mariée ?

Martha se retourna pour prendre son sac, et le tira si violemment entre les deux sièges qu'elle faillit casser la bandoulière.

— Pas longtemps.

De toute évidence, elle était dévorée de chagrin et avait les nerfs à fleur de peau. Kathleen éprouva un soudain élan de compassion pour elle.

— Des mois, ou des années ?

— Je l'ai quitté au bout de quatre jours, quand je l'ai trouvé au lit avec une autre. Un cliché lamentable.

La peine submergea Kathleen sans prévenir, rouvrant des plaies qui avaient mis des dizaines d'années à guérir, et une partie de sa vie qu'elle s'efforçait d'oublier. Elle dut faire un effort pour se rappeler qu'il n'était pas question d'elle, mais de cette pauvre Martha.

Celle-ci lui coula un regard de côté.

— Le divorce a été prononcé il y a quelques semaines.

Dis quelque chose, Kathleen. Dis quelque chose.

— Ce doit être douloureux.

— Sur le moment, ce fut terrible. Mais des mois ont passé, et maintenant je suis simplement folle de rage. Ce que je trouve préférable. Il est plus facile d'être en colère que d'être triste.

Martha ouvrit son sac et laissa tomber son téléphone à l'intérieur.

— Je suis en colère contre lui. Et contre moi.

— Pourquoi contre vous ?

La jeune femme haussa les épaules.

— Ma mère m'a toujours dit que je n'étais pas douée pour cerner les gens. Je suppose qu'elle a raison.

— Pourquoi vous adressez-vous des reproches pour une chose dont vous n'êtes pas responsable ?

Oui, pourquoi, Kathleen ? Pourquoi ?

— J'aurais dû être moins naïve. Et honnêtement, je ne comprends pas pourquoi il m'appelle. Puisqu'il a couché avec une autre, pourquoi veut-il me reprendre ?

La voix de Martha monta un peu dans les aigus. Elle était peut-être en colère, songea Martha, mais elle était aussi profondément blessée.

Et personne ne pouvait comprendre cela mieux qu'elle.

— Je ne suis pas psychologue, mais cela a peut-être quelque chose à voir avec l'inaccessible.

Kathleen se sentit un peu étourdie. Son esprit était tout à coup recouvert d'un épais nuage noir, et elle ne distinguait plus le soleil.

— Kathleen ? Vous vous sentez bien ? Je vous ai choquée ?

Au prix d'un effort surhumain, Kathleen parvint à se ressaisir. Il n'était pas question d'elle. Ce n'était pas son histoire.

— Un des rares avantages d'avoir quatre-vingts ans, c'est que plus rien ne peut vous choquer. À part votre reflet dans le miroir, bien entendu. C'est toujours surprenant, surtout le matin quand on ne s'y attend pas.

Une plaisanterie. Très bien, Kathleen.

— Nous devrions entrer dans le motel. J'ai envie de m'allonger et de faire un petit somme avant d'aller déguster les spécialités locales. Quelles qu'elles soient.

— Les saucisses, répondit distraitement Martha.

— Vous devriez supprimer son numéro, bien sûr.

Elle allait fermer les yeux pendant une demi-heure, et essayer de se ressaisir, se dit-elle en rassemblant le guide, ses lunettes et son sac.

— Le plus vite sera le mieux.

— Je ne suis pas encore arrivée à le faire, mais vous avez raison. Je vous remercie de m'avoir écoutée. Je pensais que si vous saviez la vérité vous ne voudriez plus que je conduise pour vous.

— Je ne vois pas pourquoi vous avez cru cela. Il faut se soutenir, entre femmes.

Martha glissa sa bouteille d'eau dans son sac.

— Vous devez me trouver lâche de vouloir m'enfuir. Je veux dire... vous êtes si téméraire, vous n'avez peur de rien. Vous avez assommé un cambrioleur avec une poêle, alors que la plupart des gens auraient été paralysés par la frousse. Et maintenant... regardez-vous. À quatre-vingts ans, vous traversez l'Amérique d'est en ouest. Vous n'avez pas froid aux yeux. Votre courage est incroyable, Kathleen, ajouta-t-elle avec un sourire tremblotant.

— Vous recommencez, Martha. Vous exagérez.

166

— C'est vrai. Vous êtes la personne la plus courageuse que je connaisse. Je ne pense pas que vous sachiez ce que c'est, de vouloir s'enfuir.

Kathleen serra les doigts sur son sac, en regardant à travers la vitre. Elle n'était qu'une usurpatrice. Un mensonge.

— Kathleen ?

Elle aurait pu faire une vague remarque, et changer de sujet. C'était ce qu'elle faisait toujours. Elle ne parlait jamais de cette époque. Même Brian connaissait les limites à ne pas dépasser.

Alors pourquoi, pour une fois, était-elle tentée de dire la vérité ? Qu'avait de spécial cette jeune femme ? Pourquoi avait-elle envie de lui confier ce que l'expérience lui avait appris ?

— J'ai passé ma vie à fuir.

Les mots s'échappèrent, en dépit de sa volonté.

— Je peux dire honnêtement que je suis une sorte d'experte. Vous n'êtes pas la seule à avoir un vaurien dans votre passé, vous savez.

Oh ! Kathleen. Idiote, pauvre idiote.

Maintenant, il allait y avoir une foule de questions, auxquelles elle n'avait pas l'intention de répondre.

— Vous ? s'exclama Martha, incrédule. Mais vous réglez tous les problèmes. Vous êtes incroyable. Aucun homme n'oserait mal se comporter avec vous.

Martha ne faisait pas partie de sa famille. Elle n'était pas du tout dans l'obligation de lui prodiguer ses conseils, de la faire profiter de son expérience.

Elle pouvait lui laisser toutes ses illusions.

C'était exactement ce qu'elle avait l'intention de faire. Puis elle vit ses yeux larmoyants.

Son cœur se serra. Elle avait ressenti la même douleur, et avait été seule pour la surmonter.

— Personne n'est capable de tout « régler », Martha. Quoi que cela signifie. Je suis lâche.

Voilà, elle l'avait dit.

— Après ma rencontre avec un vaurien, j'ai fait en sorte de me protéger de la douleur. C'est une réponse humaine, bien entendu.

L'âge ne vous apportait peut-être pas la sagesse, mais il vous permettait de considérer les choses avec du recul.

Elle ne pouvait rien changer à la façon dont sa vie s'était déroulée. Elle ne pouvait pas revenir sur les décisions qu'elle avait prises. Mais elle pouvait faire de son mieux pour que Martha n'emprunte pas la même route qu'elle.

— Je n'ai peut-être pas eu peur de vivre, mais j'ai eu peur d'aimer.

Kathleen n'avait encore jamais osé prononcer ces mots, et elle trouva cela d'une facilité déconcertante.

— Je ne voudrais pas que vous fassiez la même erreur que moi.

10

Liza

Liza s'éveilla avec le chant des oiseaux, et enveloppée par un doux parfum de linge frais. Un air vivifiant entrait par la fenêtre ouverte, transportant une senteur marine à laquelle se mêlaient les effluves du chèvrefeuille. Sa tête était confortablement nichée au creux de l'oreiller, et pendant quelques merveilleuses secondes elle se prélassa. Puis la réalité s'imposa.

Elle était à Oakwood Cottage.

Elle avait fait toute la route d'une traite, avec la musique à tue-tête. Arrivée à la nuit, elle s'était écroulée sur le lit tout habillée, trop épuisée et bouleversée pour ôter autre chose que ses chaussures.

Malgré les événements de la journée, elle s'était endormie rapidement et avait sombré dans un profond sommeil. Si bien qu'elle était parfaitement reposée pour affronter le moment de vérité.

Elle s'assit, se préparant à un bombardement de sentiments douloureux.

Qu'avait-elle fait ?

Elle avait abandonné sa famille. Non, elle ne les avait pas abandonnés, pas définitivement. Mais sa famille représentait tout pour elle, et elle aurait dû se sentir terriblement mal en ce moment. Avec un choc, elle se rendit compte qu'il n'en était rien.

Le sentiment de panique s'était estompé, mais le chagrin et l'impression de solitude étaient toujours là.

Elle n'aurait même pas su dire pourquoi elle était partie. La tension s'était accumulée toute la journée, jusqu'au moment où elle avait cru exploser. Sean qui oubliait leur anniversaire, puis Caitlin qui exigeait qu'elle lui apporte la coupe pendant la pause déjeuner… Chaque instant de cette journée lui avait remis en esprit une foule de détails qui la rendaient malheureuse.

Elle n'était pas partie pour faire entendre sa colère, mais parce que c'était nécessaire pour sa santé mentale.

Elle avait besoin d'espace et de temps pour réfléchir. Il lui manquait des moments de répit pour faire le point et savoir ce qu'elle voulait.

Cependant, elle trouvait bizarre d'être seule dans cette maison.

Elle avait décidé de dormir dans son ancienne chambre d'enfant, plutôt que dans la chambre d'amis qu'elle occupait avec Sean lors de leurs visites. Pourquoi avait-elle fait cela ? Était-ce une façon de retourner à la vie qu'elle avait eue autrefois ? De redevenir la personne qu'elle avait été avant d'être mère de famille ?

L'immense carte du monde était toujours accrochée au mur, avec les emplacements marqués par son père et elle. Ses vieux livres préférés, dont elle ne se séparerait jamais, ramassaient la poussière sur les étagères. Autrefois, ils étaient maintenus par le prix d'art plastique qu'elle avait gagné à l'école, mais celui-ci avait disparu.

Sa mère avait dû le ranger quelque part.

Déçue que sa mère, dont le désordre était légendaire, ait choisi de ranger cet objet en particulier, elle alla à la fenêtre pour contempler les champs qui s'étendaient jusqu'à la mer. Cette vue était celle avec laquelle elle avait grandi.

Le soleil brillait et la chaleur pénétrait dans la chambre, malgré l'heure matinale. Ils allaient avoir de la canicule.

Elle se déshabilla, fourra ses vêtements dans la corbeille à linge, et prit une longue douche.

Enveloppée dans sa serviette, elle ouvrit son sac de voyage. Elle y avait entassé divers objets et vêtements, sans vraiment réfléchir à ce qu'elle allait porter.

Pourquoi avait-elle pris cette chemise ? Elle la détestait.

Chaque objet qu'elle sortait du sac lui rappelait la maison, et une vie qu'elle n'était plus tellement sûre d'aimer. Mais elle n'avait rien qui soit adapté à une vie à l'extérieur en pleine vague de chaleur.

Finalement, elle se décida pour une chemise blanche avec des boutons de nacre et un large pantalon de lin. Elle remit le reste dans le sac, le ferma et le glissa sous le lit.

Il n'y avait pas que sa vie qui avait besoin d'être rénovée. Sa garde-robe aussi.

Peut-être ferait-elle un saut à la boutique du village, un peu plus tard.

C'est seulement après avoir fini de sécher ses cheveux qu'elle songea à allumer son téléphone.

Elle avait plusieurs appels manqués de Sean. Avant qu'elle ait pu décider ce qu'elle allait faire, il appela de nouveau.

Elle répondit, sans trop savoir à quoi s'attendre.

— Salut.

— Liza ? Dieu soit loué. J'étais malade d'inquiétude.

Elle devina au ton de sa voix et au léger grésillement sur la ligne qu'il appelait de la voiture.

— Pourquoi étais-tu inquiet ?

— Tu es partie sans prévenir ! Je ne savais pas que tu avais l'intention de te rendre en Cornouailles ce week-end ! Et je me sens…

La communication fut interrompue.

— Allô ? fit-elle en regardant l'écran. Sean ?

— Oui. Tu es là ?

— Oui. Je n'ai pas entendu ce que tu disais.

Comment se sentait-il ? S'était-il rendu compte qu'il avait oublié leur anniversaire ?

Liza attendit, bien décidée à se montrer indulgente. Sean était très occupé. Ils l'étaient tous les deux. C'était un des nombreux problèmes auxquels il fallait réfléchir.

— Je me sens frustré que tu ne m'en aies pas parlé, que tu ne te sois pas assurée que ce plan me convenait.

Elle s'obligea à respirer profondément. Elle pouvait en discuter tout de suite, mais elle savait ce qui arriverait. Malgré tous ses défauts, Sean était quelqu'un de bon. Si elle lui expliquait ce qu'elle ressentait, il viendrait directement en Cornouailles pour la voir, et ce n'était pas ce qu'elle voulait. Elle voulait du temps pour elle, et pour une fois dans sa vie elle allait faire ce qu'elle voulait.

— J'ai promis à ma mère de veiller sur Popeye.

— Ce n'est pas le meilleur moment. Je suis submergé de travail. Je suis parti ce matin avant que les filles soient levées, et je vais rentrer tard. La dernière chose dont j'ai besoin, c'est de nettoyer le désordre qu'elles auront laissé dans la cuisine.

Pouvaient-ils encore avoir une conversation qui ne tourne pas autour des corvées ménagères et des filles ? Au début de leur relation, ils avaient inventé un jeu. *Grands Rêves, Petits Rêves.* À l'époque, ils partageaient tous leurs espoirs. Mais ces rêves n'étaient plus qu'un vieux tapis usé, que l'on piétinait sans même y penser.

— Si elles mettent du désordre, elles n'ont qu'à nettoyer elles-mêmes. Et si elles veulent aller quelque part, elles peuvent prendre les transports en commun. Elles sont assez grandes.

— Qui êtes-vous et qu'avez-vous fait de Liza ?

Elle s'humecta les lèvres, avant de répondre.

— Tu dis toujours que nous devons leur faire confiance.

— C'était avant qu'elles ne démolissent la maison. Au fait, les maçons vont venir cette semaine. Tu seras là mardi ?

— Non. Donne-leur une clé.

— On ne peut pas laisser des ouvriers dans une maison sans superviser leur travail.

— Si tu as confiance en elles, moi aussi, déclara-t-elle.

Au diable les ouvriers.

Il y eut un silence.

— Tu es sûre que tu te sens bien ?

Non, elle ne se sentait pas bien, mais elle n'avait pas envie d'en parler.

— Le voyage m'a fatiguée. Tu sais ce que c'est, à la fin de l'année scolaire. Tout va bien ? ajouta-t-elle en l'entendant jurer entre ses dents.

— La circulation est terrible. Je vais être en retard.

— Où vas-tu ?

— J'ai une réunion de chantier.

— Un samedi ?

— Ce projet est un cauchemar. Je ne vois pas comment je pourrais te rejoindre, dans l'état actuel des choses.

Le soulagement fut presque aussitôt étouffé par un sentiment de culpabilité. Quel genre de femme fallait-il être, pour être contente que son mari ne puisse pas la rejoindre pour le week-end ?

— Ne t'inquiète pas.

— Tu pourras garder ton téléphone sur toi ? Elles t'appelleront si elles ont un problème.

Elles l'appelleraient pour le moindre petit problème.

— Je ne suis pas sûre de pouvoir décrocher. Il y a beaucoup à faire dans la maison, et tu sais que la sonnerie ne marche pas toujours.

— Liza, reprit-il, l'air exaspéré. Je ne peux pas recevoir d'appels au travail en ce moment. Tu as choisi le pire moment pour faire ça.

Pour faire quoi ? Prendre du temps pour elle ?

— Je ne te demande pas de répondre au téléphone, Sean.

— Je ne comprends pas. Tu t'inquiètes pour ces enfants à chaque seconde. Tu vérifies qu'elles se sont brossé les dents, qu'elles ont pris leurs vitamines. Et maintenant, tu refuses d'être là en cas d'urgence ?

— Je leur apprends, répondit-elle en détachant les mots, à résoudre les problèmes et à prendre leurs responsabilités. J'aurais dû le faire il y a longtemps. Si elles se reposent sur moi pour tout, elles n'apprendront jamais. J'espère que ta réunion se passera bien.

Elle coupa la communication, le regard perdu sur la campagne environnante. Une bataille se livrait dans son esprit entre les besoins de sa famille et les siens.

Sans liste de corvées à accomplir, et personne pour lui imposer ses exigences, elle se retrouva avec une longue journée en perspective. Pleine de possibilités. L'idée d'avoir du temps libre lui était tellement étrangère qu'elle ne savait absolument pas comment passer le temps.

Faire une promenade ? Ou bien s'asseoir dans le confortable fauteuil à bascule de sa mère dans le patio, et lire un des livres qu'elle avait mis de côté pour les vacances. Ce n'était pas parce qu'elle ne pouvait pas siroter des cocktails sur la terrasse d'un hôtel chic de Chicago qu'elle n'allait pas se faire plaisir autrement.

Elle prit son livre, se prépara un café dans la cuisine ensoleillée, et emporta la tasse dans le jardin. Sans sa mère, celui-ci paraissait étrangement vide. Liza avait l'habitude de la voir penchée sur ses massifs de fleurs, coupant une fleur fanée, arrachant une mauvaise herbe.

Popeye se dirigea vers elle et elle se baissa pour le caresser, mais il s'esquiva pour gagner la cuisine, où se trouvait son bol de croquettes.

Existait-il une personne au monde qui s'intéressât à Liza pour autre chose que par intérêt ?

Après avoir nourri le chat, elle ouvrit son livre, mais découvrit qu'elle avait du mal à se concentrer.

Elle se sentait à cran, agitée. Son instinct la poussait à nettoyer les placards et à épousseter les étagères. À laver les vitres salies par les embruns.

Non.

Elle serra les doigts sur son livre.

Elle ne faisait jamais cela. À la maison, elle parvenait tout juste à lire quelques pages le soir, avant de s'endormir. S'asseoir au soleil avec un livre avait quelque chose de décadent, de complaisant. Elle se sentait coupable. Il fallait qu'elle apprenne de nouveau à se reposer.

Après avoir parcouru quelques pages, elle se leva en tirant sur sa chemise qui lui collait à la peau. Il faisait trop chaud.

Les vêtements qu'elle avait emportés étaient inconfortables. Ils étaient conçus pour aller en cours, pas pour rester assise au soleil.

Peut-être pourrait-elle emprunter quelque chose à sa mère ? Elle monta fouiller dans les affaires de Kathleen, et fut aussitôt ramenée en enfance. Chaque fois que Kathleen s'échappait pour un nouveau voyage, Liza allait se réfugier dans l'armoire de sa mère pour respirer son parfum, qui remplissait alors le vide créé par son absence. Et elle le refaisait aujourd'hui, bien qu'elle ait depuis longtemps dépassé l'âge où sa mère lui manquait.

Son visage était enfoui dans une vieille chemise en soie, quand elle entendit des pas dans la cuisine.

Liza se figea. Avait-elle fermé la porte, avant de monter ? Oui, elle se rappelait avoir tourné la clé dans la serrure. Pourtant, quelqu'un était entré.

Que devait-elle faire ?

Se cacher ? Ici, dans l'armoire ? Sous le lit ? Non, ce serait le premier endroit où l'inconnu regarderait, et elle serait prise au piège.

Elle pouvait sauter par la fenêtre qui donnait sur les champs, mais elle risquait de se casser une jambe.

La peur lui coupa le souffle. Son cœur battait à tout rompre.

Était-ce le même homme, qui était entré quelques semaines plus tôt ? Non. Celui-là était ivre et cherchait un abri.

Liza se releva lentement. Ses jambes tremblaient tellement qu'elle n'était pas sûre de pouvoir s'enfuir si l'occasion se présentait.

Quelqu'un ouvrit la porte du placard de la cuisine et la referma. L'intrus ne faisait aucun effort pour dissimuler sa présence. Sans doute ne s'était-il pas encore rendu compte que la maison n'était pas vide.

Elle sortit son téléphone de sa poche, appela police secours et gagna la salle de bains sur la pointe des pieds, refermant la porte derrière elle.

— Allô ? chuchota-t-elle, terrifiée à l'idée que l'inconnu monte enfoncer la porte. Quelqu'un est entré chez moi. À l'aide.

11

Martha

De St Louis, Le Coude du Diable, à Springfield

— Vous êtes sûre d'être en forme pour voyager aujourd'hui ? Je vous trouve silencieuse.

Martha entassa les bagages dans le coffre de la voiture. Elle avait appris qu'il fallait toujours les disposer de la même manière pour qu'ils y entrent tous. Pour quelqu'un dont le tiroir de lingerie était un exemple de désordre, elle était assez fière du résultat. Ce coffre nettement rangé semblait représenter quelque chose. Une réussite ? L'ordre ? Elle n'aurait su le dire.

— Je confirme que je veux voyager, répondit Kathleen en serrant contre elle le petit sac qu'elle gardait toujours dans la voiture. Nous sommes là pour ça, et les délicieuses crêpes du petit déjeuner m'ont donné de l'énergie.

— Vous m'avez dit que vous n'aviez pas bien dormi. C'est peut-être à cause de cette conversation sur les vauriens.

Martha ne parvenait pas à croire que Kathleen avait vécu la même histoire qu'elle, quand elle était jeune. Sous bien des aspects, l'expérience de Kathleen était pire que la sienne. Martha s'était sentie un peu moins mal en l'entendant. Si cela pouvait arriver à quelqu'un comme Kathleen, ça pouvait donc arriver à n'importe qui.

Elle ne connaissait pas les détails de l'histoire. Kathleen lui avait seulement dit qu'elle était fiancée à un homme qui avait eu une liaison avec sa meilleure amie. Après lui avoir fait cette révélation, elle avait évité toutes les questions, encourageant plutôt Martha à parler d'elle.

Ce que Martha avait fait volontiers. Il y avait beaucoup de choses qu'elle ignorait, comme sa mère se plaisait à le souligner, mais quand quelqu'un ne voulait pas parler de quelque chose, elle le comprenait.

Kathleen lui tendit le dernier sac.

— Je n'ai pas bien dormi, c'est vrai. Mais cela arrive souvent et ça ne doit pas vous inquiéter.

Martha coinça le sac dans le dernier espace disponible, ferma le coffre, et jeta un coup d'œil à Kathleen. Elle ne décela aucun signe de faiblesse chez sa compagne de voyage. Celle-ci portait une de ses habituelles robes larges et élégantes, et elle avait pris le temps de mettre du rouge à lèvres.

Martha éprouva une vive admiration, et aussi un accès d'affection pour elle. Elle ne connaissait Kathleen que depuis quelques jours, mais elle ne s'était plus sentie aussi bien avec quelqu'un depuis qu'elle avait perdu sa grand-mère. Kathleen était une personne avec laquelle on pouvait discuter, elle était chaleureuse, extrêmement drôle et d'une franchise délicieuse. Mais elle était aussi très encourageante et accueillait toutes les suggestions timides de Martha avec enthousiasme. À tel point que Martha perdait de sa timidité. Elle se rendait compte qu'elle avait toujours vécu sur la défensive, toujours à cran, prête à se défendre contre sa mère, sa sœur, et Steven. Le fait de commencer chaque journée sans se préparer à livrer un combat était réconfortant. Son estomac n'était plus noué comme avant.

Une petite voix intérieure lui soufflait bien d'être plus prudente, et de ne pas se livrer autant à une étrangère, mais elle préférait l'ignorer.

Était-ce pour cette raison que Kathleen avait soudain fait machine arrière ?

— Regrettez-vous de m'avoir confié ces histoires personnelles ? s'enquit Martha en tenant la portière ouverte pour Kathleen. Il ne faut pas vous inquiéter, vous savez. Je suis bavarde, mais je ne suis pas une commère. Il y a une différence entre les deux.

— J'en suis consciente. Et non, je n'ai pas de regrets.

— Je sais que vous l'avez fait uniquement pour me rassurer. Et vous avez réussi.

Martha referma la portière, contourna rapidement la voiture et se mit au volant.

— Je ne suis pas aussi gentille et généreuse que vous semblez le croire, dit Kathleen en bouclant sa ceinture de sécurité.

Ses mains, bien que ridées et brunies par trop d'expositions au soleil, étaient encore élégantes.

— Je ne sais pas très bien pourquoi je vous ai parlé de mon expérience personnelle. J'ai agi sur une impulsion.

Martha régla le rétroviseur.

— C'est aussi ce que vous avez dit quand vous avez commandé le bacon.

— D'une façon générale, les envies dans le domaine de la nourriture ont moins de conséquences que les coups de tête sentimentaux. J'espère que vous suivrez mon conseil et que vous ne laisserez pas votre lamentable expérience avec Steven le Vaurien influencer vos choix pendant le reste de votre vie.

Martha eut une légère hésitation.

— C'est ce que vous avez fait ?

— Nous avons assez parlé de moi.

Kathleen posa ses lunettes de soleil sur son nez.

— Allons-nous démarrer ? En partant tout de suite, nous aurons peut-être une chance d'atteindre la Californie avant que j'aie fêté mon centième anniversaire.

— Vous êtes drôle ! s'exclama Martha en riant.

— Excellente nouvelle ! Car vous distraire figure en bonne place sur ma liste de priorités. Démarrez, Martha !

Martha constata que le siège du conducteur était plus confortable qu'auparavant. Elle n'avait plus l'impression d'être menacée d'être éjectée d'une seconde à l'autre, telle une usurpatrice. C'était elle qui était aux commandes, et non la voiture.

— Vous n'aimez pas parler de vous, n'est-ce pas ?

— J'ai déjà fait de nombreux comptes rendus de mes voyages.

Martha jeta un coup d'œil à gauche, et s'engagea sur la route.

— Vos voyages, oui. Mais vous n'aimez pas parler de vos sentiments. Je vois bien que c'est difficile pour vous.

— Vous êtes perspicace.

— Je comprends les gens. Chacun est différent, n'est-ce pas ? Et c'est très bien. Nanna disait toujours qu'une personne devait avoir le droit d'être comme elle voulait. Certaines personnes sont bavardes, d'autres silencieuses. Vous ne pouvez rien y changer. Moi, par exemple…

Elle accéléra en sortant de la ville, reportant la conversation sur elle pour laisser Kathleen respirer.

— Sur mes bulletins scolaires, les professeurs écrivaient toujours : *Martha doit se concentrer davantage et être moins bavarde*. Mais les gens ne se rendent pas compte que c'est très dur pour moi de ne pas parler.

— Comme je suis en train de le découvrir.

La remarque fit rire Martha, qui enchaîna :

— On ne demande jamais à une personne silencieuse de faire du bruit. Vous avez remarqué ? On ne vous dit jamais : « Parle davantage. Pourquoi n'es-tu pas plus bavarde ? » Je ne sais pas pourquoi, les gens pensent avoir le droit de me dire ce que je dois faire pour m'améliorer. C'est agaçant.

— J'imagine.

— Ce qui est bizarre, c'est que je ne parle pas beaucoup à la maison. En fait, on se parle seulement pour savoir qui va faire quelle corvée. J'ai beaucoup de choses à dire, et personne à qui les dire. Tout ce que j'entends, c'est : « Tais-toi, Martha. » C'est une autre raison pour laquelle je devrais déménager. On ne me permet pas d'être moi-même.

— Si vous n'étiez pas vous-même, ce serait en effet une perte pour le monde.

Martha se sentit rougir et jeta un coup d'œil à Kathleen.

— Vous le pensez vraiment ?

— Je n'ai pas l'habitude de dire des choses que je ne pense pas. Le but du langage est de communiquer clairement.

Martha fixa son attention sur la route.

— Eh bien, je sais que je communique plus souvent que la moyenne des gens. Si vous voulez que je me taise, dites-le. Carrément. Je ne me vexerai pas.

— Votre bon caractère est une qualité remarquable. J'ai de la chance de voyager avec vous.

Après une longue expérience dans sa famille, Martha était devenue experte dans l'art de débusquer le sarcasme. Elle décida que Kathleen était sincère. Une impression de réconfort l'enveloppa. Elle avait l'habitude de côtoyer des gens qui la démolissaient constamment, et ce changement était plaisant.

— Eh bien, moi aussi j'ai eu de la chance. La plupart de mes amies sont occupées cet été. Par les vacances, de nouveaux jobs, et d'autres choses. Je m'apprêtais à passer un été misérable, en solitaire, lorsque j'ai vu votre annonce.

Ses amies avaient été impressionnées quand elle leur en avait parlé. Sa famille un peu moins. Rien de ce qu'elle faisait ne pouvait les impressionner.

— Je ne peux pas vous imaginer malheureuse, Martha. Et je suis sûre qu'une fille comme vous a plus d'amies qu'il n'y a d'heures dans la journée, et que vous n'avez pas le temps de toutes les contacter.

Était-ce vrai ?

— Eh bien, je connais beaucoup de gens. Mais l'amitié est une chose étrange, n'est-ce pas ? Certaines personnes laisseraient tout tomber pour vous aider en temps de crise. Ce sont des amis en or. D'autres vous voient au pub, vous leur parlez de ce que vous avez fait dans la semaine, mais ils ignorent tout de ce qui se passe dans votre vie et dans votre tête. Je ne dis pas que ce ne sont pas des amis, mais c'est différent. Un vrai ami semble faire partie de votre famille.

Dans son cas, un ami valait mieux que de la famille, mais il fallait admettre que sa famille ne correspondait pas aux standards de la plupart des gens.

— C'est vrai. Un vrai ami peut sembler faire partie de votre famille.

Il y avait une pointe de tristesse dans la voix de Kathleen.

Martha s'interrogea. Elle avait l'impression que malgré son apparente réticence Kathleen avait envie de parler. Ce n'était pas parce qu'une chose était difficile à faire que vous n'aviez pas envie de la faire quand même. Comme pour tout, il fallait un peu d'entraînement.

Elle essaya de l'encourager un peu, se promettant de faire machine arrière au premier signe de repli de Kathleen.

— Après cette histoire avec Ruth… vous vous êtes perdues de vue ?

Kathleen changea de position.

— Elle m'a écrit, mais je n'ai jamais ouvert ses lettres.

— Je comprends. Vous vouliez tirer un trait sur le passé. Avancer, sans regarder en arrière. C'est humain. J'aimerais que Steven fasse partie du passé. Mais Ruth était votre amie, reprit-elle en fronçant les sourcils. Ce devait être difficile.

— Ce fut une épreuve, en effet, répondit Kathleen dans un filet de voix.

— Je suis sûre qu'elle vous manquait. Et en même temps, vous aviez envie de la tuer. C'est dur, quand les sentiments sont contradictoires. Vous ne savez plus ce que vous êtes censée ressentir. Tout va de travers. Comme si… quelqu'un avait versé du chocolat chaud sur des spaghettis bolognaise. Ou bien… comme quand Nanna faisait tomber son tricot et qu'il fallait démêler les fils de laine.

— Je préfère la comparaison avec le tricot. Je n'aime pas que l'on joue avec ma nourriture.

— Et comme vous aviez le cœur brisé, c'était encore plus dur.

— C'est vrai. Je l'aimais profondément.

Le cœur serré, Martha pressa le bras de Kathleen.

— Mais vous avez tenu le coup. Je ne peux pas vous dire à quel point cela m'encourage. Le jour où je suis venue chez vous, j'étais brisée, pitoyable. J'étais comme une chemise de soie que l'on a passée à cent degrés à la machine, au lieu de la laver délicatement à la main.

— Vos comparaisons sont toujours très intéressantes.

— Mais maintenant que j'ai entendu votre histoire, j'ai repris confiance en moi. Et je comprends que vous ayez voulu reléguer tout cela dans le passé. J'ai eu la même réaction. C'est une des raisons pour lesquelles je vous ai appelée quand j'ai vu votre annonce.

Martha était contente de l'avoir fait. Si elle n'avait pas été à bout, elle n'aurait jamais envisagé d'accepter un emploi l'obligeant à conduire. Et maintenant, elle vivait des moments extraordinaires.

Kathleen serra son sac sur ses genoux.

— J'ai la chance de bénéficier de votre décision.

— Je sais bien que nos situations sont différentes. Pour être honnête, je n'ai pas eu le cœur brisé à cause de Steven. Je me suis surtout sentie stupide. Stupide d'avoir cru que c'était le bon. D'avoir pris la décision de l'épouser. Je crois que je ne l'aurais pas fait si Nanna n'était pas morte. Mais je le connaissais depuis toujours et je m'accrochais à quelque chose de familier pour me rassurer.

— Vous analysez vos propres sentiments de manière remarquable.

— Jamais avant d'avoir fait une erreur, malheureusement. Je le fais après coup, quand c'est trop tard.

— Comme je vous comprends !

— Vous faisiez pareil ? Qu'avez-vous fait des lettres de Ruth ? Vous les avez brûlées ? Déchirées en morceaux ? Si vous n'avez pas envie de me le dire, cela ne fait rien.

— Les lettres se trouvent actuellement chez moi, dans un tiroir, avec la bague.

Elle n'avait pas ouvert les lettres, songea Martha, mais elle ne les avait pas jetées non plus. Si vraiment, elle n'avait plus voulu avoir de contacts avec son amie, ne se serait-elle pas débarrassée de ses lettres ?

— Et vous ne savez pas si elle vit toujours en Californie ? Ni s'ils vivent encore ensemble ?

— Je serais étonnée qu'ils soient ensemble. Il était incapable d'être fidèle. Mais les lettres étaient envoyées de Californie, aussi il paraît raisonnable de penser que Ruth y réside toujours.

— C'est pour cette raison que vous aviez l'air bizarre, le premier soir, quand j'ai parlé de la Californie. Ce doit être étrange pour vous, d'aller là-bas. Mais c'est un État immense. Vous ne la croiserez pas sans le vouloir.

Mais peut-être le voulait-elle ? Était-ce la raison pour laquelle Kathleen avait choisi ce voyage ? Consciemment ou non, elle avait voulu garder une porte ouverte. Martha étouffa les mille questions qui se bousculaient dans sa tête, et n'en posa qu'une seule.

— Étiez-vous des amies très proches ?

Il fallut un bon moment à Kathleen pour se décider à répondre. Quand elle le fit, ce fut d'une voix à peine audible.

— Oui. Nous étions les meilleures amies du monde. Comme des sœurs.

Cela avait dû être une terrible épreuve. Perdre son fiancé était déjà très dur. Mais perdre aussi sa meilleure amie ?

Martha commençait à se dire que son cas n'était pas si grave, finalement. D'accord, à vingt-cinq ans à peine, elle était déjà divorcée. De l'extérieur, pour les gens qui ne connaissaient pas son histoire, cela ne devait pas donner une très bonne impression. Mais ce que pensaient les autres ne comptait pas, n'est-ce pas ? Quand Kathleen avait fait ses choix, elle ne s'était pas basée sur l'opinion que les gens auraient d'elle.

Martha leva le menton. *Sois comme Kathleen.* C'était sa nouvelle devise.

Au lieu de considérer son divorce comme un échec, elle devrait sans doute le voir comme une expérience. La vie réservait des épreuves à tout le monde. Il fallait qu'elle se

184

concentre sur le présent, et pense moins au passé. Elle était jeune, en bonne santé, et n'avait pas d'enfants à élever. Rien ne l'obligeait à rester en contact avec Steven. Elle avait la possibilité d'aller de l'avant, comme l'avait fait Kathleen.

Sauf que Kathleen avait aussi perdu sa meilleure amie. Elle avait été doublement frappée.

Soudain, Martha éprouva le besoin de l'aider. Kathleen l'avait elle-même aidée, aussi elle voulait lui rendre la pareille.

— Si vous voulez la rechercher, nous pourrions le faire.

— Non, je ne veux pas.

Martha se demanda quelle douleur insupportable se cachait sous ce refus catégorique.

Que s'était-il passé, exactement ?

Un peu de distraction ne leur ferait pas de mal.

— Voulez-vous que je mette de la musique ?

— Nous avons déjà essayé hier. Mes oreilles ne s'en sont toujours pas remises.

— C'est ma faute, j'ai voulu chanter en même temps, admit Martha en souriant. Je ne peux pas m'en empêcher. Si je ne chante pas, j'ai l'impression que je vais exploser. Pas de musique, donc. Et si je rabattais le toit ?

Il faisait chaud, le soleil était radieux.

— Quel toit, ma chère ?

— Celui de la voiture. Nous avons une voiture de luxe, très chic. Autant en profiter. Le vent va vous décoiffer.

— Splendide ! Allez-y.

Splendide. Quand avait-elle entendu ce mot pour la dernière fois ? Avec un grand sourire, Martha s'arrêta en bordure d'un champ. Elle appuya sur un bouton et, fascinée, regarda le toit ouvrant se rabattre en arrière.

— C'est cool.

— Ce sera un peu moins cool quand nous arriverons en Arizona, avec la température torride.

Martha redémarra et vit un homme qui les regardait, de l'autre côté de la route. Elle commençait à se rendre compte que cette voiture représentait un rêve pour la plupart des gens. Ce n'était pas son rêve, mais tout pouvait encore arriver.

Kathleen recouvrit ses cheveux de son foulard, et Martha prit quelques photos avec son téléphone.

— Vous ressemblez à une actrice de cinéma des années 1950 ! Et si vous n'êtes pas trop vieille pour faire un road trip, je ne vois pas pourquoi vous le seriez pour contacter une vieille amie.

Peut-être avait-elle tort d'insister. Mais si c'était le cas, Kathleen le lui dirait. Sinon avec des mots, du moins d'un regard.

Kathleen ajusta ses lunettes sur son nez.

— Elle est probablement morte.

— Ce n'est pas très optimiste. Il se peut qu'elle soit bien vivante et qu'elle ait envie d'avoir de vos nouvelles.

Martha s'engagea sur la route. Elle avait le soleil dans les yeux, et le vent soulevait ses cheveux.

— Elle a sans doute oublié mon existence.

Martha arqua les sourcils.

— Quand la dernière lettre est-elle arrivée ?

— L'année dernière.

— De toute évidence elle pensait donc toujours à vous.

Martha se cala plus confortablement dans son siège. Elle commençait à se familiariser avec la voiture. Elle n'avait plus besoin de regarder les images sur la clé pour se rappeler comment fermer et ouvrir les portières. Certes, il y avait encore beaucoup de boutons auxquels elle n'avait jamais touché, mais dans l'ensemble elle était fière d'elle.

— Je comprends que vous ayez été aussi réticente à nouer une nouvelle relation, après cela. Mais la vie nous réserve de drôles de surprises, n'est-ce pas ?

Elle ralentit en approchant d'une intersection.

— Si je n'avais pas mis fin à ma relation avec Steven, je ne serais sans doute pas là, à m'amuser comme une petite folle.

— Vous vous amusez bien ? demanda Kathleen en se tournant vers elle.

— Vous plaisantez ? Ce voyage est merveilleux. J'aurais du mal à dire quel a été le meilleur moment, jusqu'ici. Le séjour à Chicago était fabuleux. Et hier, quand nous avons traversé le Mississippi, et vu le Chain of Rocks Bridge… ce pont extraordinaire. J'adore traverser les petits villages, et les champs de maïs et de soja. Je n'aurais jamais su ce qui poussait dans ces champs, si cette femme ne nous l'avait pas dit. Les gens sont tellement accueillants. Oh ! et ce hamburger ! Et notre rencontre avec ce couple de Français. J'étais loin de me douter que cette route avait une renommée internationale. J'aimerais rester plus longtemps à chaque endroit, et en même temps je suis impatiente d'avancer et de découvrir encore autre chose. C'est enthousiasmant. J'ai l'impression que le monde est plus vaste que je ne le croyais. Toute ma vie me paraît plus grande. C'est comme si…

Elle chercha ses mots, et reprit :

— Autrefois, mon expérience avec Steven remplissait tout mon monde. Et maintenant, mon monde est tellement plus grand et rempli de possibilités que Steven est devenu insignifiant. Il n'est plus qu'une infime partie de ma vie, alors qu'avant il prenait toute la place. Cela m'a fait comprendre qu'il était très important de sortir de son monde ordinaire. De faire de nouvelles expériences. Est-ce que ce que je dis a un sens ?

— Tout à fait. Je suis heureuse que vous trouviez ce voyage aussi enrichissant.

Martha adorait la façon dont Kathleen s'exprimait.

— C'est grâce à vous. Je crois que vous m'avez sauvée, et que cela va me coûter une fortune. Maintenant, j'ai attrapé le virus du voyage, alors que je n'ai pas les moyens de m'adonner à cette nouvelle passion. Mais je trouverai quelque chose. Vous aurez peut-être besoin d'un chauffeur, pour votre prochain périple.

Elle avait déjà commencé à réfléchir. Pas question de retourner à sa triste vie chez ses parents. Peut-être pourrait-elle travailler pour une agence de voyages. Ou bien, elle ferait le tour du monde pendant un an ou deux, avec un sac à dos, en travaillant dans des bars ou des cafés. Aucune règle ne vous obligeait à avoir des qualifications professionnelles ou à faire une carrière importante pour profiter de la vie. Et si ses parents n'étaient pas d'accord, tant pis pour eux. C'était sa vie, et non la leur. Leur jugement n'influencerait plus ses choix. Cet aspect de sa vie appartenait au passé, ainsi que Steven le Vaurien, comme elle le surnommait désormais.

— Tout ce que je veux dire, c'est que la vie est bizarre parfois, n'est-ce pas ? C'est souvent un bien pour un mal. Si votre relation ne s'était pas terminée, vous n'auriez sans doute pas eu une pareille carrière. Vous avez voyagé autour du monde, tourné toutes ces émissions. Vous étiez une star.

Martha avait réussi à trouver quelques passages de *Destination Happy End* sur Internet, et elle les avait regardés avec Kathleen le soir précédent.

— Je parle trop.

— Continuez. J'aime vous écouter.

Kathleen aimait l'écouter.

— Je veux dire… Imaginez que vous l'ayez épousé…

Elle vit un panneau indiquant la Route 66, et tourna à droite.

— Il aurait pu vous tromper après le mariage, alors que vous aviez déjà deux enfants. Cela n'aurait pas été drôle.

— Pas drôle du tout.

— Vous auriez eu du mal à le quitter, et vos choix auraient été limités. Au lieu de cela, vous avez mené une vie merveilleuse, puis plus tard vous êtes tombée amoureuse et vous avez eu des enfants. Cela me paraît un très bon choix. Vous avez eu le meilleur de deux mondes différents. Brian vous a vraiment demandée trois fois en mariage ?

— Oui, répondit Kathleen d'une voix lointaine.

Comme si elle ne pouvait pas croire elle-même qu'elle racontait tout cela à Martha.

— Vous vous êtes protégée. Vous êtes comme ces vieux châteaux forts qu'ils construisaient autrefois. Vous avez bâti une forteresse pour protéger vos sentiments. Je ne veux pas dire que vous tombez en miettes, ou quelque chose comme ça, précisa-t-elle en lui lançant un regard en coin.

Kathleen fit remonter ses lunettes.

— Certains ont tendance à me considérer comme une ruine.

— Je vous trouve géniale. Et je vous comprends. Je n'ai pas envie d'avoir une nouvelle relation, c'est sûr.

— Il faut remédier à cela de toute urgence.

— Comment pouvez-vous dire ça ? Vous venez de m'avouer que vous aviez évité les relations ?

— Il nous faudra sans doute envisager la possibilité que je sois hypocrite.

Kathleen prit un petit miroir dans son sac et vérifia son rouge à lèvres.

— Ou bien, que je veux vous éviter de faire les mêmes erreurs que moi, ajouta-t-elle.

— Pourtant, vous avez eu une vie heureuse et bien remplie.

Kathleen regarda le paysage.

— Jusqu'à ma rencontre avec Brian, j'évitais l'intimité. Je me tenais à l'écart des gens, des hommes comme des femmes.

Un léger tremblement dans sa voix suggérait que cet aveu était important pour Kathleen. Avait-elle déjà dit cela à quelqu'un d'autre ?

— Vous vous protégiez. C'est naturel. Vous avez mis votre cœur dans la glace. Cela me fait penser au comptoir de poissons du supermarché. Aux crevettes sur un lit de glace.

— Vous me comparez à un poisson ?

— Pas vous, votre cœur. Il aurait été plus délicat de choisir l'image du champagne dans un seau à glace.

Surtout pour Kathleen qui ne buvait que de l'earl grey ou des boissons pétillantes.

— Enfin, peu importe. Il était dans de la glace.

— C'était la peur. La peur restreint vos choix et vos expériences. Je ne veux pas de ça pour vous. Il faut que vous ayez une nouvelle relation le plus vite possible, pour reprendre confiance en vous.

Martha freina brusquement. Par chance il n'y avait personne sur la route.

— Une nouvelle relation ?

C'était très bien de changer de sujet, mais celui-ci l'obligeait à sortir de sa zone de confort. Peut-être avait-elle aussi des limites à ne pas franchir, après tout.

— Oui. Comment dire ? C'est comme remonter tout de suite à cheval après un accident.

— Kathleen ! Je n'arrive pas à croire que vous disiez cela !

— Nous savons toutes les deux que je dis ce que je pense. Bien qu'il soit peut-être un peu présomptueux de ma part de vous donner un conseil aussi personnel, alors que nous nous connaissons depuis peu.

— C'est sans doute parce que nous nous sommes liées très vite, suggéra Martha en souriant.

— Liées ?

— Je vous aime bien. Je crois que vous m'aimez bien aussi. Mais vous ne le direz pas, parce que vous n'aimez pas parler de ce que vous ressentez. Et c'est très bien. Question de génération, probablement. Mais les mots ne sont pas toujours nécessaires. Je vois bien à votre attitude que vous voulez que je sois heureuse. Et c'est gentil.

Kathleen s'éclaircit la gorge.

— Il est vrai que j'ai de l'affection pour vous, Martha.

Martha sentit sa gorge se nouer.

— Moi aussi, j'ai de l'affection pour vous. C'est bizarre, non ? Après seulement quelques jours.

— Je n'ai jamais considéré que la qualité d'une relation dépendait de son ancienneté.

Kathleen pensait-elle à son amie Ruth ?

— Je suis de votre avis. J'ai connu ma mère toute ma vie, et je suis moins proche d'elle que de vous.

— Concentrez-vous sur la route, Martha. Sinon, la prochaine personne que nous verrons risque de devoir nous sortir du fossé. Nous allons vous trouver quelqu'un. J'ai toujours été douée pour trouver un partenaire aux gens de mon entourage. Je suis moins habile quand il s'agit de moi.

— Ce n'est pas vrai. Vous avez épousé Brian. Et franchement, Kathleen, je suis très touchée que vous pensiez à moi, mais la dernière chose dont j'ai besoin en ce moment, c'est d'avoir un homme dans ma vie. Je ne me suis pas encore remise de ma relation avec le dernier.

— Essayons une comparaison. Je sais que vous les aimez.

Kathleen tapota son sac du bout des doigts.

— Si vous mangez un repas que vous n'aimez pas, décidez-vous de ne plus jamais manger ? Non. Vous choisissez quelque chose de différent dans le menu. Si vous visitez un lieu qui ne vous plaît pas, cessez-vous de voyager ? Non. Vous choisissez une autre destination.

— Tout ceci est très logique, mais ne me donne pas envie de renouer avec le monde des rencards.

— Tous les hommes ne sont pas comme Steven.

— Mais comment savoir ce qu'ils sont ? Je n'ai pas confiance en mon propre jugement.

— Il ne faut pas s'engager tant qu'on ne les connaît pas.

— C'est facile à dire pour vous.

— Non. La route, Martha ! Vous roulez au milieu.

— Poney ! s'exclama Martha en tournant vivement le volant. Désolée.

— Vous avez vu un poney sur la route ?

— Non, c'est une exclamation. Vous savez, le mot commençant par p…

Kathleen battit des paupières.

— Je suis peut-être un vieux fossile, mais je sais que le mot commençant par p… ne fait pas référence à un poney.

— Sauf quand c'est moi qui le dis, expliqua Martha en souriant. Quand j'étais toute petite, j'ai demandé à Nanna ce qu'était ce fameux mot commençant par p, et que les gens ne prononçaient pas en entier. Et comme elle avait horreur des gros mots, elle m'a dit que ça signifiait poney. Et depuis, je le dis toujours, c'est une habitude.

— Je suppose que cela ne peut faire de mal à personne.

— C'est votre faute, vous m'avez perturbée avec ces histoires de relations. J'espère que vous n'allez pas essayer de me jeter dans les bras d'un pauvre homme innocent et sans méfiance dans le prochain restaurant où nous dînerons.

— Ce n'est pas un innocent qu'il vous faut. C'est un homme avec de l'expérience, qui saura vous faire passer de bons moments.

Martha parvint de justesse à éviter la voiture qui arrivait en sens inverse.

— Je ne peux pas croire que vous ayez dit cela.

— Je resterai vigilante pour repérer un candidat convenable. Comme vous dites, on ne peut jamais savoir quelle surprise la vie vous réserve.

Martha était partagée. Devait-elle rire ou protester ?

— Pour le moment, je n'ai pas besoin que la vie mette un homme sur ma route, mais merci de penser à moi.

Elles étaient entourées de champs, et la lumière jouait sur les épis de maïs.

— Quel est l'avis de Liza ? Pense-t-elle que vous devriez contacter Ruth ?

Kathleen ne répondit pas, et Martha lui lança un regard en coin.

— Kathleen ?

— Elle ne connaît pas toute l'histoire. Elle sait seulement que Ruth était mon amie quand j'étais étudiante.

— Elle ne sait pas que vous étiez fiancée ? Ou que vous avez des lettres d'elle ? Elle ne sait rien ?

— Nous n'abordons pas de sujets personnels quand nous sommes ensemble. C'est ma faute.

— Ne culpabilisez pas. Vous êtes comme ça. Vous ne trouvez pas facile de parler de vos émotions. Je suis sûre que Liza le comprend.

— Je n'en suis pas certaine. Liza aurait aimé avoir plus que ce que je peux lui donner. C'est un de mes grands regrets.

— Si vous pouvez parler avec moi, vous devriez pouvoir le faire avec elle.

192

— Peut-être. Mais votre adorable spontanéité a tendance à faire tomber toutes les barrières.

— C'est sans doute différent entre mère et fille. Je ne parle pas avec ma mère. Je n'aborde même pas de sujets neutres, comme les livres. Nous ne lisons pas la même chose. J'aime les romans, et elle ne lit que des articles de magazines sur la façon d'éviter les rides. Alors que tout le monde sait que la seule façon de ne pas avoir de rides c'est de mourir avant trente ans.

— Une remarque qui donne à réfléchir, en effet.

— Ma mère n'est pas du tout comme vous. Je suis sûre que vous pourriez vous rapprocher de Liza. Il n'est jamais trop tard pour faire ce genre de choses.

La circulation était plus fluide que le jour précédent. Elles passèrent devant des fermes entourées de vastes champs cultivés.

— L'endroit où nous allons nous arrêter pour déjeuner s'appelle Devil's Elbow. Le Coude du Diable. Je prendrai des photos de vous et je tournerai une nouvelle vidéo. Je pense que nous devrions vous créer un compte sur les réseaux sociaux. Je ne sais pas encore quel titre lui donner. Dommage que vous n'ayez pas quatre-vingt-six ans.

— Pourquoi voudrais-je gaspiller six années de vie, alors qu'il m'en reste déjà si peu ?

— Vous ne savez pas combien d'années il vous reste à vivre. Je veux dire, personne ne le sait, pas vrai ? Je pourrais mourir demain.

— Si vous gardiez les yeux fixés sur la route, nos chances de vivre bien au-delà de cette limite seraient considérablement augmentées.

Martha éclata de rire.

— C'est une des choses que j'ai adorées en regardant *Destination Happy End*. Vous étiez désopilante. Enfin, comme je vous le disais, vous pouvez vivre jusqu'à cent six ans. Et dans ce cas, vous n'avez parcouru que les trois quarts du chemin. Le meilleur est encore à venir.

— Cela m'étonnerait beaucoup. Quoique je doive avouer que mon envie de vivre est considérablement renforcée par la perspective de dénicher un candidat susceptible de gagner votre cœur.

— Ce n'est pas juste.

Éblouie par le soleil, Martha rabattit la visière de sa casquette devant ses yeux.

— Je suis censée tolérer vos manigances d'entremetteuse afin d'égayer vos journées ?

— Ce serait généreux de votre part.

— Je suis désolée de vous décevoir, mais mon cœur n'est pas à prendre pour le moment. Comme je le disais, si vous aviez eu quatre-vingt-six ans, j'aurais pu donner comme titre à votre page « 86 sur la 66 », ou quelque chose dans ce genre. Ou peut-être… « 86 rencontre la 66 ». Ou encore « Vieux mais Audacieux ». Non, ce ne serait pas gentil.

— Nous pourrions l'appeler « Martha trouve un nouveau mec ».

— Non, pas question.

— « Road Trip et nouveau départ » ?

— Et pourquoi pas *Destination Happy End* ? C'est ce que nous sommes. Nous cherchons le soleil, l'aventure. Consultez le guide.

Il y avait longtemps que Martha ne s'était pas sentie aussi détendue. La confiance que lui témoignait Kathleen l'avait stimulée.

— Je vais vous choquer, mais je commence à aimer conduire. Je me sens bien.

— Je le vois. La vitesse à laquelle vous conduisez est directement reliée à votre humeur. Prévenez-moi quand vous atteindrez l'extase, afin que je me prépare à une éventuelle sortie de route.

Elles traversaient le Missouri pour se rendre au Kansas. Le visage au soleil, et les cheveux dans le vent. Kathleen resserra son foulard.

— Vous avez regardé le guide ? Y a-t-il quelque chose de spécial que vous aimeriez voir ?

— Oui. J'aimerais vous voir avec un homme.

— Je voulais parler de paysages ou de lieux à découvrir.

— Eh bien, c'est un tableau que j'aimerais contempler.

— Kathleen, j'espère que vous n'allez pas me mettre dans l'embarras ?

— J'essayerai. J'ai trouvé la route très belle, au fait.

Incapable de faire dévier la conversation, Martha atteignit Devil's Elbow et se gara.

— Nous allons voir le pont et la rivière Big Piney, ensuite nous irons déjeuner. Nous sommes au milieu des monts Ozarks. Les bûcherons faisaient voyager les troncs d'arbres par la rivière, et ils devaient négocier ce terrible virage, qui fut surnommé le Coude du Diable, Devil's Elbow. J'ai lu qu'à l'origine il n'y avait pas de rambarde le long de la route. Vous imaginez où j'aurais fini à l'époque ? Dans la rivière Big Piney, au milieu des rondins.

Kathleen contemplait la route poussiéreuse.

— Apparemment, nous avons eu un coup de chance. Si vite, c'est formidable ! Regardez…, dit-elle en désignant un point un peu plus loin. Cet homme est très beau. Je suis sûre que vous utiliseriez un autre mot. Que diriez-vous ? Craquant ?

— Je dirais que c'est un inconnu.

Kathleen allait-elle vraiment mettre son projet à exécution ? Martha avait cru qu'elle plaisantait.

— Pourriez-vous ne pas le montrer du doigt ?

— Comment sauriez-vous sinon de qui je veux parler ? Ce serait terrible si vous vous trompiez d'homme.

— Oui, je suis spécialiste de ce genre de choses.

Martha ferma la voiture et jeta un coup d'œil à l'homme en question. Appuyé contre un mur, il était en grande conversation avec quelqu'un d'autre. Son jean mettait en valeur des jambes musclées, et ses épaules étaient larges et robustes. Son attitude détendue, pleine d'assurance, était séduisante. *Sexy,* songea-t-elle. Elle le trouvait très sexy, mais pour rien au monde elle ne l'aurait avoué. Kathleen observait attentivement sa réaction.

— Qu'en pensez-vous ? Il aurait besoin d'une bonne coupe de cheveux. Et de se raser aussi. Mais comme il est probablement en voyage comme nous, nous pouvons lui pardonner.

Martha rangea les clés de la voiture dans son sac.

— Il est trop loin, je ne vois pas son visage.

— Nous allons nous approcher.

— Pas question. Je vais acheter de quoi manger, et nous irons pique-niquer au bord de la rivière. Vous avez des préférences ? Vous venez choisir avec moi ?

— J'attendrai dans la voiture.

Quand Martha revint, chargée de paquets, Kathleen était en grande conversation avec l'homme qui avait retenu son attention.

— Martha ! lança-t-elle en agitant la main. Venez par ici.

— Je vais la tuer, marmonna Martha.

Elle essaya de trouver une bonne raison de ne pas la rejoindre. En vain. Cela aurait paru mal élevé. Elle finit par céder, et alla retrouver Kathleen et son nouvel ami.

— Josh me disait qu'il fallait absolument rester un jour de plus en Arizona pour voir le Grand Canyon. Il fait aussi la Route 66. C'est incroyable, non ?

Martha ne fit pas remarquer que puisqu'elles se trouvaient sur la plus ancienne partie de la Route 66 cela n'avait rien d'étonnant. D'ailleurs, elles avaient déjà prévu une visite au Grand Canyon.

— Quelle coïncidence.

L'homme lui tendit la main, et de petites rides apparurent au coin de ses yeux quand il sourit.

— Josh Ryder. Kathleen m'a raconté votre voyage. Ce doit être très instructif, de voyager avec elle.

— Plus que vous ne l'imaginez.

Kathleen fit un clin d'œil à Martha.

La subtilité ne faisait pas partie de ses qualités, songea celle-ci.

— J'ai pris des sandwichs. Je me disais que nous pourrions aller les manger au bord de la rivière. Au revoir, Josh. Bon voyage.

— Josh fait de l'auto-stop, dit Kathleen. C'est intrépide, n'est-ce pas ?

— Tout à fait.

Martha agita son sac de sandwichs en signe d'adieu, et Josh sourit.

— Ça sent très bon.

D'accord, il était très sexy, Kathleen ne s'était pas trompée.

— Il faut que j'aille aux toilettes. Faites connaissance en mon absence, les jeunes.

Kathleen s'éloigna, et Martha la suivit des yeux, exaspérée. Son agacement augmenta quand elle se retourna et s'aperçut que Josh riait.

— Il y a longtemps qu'on ne m'avait plus traité de « jeune ». C'est un sacré personnage, votre amie.

Sans blague.

— C'est certain, répondit Martha, entre ses dents. Elle est spéciale.

— Elle a vraiment quatre-vingts ans ? Elle est étonnante. Elle me racontait votre périple.

Tant qu'elle ne parlait pas d'autre chose. Si elle avait dit à Josh que Martha avait besoin d'une nouvelle relation, Kathleen ferait un grand plongeon dans la rivière Big Piney. Martha se chargerait de lui donner un bon coup de coude dans les côtes, sans que le diable ait besoin de s'en mêler.

— Oui, c'était son rêve de découvrir la Route 66. J'ai postulé pour être son chauffeur, et nous sommes là. Et vous ?

Il fallait passer le temps en attendant que Kathleen revienne, et elle préférait le faire parler de lui, plutôt que de parler d'elle.

— J'avais… besoin de changer d'air.

Il vida sa canette de soda, et la lança dans la poubelle sans manquer son but.

Pourquoi avait-il eu besoin d'un changement d'air ? *Ce ne sont pas tes affaires, Martha.* Cela ne l'intéressait pas. Pas du tout.

— Vous êtes parti de Chicago ?

— J'étais dans le Vermont. Chez des amis.

— Vous avez fait tout ce chemin en stop ? Ce n'est pas dangereux ?

Il haussa les épaules.

— Jusqu'ici, je n'ai rencontré que des gens sympas et serviables.

— Je suppose que ça aide, d'avoir des muscles.

Elle vit une lueur amusée passer dans ses yeux, et s'empourpra.

— Je voulais dire que vous n'aviez pas besoin de vous inquiéter pour… Oh ! n'en parlons plus.

Son esprit s'égarait malgré elle dans certaines directions. Elle allait étrangler Kathleen de ses mains.

— Et vous ? dit-il en s'adossant au mur, parfaitement à l'aise. Vous avez aimé faire la route ?

— C'était génial. Un peu difficile à Chicago, mais ça s'est arrangé par la suite.

— Vous avez une jolie petite bagnole, dit Josh en désignant la voiture d'un signe de tête.

Martha fut heureuse que Kathleen ait insisté pour louer une petite voiture de sport, plutôt qu'un gros 4x4. Elles n'avaient pas de place pour un passager supplémentaire.

Kathleen réapparut enfin, et Martha décida qu'il était temps de mettre fin à cette conversation.

— Faites bon voyage, Josh.

Il soutint son regard un moment.

— Nous nous croiserons peut-être de nouveau sur la route.

Son cœur battait un peu trop vite. Et la chaleur qui avait envahi ses joues ne devait rien au soleil.

— Oui, peut-être. Prenez soin de vous.

Elle lui adressa un sourire un peu gêné, et entraîna Kathleen un peu plus loin en la prenant par le bras, pour l'empêcher de s'attarder.

— Nous allons à la rivière. C'est tellement joli, je veux profiter du paysage.

Kathleen ne protesta pas, mais elle lança un coup d'œil à Josh par-dessus son épaule.

— Qu'est-ce qu'un homme comme lui fait tout seul ici ? Il me semble que c'est une occasion…

— C'est une mise en garde. Cet homme est peut-être un tueur en série, qui aime agir seul.

Martha tendit un sac de sandwichs à Kathleen.

— Mangez. La nourriture aidera votre cerveau à fonctionner, et j'espère à cesser d'échafauder des plans.

— J'adore échafauder des plans. Et ce site est très beau. C'était l'endroit idéal pour faire une étape, vous avez eu une excellente idée.

Kathleen regarda la rivière qui scintillait sous le soleil. Un peu plus loin, des arbres étendaient leurs branches au-dessus de l'eau, créant un jeu d'ombres et de lumière.

— Les monts Ozarks, c'est cela ?

— Mmm, répondit Martha en dégustant une bouchée de son sandwich.

Elles gardèrent le silence un moment, profitant du paysage tout en mangeant. Kathleen brisa le silence.

— Josh me paraît être un homme délicieux. J'ai du mal à croire que nous ayons eu un tel coup de chance, aussi vite. Qu'en pensez-vous ?

Martha parvint à avaler sa bouchée de sandwich sans s'étouffer.

— Nous n'avons pas eu de coup de chance. Nous avons juste rencontré un voyageur. Rien de plus.

— J'ai l'impression que personne ne s'est arrêté pour lui. Le pauvre homme. Nous devrions proposer de lui faire un bout de conduite.

— Kathleen, ce n'est pas un pauvre homme, et nous n'allons pas prendre d'auto-stoppeur.

— Vous est-il déjà arrivé d'en prendre ?

— Jamais.

— Ne disiez-vous pas que vous étiez décidée à faire de nouvelles expériences ?

— Pas ce genre d'expériences, répondit Martha en s'essuyant les doigts. Vous avez fini ?

— Plus j'y pense, plus je trouve que c'est une bonne idée.

— Et moi, je trouve que c'est la pire idée du monde.

— Mais cela me remonterait le moral. Refuseriez-vous ce petit plaisir à une fragile vieille dame qui vit peut-être ses derniers jours ?

Martha leva les yeux au ciel.

— Le chantage sentimental ne marche pas avec moi. Et si vous continuez à essayer de me jeter dans les bras de tous les hommes que nous croisons, vous risquez vraiment de vivre vos derniers jours.

— Cela me conforte dans l'idée qu'il faut être spontanée. Je n'aime pas vous voir aussi soupçonneuse, dit Kathleen en lui tapotant le bras. Nous ne connaissons jamais vraiment les gens, ma chérie. Nous avons assez d'expérience, vous et moi, pour le savoir.

— Mmm…

Martha prit quelques photos avec son téléphone.

— Tout ce que nous pouvons faire, c'est courir un risque.

— Kathleen, c'est ridicule, dit-elle en baissant son téléphone. Nous ne savons rien sur lui, à part qu'il avait besoin d'un « changement d'air ». Il a peut-être tué quelqu'un. C'est un tueur en fuite.

— Mais vous l'avez vu de près ? Si ces yeux sont ceux d'un tueur…

Kathleen finit son sandwich, froissa le sac en papier, et enchaîna :

— Quelle belle façon de mourir, n'est-ce pas ? De toute façon, vous avez la chance de voyager avec une femme qui a assommé un inconnu à l'aide d'une poêle. Vous devriez donc vous sentir en sécurité.

— Je crois que cette expérience vous pousse à surestimer légèrement vos capacités d'autodéfense.

— Ce voyage est le mien… et j'ai le droit d'inviter qui je veux.

— Je suis votre chauffeur, et je pourrais me mettre en grève.

Et tout à coup, Martha se rendit compte qu'elle n'utilisait pas les bons arguments.

— De toute façon, il n'y a pas de place dans la voiture. Il mesure au moins un mètre quatre-vingts, et il a de longues jambes. Non que j'aie regardé…

— Je vous ai vue le regarder.

Martha soupira.

— Il est impossible de le caser à l'arrière.

— Ce ne sera pas nécessaire. Je serai très à l'aise sur la banquette arrière, et il prendra ma place à côté de vous.

— Je serai coincée avec lui…

— Exactement ! On ne sait jamais… vous pourriez former un couple parfait.

— Ce serait un miracle.

— Il ne faut pas de miracle pour créer une belle relation. Il suffit de rencontrer la bonne personne au bon moment. En route, déclara Kathleen en posant ses lunettes de soleil sur son nez.

12

Kathleen

St Louis-Devil's Elbow-Springfield

Kathleen ferma les yeux et fit semblant de dormir.

Elle n'avait pas été tout à fait sincère tout à l'heure, quand elle avait dit à Martha qu'elle allait bien. Elle ne se sentait pas bien du tout. Son estomac était noué, et cela n'avait rien à voir avec le sandwich qu'elle venait de manger. Les pensées et les sentiments qu'elle avait réussi à fuir pendant tant d'années avaient fini par la rattraper. Ils franchissaient toutes les barrières, et s'incrustaient dans son esprit sans qu'elle parvienne à les chasser.

Tout avait commencé avec cette conversation avec Martha. Pourquoi n'y avait-elle pas mis fin immédiatement ?

À cause de Martha, bien sûr. Avec sa gentillesse, elle avait le don de faire fondre toutes les réserves de Kathleen. *Des crevettes dans de la glace.* Quel que soit le sujet, aussi sérieux soit-il, Martha parvenait à la faire rire.

Et maintenant, elle n'arrêtait plus de penser à Ruth.

Aurait-elle dû ouvrir ces lettres ?

— Vous êtes bien, là derrière, Kathleen ?

Martha lui lança un coup d'œil dans le rétroviseur. Elle eut le temps d'apercevoir une lueur dangereuse dans ses yeux, avant qu'elle ne les cache derrière ses lunettes de soleil.

— Pas trop serrée ?

— Je n'ai jamais été aussi bien.

Son malaise avait une cause bien plus profonde que le manque de place à l'arrière de la voiture.

Elle savait que Martha lui en voulait d'avoir proposé à Josh de l'emmener. Mais elle était prête à affronter la désapprobation de sa nouvelle amie, si cela pouvait aider celle-ci à sortir de la bulle dans laquelle elle s'était enfermée. Kathleen savait reconnaître la crainte, quand elle la voyait. Elle n'imaginait pas une seconde que Josh soit un tueur en série, ou qu'il représente une menace quelconque. Et la dernière chose dont Martha avait besoin, c'était de se retrouver en tête à tête pendant un mois avec une femme de quatre-vingts ans, même si elles s'entendaient très bien. Il lui fallait de la jeunesse, de l'amusement.

Mais jusqu'ici Martha n'avait pas jugé bon d'engager la conversation avec leur nouveau passager. Aussi, tout dépendait maintenant de Kathleen.

Par chance, elle avait toujours été très habile pour interviewer les gens. Il n'y avait pas de raison de ne pas utiliser ce talent pour en apprendre plus sur Josh.

— Bien que j'adore le sirop d'érable, je ne suis jamais allée dans le Vermont. Est-ce là que vous vivez, Josh ?

— Je vis en Californie. Je rendais visite à des amis dans le Vermont.

— Et emprunter la Route 66 était un vieux rêve pour vous ?

Il ne répondit pas tout de suite.

— C'est une chose que j'avais envie de faire depuis longtemps. J'ai dû attendre jusqu'à maintenant.

Kathleen devina qu'il ne disait pas tout.

Intéressant.

Soulagée de pouvoir se concentrer sur autre chose que ses propres problèmes, elle attendit que Martha prenne la suite en demandant pourquoi il ne l'avait pas fait plus tôt. Mais Martha garda le silence, les yeux fixés sur la route.

Une Martha qui ne parlait pas, voilà qui était inquiétant.

Kathleen crut presque l'entendre lui dire : *Puisque vous l'avez invité, c'est à vous de faire la conversation.*

Elle soupira. Apparemment, elle allait devoir faire tout le travail.

— Qu'est-ce qui vous a décidé à transformer ce rêve en réalité ?

— Un ensemble de choses. Mais surtout le fait qu'un ami me fasse remarquer que je n'avais pas pris de vacances depuis trois ans.

— Trois ans ? Pourquoi ?

— Je travaillais. Je faisais passer ma carrière avant tout.

Donc, c'était un homme capable de faire preuve de détermination. Ce qui n'était pas une mauvaise qualité, à condition de l'appliquer à toutes les situations de la vie, et pas seulement au travail.

— Votre patron ne vous poussait pas à prendre des congés ?

Il y eut une légère pause.

— Il n'en voyait pas l'intérêt. Il était… focalisé.

— Quel est votre métier ?

— Je suis ingénieur en informatique.

Kathleen n'avait qu'une vague idée de ce que cela signifiait. Elle en savait trop peu pour l'entraîner dans une conversation sur le sujet.

— Votre patron devait être le genre de gars ambitieux, qui avait lancé un business depuis sa chambre d'étudiant.

Josh éclata de rire.

— C'est exactement ça.

— Et qui avait contrarié ses parents en ne passant pas ses examens.

— Non, il a obtenu son diplôme. Il avait trop de respect pour ses parents et pour les sacrifices qu'ils avaient faits pour lui. Il ne pouvait pas les décevoir.

— Dans ce cas, il ne peut pas être complètement mauvais.

Kathleen était très fière de parvenir à discuter, malgré son manque de connaissances en informatique.

— Mais je suis sûre que ce genre de personne doit être un patron très difficile. Il s'attendait probablement à ce que tout le monde autour de lui ait la même volonté et le même désir de développer la société.

— Il ne pensait qu'à cela, c'est sûr.

— Ambitieux ?

— Terriblement.

Kathleen eut un claquement de langue.

— Un homme redoutable. Je suis sûre qu'il traitait les gens durement, avec froideur, comme s'ils étaient des machines. L'équilibre est une chose très importante dans la vie.

Non qu'elle eût été très équilibrée dans sa jeunesse. Elle aussi avait travaillé. Et elle avait fait passer son travail avant tout le reste, y compris sa vie personnelle. Mais c'était différent. Elle avait eu une mauvaise expérience. Son travail était un refuge.

— Mais maintenant, vous avez décidé de prendre des vacances. Que s'est-il passé ? La société a-t-elle fait faillite ? Votre patron a fait partie de la bulle technologique ?

— La société était une réussite. Le succès avait dépassé ses rêves les plus fous.

Kathleen observa pensivement le profil de Josh. Puis elle essaya de voir l'expression de Martha, mais sa position à l'arrière ne l'aidait pas.

— Pourtant, il ne pensait toujours pas que son personnel devait mener une vie équilibrée ? Dans ce cas, j'approuve votre décision. Vous avez bien fait de partir, car ce ne devait pas être facile. Cela le fera peut-être réfléchir. Mais les gens comme lui ne se soucient pas trop de leur personnel. Et maintenant, vous pouvez prendre du temps pour vous et décider ce que vous allez faire. Ce voyage par la route vous donnera le temps de réflexion nécessaire.

— C'est quelque chose comme ça.

Kathleen lui tapota l'épaule d'un air rassurant.

— Je suis sûre que vous n'aurez aucun mal à trouver un autre emploi quand vous serez prêt. Mes petites-filles disent que l'avenir est dans la technologie.

Josh sourit.

— Parlez-moi de vos petites-filles.

Après Devil's Elbow, la route traversait des collines abondamment boisées.

— Ma fille a des jumelles. Alice et Caitlin. Elles sont adolescentes. C'est un âge difficile.

Pauvre Liza. Que faisait-elle en ce moment ? Elle était sans doute en train de cuisiner, ou de les conduire quelque part en ville, pour une activité quelconque.

— Elles passent leur vie collées à leur téléphone, à échanger des messages avec leurs amies. De mon temps, nous voyions nos amies en chair et en os, mais j'admets que j'appartiens à une autre époque. Encore quelques années, et j'aurai ma place au musée.

— Vous vous baladez sur la Route 66 à quatre-vingts ans. Je ne pense pas que vous soyez bonne pour le musée. Voyez-vous souvent vos petites-filles ?

— Je ne les vois plus autant qu'avant. Quand elles étaient petites, elles adoraient me rendre visite. J'habite près de la mer, et elles venaient avec leurs pelles et leurs seaux. Elles faisaient des châteaux de sable et mangeaient des glaces. En grandissant, elles n'ont plus voulu quitter leurs copines. Désormais, ma fille et son mari viennent sans elles.

Son inquiétude à ce sujet persistait depuis qu'elle avait fait le trajet jusqu'à l'aéroport avec Liza. Elle éprouva une soudaine bouffée d'angoisse.

— Martha, à notre prochaine étape, auriez-vous la gentillesse d'envoyer une autre photo à ma fille avec un message ? Peut-être même un mail.

Martha lui lança un coup d'œil dans le rétroviseur.

— Bien sûr. Je lui ai déjà envoyé beaucoup de photos. Nous restons en contact.

C'était la première fois qu'elle prenait la parole depuis leur départ de Devil's Elbow. Kathleen fut soulagée d'obtenir un signe de vie.

— Je suppose que vous savez tout sur les réseaux sociaux, Josh ? Martha a créé un site pour nous, dans lequel nous relatons nos aventures de voyage. Je n'y comprends rien, bien sûr, mais c'est assez drôle. Nous prenons des photos et des vidéos de notre voyage à travers les USA. Dans ma jeunesse, je présentais une émission très populaire, qui s'appelait *Destination Happy End*.

— Vraiment ? s'exclama Josh, en se retournant. Racontez-moi.

Kathleen ne se fit pas prier. Josh savait écouter, ce qu'elle avait toujours considéré comme une qualité primordiale chez un homme. Elle espérait que Martha en avait conscience.

Allait-elle se décider à parler ?

De toute évidence, Josh se posait la même question, car il lui lança un coup d'œil intrigué.

— Et vous, Martha ? Êtes-vous en vacances tout l'été ?

— Oui.

Exception faite de la première partie du voyage, pendant laquelle elle avait dû s'habituer à la voiture, Martha n'avait pas cessé de parler. Mais maintenant, alors que Kathleen aurait voulu qu'elle engage la conversation avec Josh, elle gardait le silence.

— Martha a aussi décidé de prendre du temps pour réfléchir, dit-elle. Vous avez donc cela en commun. Josh, vous qui semblez être branché, vous aurez peut-être des conseils de carrière à lui donner ? Elle aimerait changer d'orientation.

Martha regardait fixement la route.

— Je n'ai besoin de l'aide de personne, merci.

Une voiture surgit d'un parking, et elle freina brusquement.

— Poney !

Josh sembla dérouté, et Kathleen soupira lourdement.

— Non, ne posez pas de question.

Josh se rendit compte que Martha n'était pas disposée à parler, et il se tourna vers Kathleen.

— Et vous, Kathleen ? C'est un voyage ambitieux pour...

Il s'interrompit brusquement, et Kathleen agita la main.

— Pour quelqu'un de mon âge ? N'ayez pas peur de le dire. C'est ambitieux, dans un sens. Mais j'ai ma chère

Martha. Elle conduit merveilleusement bien, et elle n'a cessé de me divertir avec son bavardage…

Elle insista légèrement sur ce dernier mot, au cas où Martha aurait perdu sa langue.

— Que ferez-vous en arrivant en Californie ?

L'estomac de Kathleen se contracta. Ruth… Pendant un moment, elle avait oublié. Et maintenant, les doutes, les questions, les regrets, revenaient brusquement à la surface.

Et si…

Existait-il expression plus douloureuse ?

Elle n'avait jamais été du genre à se poser cette question. *Et si… ?* Mais, pour une raison obscure, elle avait l'impression que sa volonté lui échappait. C'était la faute de Martha. Avec elle, elle s'était laissée aller à parler. C'était nouveau. Et maintenant, elle ne savait plus comment renfermer ses sentiments.

Josh attendait, et elle ne savait vraiment pas quoi lui répondre.

— Kathleen n'a pas encore décidé ce qu'elle voulait faire, finit par dire Martha, pour briser le silence. Il se peut qu'elle passe un peu de temps à profiter du soleil californien. L'intérêt de ce voyage, c'est aussi d'avoir un emploi du temps flexible.

Kathleen fut submergée par la gratitude et l'affection. La chère petite. Elle savait exactement ce que Kathleen pensait.

Josh parut se satisfaire de la réponse.

— Je vis en Californie. Aussi, si vous avez besoin de conseils pour les endroits à visiter, n'hésitez pas à me demander.

— C'est très gentil à vous, dit Kathleen en resserrant son foulard. Y a-t-il des lieux que vous avez prévu de visiter, pendant ce voyage ?

— Le Grand Canyon. À ma grande honte, je dois avouer que je n'y suis jamais allé.

— Vous n'avez pas à avoir honte. Visiblement vous avez passé trop de temps à travailler avec votre patron intraitable.

Elle regarda Martha, mais celle-ci était retombée dans le silence.

— Je suis contente que vous ayez enfin la possibilité d'explorer le monde. Ne vous pressez pas de retourner au travail. J'ai eu de la chance, car mon job consistait à voyager, et j'ai pu faire les deux.

Ils traversèrent un nouveau hameau, dans lequel flottait une odeur de barbecue. Puis peu à peu les collines et les forêts laissèrent place à la plaine.

Quand ils atteignirent leur étape du soir, Kathleen était fatiguée et son esprit s'égarait dans des directions qu'elle lui interdisait en temps normal. Devait-elle contacter Ruth ? Non, ce ne serait pas judicieux. D'autant plus qu'elle n'avait même pas ouvert ses lettres.

Elle aurait dû les lire. Ou au moins, les emporter dans ses bagages. Mais savoir qu'elles étaient dans son sac aurait été pesant. Le but de ce voyage était de profiter du temps qui lui restait, pas d'affronter le passé.

Ruth vivait-elle vraiment en Californie ? Martha avait dit qu'elle chercherait sur Internet, mais Kathleen refusait de l'encourager à le faire.

Mais si, en rentrant chez elle, elle lisait les lettres et regrettait de ne pas avoir contacté Ruth ?

Elle éprouva un soudain accès de panique à l'idée de ne pas avoir fait ce qu'il fallait.

Martha se gara.

— Vous vous sentez bien, Kathleen ?

— Je n'ai jamais été aussi en forme.

Pour la première fois, elle regretta d'avoir invité Josh à se joindre à elles. S'il n'avait pas été là, elle aurait pu faire une petite sieste sur la route. Maintenant elle était épuisée d'avoir dû faire la conversation. Et le souvenir du passé la torturait et l'empêchait de se détendre.

À sa grande consternation, elle dut accepter l'aide de Martha pour sortir de la voiture.

— C'est l'âge, dit-elle en se redressant.

Prise d'un étourdissement, elle se cramponna à Martha.

— Kathleen ? s'exclama Martha en ouvrant le coffre à distance. Josh, pourriez-vous prendre les bagages ? Je vais aider Kathleen à entrer.

— Je suis restée trop longtemps assise, c'est tout, protesta Kathleen en essayant de reprendre son équilibre. Je suis un peu ankylosée, mais ça ira mieux dans quelques minutes.

— Vous avez réservé ? s'enquit Josh en déchargeant les bagages. Je vais aller à la réception et vous ramener les clés. Cela vous évitera de trop marcher.

Ce n'était pas un banal étourdissement qui l'empêcherait de profiter du voyage ! Jamais de la vie.

— Merci, mais nous allons nous débrouiller. Allez-vous passer la nuit ici, Josh ?

— C'est ce que j'avais prévu, dit-il en soulevant les valises. Merci de m'avoir emmené jusqu'ici. Puis-je vous inviter à dîner pour vous remercier ?

Kathleen n'avait qu'une envie, c'était de s'allonger. Mais si elle leur suggérait de dîner sans elle, Martha l'accuserait de vouloir la jeter dans les bras de Josh.

Martha la regarda d'un air soucieux.

— Je crois que nous avons besoin d'un moment de repos dans nos chambres et d'une bonne tasse d'earl grey, avant de décider ce que nous ferons ce soir. Qu'en pensez-vous, Kathleen ?

C'était un programme idyllique.

Submergée par la gratitude, Kathleen prit le bras de Martha, et elles se dirigèrent vers la réception. Martha lui tapota la main.

— Nous en avons un peu trop fait. Ne vous inquiétez pas. Vous serez complètement remise après une tasse de thé.

Kathleen se sentait extraordinairement bien avec Martha.

Pourquoi les choses n'étaient-elles pas aussi faciles avec sa fille ? Peut-être parce que Liza faisait ressortir ses défaillances. Quel que soit le sujet, qu'il s'agisse de renoncer au bacon ou d'emménager dans une résidence pour seniors, elle ne parvenait pas à être telle que Liza le souhaitait.

Martha était rapide et efficace, tout comme le personnel du motel. En moins de dix minutes, Kathleen fut assise sur son lit tandis que Martha remplissait la bouilloire que Kathleen avait tenu à emporter dans ses bagages. Vous ne pouviez pas faire du thé sans avoir de l'eau frémissante, et elle n'avait jamais apprécié les machines des chambres d'hôtels.

La chambre était jolie, avec une belle vue sur les champs environnants. Chaque fois que c'était possible, les deux voyageuses évitaient de passer la nuit dans une grande ville.

Kathleen se détendit un peu. Après un temps de repos, elle serait en pleine forme.

— Voilà, dit Martha en posant une tasse d'earl grey et un biscuit sablé sur la table de chevet. Je vais m'installer dans la chambre voisine, et je reviendrai vous voir dans une heure.

Un coup fut frappé à la porte ouverte, et Josh apparut sur le seuil.

— Comment vous sentez-vous ? Vous avez besoin de quelque chose ?

— Je me sens très bien.

Pour le lui prouver, Kathleen se leva et alla vers lui afin de le remercier de sa gentillesse. Parvenue au milieu de la chambre, elle se rendit compte qu'elle avait fait une erreur.

Tout se mit à tourner autour d'elle. Elle voulut se rattraper à quelque chose, mais sa main ne rencontra que le vide.

— Martha ! cria-t-elle.

Elle s'attendait à s'écrouler sur le sol, mais deux bras solides la rattrapèrent et la soutinrent.

— Tout va bien.

La voix de Josh était calme et ferme. Confirmant par là qu'elle ne s'était pas trompée sur lui. Il était le choix idéal pour Martha. Kathleen avait toujours pensé qu'un moment de crise était le meilleur test pour jauger le caractère d'un homme. Celui d'une femme aussi, d'ailleurs.

— Allongez-la sur le lit. Kathleen ? s'écria Martha, affolée. Vous avez mal quelque part ? Je vais appeler un médecin.

— Non, pas de médecin. Nous allons attendre que ça passe.

Kathleen posa la tête sur l'oreiller et ferma les yeux. Mais sa tête se mit à tourner tellement fort qu'elle les rouvrit.

Son thé allait refroidir, et elle avait horreur du thé froid.

Le moment était-il arrivé ?

Si elle mourait maintenant, elle n'irait jamais en Californie, et elle ne saurait jamais ce que contenaient ces lettres.

Ruth.

Le visage de son amie fut la dernière image qui lui apparut, avant qu'un voile noir ne s'abattît sur elle.

13

Liza

Liza s'arrêta à l'entrée du chemin. La maison était loin de la route, impossible à trouver si vous ne saviez pas à quel endroit il fallait tourner.

Elle était protégée des curieux et des appareils photo par un grand portail de fer forgé, équipé de caméras de sécurité dernier cri. C'était la propriété idéale pour une personne très en vue ne souhaitant pas être harcelée.

Le soleil lui brûlait la nuque, et elle avait trop chaud dans ses chaussures plates en cuir. Le sac qu'elle tenait à bout de bras battait contre ses jambes.

Que faisait-elle ici ?

Elle aurait dû oublier toute cette histoire, et digérer sa gêne seule à la maison.

Elle s'apprêtait à faire demi-tour, quand une voix résonna dans l'Interphone. Liza se figea.

Elle s'imagina épiée par une équipe d'agents de sécurité dans une salle de contrôle.

Elle avait passé le dimanche à se morfondre de sa conduite ridicule, et à lutter contre la tentation de rentrer chez elle. Puis elle avait décidé de faire ce qu'elle conseillait toujours à ses enfants. C'est-à-dire de prendre ses responsabilités.

— Bonjour, je suis Liza, dit-elle en s'approchant de la caméra et de l'interphone. Ma mère habite un peu plus bas sur la route, et je passe quelques jours chez elle. Je viens voir Finn Cool, mais il ne voudra sans doute pas…

Il y eut un bourdonnement, et le portail s'ouvrit.

— Oh. Bien…

Elle n'avait plus le choix. Liza franchit le portail, et celui-ci se referma derrière elle.

Elle suivit un long chemin sinuant entre d'énormes massifs de rhododendrons et d'azalées, et la maison apparut enfin.

Comme elle s'y attendait, la demeure était grandiose. La façade semblait faite entièrement de verre et les fenêtres donnaient sur un jardin en pente débouchant sur une petite crique à laquelle on ne pouvait accéder que par la propriété.

Comment vit l'autre moitié.

Elle admira la vue pendant quelques secondes, puis la porte d'entrée s'ouvrit.

Liza s'attendait à voir un robuste garde du corps, ou une sévère gouvernante. Mais Finn Cool apparut en personne et s'appuya nonchalamment au chambranle.

Avec son visage long et mince et ses paupières tombantes, il semblait aussi débauché et dangereux que lorsqu'elle l'avait vu la première fois dans la cuisine. Mais sur le moment elle avait été trop affolée pour l'admirer. Il portait un short de surf et un T-shirt noir. Ses pieds étaient nus, et il n'était pas rasé. Elle n'aurait su dire s'il venait à peine de se lever, ou s'il n'avait pas pris la peine de se raser ce matin.

— Vous êtes venue seule ? Si la police vous suit, je vais devoir rouvrir le portail.

Les joues de Liza s'enflammèrent.

— Je suis venue vous demander pardon d'avoir appelé la police. J'ignorais évidemment… je veux dire… ma mère ne m'avait pas parlé de vous.

Elle ne pouvait pas dire grand-chose de plus pour s'excuser, aussi brandit-elle le sac qu'elle avait apporté.

— Je suis venue avec une offrande de paix.

Elle avait passé des heures à se demander ce qu'elle pourrait offrir à cet homme qui avait tout. Finalement, elle avait fixé son choix sur de la pâtisserie maison.

C'était peut-être une autre erreur, mais elle en avait déjà fait tellement.

— Vous m'avez devancé, répondit-il en se redressant. J'avais prévu d'aller vous voir cet après-midi pour vous présenter des excuses.

— Des excuses ? Vous ? Mais pourquoi ?

— Parce que j'ai manqué vous faire mourir de peur. Par chance, vous avez un caractère plus doux que votre mère. Sinon, je serais en ce moment inconscient à l'hôpital, avec un trou dans le crâne.

Il sourit.

— Désolé. J'aurais dû sonner, au lieu d'entrer directement dans la cuisine. Mais j'ignorais qu'il y avait quelqu'un, c'est pourquoi j'ai utilisé ma clé. Entrez, ajouta-t-il en reculant pour la laisser passer.

— Oh ! ce n'est pas la peine de… Je veux dire… je voulais vous donner…

Perturbée par ce sourire ravageur, elle bredouilla en gravissant les marches et lui tendit le sac.

— Une tarte au citron meringuée, et des cookies aux pépites de chocolat. Deux de mes spécialités. Je ne savais pas quoi vous offrir.

Le fait que Finn Cool possède une clé de la maison continuait de l'intriguer. Pourquoi sa mère ne lui avait-elle rien dit ?

— Vous avez d'autres spécialités dans ce genre ? Dans ce cas, il faudra que vous appeliez la police plus souvent pour que je puisse goûter à toutes vos recettes. Merci, Liza, j'apprécie votre attention. Vous n'auriez pas dû vous donner cette peine, mais je ne refuse jamais une gourmandise. Suivez-moi dans la cuisine.

Il prit le sac, et traversa le hall. Essayait-il d'être poli ? Il n'avait sûrement pas envie qu'une étrangère entre chez lui.

Liza attendit un moment, puis referma la porte derrière elle, et le suivit.

La maison avait éveillé sa curiosité, et elle ne fut pas déçue. La lumière entrait à flots par une verrière, et se reflétait sur un sol en carrelage blanc. *À l'italienne,* songea-t-elle, admirative. Le décorateur avait joué sur l'espace et la couleur. L'ensemble était blanc, parsemé çà et là de taches de bleu qui donnaient à l'ensemble une atmosphère méditerranéenne. Liza s'intéressait beaucoup à la décoration d'intérieur. Elle avait même songé à intégrer le cabinet d'architecte de Sean, mais finalement ils avaient décidé que ce n'était pas une bonne idée de travailler ensemble. D'autre part, en étant enseignante elle pouvait passer plus de temps avec les enfants.

Cependant, cette profession la faisait encore rêver. Elle ne pouvait pas entrer dans une maison sans imaginer aussitôt les modifications qu'elle apporterait à l'intérieur.

Dans celle-ci, elle n'aurait rien changé.

Cette maison était un chef-d'œuvre d'architecture moderne. Sean aurait apprécié la simplicité.

Elle eut le cœur serré en songeant à Sean. Elle ne cessait de penser à son mariage, et l'inquiétude la rongeait. Tout ce qu'elle avait reçu de lui ce matin, après leur conversation, c'était un bref texto. « As-tu vu ma chemise bleue ? »

Avait-elle eu raison de reporter une discussion sur ce qu'elle ressentait ? Tôt ou tard, il faudrait qu'elle soit franche avec sa famille et qu'elle leur dise ce qui devait changer. Ils ne lisaient pas dans ses pensées. Sinon, ils ne lui enverraient pas des messages en lui demandant de résoudre toutes sortes de problèmes matériels insignifiants. Mais, dès l'instant où elle prendrait l'initiative d'une discussion, elle n'aurait plus un moment de répit. Et elle avait terriblement besoin de temps pour elle. Elle le méritait !

Donc, elle avait ignoré le message de Sean, et ceux de Caitlin concernant la lessive.

Personne ne lui avait demandé comment elle allait.

Qu'aurait-elle répondu ?

Je crains d'être au bord de la dépression nerveuse. Et, au fait, j'ai dû appeler la police car quelqu'un était entré dans la cuisine. Mais ne vous inquiétez pas pour ça. Je réglerai l'affaire moi-même, comme toujours.

Repoussant ces pensées au sujet de sa famille, elle suivit Finn Cool dans une cuisine vaste et bien agencée.

— C'est magnifique, s'exclama-t-elle.

Mais si elle avait essayé de cuisiner ici, elle aurait tout laissé brûler car elle n'aurait pas pu détacher les yeux de l'océan, qu'on voyait au loin.

— Je suis désolée pour ce qui s'est passé. Je n'aurais jamais dû appeler la police.

— Vous avez bien fait. Surtout après ce qui était arrivé à votre mère, dit-il en déposant le sac sur le comptoir. Ce n'était pas dramatique. J'ai dû signer quelques autographes et prendre des selfies avec des inconnus, voilà tout. J'ai connu pire.

— J'ignorais que vous connaissiez ma mère.

— Kathleen est une femme très discrète. Et un drôle de phénomène, ajouta-t-il en sortant deux assiettes d'un placard. Nous sommes amis depuis quelque temps. Si j'avais quelques années de plus, je l'épouserais. Et croyez-moi, c'est un compliment, car je ne suis pas du genre à me marier.

Liza ne lisait pas les journaux à scandale, mais elle savait tout de même que Finn avait une vie sociale très active et très intéressante. Ce qui rendait encore plus bizarre le fait qu'il soit l'ami d'une femme de quatre-vingts ans.

— Je n'arrive pas à croire qu'elle vous ait demandé de nourrir le chat.

Seule sa mère avait assez de toupet pour demander à une célébrité de passer chez elle ouvrir des sachets de pâtée pour chat !

— Popeye est un de mes meilleurs potes. Il me rend souvent visite.

— Vous connaissez Popeye ?

La question le fit sourire.

— Il n'y a pas beaucoup de chats borgnes et marchant sur trois pattes, dans le quartier. J'estime qu'il est un parfait exemple de résilience. Rien ne l'empêche d'explorer le monde, même pas mes chiens. Popeye est le maître du monde.

Au moment où il prononça ces mots il y eut une soudaine agitation dans le jardin et des aboiements. Trois énormes bergers allemands déboulèrent dans la cuisine, dans un tourbillon de pelages noir et feu.

Liza les regarda déraper sur le carrelage, d'un œil inquiet.

— Vont-ils me punir d'avoir appelé la police ?

— Ils vont plutôt vous lécher de la tête aux pieds, en dérapant contre vous. Ils détestent ces carreaux.

Il claqua des doigts, et les chiens s'immobilisèrent, la langue pendante, en le regardant d'un air hébété.

— Assis.

Ils obéirent, l'un d'eux avec plus de réticence que les autres. Liza contempla les rangées de crocs acérés.

— Je comprends pourquoi vous n'avez pas besoin de gardes du corps.

— Ces garçons sont dissuasifs, c'est sûr.

Il s'accroupit pour caresser les chiens et elle l'imita, un peu plus sur la réserve. L'un d'eux roula sur le dos pour qu'elle lui caresse le ventre.

— Ils sont magnifiques. Comment s'appellent-ils ? Je ne crois pas que je pourrai les distinguer l'un de l'autre.

— Un, Deux, et Trois. À l'époque, cela m'a paru plus simple. Ne vous laissez pas impressionner par leur taille. Ils ont une peur bleue de Popeye.

Il se redressa, et elle fit de même.

— Nous avons tous un peu peur de Popeye. C'est le chat le plus hautain que je connaisse. Il est très distant. *Comme ma mère,* ajouta-t-elle en son for intérieur. Au fait, comment avez-vous fait la connaissance de ma mère ?

— C'est une longue histoire. Je vous la raconterai en mangeant.

Il se lava les mains, ouvrit le sac et en explora le contenu.

— Je n'ai plus mangé de tarte au citron meringuée depuis mon enfance. Je vais en couper deux parts, et nous irons la déguster sur la terrasse.

— Je l'ai faite pour vous.

— J'adore les plaisirs de la table, mais je ne pourrai jamais engloutir toute cette tarte à moi seul.

— Vous êtes seul dans cette maison ? Je pensais que vous aviez un personnel important.

— Je suis seul à résider dans cette maison en permanence, en revanche je subis régulièrement des invasions de Londoniens. Ma gouvernante, cette sainte femme, me rend visite de temps à autre et parvient à me sauver de mon propre désordre. Son mari entretient le jardin et la piscine. Ils vivent dans un cottage, à cinq minutes d'ici à pied. Ils sont là sans y être, si vous voyez ce que je veux dire. Ils me traitent comme leur fils, j'ai donc beaucoup de chance. Cela me paraît fabuleux, dit-il en coupant deux grosses parts de tarte.

Il avait un accent curieux, à la fois traînant et chantant, à mi-chemin entre l'américain et l'irlandais. Liza aurait pu passer la journée à l'écouter parler.

— Les œufs sont biologiques. Ils viennent de la ferme Anderson.

Pourquoi diable lui avait-elle dit cela ? Comme si la provenance des œufs pouvait l'intéresser !

— Je n'achète les miens que chez eux, répondit-il en riant.

— Vous me taquinez, dit-elle, troublée.

— Pas du tout. Mon congélateur est plein de viande de moutons élevés dans leurs prés. Mes achats suffisent pratiquement à financer la ferme, mais M. Anderson s'amuse à conduire son tracteur à une allure d'escargot pour me mettre en retard sur la route. Il tient absolument à ralentir mon rythme de vie. Je n'ai jamais vu un type aussi renfrogné dans toute la Cornouailles.

Liza s'attendait à ce que Finn Cool soit distant, et se débarrasse d'elle aussi vite que possible. Elle ne pensait pas qu'il serait aussi chaleureux et accessible. Elle avait souri plus souvent depuis qu'elle était entrée chez lui qu'au cours de toute la semaine précédente. *Ou même du mois précédent.*

Son téléphone sonna, mais il l'ignora.

— Vous voulez boire quelque chose ?

— Oh ! non merci, il est beaucoup trop tôt.

— Je pensais à du thé, ou du café, dit-il en prenant deux tasses sur une étagère. Malgré les rumeurs calomnieuses qui courent au village sur mon compte, je m'efforce de rester sobre au moins pendant la plus grande partie de la journée.

— Je ne voulais pas dire…, bredouilla-t-elle, gênée. Il faut que je m'en aille.

— Non, ne partez pas. Vous avez besoin de vous détendre. Venez dans le jardin. Il est impossible de faire la tête quand on écoute le bruit des vagues en mangeant de la tarte au citron. Que diriez-vous d'un cappuccino ? Ma machine à café fait le meilleur cappuccino du monde.

Liza accepta son offre, et quelques minutes plus tard elle fut installée sur une grande terrasse. Le soleil lui caressait le visage, et la brise de mer soulevait doucement ses cheveux. La piscine se trouvait juste au-dessous d'eux, et par-delà le jardin on voyait l'océan.

Des palmiers étendaient leur ombre d'un côté de la terrasse, et les chiens couraient sur la pelouse, jouant à rouler les uns sur les autres.

— Je suis toujours stupéfaite de voir des palmiers pousser en Cornouailles. Ma mère en a un, dans un coin de son jardin.

— Je sais. Elle m'a donné beaucoup de conseils pour l'agencement de ce jardin. Et même quelques boutures.

Sa mère avait donné des boutures à une star du rock.

La situation lui semblait irréelle. Elle, Liza Lewis, était assise en ce moment avec Finn Cool, dans une des maisons les plus somptueuses de l'ouest de l'Angleterre.

Les jumelles auraient été impressionnées. Si seulement elles avaient pris le temps de se demander ce qu'elle faisait. Elle éprouva une étrange satisfaction à savoir que les autres ignoraient cette infime partie de sa vie.

— Cet endroit est incroyable. Ma mère est-elle déjà venue ?

220

— Souvent, dit-il en coupant un morceau de tarte.

— Je ne le savais pas. Ce que je ne comprends pas, c'est pourquoi elle a autant insisté pour que je vienne m'occuper du chat, alors qu'elle savait que vous étiez là pour le nourrir. Pourquoi ne m'a-t-elle rien dit ?

— Je ne peux pas vous répondre.

Il dévora son morceau de tarte comme s'il n'avait rien mangé depuis une semaine.

— Se peut-il qu'elle ait eu une autre raison derrière la tête ?

Liza ne pouvait voir ses yeux cachés par des lunettes de soleil, mais elle eut l'impression qu'il l'observait attentivement.

Elle se rappela les quelques soirées que sa mère avait passées chez eux, avant qu'elle ne la conduise à l'aéroport. Quand exactement lui avait-elle demandé de s'occuper du chat ?

C'était arrivé dans la conversation à la dernière minute. Après que Liza lui avait expliqué qu'elle faisait passer tout le monde avant elle.

Sa mère avait-elle voulu se mêler de sa vie ? Non, elle n'aurait pas fait cela.

N'est-ce pas ?

Mais l'idée fit son chemin dans son esprit.

— Il est possible qu'elle ait voulu me pousser à faire une pause. Et si elle m'avait dit que vous vous occupiez de Popeye, je ne serais pas venue. Popeye n'était qu'un prétexte. Je ne lui ai pas encore dit que j'étais là. Il faut que je l'appelle.

Sa mère s'était aperçue que ça n'allait pas. Elle avait voulu l'aider, mais ses méthodes étaient un peu maladroites.

Liza fut étonnée du bien-être que cette idée lui apporta.

Un oiseau effleura la surface de la piscine, et s'éloigna. Des abeilles bourdonnaient dans les buissons, et un papillon d'un bleu éclatant voletait au-dessus des plantes en pot qui entouraient la terrasse.

Liza apprécia la chaleur du soleil sur son visage. Il y avait longtemps qu'elle ne s'était plus sentie aussi détendue.

Finn ramassa des miettes dans son assiette.

— Vous avez besoin d'un prétexte pour vous reposer ?

— J'ai du mal à me mettre en congé.

— Que faites-vous ? Non, attendez, laissez-moi deviner, dit-il en levant un doigt. Vous avez un poste à responsabilités dans une grande société, et sans vous des milliers de gens risqueraient de perdre leur emploi.

Cette fois, c'était évident. Il se moquait d'elle.

— Je suis professeur d'art plastique.

Finn repoussa son assiette vide.

— Je suis étonné. Vous me faites penser à un cadre d'entreprise. Je vous vois bien travailler dans un gratte-ciel de verre londonien. Pas du tout dans un atelier d'artiste. Je n'aurais jamais deviné.

— Je ne suis pas une artiste. Je ne le suis plus.

Si elle avait prétendu l'être, elle aurait menti.

— Je n'ai plus peint de tableau depuis une éternité. J'apprends aux autres à peindre.

Elle leur apprenait l'espace, la forme, les nuances de couleur, la texture.

— Mais vous avez peint, vous aussi ?

— Oui. J'adorais cela.

— Dans ce cas, pourquoi ne vous considérez-vous pas comme une artiste ?

Liza réfléchit un moment.

— Un artiste crée une œuvre d'art. Ce n'est pas ce que je fais.

— Pourquoi ?

Cette question très personnelle faisait naître entre eux une certaine intimité, alors qu'ils se connaissaient à peine.

— Cette possibilité a été étouffée par d'autres choses. Vous allez sans doute me dire que nous pouvons toujours prendre du temps pour ce qui nous plaît, mais…

— Non, je comprends. La créativité a besoin de temps et d'espace. Deux choses rares dans le monde qui nous entoure. Votre esprit est écrasé sous le poids des exigences matérielles.

Il chassa une guêpe d'un geste de la main.

— Le fait d'être submergé peut chasser de votre cerveau toute tendance à la créativité.

Comment cet homme, qui ne la connaissait pas, pouvait-il la comprendre aussi bien ?

— Vous semblez savoir de quoi vous parlez.

— Pourquoi croyez-vous que je vis ici ? J'avoue que j'ai aussi l'avantage d'être profondément égoïste, ce qui aide beaucoup.

Il se leva, en lui adressant un sourire en coin.

— Venez. Je vais vous montrer quelque chose.

Ils traversèrent la terrasse, descendirent quelques marches menant à la piscine, puis se dirigèrent vers la mer. Un petit sentier de sable descendait en pente raide vers la crique nichée entre deux falaises. L'océan Atlantique venait s'écraser sur le rivage à un rythme régulier. Le mouvement des vagues était fascinant. Cette nature sauvage contrastait avec l'aspect paisible des longues dunes de sable de l'estuaire, en contrebas de Oakwood Cottage.

— Je ne connaissais pas l'existence de cette crique.

— C'est pour elle que j'ai acheté la maison.

Il continua le long du sentier, et elle le suivit. Ils passèrent devant une bouée de sauvetage, accrochée à un piquet. Finn la lui montra.

— Au cas où quelqu'un irait prendre un bain de minuit, lors de ces folles soirées de débauche que l'on me soupçonne d'organiser dans cette maison.

Liza avançait prudemment, craignant de glisser sur les rochers.

— J'ai vu comment vous conduisiez. Donc, certaines de ces rumeurs sont fondées.

— Ah, les voitures ! Ma passion.

— Les routes étroites et sinueuses de la région ne sont pas faites pour rouler à tombeau ouvert.

— Le problème, ce ne sont pas les routes. Ce sont les autres conducteurs.

Les chiens passèrent brusquement à côté d'elle, et elle aurait perdu l'équilibre s'il n'avait pas tendu la main pour la retenir.

— Désolé. Non seulement ces chiens ignorent la politesse, mais ils oublient que nous n'avons pas quatre pattes comme eux.

Finn lui tint la main pendant qu'ils continuaient de descendre vers la crique, et elle avait conscience de ses doigts serrant les siens. Elle se dit qu'elle aurait dû retirer sa main, mais elle la lui abandonna jusqu'à ce qu'ils soient arrivés en bas du chemin.

Liza ôta alors ses chaussures, et éprouva un intense soulagement lorsque ses pieds nus touchèrent le sable. La plage était isolée et privée. Elle eut l'impression d'entrer dans un autre monde.

— Est-ce que des gens escaladent parfois les falaises ?

— Non. Elles sont trop escarpées. Ils essayent de venir à travers champs, mais par chance le fermier garde son taureau dans un enclos, par là.

Il accompagna ses paroles d'un geste.

— Cela représente une sorte de sécurité intégrée à la propriété. Ils peuvent venir par la route, mais j'ai Kathleen pour me protéger des intrus.

Liza ferma brièvement les yeux et respira l'air marin. Son paysage quotidien consistait en immeubles divers et en rues encombrées dans lesquelles se pressaient voitures et piétons. Sur sa bande-son ne figuraient que des vrombissements de moteurs, des klaxons, et le grondement des avions dans le ciel. Ici, il n'y avait que la mer, le ciel et les mouettes.

— Comment fait ma mère, pour vous protéger ?

— Elle a de nombreuses stratégies très intéressantes. Elle donne de faux renseignements. Envoie les gens dans la direction opposée, ou vers le village voisin. Parfois, elle fait semblant d'être sourde et les laisse s'égosiller, jusqu'à ce qu'ils abandonnent.

Il ôta ses lunettes. Ses cheveux étaient emmêlés et ses yeux brillaient d'une lueur malicieuse.

— Elle ne vous l'a jamais dit ?

— Votre ego risque d'en prendre un coup, mais je dois dire qu'elle m'a à peine parlé de vous.

— Vous me confortez dans l'idée que Kathleen est la meilleure voisine du monde.

Liza remonta le bas de son pantalon. La peau blanche de ses pieds et de ses chevilles prouvait qu'elle n'était pas encore restée assez longtemps pour prendre le soleil. Il fallait qu'elle remédie au problème. Et aussi qu'elle fasse quelque chose pour sa garde-robe, qui n'était absolument pas adaptée au bord de mer et au farniente.

— Vous la voyez souvent ?

— Toutes les semaines, quand je suis là, répondit-il en se baissant pour ramasser un coquillage. Nous prenons le café dans son jardin, ou bien elle vient nager dans la piscine, et ensuite nous buvons un verre.

Liza n'en croyait pas ses oreilles.

— Toutes les semaines ? Elle nage dans votre piscine ?

— Elle allait se baigner dans la mer deux fois par jour, mais quand elle s'est mise à avoir ces vertiges, j'ai réussi à la convaincre que la piscine était moins dangereuse.

Des vertiges ?

Si elle demandait des précisions, Finn croirait qu'elle était une fille indigne. Inutile de se demander pourquoi sa mère n'en avait pas parlé. Elle savait que Liza lui aurait fait un sermon. Et elle ne se trompait pas.

Peut-être était-elle réellement une mauvaise fille. Elle avait essayé d'aider et de protéger Kathleen, mais en faisant cela elle s'était coupée d'elle et d'une partie de sa vie. Son insistance n'avait eu aucun effet sur sa mère, qui n'en faisait toujours qu'à sa tête. Cela l'avait au contraire encouragée à cacher certaines choses à Liza, pour éviter que celle-ci fasse des histoires. Mais apparemment elle ne cachait rien à Finn.

— Elle a donc suivi votre conseil, et a cessé de se baigner dans la mer ?

— Pas tout de suite. Mais je lui ai dit que si son cadavre était ramené par les vagues un soir sur le rivage cela risquait de gâcher une de mes soirées. Cela l'a fait rire, et elle a accepté d'utiliser ma piscine. Glenys, ma gouvernante, est toujours là quand elle vient, donc elle ne prend pas trop de risques.

Liza essaya de se rappeler une conversation avec sa mère qui les avait fait rire toutes les deux. En vain.

— Vous l'aimez bien.

Finn haussa les épaules.

— Je n'ai plus de parents ni de grands-parents. Je considère Kathleen comme une personne âgée détenant une certaine sagesse.

Ce n'était pas du tout ainsi que Liza voyait sa mère.

— Vraiment ? Je la trouve plutôt imprudente. Elle me donne des frayeurs.

— Je suppose que c'est différent parce que c'est votre mère. A-t-elle toujours été ainsi ?

— Têtue ?

— J'allais dire audacieuse. Une aventurière.

— Oh ! oui, je crois.

— Vous avez dû avoir une enfance intéressante.

Elle avait eu une enfance solitaire. Mais ce n'était pas un sujet qu'elle souhaitait aborder avec Finn Cool.

— J'avais toujours de bonnes notes en géographie. Je suis le genre de personne que tout le monde veut avoir dans son équipe quand on fait un quiz au pub.

— J'ai regardé certaines de ses émissions sur Internet. Elle avait une présence incroyable.

Liza n'avait pas regardé *Destination Happy End* depuis son enfance. Ces émissions lui rappelaient trop les absences de Kathleen.

— Elle les a toutes en DVD.

— Ce n'est pas étonnant.

Le vent rabattait des mèches de cheveux sur son visage.

— Mais elles ont dû être tournée en 16 mm ?

— Je ne sais pas. Tout ce que je sais, c'est que la production lui a offert tous les DVD pour son soixantième anniversaire.

Finn arqua les sourcils.

— C'est un beau cadeau. D'autre part, Kathleen était une sorte de légende. Je parie qu'ils l'adoraient. Ce devait être drôle, de travailler avec elle. Ces DVD sont dans la maison ?

Croyait-il qu'elle allait l'inviter au cottage ? Et que ressentirait-elle, en regardant ces émissions ? Elle avait toujours éprouvé du ressentiment en les voyant. Enfant, elle pensait qu'elles lui volaient le temps et l'affection de sa mère.

— Je ne sais pas où ils sont, mais je peux lui demander.

— Vous devriez les garder sous clé. Ce sont des objets de collection.

Il se tourna vers la mer, scrutant l'horizon.

— Elle sait vivre. Et elle ne se conforme jamais aux diktats de la société. Elle continuait de présenter ses émissions, alors que d'autres auraient été mises à l'écart depuis longtemps. Sans doute parce qu'à l'époque elle était irremplaçable. Et regardez-la, maintenant. La plupart des gens croiraient qu'elle vit dans une résidence adaptée à son âge. Mais elle traverse l'Amérique d'est en ouest.

Un rire silencieux secoua ses épaules.

— Elle est extraordinaire. Elle sait chercher la moindre miette de bonheur, et la dévorer. La plupart des gens écrasent sottement ces miettes sur le tapis du salon. Vous devez être heureuse qu'elle soit encore aussi active.

Liza se sentit coupable d'avoir voulu persuader sa mère de quitter le cottage.

— Son style de vie me donne du souci.

Elle n'avait pensé qu'à elle, et pas à Kathleen. Dans un sens, elle était aussi égoïste que les jumelles.

— Elle a de la chance d'avoir une fille aussi affectueuse que vous.

Vraiment ? Kathleen aurait peut-être préféré avoir une fille qui aime l'aventure, qui parcoure le monde.

Il y avait une raison pour qu'elle n'ait pas voulu que Liza lui serve de chauffeur pendant ce voyage.

— Martha m'a envoyé une photo d'elle en train de siroter des cocktails sur un toit-terrasse à Chicago, dit-elle, changeant de sujet.

Elle lui montra la photo sur son téléphone, et il posa la main sur le côté de l'écran pour mieux voir.

— Magnifique. Il y en a d'autres ?

Liza se pencha pour faire glisser les photos.

— Martha a pris une photo de la voiture.

Le sourire de Finn s'élargit.

— Ah, ça par exemple ! Elle a choisi la Ford Mustang.

— Vous saviez qu'elle voulait louer une voiture de sport ?

— Elle m'a demandé mon avis. Elle voulait savoir ce que je prendrais pour faire ce voyage. Je n'ai pas eu de mal à répondre, car j'ai déjà pris cette route, précisa-t-il en lui rendant le téléphone. Elle va passer de bons moments. Et qui est Martha ?

— Une inconnue qu'elle a engagée sans même lui demander de références. Ma mère est comme ça.

En fait, Martha était très attentive. Elle envoyait des photos chaque jour, avec de petites vidéos amusantes. Apparemment, sa mère avait bien choisi.

— Vous semblez en savoir beaucoup sur son voyage.

Finn hésita.

— Elle ne vous a rien dit, pour les billets ?

— Non. J'attendais qu'elle me demande mon aide, car elle déteste se servir d'Internet, mais elle ne l'a pas fait. Que me cachez-vous ?

— Kathleen est discrète. Je devrais l'être aussi, répondit-il en se passant une main sur la joue. Mon secrétariat l'a aidée. Comme vous dites, elle n'est pas à l'aise avec l'informatique.

— Vous avez réservé son voyage ? Pourquoi ne me l'a-t-elle pas demandé ? Je l'aurais fait.

— Je lui ai proposé de lui rendre ce service. J'aurais été vexé si elle avait refusé.

— Je suppose que cela explique pourquoi elle a séjourné dans la suite présidentielle à Chicago.

— Ils lui ont donné la suite ? J'espérais qu'ils le feraient, mais cela dépend toujours des gens importants qui sont à l'hôtel en même temps que vous.

Liza s'efforça de ne pas être blessée que sa mère ne se soit pas tournée vers elle pour obtenir de l'aide.

— C'était une gentille attention de votre part. Je vous ai mal jugé. Je vous prenais pour une fripouille.

— Une fripouille ? Je n'avais jamais entendu quelqu'un prononcer ce mot, sauf dans de vieux films en costumes.

Il se pencha vers elle. Une lueur malicieuse brillait dans ses yeux.

— Je suis une fripouille, Liza. Je suis égoïste, et si j'ai fait quelque chose pour aider quelqu'un, c'est probablement parce que j'y trouvais un intérêt quelconque.

Liza ne voyait pas comment aider sa mère aurait pu lui rapporter quelque chose. Ils traversèrent la plage, pour aller se tenir au bord de l'eau.

— La marée monte. Je pourrais rester assis pendant des heures à la regarder. Je le fais parfois, dit-il en se baissant pour ramasser un autre coquillage. Quand j'ai trouvé cette maison, je n'ai plus rien écrit pendant un an.

— Vous n'avez plus composé de musique ? demanda Liza, gênée.

Elle connaissait mieux le personnage que sa musique.

— Ni musique ni paroles.

Il retourna le coquillage au creux de sa main, essuyant le sable qui le recouvrait.

— C'est bizarre. Vous pouvez rester là des heures, et essayer de vous obliger à produire quelque chose. Le travail est toujours important, mais à la fin ce qui fait la différence, c'est une sorte de magie délicate. Comme la nouvelle pousse d'une plante. Et cela, vous ne pouvez pas l'obtenir par la force et le travail. Vous êtes une artiste, vous devez comprendre.

Oh oui, elle comprenait très bien.

— Je vous l'ai dit, je suis enseignante. Je ne me considère pas comme une artiste.

— Mais je suppose qu'autrefois vous vouliez en être une ?

Elle se rappela le temps où elle dormait avec son carnet de croquis sous son oreiller. Elle s'éveillait à l'aube, descendait à la plage avec sa peinture et s'asseyait sur le sable humide pour essayer de capturer la beauté du paysage. C'était sa façon de canaliser toutes les émotions qu'elle ne pouvait exprimer autrement. Et cela avait attiré l'attention de sa mère. Elles n'avaient jamais préparé de gâteaux ensemble, ou fait d'autres choses que faisaient généralement mère et fille. En revanche, Kathleen s'était toujours intéressée à la fibre artistique de Liza. Quand celle-ci avait gagné le premier prix d'art plastique à l'école, sa mère était venue l'applaudir. Ses apparitions à l'école étaient si rares que ce moment avait empli Liza de fierté. Cette récompense représentait beaucoup plus que la reconnaissance de son talent. C'est pourquoi elle était si déçue que sa mère l'ait fait disparaître.

— Oui, dit-elle en s'obligeant à revenir au moment présent. Je me considérais comme une artiste.

— Sur quel support travailliez-vous ?

— Un peu tous. Au début, je faisais de la peinture à l'huile. Ensuite j'ai eu une préférence pour l'aquarelle, et puis je suis passée aux pastels. Je me suis aussi intéressée à l'acrylique. Je mélangeais souvent différentes techniques. J'aime toujours faire des croquis.

— Avez-vous des photos de votre travail ? J'aimerais voir ce que vous faites.

Cela faisait des années que personne ne s'intéressait à sa peinture.

— Je ne crois… Oh, attendez, dit-elle en ouvrant une page sur son téléphone. Il y a quelques années, une galerie de la région a exposé certaines de mes toiles. Les photos sont toujours sur leur site. Dieu seul sait pourquoi.

Finn lui prit le téléphone des mains et garda le silence si longtemps qu'elle regretta de lui avoir montré les tableaux.

— Ce n'est sans doute pas ce que vous aimez, et c'était il y a si longtemps que…

— Ces peintures sont superbes. Quelle profondeur. On croit sentir l'odeur de la mer. Et vous avez su reproduire le mouvement des vagues… Je suppose qu'elles sont toutes vendues ?

— Oui.

Il lui rendit le téléphone.

— Acceptez-vous de prendre des commandes ?

— Comme je vous l'ai dit, je ne peins plus depuis des années.

— Il est peut-être temps de s'y remettre. Quel meilleur endroit pour le faire ? dit-il en faisant tourner le coquillage entre ses doigts. La peinture doit vous manquer.

— Oui. Même si je n'y ai pas pensé depuis un certain temps. Ce serait égoïste de passer du temps à peindre, alors qu'il y a tant à faire.

— Je dirais que c'est une façon de prendre soin de soi. Nous devons prendre du temps pour les choses qui sont importantes pour nous. Tenez, ajouta-t-il en lui donnant le coquillage. Pour l'inspiration. Vous le mettrez dans votre atelier.

Liza glissa le coquillage dans sa poche, comme si c'était un cadeau très spécial.

— Je n'ai pas d'atelier.

— Quels sont les endroits où vous aimez peindre ?

— Quand j'étais jeune je peignais dans le pavillon, au fond du jardin de ma mère. Il y a de grandes fenêtres orientées au nord. Nous n'avons pas assez d'espace à Londres.

Elle n'avait pas l'habitude de parler d'elle. Mal à l'aise, elle roula son pantalon jusqu'aux genoux et entra dans l'eau. Celle-ci s'enroula autour de ses chevilles.

— C'est ici que vous travaillez le mieux ? demanda-t-elle.

— Ici et en Irlande. J'ai une maison à Galway. Elle appartenait à mes grands-parents maternels.

— Vous êtes irlandais ?

— Américain et irlandais. Je suis né en Californie, mais nous sommes revenus nous installer à Galway quand j'étais adolescent. C'est à ce moment que j'ai commencé à m'intéresser sérieusement à la musique. Et vous ? Votre famille n'est pas avec vous ?

— Non. Sean est architecte et il est occupé par un grand chantier. Et la dernière chose que souhaitent mes jumelles, c'est de se retrouver au milieu de nulle part.

Elle se garda bien d'avouer qu'elle s'était quasiment enfuie de chez elle. Ou que les filles auraient pris le premier train pour la Cornouailles, si elles avaient su qu'elles avaient une chance de rencontrer Finn Cool en personne.

— C'est pour cela que vous êtes triste ?

— J'ai l'air triste ?

Il tendit la main et repoussa une mèche qui lui barrait le visage.

— Oui. Il serait sans doute plus juste de dire que vous faites tout votre possible pour ne pas avoir l'air triste. Vous ne peignez pas. Vous ne dessinez pas, et vous ne sculptez pas non plus. Peu importe la forme d'expression que vous avez choisie, un artiste qui ne crée pas ne se porte pas bien. Si cette partie de vous est en sommeil, vous devenez une ombre.

Comment cet homme, cet étranger, pouvait-il voir ce que Sean ne voyait pas ?

Quand Sean lui avait-il demandé pour la dernière fois ce qu'elle voulait ? Quand l'avait-il regardée avec autant d'attention et d'intérêt que Finn en ce moment ? Est-ce que la familiarité finissait par aveugler les gens ? Voyaient-ils seulement ce à quoi ils s'attendaient, et non la réalité ?

— Je suis fatiguée, voilà tout.

Fatiguée. Blessée. Désorientée.

— Dans ce cas, Kathleen a bien fait de vous pousser à faire une pause.

232

Elle se sentit obligée de répondre, et resta dans le vague.

— La vie de famille peut devenir usante, surtout avec des adolescents. Mais je suppose que vous ne connaissez pas cela.

— Je comprends très bien. Qu'est-ce qui vous fait croire que je suis célibataire ?

Son sourire était si fascinant qu'elle sourit en retour.

— Je pensais que vous préfériez rester célibataire, afin de susciter le plus de commérages possibles dans le voisinage.

— J'avoue que cela me procure un certain plaisir. Voulez-vous nager ? demanda-t-il en avançant un peu plus dans l'eau.

— Ici ? Maintenant ?

— Pourquoi pas ?

— Je n'ai pas la tenue adéquate.

— Vous pouvez laisser vos vêtements sur la plage. Gardez vos sous-vêtements, si vous êtes pudique.

Il prononça ces mots d'un ton tellement détaché que pendant un bref instant elle envisagea cette possibilité.

Puis elle reprit ses esprits.

— C'est ridicule.

— Nager est la chose la plus naturelle du monde. Et nager dans la mer est ce qu'il y a de mieux. Je ne vois pas ce qu'il y a de ridicule là-dedans ? Vous arrive-t-il de faire les choses spontanément, Liza ? dit-il en l'observant.

— Non.

Bien qu'elle ait agi spontanément en décidant de venir à Oakwood Cottage. Et aussi en rendant visite à Finn pour s'excuser.

— Parfois, rectifia-t-elle.

— Et que se passe-t-il quand vous le faites ?

Il se tenait tout près d'elle. Gênée, elle fit un pas en arrière.

— Je ne sais pas. Posez-moi la question un autre jour.

Sa gêne s'accentua aussitôt. En disant cela, elle avait l'air de penser qu'ils allaient se revoir régulièrement.

— Je n'oublierai pas de le faire. Venez nager chez moi. Apportez votre maillot de bain.

— Allez-vous rester là tout l'été ?

— Jusqu'en septembre. Ensuite je retournerai à Los Angeles.

Elle avait du mal à imaginer un tel style de vie.

— Pourquoi n'avez-vous pas écrit pendant un an ?

Il marqua une pause avant de répondre.

— J'ai perdu quelqu'un de proche.

Il lui tourna le dos et regagna la plage. Liza regretta de ne pas avoir tenu sa langue.

— Je suis désolée.

— Il ne faut pas. La mort fait partie de la vie, n'est-ce pas ? Ce n'est pas pour cela que c'est plus facile, cependant.

Il s'accroupit près d'un creux dans la roche.

— Le varech est une algue, et non une plante. Vous le saviez ?

— Non.

Elle s'accroupit à côté de lui. Sa gêne avait disparu, elle se sentait à l'aise. Elle avait honte de tous les préjugés qu'elle avait pu avoir sur lui.

La petite flaque dans le rocher était grouillante de vie. Des crabes minuscules circulaient sous les algues. Des moules et des berniques étaient collées à la roche, et des anémones de mer flottaient dans l'eau. Liza aurait pu contempler la petite mare pendant des heures, mais la marée continuait de monter. L'eau aurait bientôt recouvert la plage.

Finn se redressa.

— Nous ferions mieux de remonter avant la marée. Ayant déjà eu une rencontre inopinée avec la police, je ne tiens pas à ajouter les gardes-côtes à la liste de mes nouvelles relations.

— Vous aurez droit à une énorme tarte au citron meringuée si vous êtes obligé d'appeler les gardes-côtes à cause de moi.

234

— Dans ce cas, je serais tenté de me jeter à l'eau ! s'exclama-t-il en riant. Qui vous a appris à faire la tarte au citron ?

— J'ai appris toute seule. Mon père était… un cuisinier exécrable. Il laissait brûler tous ses plats. Ma mère voyageait souvent, donc j'ai pris le relais. J'aimais cuisinier, mais pour lutter contre la routine je faisais de nouvelles expériences.

Ils traversèrent la plage de sable, et remontèrent le long du petit sentier menant au jardin.

— Est-ce que tout ce que vous faites est aussi bon que votre tarte meringuée ?

— Je l'espère.

Le sentier était raide, et elle était déjà hors d'haleine. Elle devait absolument prendre le temps de faire plus d'exercice.

— Dans ce cas, invitez-moi à dîner.

Il lui tendit la main, et l'aida à franchir les derniers mètres.

Liza n'avait pas prévu de cuisinier, mais l'idée de le faire pour Finn lui plut. Elle venait d'avoir avec lui une conversation extraordinairement franche, et sa compagnie lui avait remonté le moral. Pourquoi pas ? De toute évidence c'était un bon voisin, et elle le remercierait de ses attentions pour Kathleen en lui préparant un délicieux dîner.

— Pouvez-vous sortir sans gardes du corps ?

— Je passerai à travers champs. Personne ne me verra, répondit-il en souriant.

Les chiens faisaient le tour du jardin en bondissant et en aboyant, roulant joyeusement dans l'herbe.

— Dans ce cas, venez dîner vendredi.

Cela lui donnerait l'occasion de s'adonner à sa passion pour la cuisine, ce qu'elle n'avait pas fait depuis longtemps. La préparation des repas n'était généralement qu'une corvée de plus sur une liste déjà longue.

— Quel est votre plat préféré ?

Il ramassa les tasses qu'ils avaient laissées sur la table et les ramena dans la cuisine.

— J'aime tout. J'apporterai le vin. Nous parlerons du tableau que vous allez faire pour moi.

Liza pensait déjà au dîner. D'après la météo la vague de chaleur allait se poursuivre, aussi dîneraient-ils dehors. Elle cueillerait les légumes dans le jardin potager de sa mère.

— Tenez, dit Finn en lui rendant le sac qu'elle avait apporté. Je suis content que vous soyez passée.

Elle aussi. Cela l'avait empêchée de ressasser son inquiétude pour sa famille, et lui avait fait voir la vie sous un nouveau jour.

Le cœur léger, elle redescendit l'allée, longea le chemin de terre, et traversa le champ menant à Oakwood Cottage.

Elle déposa le sac dans la cuisine, et prit les clés de sa voiture. Qu'avait-il dit, déjà ?

Vous me faites penser à un cadre d'entreprise. Je ne vous imagine pas du tout dans un atelier d'artiste. Je n'aurais jamais deviné.

Ses vêtements ne correspondaient pas à sa personnalité, mais à la vie qu'elle menait.

Une garde-robe banale, composée de vêtements faciles à assortir, lui permettait de ne pas avoir à prendre de décisions le matin, avant d'affronter une journée chargée. Que choisirait-elle de porter si elle n'était pas obligée de conduire les filles partout, de faire les courses au super-marché, et de donner des cours ?

Bien décidée à en avoir le cœur net, elle se rendit au village, se gara et s'engagea dans l'étroite rue principale. La petite boutique de mode était nichée entre une librairie et un traiteur.

Elle poussa la porte avec un brin de méfiance. À quand remontait sa dernière virée dans les magasins ? À trop longtemps.

La boutique était spacieuse, et une grande partie des murs était couverte de miroirs. L'espace d'un instant, Liza se vit telle que les autres la voyaient sans doute. De longs cheveux blonds qui lui balayaient les épaules, un visage fin et des yeux bleus. Si elle avait dû désigner un

236

mot pour se décrire, elle aurait choisi l'adjectif *banale*. Ses vêtements semblaient vouloir dire : Ne me regardez pas. De toute façon, elle ne s'habillait pas pour envoyer un message quelconque. Elle avait déjà bien assez à faire sans penser à cela.

— Comment puis-je vous aider ?

Une jeune femme aux cheveux courts et roux, et au maquillage impeccable sortit de l'arrière-boutique.

— Nous avons d'autres tailles, si vous ne trouvez pas la vôtre.

Liza éprouva un bref moment d'insécurité. Puis elle se ressaisit. Elle était une artiste, elle connaissait les formes, les couleurs. Elle savait ce qui était beau. Tout ce qu'elle devait faire, c'était se donner la permission d'être cette personne, et libérer son côté créatif. Celui-ci était ignoré depuis trop longtemps.

Elle s'approcha des rayons, examina les vêtements et en choisit quelques-uns. Puis encore quelques autres.

Quand elle quitta le magasin une demi-heure plus tard, elle portait deux grands sacs remplis de jolies robes d'été, de corsages en lin couleur pastel, de shorts, de sandales pour la plage. Elle avait aussi acheté une paire de larges boucles d'oreilles en argent faites par une artiste locale.

Joyeux anniversaire, Liza.

Elle avait passé plusieurs tenues. Le seul fait d'essayer les vêtements l'avait aidée à se détendre. Mais elle ne pouvait invoquer cette excuse pour justifier son achat le plus extravagant.

— Que pensez-vous du rouge ? avait demandé la jeune femme en lui tendant une robe. Elle vous irait merveilleusement au teint.

La robe à bretelles, d'un rouge vif, ne correspondait pas du tout à son style de vie. Liza l'avait achetée, ainsi qu'une paire de chaussures qui n'étaient absolument pas conçues pour marcher.

Se sentait-elle coupable ? Non. Elle se sentait jeune, et la tête lui tournait. Au lieu d'acheter une robe correspondant à sa vie, elle allait choisir une vie adaptée à cette robe.

En sortant de la boutique, elle fit une halte chez le traiteur.

Un des avantages d'être seule, c'était qu'elle n'avait pas besoin de composer des menus pour toute la famille.

Un panier au bras, elle prit une baguette de pain français qui sortait du four. Puis elle ajouta du jambon italien, deux fromages français, des tomates en branche, et un pot d'olives vertes.

— Liza ?

Si elle avait pu se cacher, elle l'aurait fait. Elle appréciait sa liberté, et n'avait pas envie de rencontrer des gens. Elle voulait pouvoir se concentrer sur elle, sans donner l'impression d'être égoïste.

— Oh ! mon Dieu ! Comme ça fait longtemps !

La jeune femme semblait sortir d'un cours de yoga. Elle avait une queue-de-cheval, et ses joues étaient roses et brillantes.

— Tu me reconnais, n'est-ce pas ?

Il fallut quelques secondes à Liza.

— Angie ? Oh ! Angie !

— Pourquoi es-tu si étonnée ? J'habite ici, tu sais.

— Mais tu étais partie à… Boston. Pour le travail de ton mari, il me semble ?

Comment s'appelait-il, déjà ? Jeremy ? Jonah ?

Angie fit la grimace.

— Il est resté là-bas. Nous avons divorcé.

La vie, songea Liza. Elle leur laissait à tous de petites cicatrices.

— Je suis désolée. Tu aurais dû m'appeler.

— Nous ne nous étions plus vues depuis un moment. Je ne voulais pas être la copine qui pleurniche. Au début c'était un peu dur, mais ça va mieux maintenant. John s'est remarié, et il a eu un bébé.

— Un bébé ?

Angie leva les yeux au ciel.

— Oui, je sais, il a cinquante-trois ans. Pour me venger, je l'imagine entre les couches et les nuits sans sommeil. Non qu'il ait pris en charge ce genre de problèmes la première fois. Oh ! Liza, je suis contente de te voir. Tu as le temps de prendre un café ? Il y a un endroit sympa au coin de la rue.

Son instinct la poussa à accepter. C'était ainsi qu'elle se comportait toujours. Avec toutes les personnes de son entourage.

Mais elle avait prévu de faire certaines choses dans l'après-midi et la soirée. Et elle tenait à ses projets.

— J'adorerais bavarder, mais j'ai beaucoup d'occupations cet après-midi.

Toutefois, elle était contente de voir Angie, et ne voulait pas paraître dure.

— Tu pourrais passer à la maison demain ?

— À Oakwood ? Tu es chez ta mère ?

— Kathleen est en voyage, sur la Route 66.

— Ta mère est fantastique. Elle continue de vivre comme au temps de *Destination Happy End*. Je ne me vois pas vivre comme ça, et encore moins quand j'aurai quatre-vingts ans. Mais si elle n'est pas chez elle, pourquoi es-tu là ?

Je me suis enfuie.

— Je lui garde son chat.

— Avec Sean et les filles ?

— Non. Ils avaient des activités à Londres auxquelles ils ne pouvaient pas renoncer.

Angie et Liza avaient été aussi proches que des sœurs. Elles se disaient tout. Mais le temps avait passé. Les études et la vie les avaient séparées. Angie avait connu John, elle était partie à Boston, et peu à peu leurs liens s'étaient distendus. L'époque où Liza lui racontait toute sa vie en détail était loin désormais.

Elle eut soudain le cœur serré. Son amitié profonde avec Angie lui manquait. Elles avaient des fous rires ensemble, et savaient tout l'une de l'autre. Elles avaient échangé leurs vêtements, leurs histoires, leur maquillage. Quand Sean l'avait embrassée, Angie avait été la première à le savoir.

Après la naissance des enfants, ses amitiés avaient changé, elles étaient liées à son style de vie. Au début, le facteur commun avait été les bébés, puis l'école. C'était aussi de l'amitié, mais cela n'avait rien à voir avec la relation sincère et authentique qu'elle avait eue autrefois avec Angie. Peut-être celle-ci lui avait-elle paru d'autant plus précieuse que l'affection de sa mère lui manquait.

Cependant, cette partie de sa vie était loin. Angie et elle étaient des personnes différentes. Le temps, la distance et la vie les avaient séparées.

— Viens demain. Nous irons pique-niquer sur la plage. Et nous pourrons même nager si nous avons du courage. Nous avons tellement de temps à rattraper. Où habites-tu ?

— Dans la maison de ma mère, dit Angie en prenant un pot de confiture sur l'étagère. C'est chez moi, à présent. Ma mère est morte l'année dernière. Je suis venue pour vendre la maison, et finalement j'ai décidé de la garder. Elle est petite, mais il y a une chambre pour Poppy, quand elle a envie de passer quelques jours ici. Tu as eu d'autres enfants ?

— Non. Je suis très occupée avec les jumelles !

— J'imagine, répondit Angie en la serrant dans ses bras. Je suis contente de t'avoir vue. À demain.

Liza sentit les cheveux d'Angie lui effleurer la joue, et elle respira son parfum fleuri.

Elle se serra un instant contre elle. L'amitié lui manquait. L'intimité émotionnelle aussi.

Après avoir entassé ses nombreux achats dans la voiture, elle regagna Oakwood Cottage. Elle se sentait mille fois mieux que ce matin, en se levant.

Elle déballa les provisions, en disposa une partie sur une assiette et rangea le reste dans le réfrigérateur.

Avec un vague sentiment de culpabilité, elle ouvrit une bouteille de vin, se servit et emporta son verre sur la terrasse.

Assis près de la table, Popeye faisait sa toilette. Il s'arrêta un instant pour lui jeter un regard dédaigneux, et recommença à lécher son pelage avec application.

— As-tu toujours été aussi distant, ou bien as-tu cultivé cette indifférence au contact de ma mère ?

Liza s'assit, dans sa nouvelle tenue estivale. Elle avait revêtu un short, un T-shirt, et des mules confortables.

Sa mère avait raison. Il fallait garder cette légèreté d'esprit toute l'année, et ne pas la réserver à deux semaines de vacances en août.

Elle avait tout le reste de l'après-midi et la soirée pour elle.

Elle aurait sans doute dû en profiter pour s'occuper du ménage, mais ce n'était pas son intention. La poussière pouvait attendre. Elle avait mieux à faire.

Elle consulta son téléphone et s'aperçut qu'elle avait manqué un appel de sa mère. Une pointe d'inquiétude la traversa. Kathleen appelait rarement. C'était généralement Liza qui prenait de ses nouvelles.

Assise à l'ombre dans le patio, elle sirota son vin en attendant que sa mère réponde. Ce qu'elle fit, d'une voix lointaine et un peu fatiguée. S'était-elle trompée en calculant le décalage horaire ?

— Maman ? Je t'ai réveillée ? Est-ce que tout va bien ?

— Merveilleusement bien. Je réalise mon rêve.

Quelque chose dans sa voix ne sonnait pas juste. Liza fut décontenancée. Elle ne connaissait pas sa mère assez bien pour comprendre ce qui clochait.

— Tu es sûre ? Tu m'as appelée.

Et cela ne te ressemble pas.

— Certaine. Sais-tu depuis quand j'avais envie de prendre la Route 66 ? Martha fait des photos magnifiques.

— J'ai vu. Remercie-la de ma part. Où êtes-vous, exactement ?

Il y eut une pause. Liza perçut des voix étouffées en arrière-plan, puis sa mère revint en ligne.

— Martha me dit que nous sommes quelque part vers Springfield, et que nous allons traverser le Kansas dans la journée. Et toi ? Tu m'appelles de la voiture ? Tu conduis les jumelles quelque part ?

— Non, je ne suis pas en voiture.

Liza étendit les jambes et admira ses nouvelles sandales.

— Je bois un verre de vin dans ton patio, après avoir dégusté un très bon repas que j'ai pris chez le traiteur que tu m'avais recommandé.

— Tu es à Oakwood ?

— Pourquoi es-tu étonnée ? Tu m'avais demandé de venir, n'est-ce pas ?

— Oui, mais je n'aurais jamais cru… Tu es passée chez le traiteur ? Essaye les tartelettes au fromage de chèvre, elles sont divines. Et Sean va adorer les brownies au chocolat.

— Sean n'est pas là, mais j'en prendrai pour moi la prochaine fois.

Il y eut un bref silence.

— Tu es seule ?

— Oui. Je suis venue voir Popeye, comme promis.

Elle jeta un coup d'œil au chat, mais ne décela aucun signe de gratitude chez le félin.

— Et hier, j'ai découvert un inconnu dans ta cuisine.

— Non ! Un cambrioleur ?

— Non, pas du tout. Mais je ne l'ai su qu'après avoir appelé la police. Pourquoi ne m'as-tu pas dit que tu connaissais Finn ? Et que tu lui avais demandé de venir nourrir le chat ?

— Ah…

— Tu avais aussi oublié de me dire que vous preniez régulièrement le café ensemble, et que tu vas nager dans sa piscine plusieurs fois par semaine.

— Je suis vieille, Liza. La mémoire me fait défaut.

Elle leva les yeux au ciel.

— Dit celle qui traverse l'Amérique dans une voiture de sport !

— Le voyage est aussi merveilleux que je le prévoyais.

— Bien. Mais pourquoi m'as-tu demandé de m'occuper de Popeye, alors que tu avais déjà trouvé quelqu'un pour le faire ?

— Je l'ai fait spontanément car je pensais que tu avais besoin de repos, et que l'air de la mer te ferait du bien. Je me doutais que tu ne t'accorderais pas de vacances, mais que tu ferais cela pour moi si je te le demandais. Parce que tu es comme ça. Et maintenant tu vas me reprocher d'être hypocrite et de me mêler de tes affaires, alors que tu n'as pas le droit de mettre le nez dans les miennes.

Liza sourit.

— En fait, j'allais te remercier.

— Oh ?

— Oui. De m'avoir encouragée à faire quelque chose que je n'aurais pas fait si on ne m'y avait pas poussée.

Elle regarda Popeye se prélasser au soleil. Elle ne prenait jamais le temps de ne rien faire. Pourquoi valorisait-on l'agitation ? Elle avait passé tellement de temps à jongler avec différentes tâches qu'elle avait oublié de flâner. Le moindre moment d'inaction la culpabilisait.

— Je n'étais pas sûre que tu le ferais. Du moins, je pensais que tu emmènerais Sean.

— Non, ça n'a pas pu se faire.

Il y eut un long silence. Liza finit son vin.

— Maman ? Tu es toujours là ?

— Oui, Liza. Est-ce que tout va bien ?

Cette question était si inattendue chez sa mère que Liza manqua renverser son vin.

— Oui, très bien. Pourquoi ?

— Rien. N'y pense plus.

Liza eut l'impression que quelque chose lui échappait.

— Tu vas bien, maman ? Tu avais une autre raison d'appeler ?

— J'étais inquiète pour toi, c'est tout.

Liza vérifia involontairement le numéro sur son écran. Était-ce vraiment sa mère ?

— Pourquoi ? En général, tu n'es pas du genre à te faire du souci.

— Je m'inquiète pour beaucoup de choses. Je m'inquiète à l'idée de quitter cette Terre sans avoir fait tout ce que je voulais. Je m'inquiète pour Popeye. Et je me demande si je n'ai pas eu tort de ne pas avoir fait élaguer ce vieux pommier.

— Ce n'était pas le bon moment de l'année, répondit Liza en regardant les branches épaisses et noueuses de l'arbre fruitier. Je t'y ferai penser cet hiver.

— Comment as-tu trouvé Finn ?

— Gentil.

Le mot n'était pas vraiment bien choisi. Mais il était assez neutre pour ne pas entraîner d'autres questions. Si elle avait dit qu'il était charismatique, charmant, sexy, ce qu'il était en vérité, la conversation aurait pris une tournure qu'elle préférait éviter.

— Il n'est pas du tout tel que les rumeurs le décrivent, dit simplement Kathleen.

— Je m'en suis rendu compte. Nous avons discuté.

— De quoi ?

De la vie. De sa peinture. De la créativité. Des sujets qu'elle n'avait plus abordés depuis une éternité. Non seulement il était charismatique, mais il savait écouter.

— Rien de spécial. Sa maison est magnifique.

— J'adore son jardin. Et la piscine, bien sûr. Et ses chiens.

— Je ne savais pas que tu le connaissais. Pourquoi ne me l'as-tu pas dit ?

— Je croyais que tu me ferais la leçon, parce que j'ai des amis infréquentables ! s'exclama Kathleen en riant

Liza se sentit oppressée. Était-elle vraiment comme ça ?

— Je suis désolée que tu te croies obligée de me cacher des choses, maman. Je m'inquiète pour toi parce que je t'aime.

Sa mère n'appréciait pas les démonstrations d'affection, mais elle éprouvait le besoin de lui dire qu'elle l'aimait.

— Je sais, ma chérie.

Liza retint son souffle et attendit. En espérant…

— Tu es toujours là ?

— Oui, ma chérie.

Mais elle ne lui dirait pas qu'elle l'aimait aussi.

Liza savait qu'elle aurait dû accepter la situation, depuis le temps.

— Comment va Martha ? Où êtes-vous, maintenant ? Il doit être… 10 heures du matin, pour vous ?

— 9 heures. Nous allons déjeuner, avant de tailler la route.

L'expression fit sourire Liza.

— Je suis contente que vous preniez du bon temps. Au fait, une gentille policière est passée à la maison. Étant donné que l'intrus que tu as assommé était ivre, qu'il s'est excusé, et qu'il n'avait apparemment pas de mauvaises intentions, l'affaire ne passera pas au tribunal.

— C'est fini ?

— Apparemment.

— Tant mieux. Pauvre homme. Que vas-tu faire cet après-midi ? Pas de ménage, j'espère ?

— Non. Je vais aller sur la plage avec mon carnet de croquis et mes pinceaux.

L'envie de peindre, qu'elle avait écartée depuis des années, venait de resurgir. L'idée de s'y remettre l'enthousiasmait, et les paroles d'encouragement de sa mère renforcèrent sa détermination.

— Je voudrais que tu me fasses une promesse. Quel que soit le tableau, je veux que tu le laisses au cottage pour moi.

— Pourquoi ?

— Parce que je voudrais avoir un autre tableau de ma fille dans la maison.

— Un autre ?

— Avec tous les autres, que tu as peints il y a des années. Tu as trop longtemps négligé ton talent.

Sa mère avait donc conservé ses tableaux ? Cette idée lui réchauffa le cœur, mais elle se reprocha aussitôt son besoin d'affection.

— Je te laisserai un tableau.

Elle ne précisa pas que Finn lui avait passé une commande, ni qu'il viendrait dîner à la fin de la semaine.

— Je voulais te demander… Tu sais, ces vieux enregistrements de tes émissions ? Où sont-ils ? Est-ce que je peux les regarder ?

— Pourquoi ? Tu ne t'y es jamais intéressée. Tu détestais cette partie de ma vie.

Liza éprouva un pincement de culpabilité. Mais elle ne pouvait pas avouer que sa conversation avec Finn lui avait donné envie de revoir sa mère à cette époque.

— J'étais jeune. Ma mère me manquait.

Il y eut encore un silence, et elle se demanda ce que sa mère pensait.

— Tu es toujours là ?

— Oui ! Désolée, je rêvais. Les DVD sont dans mon bureau. Sur l'étagère je crois, sous les guides de voyage. La clé du bureau est dans le tiroir de ma table de chevet. Mais, Liza…

— Oui ?

— Ne fais pas de nettoyage. Ne jette rien.

— Je ne ferais jamais cela. Que se passe-t-il ? demanda-t-elle en entendant du bruit.

— Josh, ce héros, a commandé un petit déjeuner. Le plateau vient d'arriver. Seigneur, quel festin !

— Qui est Josh ?

— Quelqu'un que nous avons pris en stop hier. Un homme adorable, qui connaît la valeur d'un bon petit déjeuner.

Liza ouvrit la bouche et la referma, stupéfaite.

— Vous… avez pris un inconnu en stop ?

— Eh bien, ce n'est plus vraiment un inconnu. En fait, sans lui, je serais…

Sa mère s'interrompit brusquement.

— Tu serais quoi ?

— Rien. Je dois y aller. Tu sais que j'ai horreur du porridge froid. Et, Liza, à propos de Finn…

— Oui ?

— Certaines rumeurs à son sujet sont exactes. Il est charmant, et d'une beauté incroyable, bien sûr. Mais un peu dangereux avec les femmes. Sois prudente.

— C'est à moi que tu dis d'être prudente ? Alors que vous avez pris un auto-stoppeur !

— Je sais. Mais je ne voudrais pas que tu fasses quelque chose que tu puisses regretter.

Pourquoi sa mère lui disait-elle cela ? Liza était avec Sean depuis l'adolescence, et elle ne s'était jamais intéressée à un autre homme que lui. Kathleen avait-elle perçu son mal-être ?

Elles se dirent au revoir et Liza posa le téléphone. En ce moment, elle avait tendance à regretter les choses qu'elle n'avait pas faites, plutôt que celles qu'elle avait faites. Et elle n'avait aucune raison de se sentir coupable. Elle avait invité Finn à dîner, voilà tout. Cela se faisait, entre voisins.

Elle n'avait aucune raison de le dire à sa mère.

14

Martha

Springfield-Kansas-Tulsa

Martha déposa un lourd plateau de petit déjeuner sur la table, qu'elle rapprocha du lit. Josh servit le café. Il était calme, et sa présence était apaisante.

— Pourquoi n'avez-vous pas dit la vérité à Liza ?

— Parce qu'elle se serait inquiétée. Et aussi loin que je me souvienne, c'est la première fois que ma fille ne me paraît pas angoissée. Elle est seule au cottage, elle va emporter son matériel de peinture sur la plage. Je n'ai pas envie de dire quelque chose qui risque d'assombrir sa journée.

Martha espéra que Kathleen avait pris la bonne décision. Elle était encore secouée par ce qui s'était passé la veille. La responsabilité pesait sur ses épaules. À la place de Liza, elle aurait voulu savoir comment allait sa mère. Mais elle ne faisait pas partie de la famille, et elle devait respecter la volonté de Kathleen.

— D'accord, mais vous avez entendu ce qu'a dit le docteur. Vous avez exagéré hier. Trop de soleil, pas assez d'eau. Vous étiez déshydratée. Je m'en veux.

— Pourquoi ? Je suis assez grande pour savoir si je dois boire ou non.

— Apparemment, non. Et aujourd'hui, je vous obligerai à boire toutes les demi-heures.

— Est-ce que le gin compte ?

— Non.

Martha versa des fruits rouges dans un bol, soulagée de voir que Kathleen était redevenue elle-même.

— Ce déjeuner a l'air délicieux, Josh. Où avez-vous trouvé tout cela ?

— J'ai fait une descente dans la cuisine du motel. Ils sont très sympas.

Il approcha une chaise du lit et s'assit, une tasse de café fort entre les mains.

— Je suis d'accord avec Martha. Vous ne devriez pas vous précipiter sur la route ce matin, Kathleen. Prenez votre temps, et nous verrons un peu plus tard comment vous vous sentez.

Tous les soupçons et l'antipathie de Martha s'étaient évaporés. Elle avait plus d'une raison de se réjouir qu'elles aient rencontré Josh Ryder à Devil's Elbow.

Josh avait rattrapé Kathleen avant qu'elle ne touche le sol. Puis il avait trouvé le nom d'un médecin en un temps record, pendant que Martha installait Kathleen sur le lit.

Il avait le don de tout arranger, et Martha lui en était reconnaissante.

Elle n'aurait pas aimé être seule dans ces circonstances. Quand Kathleen avait perdu connaissance, Martha s'était sentie terrifiée, vulnérable, et loin de tout.

Et s'il était arrivé quelque chose à Kathleen ? C'était une chose à laquelle elle avait pensé, bien sûr. Mais il y avait une différence entre envisager une éventualité et en faire l'expérience.

Le médecin avait longuement examiné Kathleen. Une fois rassurée, Martha avait insisté pour qu'elle suive ses instructions et garde le lit toute la soirée. Elle voulait rester pour lui tenir compagnie, mais Kathleen avait préféré être seule pour dormir. Martha avait accepté avec un peu de réticence de passer la soirée dans sa chambre, voisine de la sienne.

Elle pensait que Josh irait dîner de son côté, mais il avait décidé de lui tenir compagnie.

— Je n'ai pas besoin de baby-sitter, avait-elle protesté.

— Si Kathleen est de nouveau malade, vous resterez avec elle pendant que j'appellerai le médecin.

Il avait refusé toute discussion, et Martha n'avait pas insisté, soulagée d'avoir quelqu'un pour la soutenir moralement.

L'événement avait brisé la glace entre eux, et abattu les barrières qu'elle avait érigées.

En fait, le dévouement de Josh l'avait impressionnée. Il aurait pu les laisser en plan, mais il ne l'avait pas fait.

Ils avaient passé quelques heures à jouer aux cartes, et il avait réussi à la distraire et à la faire rire en dépit de son anxiété. Puis il était parti à la recherche d'un repas, pendant que Martha allait voir Kathleen.

Elle lui avait rendu visite plusieurs fois dans la nuit, utilisant la lampe de son téléphone pour entrer dans la chambre sans la déranger.

Mais quand le soleil avait enfin fait son apparition entre les rideaux, elle avait été soulagée. La situation lui paraissait moins effrayante en plein jour.

— Qu'avez-vous fait hier soir pendant que je me reposais ? demanda Kathleen en prenant le bol de fruits que lui proposait Martha. Vous avez trouvé un bon restaurant ?

Que s'imaginait-elle ? Martha fut partagée entre l'amusement et l'exaspération. Cette petite frayeur n'avait pas entamé l'enthousiasme d'entremetteuse de sa compagne de voyage !

— Nous avons joué aux cartes et partagé une pizza. Un peu de yaourt ? proposa-t-elle en tendant un pot à Kathleen.

— Merci, ma chérie. Tout cela est sain et délicieux, bien que le bacon me manque un peu.

Josh finit son café.

— Je suis sûr de pouvoir vous procurer du bacon.

Quand il fut sorti, Kathleen posa son bol et prit la main de Martha.

— Je suis désolée. Vous n'avez pas signé pour un poste d'infirmière. Vous êtes très gentille, mais si vous décidez d'abandonner le voyage, je comprendrai.

— Abandonner ? C'est hors de question. Ne vous tourmentez pas. Mais il faut boire.

Martha lui servit un verre d'eau glacée et la regarda en prendre une gorgée.

— Je serai en pleine forme dans quelques minutes. Surtout si Josh nous trouve du bacon. Il est merveilleux, n'est-ce pas ?

— Il m'a beaucoup aidée.

Martha se garda de chanter les louanges de Josh, de crainte que Kathleen ne décide de louer une salle de mariage.

— Vous êtes sûre que je ne peux pas rappeler Liza ? Il faudrait qu'elle sache que vous avez eu un malaise.

— À quoi bon ? Vous lui donneriez un nouveau sujet d'inquiétude, et Dieu sait qu'elle en a déjà suffisamment. Je ne peux pas croire qu'elle se soit rendue seule à Oakwood. Vous ne pouvez pas savoir le progrès que cela représente. Quoique je sois un peu inquiète pour son couple. J'espère que Sean va se ressaisir. Vous croyez que je devrais l'appeler ?

— Non, pas du tout, répondit vivement Martha.

Ayant subi les tentatives énergiques de Kathleen pour la rapprocher de Josh, sa position était claire.

— Laissez-les régler cela entre eux. Comment vous sentez-vous ? Et ne faites pas semblant d'aller bien pour me faire plaisir.

— Je me sens mieux. Vous avez entendu ce qu'a dit le médecin. Ce n'est rien de grave.

— Les médecins ne savent pas tout, déclara Martha en lui servant un verre de jus de fruits. Vous voulez connaître mon diagnostic ? Vous vous mêlez trop de ma vie sentimentale.

Elle eut la satisfaction de voir Kathleen sourire.

— C'était amusant. Et admettez que j'ai bien fait. Josh est parfait. Je l'ai choisi pour ses épaules et ses beaux yeux, mais en réalité toute sa personne est magnifique.

— Kathleen…

— Si Josh ne m'avait pas rattrapée, ma tête aurait heurté le sol et je me serais assommée. Je sais maintenant par expérience qu'il a une exceptionnelle tonicité musculaire. Vous devriez essayer de vous évanouir dans ses bras, cela donnerait peut-être un coup d'accélérateur à votre relation.

— À moins que ça ne la tue sur le coup.

— Je me demande s'il va trouver du bacon ?

— J'en suis sûre. Il semble avoir un don pour persuader les gens de faire ce qu'il veut.

Martha se servit une petite tasse de café, en se demandant jusqu'où elle pouvait aller.

— Est-ce que ces conversations sur le passé vous ont perturbée, Kathleen ?

— Vous avez entendu ce qu'a dit le docteur. Je n'ai pas assez bu, un point c'est tout. J'étais trop occupée à faire la conversation à notre cher Josh, puisque vous boudiez.

— J'étais concentrée sur la route. Et si vous n'arrêtez pas de jouer les entremetteuses, j'appellerai Liza.

— C'est du chantage.

— Oui. C'est vous qui m'avez montré l'exemple.

Martha avala une gorgée de café en réfléchissant.

— Nous devrions passer une journée de plus ici. Je peux annuler nos réservations.

— Aujourd'hui, nous ferons ce qui était prévu. Kansas et Oklahoma. Inutile d'annuler quoi que ce soit.

Pouvaient-elles poursuivre leur voyage en toute sécurité ? Que se passerait-il si Kathleen avait un malaise alors qu'elles étaient à des miles de la ville la plus proche ? Comment ferait-elle pour trouver un médecin ?

Josh revint avec le bacon. Quand ils eurent fini de manger, ils regagnèrent leurs chambres pour faire leur valise.

Martha le rejoignit devant sa porte.

— Vous partez ?

La veille, elle aurait été plus encline à lui rouler sur les pieds qu'à lui offrir de l'emmener. Mais c'était avant le malaise de Kathleen. Son calme et sa gentillesse dans ces circonstances l'avaient fait changer d'opinion sur lui.

— Martha…, dit-il gentiment. La dernière chose que vous vouliez, c'était que je me joigne à vous.

— C'était hier. Ce n'est pas que je ne vous aimais pas, mais…

Oh ! la situation était terriblement embarrassante. Si elle lui parlait des manigances de Kathleen, elle ne pourrait plus jamais le regarder dans les yeux.

— Je ne suis pas à l'aise avec les inconnus. J'ai besoin de temps.

Il l'observa un moment.

— Depuis que nous sommes arrivés, vous avez engagé la conversation avec presque tous les membres du personnel du motel. Si vous étiez plus chaleureuse, vous représenteriez un risque de réchauffement climatique pour la planète. J'ai rarement rencontré quelqu'un d'aussi liant que vous. Sauf avec moi.

Bon d'accord, son excuse n'était pas plausible. Martha éprouva un instant de désespoir.

— Vous ne comprenez pas… Kathleen a cette idée saugrenue… elle croit que j'ai besoin de son aide…

— De son aide ?

— J'ai vécu une rupture douloureuse.

— C'est-à-dire ?

— Eh bien, mon mariage a fini par un divorce parce que… il me trompait.

Elle s'empourpra. Pourquoi disait-elle cela à un inconnu ?

— J'avais besoin de m'éloigner de tout ça… aussi, j'ai choisi ce job. Et je ne sais comment, Kathleen a réussi à me faire parler. Elle est comme ça. Je lui ai tout raconté, et elle a échafaudé ce plan ridicule…

— Oui ?

— Elle veut me trouver un nouveau partenaire, pour que je reprenne confiance en moi. Je sais que c'est ridicule. Je le lui ai dit.

— Vous voulez dire une relation pour vous aider à rebondir ?

— Croyez-moi, ce n'est pas moi qui ai eu cette idée, répliqua Martha, les dents serrées.

— Je suis l'élu ?

Elle aurait dû le laisser partir.

— Elle trouvait que vous aviez du potentiel. Vous riez ? Je ne trouve pas cela drôle.

Josh enleva ses lunettes de soleil et se massa l'arête du nez.

— C'est donc pour cela que vous ne m'avez pas adressé la parole pendant le voyage, hier ?

— J'étais en colère. Frustrée. Et gênée, à l'idée que vous alliez comprendre. Et aussi un peu nerveuse, car je ne savais pas que vous étiez quelqu'un de bien, capable de trouver un médecin, un repas, une bonne bouteille de vin. Celle-ci m'a sauvé la vie, au fait. Et que vous étiez un type fantastique. Je ne sais pas ce que j'aurais fait, si vous n'aviez pas été là… Je n'aurais pas pu rattraper Kathleen. Elle se serait cogné la tête, aurait pu être gravement blessée.

— Cela fait beaucoup de soucis pour une seule personne, dit-il en lui pressant gentiment l'épaule. Tout ira bien. Vous avez entendu le médecin. La chaleur, le voyage, la déshydratation, le décalage horaire. Tout cela s'ajoute, surtout pour une personne de son âge.

— J'ai eu très peur. Mais vous avez été merveilleux. Je ne vous ai pas vraiment remercié hier soir, alors je le fais maintenant.

La main de Josh, chaude et solide, était toujours posée sur son épaule.

— Je vous en prie. Je suis content qu'elle aille mieux. J'espère que la suite du voyage se passera bien.

— Justement… si vous nous quittez maintenant, elle me le reprochera. Elle dira que je me suis débarrassée de vous. Cela augmentera son stress. Elle veut absolument reprendre la route aujourd'hui, alors puis-je vous demander de voyager avec nous ? Pendant encore une journée ?

C'était peut-être la dernière chose qu'il avait envie de faire, aussi ajouta-t-elle aussitôt :

— À moins que vous ne préfériez trouver des compagnons de voyage plus amusants. Surtout si vous n'avez pas pris de vacances depuis longtemps. Ce voyage doit être important pour vous, et je sais que je ne conduis pas très bien. Comme vous l'avez sans doute deviné, je n'ai pas beaucoup d'expérience. Mais si nous vous avions rencontré à Chicago, vous auriez eu encore plus de raisons d'être inquiet. J'ai fait beaucoup de progrès en quelques jours. J'espère être vraiment compétente quand nous atteindrons Santa Monica. Et maintenant, vous vous dites probablement que vous ne voulez pas risquer votre vie avec nous. Quelle ironie, en vérité. Dire que j'étais inquiète pour notre sécurité quand nous vous avons pris en stop, alors qu'en réalité c'est vous qui étiez en danger...

Il lui posa les doigts sur les lèvres, l'obligeant à mettre fin à ce flot de paroles.

— Hier vous n'avez pas desserré les dents, et aujourd'hui vous n'arrêtez plus de parler.

— Kathleen serait rassurée si vous restiez avec nous, et de plus nous allons dans la même direction.

Elle marqua une pause, et ajouta :

— Dites quelque chose.

— J'attendais que vous m'en laissiez l'occasion, rétorqua-t-il d'un air amusé.

— Vous allez nous accompagner ? Encore un jour. Après cela si vous en avez assez, je vous laisserai partir.

— Puis-je dire un mot ? J'ai une question.

Martha croisa les bras, un peu nerveuse.

— Allez-y.

— Pourquoi Kathleen a-t-elle pensé que je serais parfait pour vous ?

— Il faudra lui demander. Parce que vous êtes un homme et que vous avez les épaules larges ? Sa liste de critères ne m'a pas semblé très longue. Vous étiez aussi le premier qu'elle ait repéré dont l'âge convenait à son plan palpitant. Mais honnêtement, ne vous inquiétez pas. Elle peut échafauder tous les plans qu'elle veut, si cela l'aide à se rétablir, ça me va très bien. Vous savez la vérité maintenant, et je peux vous rassurer, vous ne craignez rien. Je ne suis pas du tout intéressée par une nouvelle relation. En réalité, j'ai pris ce job afin d'échapper à tout cela. Vous ne pouvez pas savoir à quel point j'apprécie de ne pas avoir de complications sentimentales dans ma vie.

Josh semblait pensif.

— Donc, vous ne la connaissez pas plus que ça ?

— Je l'ai rencontrée pour la première fois il y a moins d'une semaine.

Mais curieusement Martha avait l'impression de très bien connaître Kathleen. Elle lui avait dit des choses qu'elle n'avait jamais confiées à quiconque.

Pourquoi ?

Son regard se perdit sur la rivière proche. Kathleen s'intéressait à elle et ne la jugeait jamais. Pas une seule fois, avec elle, elle n'avait eu l'impression d'être une ratée.

— Vous êtes si à l'aise avec elle que j'ai cru que vous étiez sa petite-fille.

Le cœur de Martha se serra. En passant du temps avec Kathleen, elle avait pris conscience du vide que sa grand-mère avait laissé dans sa vie. Mais elle s'était aperçue aussi qu'il n'y avait rien d'anormal en elle. La cause de sa tristesse se trouvait parmi les gens qui l'entouraient. Sa famille. Steven. Elle ne serait jamais comme ils voulaient qu'elle soit, et elle n'en avait d'ailleurs aucune envie.

— Si je pouvais avoir une deuxième grand-mère, c'est elle que je choisirais.

Avec sa famille, elle était tout le temps sur ses gardes, se préparant intérieurement à un conflit. Elle ne leur parlait pas comme elle parlait à Kathleen.

Ce voyage lui permettait d'être elle-même, et elle ne s'était jamais sentie aussi heureuse. Josh sourit.

— Elle a de la chance de vous avoir trouvée. Et je comprends maintenant pourquoi vous êtes partie avec elle. Mais elle, pourquoi fait-elle ce voyage ?

— La Route 66 ?

Martha fit un effort pour se concentrer sur la conversation.

— C'était une grande voyageuse, bien sûr. Une pionnière. Mais vous le savez déjà. Je crois que la Route 66 était sur la liste des choses qu'elle avait envie de faire.

Cependant elle se demandait à présent si Ruth n'avait pas quelque chose à voir avec ce choix. Kathleen prétendait ne pas vouloir reprendre contact avec elle, mais elle se rendait en Californie, et elle se posait sûrement des questions.

Martha la relancerait peut-être sur le sujet. Mais elle ne voulait pas en discuter avec Josh.

— Vous partirez avec nous, tout à l'heure ?

— Avec plaisir.

Le soulagement la submergea, aussi rafraîchissant qu'une douche froide par temps de canicule.

— Merci, merci, merci !

— De rien. Je vais passer à la réception, et ensuite je vous aiderai à charger les bagages dans la voiture.

Elle avait envie de lui sauter au cou, mais après cette conversation elle craignait qu'il ne se méprenne sur le sens de ce geste. Aussi se contenta-t-elle de lui assener un coup de poing amical sur l'épaule.

— Oklahoma, nous voilà !

Kathleen ne s'était pas trompée sur la tonicité des muscles de Josh. Mais cela ne voulait pas dire qu'il l'intéressait, décida Martha en son for intérieur.

Pour une fois, elle éviterait de prendre une mauvaise décision !

15

Liza

— Il y avait dix-neuf ans que nous ne nous étions pas vues. C'est incroyable, non ?

Angie était assise sur la couverture de pique-nique, un chapeau à larges bords rabattu devant les yeux. Elles se séchaient après un bain glacial mais revigorant.

Allongée sur le dos, Liza regarda le ciel bleu, sans nuages. Pourquoi avait-elle mis si longtemps à se décider à prendre du temps pour elle ? Et quelle chance d'avoir pu s'échapper pendant une vague de chaleur !

Le jour précédent, après avoir parlé avec sa mère, elle était descendue à la plage et avait passé des heures à peindre et à dessiner. Au début, la feuille blanche l'avait intimidée. Elle avait même eu l'impression qu'elle l'accusait. Quand elle avait tracé quelques traits, sa main lui avait paru raide, hésitante. Elle avait l'habitude de guider, d'apprendre aux autres, et non plus de créer. Mais il n'y avait personne pour la voir, après tout. Par chance la plage était pratiquement vide, et personne n'avait été tenté de venir regarder par-dessus son épaule. Peu à peu, sa main s'était mise à bouger avec plus d'assurance, comme si elle se rappelait finalement comment faire. Elle était restée sur la plage jusqu'à ce que sa peau soit brûlée par le soleil. Puis elle avait remballé son matériel et était rentrée. Elle aurait pu s'installer dans n'importe quelle pièce de la maison pour continuer à peindre, mais elle avait cherché dans un tiroir de cuisine la vieille clé rouillée qui ouvrait la porte du pavillon, au bout du jardin. C'était devenu un débarras, mais autrefois c'était le refuge préféré de Liza.

La serrure était aussi rouillée que la clé, mais avec un peu d'huile et beaucoup de patience elle avait réussi à ouvrir la porte. Tous les souvenirs avaient resurgi. Cette pièce avait été au centre de tous ses jeux d'enfant, des histoires qu'elle imaginait pour passer le temps, pendant les longues semaines d'absence de sa mère. Elle avait été tour à tour une librairie, un hôpital, un bateau pirate. Et Liza était une enfant sauvage vivant dans les bois. Puis une princesse, une fée, une gentille sorcière.

Et aujourd'hui, elle était une artiste.

Stimulée par ce projet, elle chassa les toiles d'araignée, jeta les jardinières cassées, balaya l'épaisse couche de poussière qui recouvrait le sol, et lava les vitres afin de laisser la lumière entrer par les fenêtres. Après quelques heures de travail acharné, le débarras fut transformé en atelier d'artiste. Elle avait récupéré son vieux chevalet dans le garage de sa mère, et elle disposa ses peintures sur la table. Pastels, aquarelles, tubes de peinture à l'huile. Elle avait utilisé toutes sortes de supports autrefois, et elle avait hâte de recommencer. Elle décida de les essayer les uns après les autres, avant de fixer son choix sur celui qu'elle trouvait le plus passionnant.

Trop impatiente pour faire une pause, elle retourna à la maison et se prépara un sandwich avec le pain et le jambon qu'elle avait achetés chez le traiteur. Puis elle se servit un verre de vin blanc, et emporta ce repas frugal dans le pavillon.

Les fenêtres étaient ouvertes, et elle entendait le chant des oiseaux dans le jardin et les bêlements des moutons dans le champ qui s'étendait derrière la maison.

Elle peignit jusqu'à ce qu'il n'y ait plus de lumière, absorbée par sa propre création. Enfin, elle ferma la porte à clé, regagna la maison, et pensa à regarder son téléphone.

Elle avait manqué deux appels de Sean. Et Caitlin avait envoyé un message pour lui demander combien de temps on pouvait garder un paquet de jambon une fois qu'il était ouvert.

Bientôt, songea-t-elle. Bientôt elle leur parlerait de ce qu'elle ressentait, mais pour le moment elle voulait se concentrer sur elle-même.

Elle s'était endormie, épuisée mais heureuse.

Et maintenant elle était sur la plage avec sa plus vieille amie. Comment avait-elle pu la perdre de vue ? Comme tant d'autres choses dans sa vie, cela s'était fait graduellement, sans qu'elle s'en aperçoive. Et un jour, leur amitié s'était éteinte. Était-ce ce qui était arrivé à Ruth et Kathleen ?

— Je n'arrive pas à croire que ça fait aussi longtemps.

Elle allongea les jambes. Elle portait un short et un T-shirt, et ses jambes étaient nues. Pour la première fois depuis une éternité, elle n'avait pas un seul souci en tête. Pas de petite voix lui soufflant qu'elle avait mille choses à faire. C'était parfait. Car tout ce qu'elle avait envie de faire, c'était de rester allongée au soleil et d'écouter les vagues se briser sur le rivage. Elle espéra que la chaleur allait durer quelque temps.

— C'était à notre mariage.

— Je sais. Et votre anniversaire a eu lieu il y a quelques jours. C'est incroyable comme le temps passe.

Comment une amie qu'elle n'avait pas vue depuis presque vingt ans pouvait-elle se rappeler son anniversaire de mariage, alors que son mari en était incapable ?

— Il faisait chaud, tu te souviens ? Mon maquillage coulait.

Angie ôta son chapeau et s'allongea à côté d'elle.

— Je me rappelle chaque minute de cette journée. Tu étais très belle. Je n'avais jamais autant envié quelqu'un dans ma vie.

Liza se tourna vers elle.

— Pourquoi m'aurais-tu enviée ?

— Parce qu'aucun homme n'avait jamais posé sur moi le même regard que Sean sur toi.

Le cœur de Liza tressauta.

— C'était notre mariage. Tous les hommes regardent leur femme comme ça ce jour-là.

— Pas du tout. Il ne te regardait pas parce que ta robe était jolie, ou quelque chose comme ça. Son regard disait que tout ce qu'il avait toujours désiré dans la vie se trouvait juste devant lui. C'était le genre de regard qu'on décrit dans les romans d'amour, mais qu'on voit rarement dans la vraie vie.

Angie soupira.

— Sean était incroyablement sexy. Un mélange d'intelligence et de muscles… un cocktail de folie. Les femmes se mettaient en quatre pour attirer son attention, et il ne voyait personne d'autre que toi. C'était un mariage exceptionnel. Tu comprends que ce genre de couple résistera au temps et restera toujours uni. Qui ne rêve pas d'un tel mariage ?

Liza fut submergée par un accès de tristesse et de nostalgie. Angie n'avait pas tort. Le seul souvenir qu'elle gardait de cette journée, c'était Sean. Et elle n'avait pensé qu'à lui, au cours des années suivantes. Au début, elle était étourdie de bonheur, elle ne parvenait pas à croire à sa propre chance. Et même lorsque l'euphorie du début s'était dissipée, elle avait toujours été parfaitement satisfaite de sa vie.

Ils avaient fêté les meilleurs moments, surmonté ensemble les moins bons. Ils avaient ri, s'étaient embrassés, avaient parlé, écouté, fait l'amour, et formé des plans pour l'avenir. Ils avaient une longue et belle histoire en commun. Mais, quelque part en chemin, la vie avait fait des entailles dans les liens qui les unissaient. Ils avaient oublié comment être un couple. Que s'était-il passé ?

— C'est dommage pour toi que Sean n'ait pas pu venir. Mais c'est une chance pour moi.

Angie s'assit et chassa le sable collé à ses jambes. Liza se sentit coupable de ne penser qu'à elle.

— Je ne savais même pas que tu étais revenue vivre ici.

— Cela fait seulement six mois, et je ne sortais pas beaucoup au début. J'étais trop occupée à pleurer sur mon sort. Tu connais la vie de village, je ne voulais pas que les gens me posent des questions.

— Comment a réagi Poppy ?

— Elle était mortifiée d'apprendre que son père avait une liaison. Les adolescents n'ont pas envie de penser que leurs parents ont une vie sexuelle. De plus, la nouvelle femme de son père était plus proche de son âge que du mien. Elle ne lui a plus parlé pendant des mois. C'était dur, car j'essayais de faire ce qu'il fallait, et de ne jamais lui dire du mal de lui. J'ai tellement serré les dents que je les ai usées.

Angie prit de la crème solaire dans son sac, et l'étala sur ses jambes.

— Nous avons réussi à nous en sortir. Poppy avait obtenu une place en faculté sur la côte Est, mais elle est revenue à la maison pour Noël. Et en février, John a annoncé qu'ils allaient avoir un bébé.

— Oh ! Angie…

Liza se pencha pour la serrer dans ses bras.

— Cela m'a fait mal. Ce qui est ridicule, car je ne l'aurais jamais repris, même s'il m'avait suppliée. Mais n'en parlons plus. Raconte-moi plutôt ta vie. Sean est devenu un grand architecte ? Vous vivez dans une maison extraordinaire à Londres, avec des parois de verre partout ?

Liza enfouit le bout de ses pieds dans le sable.

— La maison n'est pas extraordinaire, mais Sean a su tirer parti de l'espace. Il a fait une extension pour la cuisine il y a quelques années, et oui, nous avons beaucoup de parois de verre. Cela fait une grande pièce familiale qui donne sur le jardin.

— Et vous êtes toujours mariés et heureux. Tu vois ? Je le savais.

Huit signes que votre mariage bat de l'aile.

Comment pouvait-elle en parler à Angie, alors qu'elle n'avait pas encore abordé le sujet avec Sean ?

C'est à lui qu'elle devait parler. Et elle allait le faire.

— Liza ?

La voix d'Angie la ramena à l'instant présent.

— Désolée. J'étais ailleurs.

— Tu rêvais de Sean, dit Angie. C'est bien de savoir que l'absence renforce l'attachement, même après vingt ans de mariage. Quand va-t-il te rejoindre ? J'aimerais bien le revoir.

— Nous n'avons rien décidé. Il a un projet important en cours, et il a du mal à s'échapper. Et les filles ont des activités…

C'était une partie de la vérité, et elle ne voulait pas en dire davantage.

— Vous êtes un couple modèle. Tu sais ce qui est fou ? En dépit de tout, je rêve de rencontrer de nouveau quelqu'un de spécial.

— C'est bien.

Liza n'était pas sûre d'être un modèle. Elle ne pouvait pas laisser son amie croire que son mariage était parfait.

Angie enfila ses sandales.

— Après tout ce qui s'est passé, je devrais être amère et en vouloir à tous les hommes. Mais honnêtement, ce n'est pas ce que je ressens. La vie est trop courte et trop précieuse pour perdre du temps à ruminer sa rancune. Et je n'ai pas vraiment besoin d'être avec quelqu'un. Je suis indépendante financièrement, j'ai une maison. Elle est petite, mais elle est à moi. J'ai des amis, un job, des distractions. Je pourrais rester célibataire. Mais je préférerais partager ma vie avec quelqu'un qui m'aime, et que j'aime. Je voudrais quelqu'un qui s'intéresse à moi, qui se soucie de ce que je fais dans la journée.

Liza déglutit. C'était aussi ce qu'elle voulait.

Elle pensa à Finn, à ce qu'elle avait ressenti quand il l'avait écoutée. La communication était primordiale dans un couple, et au fil des ans Sean et elle avaient cessé de communiquer. Sauf sur des sujets superficiels.

— Je suis sûre que tu trouveras ce que tu cherches.

— Peut-être. N'aie pas l'air aussi inquiète, Liza. Ma vie sentimentale est désastreuse, mais ce n'est pas contagieux. Sean et toi formez le couple le plus solide que j'aie jamais vu.

Liza se leva brusquement.

— Il fait chaud, et nous sommes en train d'attraper un coup de soleil. Retournons à la maison.

Angie se leva à son tour.

— Je pourrais t'inviter à dîner vendredi soir, qu'en penses-tu ?

Vendredi, Finn venait dîner au cottage. Liza n'avait pas l'intention d'en parler à Angie. Ne serait-ce que pour respecter la vie privée de Finn.

— Je ne suis pas libre vendredi. Pourquoi pas demain ?

— D'accord pour demain.

Angie prit son sac, et elles traversèrent la plage pour gagner le sentier qui passait à travers champs et aboutissait à Oakwood Cottage.

— Sais-tu que Finn Cool habite par ici ?

— Mmm ?

Liza ne savait pas se montrer évasive. Comment faisait Kathleen ?

— Poppy était déchaînée, quand elle l'a appris. J'espère toujours tomber sur lui au supermarché, mais je suppose qu'il a du personnel et ne fait pas partie des humains normaux.

Finn s'était pourtant montré très amical, et avait aidé sa mère.

— Ce doit être difficile de mener une vie normale, pour un personnage très médiatisé.

Elles arrivèrent à la maison, et Angie fureta dans son sac, à la recherche de ses clés de voiture.

— Tu as sans doute raison. Mais si jamais tu le vois, pense à lui dire que je suis célibataire.

Elle ouvrit la portière en riant, et jeta son sac sur le siège.

— Merci pour le pique-nique, Liza. C'était génial.

Liza lui fit un signe de la main et se précipita dans son atelier, impatiente de se remettre au travail.

L'après-midi passa sans qu'elle s'en aperçoive, et ce fut la faim qui la poussa à rentrer à la maison.

Ses cheveux étaient raidis par l'eau de mer et elle avait envie de prendre une douche. Mais auparavant elle voulait regarder quelques épisodes de *Destination Happy End*.

Après avoir grignoté rapidement, elle alla prendre la clé dans la chambre de sa mère et ouvrit la porte du bureau.

Il ne restait plus un seul espace de libre dans la pièce. Deux murs étaient couverts du sol au plafond par des étagères. Les autres étaient tapissés de grandes cartes géographiques. Deux larges fenêtres laissaient entrer la lumière, révélant une poussière abondante. Sur le bureau s'entassaient des dizaines de cartes, de guides de voyage et des documents divers.

Et là, bien en évidence, se trouvait son prix d'art plastique.

Sa mère l'avait enlevé de sa chambre pour le mettre dans le bureau, où elle pouvait le voir tous les jours.

L'émotion lui gonfla le cœur. Elle ne savait pas. Elle n'entrait jamais dans cette pièce.

Elle posa les doigts sur la coupe, en songeant au jour où elle avait vu sa mère applaudir bruyamment dans la salle pendant la remise des prix.

Elle aurait tellement voulu que sa mère soit plus démonstrative, mais parfois les gestes comptaient plus que les paroles. Elle n'aurait pas gardé ce prix si elle n'avait pas été fière d'elle, n'est-ce pas ?

Liza inspecta les étagères. Elle trouva les guides de voyage, mais ne vit pas les DVD. Élargissant sa recherche, elle ouvrit un grand tiroir du bureau. Ils étaient rangés là.

Elle les sortit et allait refermer le tiroir quand elle vit quelque chose scintiller. Elle regarda au fond du tiroir, et trouva une bague. La pierre était énorme. Ce ne pouvait pas être un vrai diamant, n'est-ce pas ?

Elle prit la bague délicatement. Celle-ci était sûrement fausse.

Était-ce juste une belle imitation ?

Elle la retourna au creux de sa main.

Qui l'avait offerte à sa mère ? Sa bague de fiançailles était ornée d'une émeraude, et elle ne la quittait jamais.

Celle-ci était oubliée au fond du tiroir, sous une pile de papiers attachés par une ficelle.

Liza regarda de plus près. Ce qu'elle avait pris pour des papiers étaient en fait des lettres. Elles venaient de Californie et avaient été postées à intervalles réguliers depuis les années 1960. Sa mère devait avoir une vingtaine d'années quand elle avait reçu la première.

Pourquoi ne les avait-elle pas ouvertes ? Y avait-il une raison pour que les lettres et la bague soient rangées ensemble, ou bien n'était-ce qu'une simple coïncidence ?

Son téléphone se mit à sonner, et elle sursauta, manquant laisser tomber le paquet de lettres.

Elle passa la bague à l'un de ses doigts, rangea les lettres dans le tiroir, et sortit en refermant la porte à clé. Alors seulement, elle répondit au téléphone.

C'était Sean.

— Je t'ai appelée toute la journée. Où étais-tu ?

— Je suis sortie. J'avais oublié mon téléphone.

— Tu ne l'oublies jamais.

Ces temps-ci, elle faisait beaucoup de choses qu'elle ne faisait pas en temps normal.

— J'étais occupée.

Elle s'assit au bord du lit de sa mère. La bague lui paraissait lourde. Cela signifiait-il que la pierre était vraie ? Si c'était le cas, elle devait avoir de la valeur. Mais sa mère elle-même n'aurait jamais laissé une bague de valeur traîner au fond d'un tiroir.

— Occupée à quoi ? s'enquit Sean d'un ton las. Caitlin est folle de rage. Elle a voulu laver sa chemise blanche, qui apparemment est précieuse, et j'avais oublié un chiffon rouge au fond de la machine.

266

Liza regarda un pivert se poser sur une branche du pommier.

— Je lui ai toujours dit de vérifier que la machine était vide, avant d'y mettre son linge.

— Eh bien apparemment c'est ma faute, j'aurais dû faire attention. Les filles sont épuisantes. Le fer à lisser les cheveux d'Alice est cassé, et c'est un drame. J'ai essayé de leur faire remarquer que ce n'était pas une crise majeure, mais on m'a claqué la porte au nez en me disant que je n'y comprenais rien. Il y a une telle odeur de laque et de parfum dans la salle de bains que c'est irrespirable. Quand comptes-tu revenir ? Popeye va encore avoir besoin de toi longtemps ?

— Je ne reste pas pour Popeye, je reste pour moi. J'ai besoin de faire un break.

C'était la première fois qu'elle admettait que quelque chose n'allait pas.

— Un break ? Telle que je te connais, tu n'as pas dû arrêter de travailler depuis que tu es arrivée.

La connaissait-il vraiment ? Ou pensait-il qu'elle était la Liza qu'il avait toujours connue ? Personne ne traversait la vie sans changer, n'est-ce pas ? Des événements surve-naient. La vie vous formait. Chaque expérience apportait sa petite transformation. Quand vous étiez avec quelqu'un depuis longtemps, vous ne voyiez peut-être pas la nouvelle personne qui avait émergé au fil des ans. Il était important de continuer à communiquer. De continuer à écouter.

Mais elle ne l'avait pas fait avec sa mère.

Elle avait décidé que la maison était trop grande pour Kathleen, et qu'il valait mieux qu'elle déménage. Elle ne lui avait pas demandé ce qu'elle préférait, elle ne l'avait pas écoutée. Elle avait suivi une idée qui lui semblait raisonnable, sans même consulter la personne qui était intéressée.

Elle avait cru connaître sa mère. Mais ces lettres non ouvertes, et cette bague dans le tiroir, lui faisaient comprendre qu'elle ignorait beaucoup de choses à son sujet. Cependant, elle ne lui avait jamais posé de questions. En fait, elle ne représentait qu'une partie de la vie de sa mère.

Liza avait cru avoir toutes les réponses, mais elle se rendait compte qu'elle n'avait pas posé les bonnes questions.

En proie à un sentiment de culpabilité, elle se leva et alla à la fenêtre.

— Je n'ai pas fait grand-chose dans la maison.

À part trouver quelque chose qu'elle n'était pas censée voir.

— Nous ferons venir des professionnels pour débarrasser la maison, quand elle se décidera à vendre.

Liza regarda les fleurs multicolores dans les pots du patio. L'endroit était idyllique. L'idée de ne plus jamais se tenir dans cette pièce, de ne plus courir à travers champs pour atteindre la mer, de ne plus sentir l'air marin sur sa peau le soir, lui parut désespérante.

— Je ne crois pas qu'elle devrait vendre.

— Vraiment ? Pourquoi as-tu changé d'avis ?

— J'ai eu le temps de réfléchir.

À beaucoup de choses.

— Tant mieux. Ta vie est une course folle. C'est une chance que nous partions en France dans deux semaines. Tu pourras te reposer.

Vraiment ?

— Ces vacances en France représentent beaucoup de travail pour moi, Sean.

— Qu'est-ce que tu racontes ? Ce sont de merveilleuses vacances en famille, nous y allons depuis des années. Tu adores cela. C'est l'occasion de te détendre.

Il était temps de dire au moins une partie de la vérité.

— Tu pourras te détendre, parce que je serai là pour tout organiser. Quant à moi, je me détends environ deux heures par jour, pendant que vous allez vous baigner. Ici j'ai du temps pour moi. Un temps illimité. Donc, je vais rester encore un peu.

C'était la première fois qu'elle pensait à ce qu'elle allait faire les jours suivants.

— J'ai certaines choses à régler.

Il y eut un silence.

— Tout va bien, ma chérie ?

L'espace d'une seconde, elle eut le souffle coupé. Cette voix douce et chaleureuse ressemblait à celle du Sean d'autrefois. C'était l'occasion de lui dire la vérité. D'être franche. Mais était-ce le genre de conversation qu'ils pouvaient avoir par téléphone ?

Non. Ils devaient parler en tête à tête. Elle lui ouvrirait son cœur. Mais pas tout de suite.

— Je suis fatiguée.

— Après avoir passé la semaine avec les jumelles, sans aide, je comprends, répondit-il, pince-sans-rire. Il me faudra au moins un mois pour m'en remettre. Et toi ? Si tu n'as pas nettoyé la maison, qu'as-tu fait ?

Elle songea à Finn. À sa virée dans les boutiques. À sa peinture.

Pour une raison qu'elle ne comprenait pas elle-même, elle ne se sentait pas prête à en parler à Sean. Ses yeux se posèrent sur les DVD.

— J'ai essayé d'en apprendre un peu plus sur ma mère. Je n'ai pas assez prêté attention à elle, à ce qu'elle veut. Je vais regarder ses vieilles émissions.

Elle ne dit pas un mot au sujet des lettres qu'elle venait de trouver. Et elle ne parla pas non plus de sa peinture.

— J'ai rencontré Angie par hasard.

— Ta vieille amie Angie ? Celle qui était à notre mariage ? Que fait-elle en Cornouailles ?

— Elle a divorcé, et est revenue habiter ici. Nous avons pique-niqué sur la plage aujourd'hui.

Elle se garda de préciser qu'Angie les considérait comme un couple modèle.

— C'est bien. Je dois te laisser. J'ai promis à Caitlin d'essayer de sauver sa chemise blanche.

Ils recommençaient à parler de la vie de tous les jours et des enfants. Pas d'eux-mêmes. Mais Sean lui avait demandé si elle allait bien. Il l'aimait assez pour s'enquérir de sa santé.

Liza pensa à ce qu'Angie avait dit sur le jour de leur mariage, et elle éprouva une soudaine angoisse. Ils avaient été si heureux. Des larmes lui piquèrent les yeux.

— Sean…

— Amuse-toi bien. Je te téléphonerai demain.

Résistant à l'envie de le rappeler, Liza alla déposer la bague dans le tiroir du bureau, et descendit dans le salon avec les enregistrements.

Elle se prépara une infusion avec la menthe fraîche du jardin, glissa un DVD dans l'appareil, et se pelotonna sur le canapé.

Elle avait commencé par la toute première émission.

Destination Happy End avait été une des premières émissions de voyages, et les producteurs avaient été eux-mêmes surpris par son succès. La série s'était poursuivie pendant près de vingt ans, avec Kathleen en présentatrice vedette.

Liza vit sa mère telle que les autres la voyaient sans doute. Vibrante d'enthousiasme, avide de découvertes, explorant ce que le monde avait à offrir, pour le partager ensuite avec un public toujours plus large.

L'émission avait vieilli, bien sûr. Dans d'autres circonstances elle aurait été amusée par les tenues vestimentaires, le langage et les lieux qu'ils avaient choisis. Mais, même maintenant, il y avait dans chaque épisode une énergie qui expliquait le record d'audience que l'émission avait connu. Elle était ambitieuse, et cependant très accessible pour le grand public. Sa mère avait une telle façon de s'adresser aux spectateurs que vous aviez l'impression d'être à ses côtés, que vous voyagiez et riiez avec elle.

Kathleen n'avait pas beaucoup changé. Certes elle avait des rides, et ses cheveux étaient plus courts, mais il y avait toujours la même flamme dans ses yeux bleus, et le même dynamisme.

Comment avait-elle pu croire une minute que sa mère serait heureuse dans une résidence pour seniors ?

Liza regarda plusieurs épisodes, puis alla prendre les albums de photos sur les étagères. Elle les empila sur le sol à côté du canapé et les feuilleta un par un.

Les clichés retraçaient la vie de sa mère, de l'enfance jusqu'à l'université, et ses vingt ans. Cette partie-là intéressait Liza.

Quand elle tomba sur la photo de Ruth, elle marqua une pause. Ruth et sa mère avaient été très proches. Pourquoi s'étaient-elles perdues de vue ?

C'était ce qui s'était passé avec Angie. La vie les avait séparées, et elles n'avaient pas fait d'efforts pour se retrouver. Il en allait certainement de même pour Ruth et sa mère.

Les lettres avaient été postées en Californie. Cela signifiait-il qu'elles avaient été envoyées par Ruth ?

Elle reposa les albums, en pensant à Sean et elle.

Toutes les relations ne se terminaient pas de façon abrupte. Pour certaines, la rupture suivait un lent processus. Dans un sens c'était plus dangereux, car cela pouvait passer inaperçu dans le tourbillon de la vie.

Elle se sentit coupable de ne pas avoir dit à Sean de la rejoindre. Et encore plus coupable de reconnaître qu'elle n'avait pas envie qu'il vienne la retrouver.

Elle aimait la vie de famille. Sa famille était tout pour elle.

Et pourtant, il y avait longtemps qu'elle n'avait pas été aussi heureuse qu'en ce moment.

Seule.

Qu'est-ce que ça signifiait ?

16

Kathleen

Oklahoma-Amarillo, Texas

Kathleen était assise sur la banquette arrière, les yeux protégés par des lunettes de soleil. La journée était chaude, et Martha avait insisté pour garder le toit fermé. Avec la climatisation, la température dans la voiture était idéale.

Kathleen contempla le paysage.

À quoi avait ressemblé la Route 66 à son apogée ? Qu'avaient vécu les gens qui l'avaient empruntée au début du XXe siècle ? Ils n'avaient pas bénéficié d'un tel confort, c'était certain.

— Vous vous sentez bien, Kathleen ?

Martha lui lança un coup d'œil dans le rétroviseur, et Kathleen lui adressa un sourire rassurant.

— Je ne me suis jamais sentie aussi bien.

En réalité, elle avait déjà été en meilleure forme. Mais Martha était si anxieuse que si elle avait avoué ce qu'elle ressentait elle aurait dû faire face à un flot de questions auxquelles elle était incapable de répondre. Elle n'avait jamais été encline à partager ses sentiments. Et comment partager quelque chose qu'elle ne comprenait pas elle-même ?

Son étourdissement l'avait secouée. Et si sa dernière heure était arrivée ? Elle serait morte sans savoir ce que contenaient ces lettres. Ce qui aurait peut-être été une bonne chose, car leur contenu aurait pu la bouleverser.

Les événements de ce lointain été l'avaient façonnée. Elle avait dû prendre la plus dure décision de sa vie, en pensant avoir fait ce qu'il fallait. Mais ces lettres la détromperaient peut-être ? Elle ne le saurait jamais si elle ne les ouvrait pas.

Elle aurait dû les détruire. Car s'il lui arrivait quelque chose pendant ce voyage, quelqu'un d'autre les ouvrirait.

Elle essaya d'imaginer. Des mains déchirant les enveloppes. La curiosité. Peut-être le choc. Les révélations. Ces mains seraient probablement celles de Liza, qui n'envisagerait pour rien au monde de les jeter sans les avoir lues, au cas où leur contenu aurait été important. Son sens des responsabilités en serait contrarié.

Les secrets du passé de Kathleen seraient exposés, sans qu'elle ait le moindre contrôle sur la situation. Ils révéleraient une image d'elle qu'elle ne connaissait pas encore. Et quoi que disent ces lettres, elles n'étaient qu'une toute petite partie de l'histoire.

Kathleen connaissait le début de cette histoire, mais elle ignorait la fin. Les issues possibles étaient nombreuses. Le seul moyen d'en avoir le cœur net était d'ouvrir les lettres.

Cette pensée la mit mal à l'aise, et elle changea de position dans le siège de cuir.

Brian était le seul à connaître la vérité. Il était la seule personne avec laquelle elle avait tout partagé. Même s'il avait dû faire preuve de douceur et de patience pour la mettre en confiance.

Son cœur se serra. Comme il lui manquait. Son humour désabusé. Ses manières tranquilles, ses conseils avisés. Cela faisait cinq ans qu'il était parti, mais il lui arrivait encore de tourner la tête sur son oreiller, la nuit, pour lui parler.

Elle ne s'était jamais confiée à qui que ce soit, en dehors de Brian. Même pas à Liza. Elle s'était préservée pendant si longtemps qu'elle n'avait jamais pu briser cette habitude.

Jusqu'à maintenant.

Elle éprouva un sentiment de culpabilité à l'idée d'en avoir plus révélé sur son passé à Martha qu'à sa fille.

Martha et Josh étaient engagés dans une grande conversation, essayant de décider où ils s'arrêteraient pour déjeuner et ce qu'ils choisiraient dans le menu.

— Poisson-chat frit et croquettes de pommes de terre, déclara Josh.

Martha fit la grimace.

— La bonne vieille nourriture de l'Oklahoma, reprit Josh. Le poisson est recouvert de semoule de maïs et frit. C'est délicieux.

Martha secoua la tête.

— Je ne suis pas convaincue. Pour être honnête, je ne raffole pas du poisson. Et le poisson-chaton ne me fait pas envie.

— Et pourquoi pas un burger à l'oignon ? Les gens remplaçaient la viande par de l'oignon pendant la grande dépression de 1929. C'est ainsi qu'ils ont créé le burger le plus délicieux qui existe.

— Cela me paraît plus appétissant que le poisson-chat.

— Je prendrai le poisson, et je vous le ferai goûter. Il faut toujours essayer au moins une fois.

— C'est ce que je pensais pour le mariage, et regardez ce qui est arrivé.

— Vous conduisez pour la première fois sur la Route 66, et ça se passe plutôt bien, non ?

Kathleen vit Martha sourire.

L'incident de la veille avait créé un lien de camaraderie entre eux. Apparemment son étourdissement avait été bien plus efficace pour les rapprocher que toutes ses manigances maladroites.

Oh ! comme elle se rappelait le temps du flirt, la tension sexuelle, l'anticipation. Sa vie était peut-être un gâchis, mais pour Martha il y avait encore de l'espoir. Cette idée la revigora.

Elle se concentra sur elle, dans l'espoir d'oublier son propre désarroi.

— Comment vous sentez-vous, Kathleen ?

Martha la regarda dans le rétroviseur. Cela faisait au moins dix fois qu'elle lui posait la question depuis qu'ils avaient quitté le motel.

— Je suis vivante. J'ai pris mon pouls pour m'en assurer. Vous pouvez continuer de rouler.

— Je vous retrouve ! s'exclama Martha en souriant. Vous n'êtes pas de mon avis, Josh ?

— Oui. Si vous voulez vous arrêter…, dit-il en se retournant.

— Je vous le ferai savoir.

Le cher garçon. Quoique le mot « garçon » ne soit pas le plus approprié. Josh était un homme, et un beau spécimen, avec ça !

Comme Martha, elle était soulagée qu'il ait décidé de voyager encore un peu avec elles. Et pas seulement parce qu'elle espérait que ça se termine par une jolie aventure entre Martha et lui. Josh avait montré qu'il était calme et efficace.

Par certains côtés, il lui rappelait un peu Brian. Bien qu'il semblât doté de l'ambition qui avait cruellement manqué à son mari.

Cela ne l'avait pas gênée. Elle avait eu assez d'ambition pour deux.

Après Adam, elle n'avait jamais voulu devenir trop proche de qui que ce soit, et sa profession lui avait facilité la vie. C'était peut-être pour cette raison qu'elle avait choisi ce métier. Car même avant *Destination Happy End* elle avait voyagé pour son travail.

Et voilà, elle recommençait. Elle revenait sur le passé.

C'était peut-être une des caractéristiques de l'âge. Le passé vous semblait plus important que l'avenir.

Ils s'arrêtèrent pour déjeuner dans un restaurant au bord de la route, et Kathleen s'aperçut qu'elle n'avait pas faim.

Naturellement, cela n'échappa pas à Martha.

— Vous n'avez pas d'appétit ? Il faut manger.

— J'ai pris un bon petit déjeuner.

— Vous prenez tous les jours un bon petit déjeuner, et cela ne vous empêche pas d'avoir faim à midi. Voulez-vous que je commande autre chose ?

Martha était visiblement décidée à l'entourer d'attentions, et Kathleen lui adressa un regard de réprimande qui ne fut d'aucun effet sur elle.

— Si j'ai envie d'autre chose, je peux le commander moi-même.

— Je sais.

Martha, qui ne se laissait pas facilement impressionner, lui fit un grand sourire.

— Mais je voulais vous éviter cette peine.

Kathleen picora dans son assiette de salade pour éviter une discussion. Josh s'excusa et partit aux toilettes, et Martha se pencha par-dessus la table.

— J'ai eu une idée.

— Cet aveu doit-il m'inquiéter ?

— Vous pourriez demander à Liza d'ouvrir les lettres. Ainsi, vous saurez ce qu'elles contiennent.

Elle fut troublée de constater que l'esprit de Martha avait suivi le même chemin que le sien.

— Et donc, elle le saurait aussi.

— Quel mal y a-t-il à cela ? Pourquoi ne pas partager cela avec elle ? Vous m'avez dit que vous n'étiez pas proches. Mais j'ai l'impression que vous voudriez que cela change. Elle appréciera peut-être que vous la sollicitiez. Cela vous rapprochera.

Ou bien, l'inverse se produirait.

— Si j'avais voulu ouvrir ces lettres, je l'aurais fait.

— Vous ne vouliez pas les ouvrir, j'ai bien compris. Vous deviez être furieuse contre Ruth. Vous vouliez oublier toute cette histoire. Mais les choses changent, n'est-ce pas ? Si vous me demandiez maintenant si je veux épouser Steven, je vous dirais que c'est hors de question. Mais il y a eu un moment où j'ai voulu le faire, c'est évident. Les gens ont le droit de changer d'avis.

Ce n'était pas cela. Pas du tout.

Kathleen se sentit frémir intérieurement.

Martha ne savait pas.

Elle ne comprenait pas pour quelle raison elle n'avait pas ouvert ces lettres. Ce n'était pas dans un esprit de revanche puéril, ni même pour enterrer le passé. En réalité, elle avait eu peur de ce que ces lettres pouvaient contenir.

Et donc, elle avait toujours peur.

Martha pensait qu'elle devrait les lire, mais elle ne connaissait qu'une infime partie de l'histoire. Ce que Kathleen lui avait confié.

— J'apprécie votre sollicitude.

— Mais vous voulez que j'arrête de parler, répondit Martha avec un sourire conciliant. Je ne veux pas que vous soyez inquiète, c'est tout. Et vous vous inquiétez, même si vous refusez de l'admettre.

— Je ne vois pas pourquoi vous pensez cela.

— Vous ne parlez pas. Et vous avez cessé de me pousser dans les bras de Josh.

— Je considère avoir fait tout ce que je pouvais. Si vous ne voyez pas quelle merveilleuse opportunité Josh représente, je ne vois pas ce que je peux faire de plus pour vous convaincre.

— Je ne veux pas de nouvelle expérience, Kathleen. Mais je reconnais que c'est bien de l'avoir avec nous.

La veille, Martha n'avait pas adressé un mot à Josh. Aujourd'hui, elle était redevenue elle-même et n'avait pas arrêté de bavarder avec lui. Parfois, il fallait un peu de temps pour s'habituer à une idée, songea Kathleen. Planter une graine, l'arroser, et la regarder pousser.

Josh revint à table. Martha et lui se chamaillèrent aussitôt au sujet du dessert.

Adorable, songea Kathleen.

Elle s'efforça de rejeter toute pensée concernant Ruth au fond de son esprit. Mais le souvenir de son ancienne amie planait au-dessus d'elle comme un nuage sombre cachant le soleil, et laissant présager un changement de temps.

Elle pouvait continuer d'ignorer ces lettres. Elle n'était pas obligée de les lire.

Mais Liza risque de le faire à ma place.

Si seulement elle avait su ce qu'elles contenaient. Elle aurait pu décider si leur lecture était nécessaire ou non.

Cette pensée était si absurde qu'elle rit tout haut.

— Qu'y a-t-il de drôle ? s'enquit Martha en levant le nez du menu.

— Rien.

Martha commanda une glace, et Josh fit de même.

— Quel était le plat préféré de Brian, Kathleen ? demanda Martha en rendant la carte au serveur. Vous cuisinez bien ?

— Je suis une cuisinière exécrable. Brian ne débordait pas de talent non plus dans ce domaine. Liza était la seule à être douée pour cela. Elle l'est toujours. Elle considère la cuisine comme un art. Tout ce qu'elle dispose dans l'assiette est joli.

Avait-elle déjà félicité sa fille pour ses talents de cuisinière ? Le jour où Liza s'était précipitée au cottage avec une cocotte, après l'accident de Kathleen, l'avait-elle remerciée ? Il lui semblait se rappeler qu'elle avait été agacée et assez peu aimable.

Liza avait dû la trouver ingrate et mal élevée. C'est seulement maintenant, avec du recul, qu'elle comprenait son attitude. Elle était terrifiée. Terrifiée à l'idée qu'ils l'obligent à vendre la maison, pour emménager dans une résidence spécialisée. Terrifiée aussi que cela soit, en fin de compte, la meilleure solution.

Le cottage était le cadeau le plus merveilleux que Brian lui avait offert. En plus de son amour.

Quand elle avait enfin accepté de l'épouser, il l'avait emmenée se promener à Oakwood et s'était engagé dans l'allée.

J'ai trouvé une maison où il n'y aura rien entre la mer et toi.

Le fait qu'il ait compris son besoin d'indépendance et de liberté avait fini de la persuader qu'elle avait pris la bonne décision. Elle détestait l'idée de rester toujours au même endroit, mais elle était tombée amoureuse de ce cottage au bord de l'océan. Il lui donnait l'impression d'être toujours sur le point de partir en voyage. De pouvoir hisser les voiles d'une minute à l'autre.

Pourquoi ne l'avait-elle pas dit ? Pourquoi n'avait-elle pas expliqué à Liza qu'elle avait peur ?

Parce qu'elle avait toujours tenu ses distances. C'était sa façon de vivre.

Lors de leur dernière conversation par téléphone, Liza lui avait dit qu'elle l'aimait. Qu'avait-elle répondu ? Elle n'avait pas dit qu'elle l'aimait aussi, alors qu'elle adorait sa fille. Elle lui avait dit simplement : « je sais ».

Liza l'aimait tant qu'elle n'avait pas renoncé à le lui dire.

Le cœur de Kathleen se serra douloureusement. Il fallait qu'elle change. Elle allait s'améliorer.

Elle regarda Martha plonger sa cuillère dans la glace au chocolat de Josh, tandis qu'il goûtait son sorbet à la fraise.

Partager. Le partage était essentiel dans une relation. Il ne suffisait pas de dire à Liza qu'elle l'aimait. Elle devait le lui prouver. Les actes étaient plus importants que les mots. Même si les mots comptaient aussi, bien sûr.

Elle devait montrer à Liza qu'elle avait confiance en elle et qu'elle accordait de la valeur à son opinion.

Elle connaissait une excellente façon de le faire.

Il suffisait de demander à sa fille de lire les lettres de Ruth. Il fallait qu'elle soit honnête sur son passé.

17

Martha

Amarillo-Santa Fe, Nouveau-Mexique

Martha jeta un coup d'œil dans le rétroviseur. Ils avaient passé la matinée à explorer le quartier historique d'Amarillo. Maintenant, Kathleen dormait sur la banquette arrière tandis qu'ils se dirigeaient vers le Nouveau-Mexique.

Depuis son malaise, Kathleen était plus discrète. Le jour précédent, ils avaient roulé de Oklahoma City jusqu'à Amarillo, et Kathleen avait somnolé pendant la plus grande partie du voyage. Comme Martha s'inquiétait, Kathleen avait affirmé qu'elle se sentait très bien, mais elle avait tenu à se coucher tôt, laissant Josh et Martha passer encore une soirée en tête à tête.

Josh avait proposé d'aller manger des grillades au restaurant, mais Martha ne voulait pas s'éloigner de Kathleen. Ils avaient donc commandé des pizzas, joué aux cartes, et regardé un film.

— Vous croyez qu'elle joue l'entremetteuse ? avait demandé Josh au cours de la soirée.

Martha avait fait un signe négatif de la tête.

— Je préférerais que ce soit le cas. Elle n'est pas elle-même en ce moment. De toute façon, je ne pourrai jamais m'intéresser à quelqu'un qui ne mange pas la croûte de la pizza, précisa-t-elle en regardant l'assiette de Josh.

— Je déteste la pâte, répondit-il en haussant les épaules. Le voyage est sans doute trop fatigant pour elle.

— Peut-être.

Mais Martha n'y croyait pas. Elle était persuadée que le trouble de Kathleen n'était pas physique mais émotionnel. Et ce n'était pas le genre de réflexion qu'elle pouvait confier à Josh.

Kathleen pensait-elle à Ruth ? Aux lettres ? Martha en avait assez parlé avec elle pour savoir ce que cela représentait.

Elle jeta un nouveau coup d'œil à l'arrière, et vit que Kathleen avait appuyé la tête contre le dossier. Pour mieux dormir ?

Martha reporta son attention sur la route et s'adressa à Josh pour tromper son inquiétude.

— Qu'allez-vous faire à la fin de ce voyage ? Craignez-vous de ne pas retrouver de travail ?

— Non.

— Je vous admire. Ce doit être formidable de partir en claquant la porte au nez de son employeur. Métaphoriquement, bien sûr. Je ne connais pas beaucoup de gens capables de le faire. Je suppose qu'il ne vous donnera pas de recommandations…

Elle le regarda du coin de l'œil, vit son expression, et comprit tout à coup.

— Oh…

— Quoi ? Pourquoi me regardez-vous comme ça ?

— C'est vous, n'est-ce pas ? L'affreux patron…

— Je n'ai jamais dit qu'il était affreux.

— Terrifiant et obsédé par le travail. C'est vous ! Vous étiez votre propre patron.

Elle se sentit soudain un peu gênée.

— Je comprends tout, maintenant. La façon dont vous avez réagi quand Kathleen vous a dit ce qu'elle pensait de ce patron. Vous étiez sur le point de prendre sa défense. Pourquoi n'avez-vous rien dit ?

— Parce que je suis en vacances, expliqua-t-il avec lassitude. J'avais besoin de faire une pause, de ne plus penser au travail. Je n'avais pas envie d'en parler.

Cette voiture était remplie de choses dont personne ne voulait parler, songea Martha. Kathleen portait le poids de son passé depuis des années. Cela ne donnait rien de bon. Ce n'était pas en enterrant un problème qu'on parvenait à le résoudre.

— Donc, vous faites de l'auto-stop, mais en réalité vous êtes plein aux as.

— Je n'ai jamais dit cela.

— Non, mais votre boîte marche très bien, et vous n'avez pas vraiment à vous soucier du lendemain.

Martha regretta presque de l'avoir deviné, car maintenant Josh l'intimidait un peu.

Pas question d'avoir une aventure avec quelqu'un comme lui. Ils n'étaient pas du tout assortis, et pas seulement parce qu'il n'aimait pas la croûte de la pizza. C'était un carriériste, obsédé par son travail et probablement impitoyable. Le genre d'homme à faire passer son travail avant un moment de détente. La mère de Martha aurait tué pour voir une de ses filles avec un homme dans ce genre.

Cette pensée agissait sur Martha comme un répulsif. Josh était sans doute bardé de diplômes. Il la jugerait, comme le faisait sa famille. Il lui dirait de se trouver un emploi solide et de prendre la vie au sérieux. Elle ne se sentirait jamais assez bien pour lui.

— Il n'y a pas que l'argent dans la vie, dit Josh d'un ton nonchalant.

Martha leva les yeux au ciel. Il pouvait être nonchalant, ce n'était pas lui qui s'était ridiculisé.

— C'est facile à dire quand on n'en manque pas. Croyez-moi, quand on n'a pas d'argent, celui-ci devient une obsession. Je ne suis pas cupide. Je n'ai pas besoin de porter des diamants, ou ce genre de trucs. Quoique pour les diamants je ne dirais pas non. Mais de l'argent, même en petite quantité, vous permet d'avoir le choix. Si j'avais de l'argent, je ne serais pas obligée de vivre chez mes parents, et cela serait meilleur pour la santé mentale de tout le monde. Vous pouvez prendre des vacances, parce que vous ne vous demandez pas comment vous allez manger demain.

Sous son humiliation perçait une pointe d'envie. Josh la regarda longuement.

— J'espère que je vais manger dans ce restaurant au bord de la route, qui est recommandé par le guide.

Martha parvint avec un peu de mal à esquisser un sourire.

— Vous pouvez plaisanter, mais cela change tout.

— Qu'est-ce que ça change ? demanda-t-il calmement. Vous voulez que je paye les burgers ? J'allais le faire. C'est ma contribution.

— Le problème est plus profond que cela. J'étais à l'aise avec vous, mais je ne le suis plus.

— Pourquoi ? Je ne vois pas ce que mon travail vient faire là-dedans.

Il était probablement plus facile d'être détendu, quand vous connaissiez la réussite.

— Parlez-moi de votre société.

— Pourquoi ?

— Parce que j'aimerais savoir ce que vous faites.

— Je conçois et vends des logiciels pour la gestion de base de données.

— Je n'ai pas la moindre idée de ce que ça signifie. Il est temps de mettre fin à cette conversation. Je ne comprends pas ce que vous faites, ni comment vous le faites, et ce n'est pas flatteur pour moi.

— Je fabrique des programmes informatiques pour le bon fonctionnement des bases de données. Nos produits sont utilisés par de grandes sociétés.

— Et vous avez créé votre société ?

— Oui.

— À partir de rien ? demanda Martha, accablée.

— Oui.

— Et maintenant, elle vaut… beaucoup d'argent ?

— Je crois. Le restaurant dont nous parlions est par là, sur la droite. Il faut tourner.

Martha tourna à droite et se gara devant l'établissement.

— Je ne suis pas sûre de pouvoir conduire en sachant que j'ai un magnat de la technologie assis à côté de moi.

Elle se sentit soudain submergée par une vague de dépression. Ce voyage l'avait enthousiasmée, mais ce n'était qu'une illusion. Ou plutôt une hallucination. Elle n'avait pas commencé une nouvelle vie, elle avait juste interrompu l'ancienne. Oui, elle s'amusait bien, mais rien n'était réel. Elle ne pouvait pas passer le reste de sa vie à conduire des vieilles dames à travers l'Amérique. Ce qui l'attendait, ce n'était pas une aventure sous le soleil torride de Californie, mais un retour au sein d'une famille qui ne la voyait pas d'un bon œil. Elle s'était rendu compte qu'elle devait s'éloigner des gens qui la culpabilisaient. C'était très bien. Mais comment ?

— Je ne vois pas ce que mon travail a à voir avec ce voyage ?

— Comment dire ? Si mon corps représentait mon ego, je serais filiforme en ce moment, répliqua-t-elle.

— Je ne comprends rien à ce que vous dites.

Pourtant, n'était-ce pas évident ?

— À côté de vous, je me sens toute petite. Vous êtes intimidant.

— Intimidant ? répéta-t-il, en riant. Comment cela ?

Le fait qu'il puisse en rire aggravait encore la situation.

— Vous trouvez peut-être cela drôle, mais moi non.

Quand elle était avec sa grand-mère, elle n'avait jamais vu l'importance d'une carrière professionnelle. Mais elle devait bien admettre qu'elle n'avait rien réussi de très impressionnant.

— Vous devriez peut-être être plus sensible.

— Et vous, vous devriez avoir un peu plus d'assurance. Vous vous laissez trop facilement intimider, Martha.

— C'est facile à dire, quand on a tout réussi.

— Il y a diverses définitions du succès, Martha. Et elles n'impliquent pas toutes la réussite financière. Votre opinion de moi se fonde sur vos propres préjugés. Je vais réserver une table.

Il sortit de la voiture et fit claquer la portière derrière lui.

Martha tressaillit. Des préjugés ? Il l'accusait d'avoir des préjugés ? Son succès était un fait bien réel, pas une opinion.

Quelle raison avait-il de se mettre en colère ?

Elle le regarda traverser le parking et s'arrêter devant le restaurant. Il passa une main sur sa nuque, et elle vit les muscles de ses épaules saillir alors qu'il prenait une profonde respiration pour se calmer.

Derrière elle, Kathleen se réveilla.

— Que se passe-t-il avec Josh ?

— Quand il a dit que son patron ne voulait pas le laisser prendre de vacances, il parlait de lui. Il est son propre patron.

— Je sais.

— Vous le saviez ? s'exclama Martha en se retournant vers elle. Et vous n'avez pas jugé bon de me le dire ?

— Je savais que vous seriez intimidée, et ce n'était pas ce que je voulais. Je pensais qu'il fallait que vous fassiez un peu connaissance d'abord. Vous vous êtes disputés ?

— En quelque sorte.

Pourquoi se sentait-elle coupable ? Parce qu'elle l'avait contrarié, alors qu'il avait toujours été si gentil ? La situation était bizarre. Le fait d'être enfermés dans la voiture créait une fausse intimité. Ils étaient proches, sans l'être. Le fait qu'elle l'ait contrarié sans le vouloir lui rappelait qu'ils ne se connaissaient pas du tout.

Cela n'aurait pas dû avoir d'importance, mais ça en avait pour Martha.

Kathleen lui tapota gentiment l'épaule.

— Vous l'aimez bien, n'est-ce pas ?

— Non, plus maintenant.

— Mais si, il vous plaît.

— D'accord, il me plaît. Mais je ne veux rien avoir à faire avec quelqu'un qui me culpabilise.

— C'est vous qui vous laissez culpabiliser. Le caractère est plus important que le compte en banque. Josh s'est montré héroïque.

— Parce qu'il a trouvé un médecin ?

— Il a aussi trouvé du bacon, ce qui prouve que c'est un homme qui a le sens des priorités.

Kathleen abaissa ses lunettes de soleil pour regarder Martha.

— Allez lui parler. Je dois me rendre aux toilettes et j'y resterai au moins un quart d'heure.

— Un quart d'heure ? Vous comptez refaire la décoration ?

— Je veux vous laisser le temps d'avoir une vraie conversation avec Josh.

— Je préférerais avoir une conversation avec vous. Vous êtes fatiguée et silencieuse depuis deux jours. Je devrais venir avec vous.

— Vous êtes mon chauffeur, pas mon infirmière. Bien que je comprenne qu'après m'avoir vue tomber dans les pommes vous pensiez que votre job ait un peu évolué.

Kathleen s'empara de son sac et sortit au soleil.

— Allez-y. C'est le bon moment.

Vraiment ? Il était parti en claquant la portière. Un signe clair qu'elle l'avait agacé et qu'il ne souhaitait pas poursuivre la conversation. D'autre part, il était en train de retenir une table, ce qui indiquait qu'il s'attendait à déjeuner avec elles.

Martha était persuadée qu'il ne fallait pas ignorer les problèmes. S'il y avait une chose qu'elle ne supportait pas, c'était une ambiance tendue.

Elle passa son bras sous celui de Kathleen, pour l'escorter jusqu'à la porte du restaurant.

— Est-ce à cause des lettres ? C'est cela qui vous tracasse ? Vous y pensez toujours ? Je sais que ce n'est pas le lieu idéal pour avoir ce genre de conversation, mais je ne veux rien dire devant Josh, et je suis inquiète. Je sais que ces lettres sont importantes pour vous. Vous devez vous demander ce qu'elles contiennent. Je ne comprends pas bien pourquoi vous ne les avez jamais lues.

— Parce que je craignais de ne pas aimer leur contenu.

Kathleen avait peur. Pourquoi n'avait-elle pas compris cela plus tôt ? Kathleen l'intrépide, l'orgueilleuse, avait peur. Même elle, était vulnérable. Elle était aussi humaine que Martha.

Celle-ci posa une main sur la sienne.

— Mais si Liza les lit, vous pourrez en parler ensemble.

— J'y réfléchis. Comme je vous le disais, nous n'avons pas ce genre de relation. Nous ne sommes pas proches. C'est ma faute, bien entendu.

Kathleen avait voulu se protéger. Et personne ne comprenait cela mieux que Martha. Mais elle savait aussi que Kathleen avait eu du mal à l'admettre, et elle voulut la rassurer.

— Liza vous aime. Je m'en suis rendu compte quand je suis venue chez vous. Et je le vois dans les messages qu'elle envoie, et à la façon dont elle demande de vos nouvelles par téléphone. Vous ne devez pas vous protéger d'une personne qui vous aime. Elle est adulte, Kathleen. Quoi que contiennent ces lettres, elle pourra le supporter. Elle aimerait sans doute avoir une occasion de vous soutenir.

— Je n'ai pas besoin de soutien.

— Nous en avons tous besoin.

Martha jeta un coup d'œil au restaurant où Josh était assis seul à une table. Avait-il besoin de soutien ?

— Je vais suivre votre conseil et parler avec Josh. Mais si vous n'êtes pas là dans un quart d'heure, j'envoie une équipe de secours à votre recherche.

Kathleen lui pressa doucement la main.

— Vous êtes une jeune femme très spéciale. Vous avez une grande intelligence émotionnelle.

Martha sentit sa gorge se nouer.

— Ce que vous dites est adorable.

Kathleen soupira.

— Je n'énonce que la vérité. Plus vite vous cesserez de fréquenter des gens affreux qui vous méprisent, mieux cela vaudra. Avez-vous supprimé Steven de vos contacts ?

— Pas encore.

— Faites-le, pendant que vous avez assez de confiance en vous.

Pourquoi n'avait-elle pas supprimé son numéro ? Steven ne lui apportait rien, à part du stress. Elle ne voulait pas de lui dans sa vie.

— Vous avez raison.

Martha se figea sur le seuil du restaurant. Elle voyait Josh assis le dos à la fenêtre. Kathleen l'encouragea en lui tapotant le bras.

— Allez-y. Vous valez plus que vous ne le croyez, Martha.

Sur ces mots, elle gagna les toilettes pendant que Martha allait retrouver Josh à sa table.

Il lui passa la carte.

— Merci.

Elle la prit et la posa aussitôt. Si elle devait faire cela, il fallait qu'elle le fasse tout de suite, avant que Kathleen ne les rejoigne.

— Je sais que je vous ai contrarié, et je suis désolée. Si vous voulez en parler, je vous écoute.

Elle se tut, en voyant la serveuse approcher avec du café et de l'eau.

— Vous n'avez pas pris la Route 66 pour vous amuser, n'est-ce pas ?

Il avait sans doute les moyens de voyager en jet privé s'il en avait envie. Ou bien d'engager un chauffeur. Il devait y avoir une raison pour qu'un homme comme lui décide de faire de l'auto-stop.

Josh prit son verre d'eau.

— J'étais censé faire ce voyage avec mon frère.

C'était la première fois qu'il lui faisait une confidence personnelle.

— Il n'a pas pu venir ?

— Il est mort.

— Oh ! Josh…

Elle lui prit la main. Elle se rappelait ce qu'elle avait ressenti à la mort de sa grand-mère. La solitude, le vide. Il se crispa, et elle s'attendit à ce qu'il ait un mouvement de recul. Mais au bout d'un moment ses doigts se refermèrent sur les siens.

— C'était… dur. J'ai vécu le moment le plus triste de ma vie.

Quand sa grand-mère était morte, beaucoup de gens avaient adressé à Martha de maladroites paroles de consolation. D'autres ne l'avaient pas contactée du tout, car ils ne savaient pas quoi dire. Tout cela avait ajouté à son sentiment de solitude.

Elle savait qu'il fallait dire quelque chose. Mais les mots qu'elle allait choisir étaient importants.

— Le chagrin est une chose terrible et cruelle. Certaines personnes disent avoir traversé différents stades, mais cela n'a pas du tout été mon cas. C'était un peu comme si j'étais au milieu de l'océan. Tout est calme, vous commencez à vous détendre, vous vous sentez presque sûr de vous, en confiance. Et brusquement une vague vous submerge, vous n'arrivez plus à respirer, et vous vous noyez.

— Vous avez perdu quelqu'un de proche ?

— Ma grand-mère. C'est différent, je sais, car elle avait eu une longue vie. Mais elle était la personne que j'aimais le plus au monde. Elle me comprenait. Quand elle est partie, j'ai eu l'impression de perdre toute protection. J'étais à vif. Mon monde avait basculé. Sa mort a été l'événement que j'ai eu le plus de mal à surmonter. Bien pire que mon divorce, à dire vrai, bien qu'elle n'eût plus été là pour me soutenir.

— Mais vous avez su faire face à cette épreuve.

Martha baissa les yeux sur leurs mains encore unies.

— Pas vraiment. Je ne suis pas fière de moi. J'étais seule, vulnérable, je voulais désespérément me sentir proche de quelqu'un qui me comprenne, comme je l'étais avec Nanna. Quand Steven m'a proposé de l'épouser, j'ai accepté. Je croyais que ce mariage arrangerait tout. Je me trompais. C'était encore pire avec lui. Se sentir seule alors qu'on est mariée, c'est mille fois pire que quand on est célibataire. Ce mariage était une terrible erreur. Je crois qu'il l'a compris aussi.

Pourquoi avait-elle été aussi dure envers elle-même ? Elle s'était reproché d'avoir pris de mauvaises décisions, mais quand elle considérait la situation avec du recul, ces décisions prenaient un sens.

— Votre grand-mère devait être une personne très spéciale.

— Oui, vraiment. Ce voyage avec votre frère était-il planifié depuis longtemps ? demanda-t-elle, après un court silence.

Josh posa son verre.

— Cela faisait deux ans qu'il brandissait cette menace, mais j'avais toujours trop de travail pour me décider.

— Une menace ?

— Nous étions très différents, Red et moi.

— Red ?

— Son vrai nom était Lance, mais on le surnommait Red. Quand il y avait du danger, mon frère n'était jamais loin. J'étais le plus sérieux des deux. Obsédé par la technologie. Lui, c'était un surfeur, genre décontracté. Il adorait l'eau, alors que je la déteste. Quand nous étions ados, j'avais conçu un jeu de surf auquel je pouvais jouer dans ma chambre. Une façon d'être en contact avec lui. C'était une blague entre nous. J'avais trouvé le moyen de surfer sur terre, alors qu'il le faisait réellement.

Josh fixa son verre et continua :

— Je lui demandais quand il allait se décider à faire quelque chose de sérieux. Il me répondait que le sérieux était une qualité surévaluée, et que quand il me voyait il était sûr d'avoir fait les bons choix. Il trouvait que je menais une vie de dingue. Je pensais la même chose de

290

lui. Malgré tout, nous étions très proches. Cela doit vous paraître invraisemblable.

— Non. Tout le monde ne peut pas s'adapter au même genre de vie. C'est un peu comme les vêtements. Ce n'est pas parce que vous portez quelque chose qui ne me va pas que je ne vous trouve pas élégant.

— C'est une comparaison intéressante, remarqua-t-il en souriant.

Pourquoi n'avait-elle pas compris cela plus tôt ? Ce n'était pas parce que ses décisions ne plaisaient pas à ses parents qu'elles n'étaient pas bonnes. Bizarrement, elle avait toujours cru que ses parents avaient raison sur tout.

Elle reporta son attention sur Josh.

— Est-ce pour cela que vous faites du stop ? Vous portez ses vêtements ? Vous vivez comme lui ?

— D'une certaine façon. Il disait que j'avais oublié ce qu'était la vraie vie. Il n'avait pas tout à fait tort, mais…

Josh lui lâcha la main, avant de reprendre :

— Il est mort dans un accident de surf. C'est exactement la mort qu'il aurait choisie. Cela fait deux ans, et il me manque à chaque instant.

Josh était parti en voyage seul, en pensant à son frère. Ce frère qui lui manquait. Martha avait cru que sa vie était planifiée dans les moindres détails, mais en fait il n'en était rien.

— Je trouve génial que vous fassiez ce voyage. C'est la façon idéale de lui rendre hommage, ajouta-t-elle la gorge nouée. Qu'y avait-il sur sa liste ? Qu'aurait-il essayé de vous faire faire ?

Josh s'appuya au dossier de la banquette et sourit.

— Vous avez raison, nous aurions aimé faire des choses différentes. J'aurais essayé de le traîner dans les musées et sur les sites historiques de la route. Et il se serait servi de ma carte de crédit pour réserver une séance de rafting. Et je me serais plaint pendant tout le voyage.

Martha prit note mentalement de cette précision. Il fallait qu'elle trouve une activité qu'il aurait pu faire avec son frère.

— Avez-vous une photo de lui ?

Josh plongea la main dans sa poche et en sortit son portefeuille.

— Celle-ci a été prise lors de sa visite dans les bureaux de ma société. Une des rares fois où je portais un costume. Il ne m'a jamais laissé l'oublier, même si la plupart de temps je suis en jean. Il prétendait qu'il avait mis sa seule chemise propre ce jour-là, dit-il en poussant la photo vers elle.

Martha la prit, et vit un homme aux cheveux ébouriffés et au sourire malicieux.

— Vous vous ressemblez.

— Pas du tout, Martha. En dehors de mon aversion pour l'eau, il est végétarien, alors que je pourrais faire sept heures de voiture pour aller manger un bon steak. Il peut citer de mémoire toutes les espèces de requins qui existent, et moi je peux fabriquer un ordinateur à partir de rien. Il n'y a pas un seul domaine dans lequel nous avons les mêmes goûts. Et voilà, je recommence… Je parle de lui au présent, comme s'il était encore là.

Il se tut, contenant son émotion, et Martha éprouva une certaine empathie. Combien de fois avait-elle fait la même chose ?

— Je ne voulais pas parler de vos goûts, ou de votre style vestimentaire. Vous avez le même sourire. Et les mêmes yeux.

— C'est ce que vous voyez, quand vous regardez la photo ?

Elle voyait de l'amour, et de la fierté dans leur regard. Mais ce n'était peut-être pas le moment de le dire.

— Je vois des frères.

Une soudaine tristesse l'envahit. Elle n'avait pas une seule photo d'elle comme celle-ci avec sa sœur. Josh et son frère avaient l'air contents d'être ensemble. Pippa et elle ne prenaient jamais de photo ensemble. Elles ne s'entendaient pas. Martha devrait peut-être finir par l'accepter.

— Vous en avez d'autres ?

Il fouilla dans son portefeuille et sortit deux autres clichés.

— Ce jour-là, il m'avait emmené surfer. Il disait en riant que l'océan était son bureau. Je n'ai jamais été sportif. Je peux réparer votre ordinateur, mais ne me demandez pas d'attraper une balle, ou la prochaine vague.

Et pourtant, il avait fait du surf avec son frère. Et quand il parlait de lui, son regard s'éclairait.

Martha lui rendit les photos.

— Vous aviez l'air de vous amuser.

— Je m'amusais toujours quand j'étais avec lui, que ce soit en mer ou sur la terre ferme. Je regrette de ne pas avoir fait cela plus souvent. J'aurais dû passer moins de temps au travail, et plus de temps avec lui. Si je devais donner un conseil à quelqu'un, ce serait de profiter pleinement du présent, car nous ne savons pas de quoi demain sera fait.

Elle comprenait maintenant pourquoi il avait réagi ainsi quand elle lui avait reproché sa réussite professionnelle. Sa réussite était une blessure. L'idée d'avoir passé autant de temps au travail plutôt qu'avec son frère le torturait. Le regret se lisait dans ses yeux.

— Je peux vous demander quelque chose ?

— Allez-y, répondit-il en rangeant les photos.

— Je ne comprends pas très bien ce que vous faites, mais il me semble que vous adorez votre travail. C'est une passion ?

— Oui. Depuis mon enfance. J'étais aussi fou de mon ordinateur que mon frère l'était de sa planche de surf. Je m'amusais autant que lui avec mes jeux de surf virtuel.

— Vous suiviez tous les deux votre passion. Vous ne vous êtes pas engagé dans cette voie par amour du gain ou envie de réussite. Ce qui n'aurait rien de répréhensible, d'ailleurs. L'argent est nécessaire. Mais vous aimiez tous les deux ce que vous faisiez. Vous disiez que vous n'aviez rien en commun, mais vous aviez au moins cela. Il me semble que faire ce que l'on aime est primordial dans la vie, n'est-ce pas ? Pour moi, c'est la vraie réussite. Et vous devez en être fier, sans éprouver de regrets.

Josh garda le silence pendant un moment.

— Ce que vous dites est très judicieux, vous savez.

— Non. En général, on me dit que je ne connais rien à la vie.

— Vous en savez beaucoup plus que vous ne le croyez, Martha. Vous devriez moins vous soucier de ce que disent les autres, et suivre votre intuition.

Kathleen lui avait dit la même chose.

Martha reposa son verre. Avait-elle assez confiance en elle pour faire cela ? Ignorer les gens qui l'entouraient et se fier à son instinct ?

Que ferait-elle, si les gens cessaient de la décourager et de mépriser ses idées ? Elle ferait quelque chose qui consiste à communiquer avec les gens. Mais ce n'était pas une passion, comme le surf ou la technologie.

Josh paraissait sur le point de dire quelque chose quand Kathleen les rejoignit.

Son entrée semblait parfaitement calculée, comme si elle les avait écoutés, ou avait lu sur leurs lèvres.

Elle s'assit à côté de Martha et sortit le guide de son sac.

— Est-ce qu'ils ont des tacos ? Il faut prévoir la suite. Josh, j'espère que vous ferez le reste du voyage avec nous ?

Martha se concentra sur la carte. Elle avait pensé qu'ils se sépareraient à la prochaine étape, mais maintenant qu'elle connaissait l'histoire de Josh elle avait très envie qu'il poursuive son voyage en leur compagnie. Elle voulait faire pour lui ce qu'aurait fait son frère et l'encourager à profiter de la vie. Il avait besoin de s'amuser et elle voulait l'aider à le faire.

Josh leva les yeux du menu.

— J'apprécie votre offre, mais j'ai certaines choses de prévues.

Et maintenant qu'elle savait pourquoi il entreprenait ce voyage, Martha tenait à ce qu'il ne soit pas seul pour faire ces choses.

— Vous n'êtes pas obligé de rester collé à nous, même si nous voyageons dans la même voiture. De toute façon, Kathleen et moi serons en vadrouille la plupart du temps pour faire toutes sortes de bêtises.

— J'en suis sûr. Mais je pense rester plus longtemps dans le Grand Canyon que vous ne l'avez prévu.

— Nous n'avons rien prévu, déclara Kathleen en agitant la main. Prenez tout le temps qu'il vous faut. Martha annulera nos réservations. Je ne vois pas de meilleur endroit où s'attarder que le Grand Canyon.

Josh eut une hésitation.

— Si nous faisons cela, je tiens à me charger du logement.

— Nous en reparlerons plus tard.

— Donc, c'est entendu ?

Martha se lança intérieurement dans son nouveau projet. Elle devait consulter les possibilités de voyage sur le fleuve Colorado. Comme elle ne voulait pas que Kathleen reste seule trop longtemps, ils feraient une excursion d'une seule journée. Et de toute façon, puisque Josh n'aimait pas l'eau, la journée serait amplement suffisante.

À ce moment leurs plats arrivèrent. Les assiettes contenaient des haricots rouges, des enchiladas et des tacos pour Kathleen.

— J'avoue que je suis rassurée de vous savoir avec nous, Josh, dit Kathleen. Imaginez que j'aie un nouveau malaise ? Vous nous avez beaucoup aidées en trouvant un médecin.

Martha prit la salière et fit remarquer :

— Je pourrais trouver un médecin, s'il le fallait.

Mais elle avait envie elle aussi que Josh continue la route avec elles. Surtout maintenant qu'elle savait ce que ce voyage représentait pour lui. Il ne devait pas être seul pour le faire. De toute évidence, il trouvait cela difficile. Il aurait sans doute besoin d'une amie pour le soutenir.

Or, il était un peu comme Kathleen. Tellement habitué à relever seul les défis que lui envoyait la vie qu'il ne savait plus tendre la main à quelqu'un. Mais s'il reprenait la route tout seul, qui remplacerait son frère et le pousserait à faire les choses qu'il n'aurait pas faites en temps normal ?

Elle devait cesser de penser à sa réussite professionnelle. Derrière ce succès il y avait une personne, un être humain, qui ressentait les mêmes choses que tout le monde. C'était un homme en deuil, un homme désorienté qui avait l'impression d'avoir laissé tomber son frère.

Les gens n'existaient pas qu'à travers leur profession, et elle allait s'efforcer de s'en souvenir.

Après le repas, ils regagnèrent la voiture. Martha prit le volant.

— Vous avez de la chance de voyager avec nous, Josh. Vous l'ignorez peut-être, mais je suis une conductrice hors pair.

— C'est ce que j'ai entendu dire, dit-il en se glissant sur le siège passager. Il paraît que les ronds-points et la marche arrière sont vos points forts. Aussi je vais essayer de trouver un itinéraire correspondant à vos talents.

— Très drôle.

Il lui sourit, et le cœur de Martha fit un bond. Il lui avait déjà souri, bien sûr, mais cette fois-ci c'était différent. Ce sourire était plus doux, plus intime. Comme entre deux personnes qui se connaissent bien.

Son estomac fit une sorte de pirouette.

Non, Martha. Non, non, non ! Certes, elle éprouvait une certaine attirance, et il était très sexy. Mais cela ne changeait rien au fait que Josh Ryder n'était pas son type d'homme.

C'était quelqu'un de prévoyant, alors qu'elle était spontanée. Elle devrait peut-être développer cet aspect de sa personnalité, au lieu de s'efforcer constamment de devenir ce que les autres voulaient qu'elle soit. Elle n'était pas du genre à travailler en entreprise. Elle ressemblait plutôt à Red Ryder, qui vivait dans l'instant présent.

Mais Josh la trouvait judicieuse.

Martha fixa son regard sur la route. Elle était consciente de la présence de Josh à côté d'elle, de son genou tout proche, de sa main posée près de la sienne. Cela l'empêchait de se concentrer.

Elle pensait à Kathleen, tellement blessée par sa première expérience qu'elle s'était fermée aux sentiments jusqu'à sa rencontre avec Brian. Elle exhortait Martha à ne pas faire la même erreur qu'elle.

Martha ne voulait pas éprouver de regrets.

Elle ne voulait pas prendre une autre mauvaise décision. Mais quelle serait la mauvaise décision ? D'avoir une aventure avec Josh, ou de ne pas en avoir ?

Elle n'avait jamais ressenti une telle attirance pour un homme.

Elle jeta un coup d'œil dans le rétroviseur, et Kathleen lui fit un clin d'œil espiègle.

Kathleen ne disait rien, mais les mots étaient inutiles. Martha savait très bien ce qu'elle pensait.

18

Liza

Liza fredonnait dans la cuisine, tout en râpant du gingembre et en hachant de la citronnelle pour les filets de saumon.

Elle avait passé la journée à peindre sur une large toile, traçant à grands coups de pinceau d'imposants traits de bleu et de vert pour reproduire les couleurs de cette partie du littoral.

Vers la mi-journée, elle avait interrompu son travail et gagné la plage en courant. Là, elle avait pris un bain glacé dans l'océan. Frigorifiée, elle avait regagné le cottage à petites foulées. Elle avait fait cela presque chaque jour depuis son arrivée. Son visage était rougi par l'effort, son cœur battait comme un tambour, et elle ne se sentait pas du tout en bonne forme physique. Sean était inscrit dans un club de sport, et il essayait de s'y rendre au moins deux fois par semaine. Pendant les trois mois qu'avait duré son inscription, Liza avait réussi à s'y rendre deux fois. La deuxième fois, sa séance avait été interrompue par un appel de l'école lui demandant d'aller chercher Alice qui était tombée en jouant au hockey. Liza avait résilié l'inscription. Après cela, elle avait envisagé d'essayer un cours de yoga, ou peut-être d'aller courir le matin. Mais elle avait toujours quelque chose de plus pressé à faire. Et quand elle avait enfin une demi-heure pour elle, elle n'avait pas le courage de la passer à sprinter sur un circuit.

Tout en prenant sa douche pour se débarrasser de l'eau salée, elle repensa à son ancien rêve qui était de venir un jour vivre en Cornouailles. Elle en avait parlé autrefois avec Sean, mais comme tant d'autres choses ce rêve avait été anéanti par la réalité. Pourquoi ?

Elle s'était posé la question, en passant du temps avec Angie. La vie de son amie avait changé radicalement ces dernières années, mais ce bouleversement lui avait été imposé. Pourquoi fallait-il attendre une crise, pour remettre en question votre façon de vivre ?

Et maintenant, elle était dans la cuisine, en train de préparer un repas pour un homme qui n'était pas son mari.

Aurait-elle dû se sentir coupable ? Se sentait-elle coupable ?

Non. Finn avait fait preuve de générosité envers sa mère. De plus, elle appréciait sa compagnie.

Et Sean n'en saurait rien. Naturellement, si cela venait dans la conversation elle en parlerait. Mais sinon, pourquoi évoquer le sujet ? Tout cela était parfaitement innocent.

Elle rangea le saumon dans le réfrigérateur, battit des blancs d'œufs avec du sucre pour faire des meringues, et mit le plat au four.

Puis, avec l'impression de ne plus être tout à fait elle-même, elle choisit un passage du dernier album de Finn, et se mit à danser dans la cuisine.

À la fin du morceau elle s'arrêta, hors d'haleine. Ses filles auraient été horriblement gênées si elles l'avaient vue. Elles la trouvaient trop vieille pour danser.

Et elle avait trouvé sa mère trop vieille pour faire un road trip.

Le comportement ne devait pas être lié à l'âge. Si elle avait envie de danser, elle danserait. Et si sa mère voulait voyager, elle n'avait qu'à le faire.

Et si elle voulait rester dans sa maison, elle y resterait.

Les portes et les fenêtres étaient ouvertes, et Liza respira le parfum du rosier grimpant qui s'accrochait à la façade. Une idée prit forme dans sa tête, mais elle la repoussa. Ridicule. Elle se croyait au pays des rêves.

Quand la préparation du dîner fut bien avancée, elle monta se changer.

Elle inspecta sa nouvelle garde-robe. Le problème, quand on avait autant de possibilités, c'était de choisir.

Finalement, la robe rouge l'emporta. Elle ne pouvait imaginer une autre occasion de la porter, et une robe comme celle-ci n'était pas faite pour rester sur un cintre.

Son téléphone sonna alors qu'elle redescendait.

C'était sa mère.

— Comment va l'aventurière ? demanda Liza en agrafant sa montre.

Elle attendait désormais avec plaisir ces appels du soir.

— Comment vont Martha et Josh ? Tes manigances d'entremetteuse ont-elles du succès ?

— Je l'espère. Mais je ne t'appelle pas pour parler d'eux.

— Oh ? Est-ce que tout va bien ?

Liza regarda l'heure. Il lui restait environ une demi-heure avant l'arrivée de Finn. Kathleen observa un court silence.

— Liza, je voudrais que tu fasses quelque chose pour moi.

Sa mère ne lui demandait jamais rien. Intriguée, Liza s'assit sur une chaise de cuisine.

— Bien sûr.

— C'est… difficile.

Physiquement ? Ou sur le plan émotionnel ?

— Quoi que ce soit, nous trouverons une solution.

— Ma chère Liza. Toujours si fiable et raisonnable.

Liza examina ses talons aiguilles à la hauteur vertigineuse. Par chance, ce n'était pas un appel en vidéo. Sinon sa mère aurait vu qu'elle avait laissé une partie de sa raison à Londres.

— Qu'est-ce qui te tracasse ?

— Il y a des lettres…

— Dans ton bureau ? s'exclama Liza en se redressant.

— Tu les as vues ?

— Je les ai trouvées en cherchant les DVD. Ils n'étaient pas à l'endroit que tu m'avais indiqué, aussi j'ai regardé dans ton bureau. J'ai trouvé des lettres et une bague. Je suppose que le diamant est faux ?

Il y eut une pause.

— Non, c'est un vrai.

Liza éprouva un trouble bizarre. Devait-elle faire remarquer que cet objet était trop précieux pour le laisser au fond d'un tiroir ? Non. De toute évidence cette bague avait une valeur sentimentale qu'elle ne pouvait pas comprendre. Elle ravala ses paroles de mise en garde.

— Comment puis-je t'aider ?

Sa mère mit si longtemps à répondre que Liza regarda l'écran en se demandant si la communication avait été coupée.

— Allô ?

— Oui, je suis là. Avant de connaître ton père, j'ai été fiancée. Il s'appelait Adam.

Le regard de Liza se perdit dans la cuisine. Sa mère avait été fiancée. À quelqu'un qui n'était pas son père. Sa mère avait été amoureuse.

— C'est l'homme de la photo ? Entre Ruth et toi ?

— Tu as bonne mémoire.

— Il a rompu ?

Elle n'arrivait pas à croire que sa mère lui racontait cela. Qu'elle lui parlait de cette façon. Elle craignait de ne pas donner la bonne réponse et de la voir se retirer de nouveau dans sa coquille.

— Non, c'est moi qui ai rompu. Quand j'ai découvert qu'il avait eu une liaison avec Ruth.

Ruth. La meilleure amie de Kathleen.

— Oh ! non, c'est affreux…

Elle ne s'en était jamais doutée. Sa mère était si secrète que Liza n'avait jamais pensé à ce qu'avait été son passé.

— Papa le savait ?

Peut-être n'aurait-elle pas dû poser la question. Elle savait que sa mère avait du mal à parler de tout ce qui avait un caractère personnel.

— N'y pense plus. Tu n'es pas obligée de…

— Ton père savait. C'est la raison pour laquelle il m'a demandée trois fois en mariage. Il comprenait pourquoi j'avais autant de mal à prendre un engagement. Après ce qui s'était passé, je n'ai plus jamais su être proche des gens.

Sa mère, d'ordinaire aussi posée, était hésitante.

— Je préférais les relations légères, superficielles.

— Cela ne m'étonne pas.

Liza n'était pas étonnée non plus que sa mère ait coupé les ponts avec Ruth. Ce qui la surprenait en revanche c'était que sa mère, toujours si secrète, lui raconte tout cela.

— J'avais du mal à accorder ma confiance. Je ne voulais pas mettre mon cœur de nouveau en danger. Je prenais soin de le protéger, tu comprends. J'ai eu la chance de rencontrer ton père, qui était l'homme qu'il me fallait. C'était la seule personne qui me connaissait vraiment.

Liza éprouva une soudaine émotion au souvenir de son père, si doux et si patient. C'était cela, le couple parfait, n'est-ce pas ? Connaître l'autre et l'accepter tel qu'il était.

— Les lettres ont-elles été envoyées par Ruth ou par Adam ?

— Par Ruth. J'ignore ce qu'elles contiennent. J'ai pris la décision de ne pas rester en contact avec elle.

— Cela devait être tellement dur.

On ne pouvait sûrement pas pardonner une telle trahison. N'importe quelle amitié aurait été brisée.

— Tu n'as jamais eu envie d'ouvrir les lettres ?

— Jamais.

Liza regarda l'heure, en espérant que Finn n'allait pas arriver alors qu'elle avait sa première vraie conversation avec sa mère.

— Pourquoi as-tu changé d'avis ?

— J'ai eu un étourdissement. Je me suis rendu compte que s'il m'arrivait quelque chose tu les ouvrirais. Quoi qu'ait écrit Ruth, je veux que tu connaisses l'histoire, Liza. Et maintenant, tu vas m'interroger sur cet étourdissement.

Finn avait fait allusion aux vertiges de sa mère.

Liza contint toutes les questions angoissées qui lui vinrent à l'esprit.

— Je suis sûre que tu as réagi de la façon qui te paraissait raisonnable. Si tu avais eu besoin de moi, tu m'aurais appelée.

— J'ai besoin de toi maintenant, et c'est pour cette raison que je t'appelle. J'aimerais que tu lises ces lettres, Liza. Je sais que c'est beaucoup te demander. Je ne sais pas ce qu'elles contiennent, elles sont très personnelles. Probablement perturbantes.

Mais Kathleen lui faisait confiance. Liza redressa un peu les épaules.

— Veux-tu que je les lise d'abord, avant de t'en parler ? Je pourrais décider si elles risquent de te bouleverser, avant de te les lire par téléphone.

— Oh ! Liza… tu es tellement gentille. Tu l'as toujours été. Non, nous allons les lire ensemble.

Les lire ensemble.

Liza sentit sa gorge se nouer. Il était si rare que sa mère et elle fassent quelque chose ensemble.

— D'accord. Tu crois qu'Adam est resté avec elle ?

— Je ne sais pas. Je pense qu'il y a de fortes chances qu'il lui ait joué le même vilain tour qu'à moi. Mais je ne t'ai pas appelée pour pleurnicher.

— Veux-tu que j'aille les chercher tout de suite ?

Elle pouvait encore décommander la soirée avec Finn.

— Non. Je ne suis pas encore prête. Je voulais tâter le terrain avec toi, pour ainsi dire. Mais demain, nous pourrions ouvrir les deux premières, par exemple.

— Bien sûr.

Sa mère lui avait dit tellement de choses qu'elle devait être épuisée à présent. Le brusque changement de sujet qui suivit le lui confirma.

— Parle-moi de toi. Tu aimes la vie en Cornouailles ?

Liza regarda la lumière du soleil déclinant dans le jardin. La petite table était dressée pour deux dans le patio.

— J'adore.

— Bien. Cette maison est faite pour profiter de la beauté du lieu. Je t'appellerai demain après-midi si tu veux bien.

Après avoir raccroché, Liza demeura un moment assise sans bouger. Sa mère avait besoin de son aide. Elle ne s'était jamais sentie aussi proche d'elle dans toute sa vie.

La voix de Finn retentit sur le seuil.

— Hé ! Est-ce que tout va bien ?

Liza bondit sur ses pieds.

— Bonsoir ! Ma mère m'a appelée, et j'ai perdu la notion du temps.

— Pas de mauvaises nouvelles ?

— Non.

En réalité, elle ignorait si les lettres contenaient ou non de mauvaises nouvelles. Quoi qu'il en soit, sa mère et elle seraient ensemble pour le découvrir.

Ensemble.

Finn enleva sa casquette de base-ball, mais garda ses lunettes de soleil.

— Tant mieux. Vous êtes… splendide.

Plongée dans sa conversation avec Kathleen, elle avait oublié qu'elle portait sa nouvelle robe. Le regard appréciateur de Finn la gêna. Risquait-il de penser qu'elle s'était habillée dans l'espoir de le séduire ? Cette idée l'horrifia. Elle n'aurait jamais dû acheter cette robe. Elle était trop chic pour un simple dîner dans le jardin, même si l'invité était une célébrité. Mais il était trop tard pour remonter se changer.

— Entrez. Comme vous ne prendrez pas le volant après dîner, j'ai préparé des cocktails. Je me suis dit que nous pourrions les boire dehors.

Il s'approcha et prit les verres, l'effleurant au passage. Il émanait de lui un parfum de soleil, de sel, et d'air marin. Liza sentit une étrange chaleur se répandre en elle. Puis Finn lui raconta que les chiens avaient sauté à l'eau, et

304

elle parvint à rire et à se comporter comme si elle n'avait pas été engloutie un instant dans les flammes ardentes de l'attirance sexuelle.

Quelques jours à peine s'étaient écoulés depuis leur dernière rencontre, mais elle avait déjà oublié à quel point elle se sentait à l'aise avec lui. Ils rirent, bavardèrent, mangèrent les plats qu'elle avait préparés, et en fin de compte elle fut très contente d'avoir choisi cette robe.

Finn lui resservit quelques asperges.

— À quoi pensez-vous ?

Sa mère avait été amoureuse.

— À rien. Je me détends.

— Vous avez pris un coup de soleil.

— J'ai oublié de mettre de l'écran solaire avant d'aller nager aujourd'hui, dit-elle en pressant les doigts contre sa joue. Mon visage doit être assorti à ma robe.

— Vous avez bonne mine. Vous semblez plus heureuse que lorsque nous nous sommes rencontrés, au début de la semaine.

— C'est ce qui arrive quand on s'accorde une escapade à la campagne.

— À quoi vouliez-vous échapper ?

Liza posa sa fourchette.

— Oh. À rien. C'étaient des mots en l'air.

— Vraiment ?

— Non, reconnut-elle en soupirant. C'était bien une évasion. En quelque sorte.

— Si vous avez envie d'en parler, allez-y, dit-il en prenant un morceau de pain. Et si vous craignez de vous confier à un inconnu, laissez-moi vous rappeler que je vis avec la menace de voir tout ce que je fais paraître dans les gros titres du lendemain. À cause de cela, je suis probablement la personne la plus discrète que vous ayez jamais rencontrée.

— Comment parvenez-vous à mener une vie à peu près normale, alors que vous ne savez pas à qui vous pouvez faire confiance ?

— Je me fie à mon instinct, dit-il en levant son verre. Il est exercé, après les multiples trahisons et déceptions que j'ai connues.

— Les mauvaises expériences ne vous ont pas découragé ? demanda-t-elle en songeant à sa mère. Vous n'êtes pas tenté d'éviter les risques ?

— J'ai perdu mon père à l'âge de huit ans. Je ne me souviens pas très bien de lui, mais il y a une chose que je n'ai pas oubliée, c'est sa capacité à profiter du moment présent, quelles que soient les circonstances.

Finn reposa son verre.

— Il ressemblait beaucoup à votre mère, sur ce plan. J'essaye de faire comme lui, mais ce n'est pas facile. Les gens trouvent que c'est superficiel…

— Mais il faut beaucoup de courage.

— C'est exact, répondit-il en souriant. Se laisser aller à vivre, à aimer, demande du courage.

Cependant, contrairement à ce qu'il croyait, il ne comprenait pas du tout Kathleen. Liza voyait maintenant ce que signifiaient les voyages, la réserve, la façon dont sa mère vivait. Ce n'était pas de l'égoïsme, mais une façon de se protéger. Pour la première fois de sa vie, elle avait l'impression de la comprendre. Et cela changeait tout.

— Oui, il faut du courage.

— Essayer de faire quelque chose quand vous savez que vous pouvez échouer demande du courage. Aimer aussi, en sachant que vous courez le risque d'avoir le cœur brisé.

— Oui.

Combien de courage avait-il fallu à sa mère pour aimer le père de Liza, après ce qui lui était arrivé ?

— Il est toujours plus facile de se protéger. Mais lorsque vous élevez des remparts autour de vous, vous tenez le mal à distance, mais le bien aussi. Je suppose que c'est pour cela que j'ai trouvé votre mère aussi stimulante. Elle sait ce qu'elle veut, et fait ce qu'il faut pour l'obtenir. Elle ne se laisse pas arrêter par la peur. Je voudrais être comme elle quand je serai grand.

Liza avait cru la même chose à propos de sa mère, mais elle savait maintenant qu'elle s'était trompée.

Kathleen avait laissé la peur la paralyser.

Elle se leva et débarrassa les assiettes.

— Ne grandissez pas. Je vous trouve très bien comme vous êtes.

— Dit la femme qui m'a lancé un regard assassin quand j'ai failli l'envoyer dans le fossé.

— Vous m'avez reconnue ?

— Bien sûr. Vous êtes inoubliable, Liza.

Il se balançait sur sa chaise. Ses yeux étaient cachés par les lunettes de soleil, mais elle n'avait pas besoin de les voir. Elle sentait son regard sur elle. Sa peau s'enflamma comme au contact d'une torche. Il y avait si longtemps que personne n'avait flirté avec elle qu'elle n'était pas sûre que ce soit le cas en ce moment. Elle ne savait pas quoi faire.

Jamais un homme ne lui avait dit qu'elle était inoubliable. Elle était telle une plante assoiffée que l'on vient d'arroser.

Troublée, elle ramena les assiettes dans la cuisine et se concentra sur le dessert et la préparation du café.

Le jour déclinait et les guirlandes lumineuses que sa mère avait accrochées aux arbres scintillaient comme des étoiles. Liza avait toujours trouvé étrange cette touche romantique, alors que sa mère était si terre à terre. Ses parents n'avaient jamais été démonstratifs, elle ne les avait jamais vus s'enlacer. Cependant, son père était très attaché à sa mère, et elle savait maintenant que cet amour profond avait été réciproque.

— Et donc, votre nouvelle vie vous plaît ?

Elle était chamboulée par la façon dont Finn la regardait. Quelque chose de délicieusement dangereux se profilait dans leur relation. Liza n'aurait su dire si elle voulait continuer, ou faire machine arrière.

— Ce n'est pas vraiment une nouvelle vie. Simplement une pause dans l'ancienne.

Sa respiration était un peu saccadée. Pouvait-il s'en rendre compte ?

— Vous voulez dire que vous arrêterez de peindre quand vous rentrerez chez vous ?

Liza songea au plaisir qu'elle avait éprouvé toute la semaine. Elle s'était réveillée chaque matin, en ayant hâte de retrouver la toile qu'elle avait quittée à regret la veille.

À Londres, ce serait différent. Elle n'aurait pas le pavillon, ni le bruit des vagues, ni le temps de se consacrer à sa passion. Cependant…

— Je ne compte pas renoncer.

La pensée de retourner à Londres suffit à assombrir son humeur. Et pas seulement à cause de la peinture. Elle regretterait les mules qu'elle portait sur la plage, les repas légers qui ne demandaient aucune préparation, les robes d'été, le plaisir de se plonger dans un bon livre. Et surtout, la simplicité. Il y avait des choses auxquelles elle devait réfléchir, elle le savait. Des problèmes à régler. Elle remettait sans cesse cela au lendemain, mais le temps allait finir par lui manquer.

Elle se figea en entendant une voiture se garer devant la maison.

Finn posa son verre, l'air inquiet.

— Vous attendez quelqu'un ?

— Non. Restez là, dit-elle en se levant. Je vais voir.

— Je peux…

Liza l'arrêta d'un geste.

— Non. Il vaut mieux ne pas vous montrer.

Qui cela pouvait-il être ? Si c'était Angie, elle allait devoir lui donner des explications. Tout en se répétant qu'elle n'avait aucune raison de se sentir coupable, Liza traversa le jardin.

Deux jeunes femmes se trouvaient à la hauteur du portail.

— Nous cherchons Finn Cool.

Liza fixa sur elles un regard dénué d'expression.

— Pardon ?

— Finn Cool, répéta l'une d'elles avec un sourire narquois. Vous êtes sans doute trop vieille pour avoir entendu parler de lui.

Oh ! l'insolente !

— Il est connu ?

— Sérieux ? C'est… le meilleur musicien du monde !

La fille repoussa ses mèches blondes en arrière, en faisant tinter une kyrielle de bracelets accrochés à son poignet.

— Oh. Je crois que si je vivais à côté d'un musicien légendaire je le saurais.

— Il a été vu dans un pub des environs, il y a quelques semaines.

— Lequel ?

— Le Smuggler's Arms.

— Ce pub est renommé pour sa spécialité de *fish and chips*. Vous devriez l'essayer, puisque vous êtes dans le coin. Les gens viennent de loin pour dîner chez eux. Et je vous recommande leur pudding au chocolat en dessert.

Les filles s'entre-regardèrent.

— Tu es sûre d'avoir bien compris le nom du pub ? S'il vivait par-là, elle le saurait.

— Essayez un peu plus loin sur la côte, dit Liza en faisant un geste vague. Et conduisez prudemment, les routes sont étroites.

— Je sais. Nous nous sommes déjà perdues deux fois. Merci quand même. Vous devriez essayer d'écouter sa musique.

— Je le ferai.

Encore une chance qu'elles ne soient pas arrivées quelques heures plus tôt, quand elle dansait dans la cuisine.

Liza attendit que le vrombissement du moteur se soit éloigné avant de regagner le patio.

L'air était lourd et chaud, mais de gros nuages sombres s'amoncelaient à l'horizon. Un orage s'annonçait.

— Je comprends que vous vous cachiez. Elles étaient terribles.

Elle entra dans le pavillon, où Finn examinait sa peinture. L'espace d'une seconde, son assurance l'abandonna.

— C'est le genre de personnes que vous devez affronter tous les jours ?

— Non, dit-il sans se retourner. La plupart du temps c'est pire.

— C'est affreux. Quel est le tarif en vigueur pour un garde du corps ?

— C'est souvent un travail bénévole, récompensé par une gratitude infinie. Un instant, tenez-moi ceci.

Il lui tendit son verre de vin, afin d'avoir les mains libres.

— C'est absolument incroyable.

— Je sais. Je passais presque tout mon temps dans cette pièce quand j'étais enfant, mais ma mère ne s'en sert plus. Je l'ai nettoyée en arrivant, et transformée en atelier.

— Je ne parle pas du pavillon, mais de ce tableau. C'est celui qui m'est destiné ?

— Je me demandais si vous parliez sérieusement.

— Oh ! je suis très sérieux. Je ne peux pas croire que vous ayez fait tout cela depuis le week-end dernier.

Sans lui demander de permission, il regarda les toiles qu'elle avait entassées contre le mur.

— Certains de ces tableaux sont vieux. J'avais même oublié qu'ils étaient là.

Elle était un peu gênée qu'il les regarde.

— Comment avez-vous pu oublier un tel travail ? Au fait, merci d'avoir éloigné ces filles.

— Je vous en prie. C'était ma distraction du jour. Pensez-vous que j'aie un avenir en tant qu'espionne ?

— Non, mais vous avez certainement un avenir en tant qu'artiste.

Finn se pencha pour examiner une des toiles de plus près.

— Ces tableaux sont superbes. Vous avez du talent, Liza.

— Merci, c'est gentil.

— Je ne suis pas gentil. Demandez aux gens qui me connaissent.

Il sortit un des plus grands tableaux de la pile et le posa sur la table.

— Voulez-vous me vendre celui-ci ?

— Plutôt que l'autre ?

— Non. Je veux les deux.

Il s'approcha de la toile posée sur le chevalet.

— Et celui-ci serait parfait dans mon hall.

— Il n'est pas encore fini.

— Finissez-le, et annoncez votre prix.

— Euh… vous dites cela pour être poli ?

Un sourire flotta sur les lèvres de Finn.

— Je ne suis ni poli ni gentil. Je l'achète parce que je le veux, et que quand je veux quelque chose…

Il laissa sa phrase en suspens. Les mots semblèrent planer au-dessus d'eux, dans une atmosphère lourde.

Elle n'aurait jamais cru que tant de choses puissent être dites sans que l'un d'eux ne prononçât un seul mot.

Son visage était proche du sien, et elle pressentit qu'il voulait l'embrasser, là, dans les ombres projetées par les arbres du jardin. L'esprit embrumé par le vin et le désir, elle avait du mal à rassembler ses idées.

— Je suis mariée.

— Je sais.

Il eut un large sourire, séducteur, entendu.

Liza secoua la tête. Il y avait trop de différences entre eux. C'étaient ces différences, ainsi que l'attrait de l'interdit, qui le rendaient aussi attirant. Comment ne pas être flattée ? Et surtout, comment ne pas être tentée ?

— Vous êtes peut-être aussi terrible que le prétendent les rumeurs.

— Peut-être.

Son regard se posa sur ses lèvres, et son regard ardent l'enflamma.

— Et vous, Liza ?

Oui, et elle ? Elle avait toujours pensé qu'elle ne regarderait jamais un autre homme que son mari. Mais elle regardait Finn.

Elle était attirée au bord d'une falaise par un fil invisible. Si elle tombait, rien ne serait plus jamais comme avant.

La bouche de Finn était dangereusement proche.

— Réfléchissez.

— Pour le tableau ? demanda-t-elle, désorientée.

— Pour le tableau aussi, dit-il en lui caressant la joue du bout du doigt. Merci pour cette merveilleuse soirée. Venez chez moi demain.

Chez lui ? Pour dîner ? Pour coucher avec lui ?

— Que me proposez-vous, au juste ?

— Cela dépendra de vous.

Il était si proche à présent que si elle avait esquissé le moindre mouvement ils se seraient embrassés.

— Finn…

— Venez à 7 heures. Nous aurons le temps de nous baigner avant.

Avant quoi ?

Elle ouvrit la bouche pour poser la question, mais il s'éloignait déjà dans l'allée. Liza demeura clouée sur place. Que faire ? Le rappeler ? Le laisser partir ?

Mais où avait-elle la tête ?

Il était naturellement hors de question qu'elle aille chez lui demain. Elle n'était pas naïve. De toute évidence, il ne l'invitait pas pour lui faire goûter sa cuisine.

Il ne l'avait même pas touchée, mais elle avait l'impression qu'il l'avait fait. Elle fit glisser ses paumes sur ses bras. Sa peau était tiède, son corps semblait fondre délicieusement.

Secouant la tête, elle referma le pavillon et regagna la maison d'un pas chancelant.

Elle se sentait différente. Ce sentiment ne devait rien à sa robe, ni à ses talons aiguilles. C'était juste la façon dont Finn l'avait regardée. Elle s'était sentie séduisante. Consciente de sa féminité.

Mais elle n'irait pas chez lui demain.

Ou bien… pourquoi pas ? Demain après-midi, elle allait ouvrir les lettres de Ruth avec sa mère. Ce serait peut-être perturbant. La perspective d'une soirée avec Finn l'aiderait.

La sonnette de l'entrée retentit, et les battements de son cœur s'emballèrent.

Finn.

Il avait changé d'avis, il ne voulait pas attendre jusqu'à demain.

312

Passant une main dans ses cheveux, elle inspira et alla à la porte, sûre de son pouvoir de séduction avec sa robe rouge et ses chaussures à talons.

Elle ouvrit la porte en souriant et faillit tomber à la renverse.

Sean se tenait sur le seuil, échevelé, avec une barbe de deux jours et le regard fatigué. Il tenait à la main l'article de magazine, froissé et en partie déchiré.

Huit signes que votre mariage bat de l'aile.

— Bonsoir, Liza.

19

Liza

Liza dormit mal, ce qui avait tendance à arriver quand votre mari débarquait sans s'annoncer et vous trouvait sur votre trente et un, et sur le point de coucher avec un autre homme.

Elle n'aurait pas couché avec Finn. Du moins c'était ce qu'elle se disait en contemplant le plafond et en pensant à Sean, qu'elle avait envoyé dormir dans une autre chambre, de l'autre côté du couloir.

C'était la première fois depuis qu'ils étaient mariés qu'ils faisaient chambre à part. Elle avait prétexté qu'il devait être fatigué par le voyage et qu'il avait besoin de dormir tranquillement. En réalité, elle n'était pas sûre qu'il y ait assez de place dans le lit pour eux deux et son sentiment de culpabilité. Elle avait besoin de réfléchir et elle ne pourrait pas le faire si Sean était allongé à côté d'elle.

Pourquoi aurait-elle dû se sentir coupable ? Elle n'avait rien fait de mal. Penser à quelque chose, cela ne comptait pas, n'est-ce pas ? Ou peut-être que si ?

Elle avait eu l'impression d'avoir raison, mais maintenant elle se sentait dans son tort. Voilà ce qui arrivait quand vous ne régliez pas tout de suite un problème.

Elle aurait dû parler avec Sean, dès l'instant où ces horribles doutes s'étaient insinués dans son esprit. Un peu comme si elle avait vu une mauvaise herbe dans le jardin. *Regarde ça ! Il faut l'arracher tout de suite, avant qu'elle n'envahisse la pelouse.* Mais elle ne l'avait pas fait, elle avait laissé la mauvaise herbe se développer. Et maintenant il y en avait tant qu'elle ne distinguait plus rien dans cet embrouillamini.

Il était clair qu'elle était aussi responsable que lui des problèmes apparus dans leur couple, puisqu'elle n'avait rien dit. Elle pensait qu'il devait savoir. Comme si après toutes ces années il était capable de lire dans ses pensées. Comme s'il avait eu des pouvoirs magiques.

Mais la vie n'était pas de la magie. Elle était compliquée, réelle. Et encore plus réelle quand Sean apparaissait devant la porte, affolé, parce qu'il avait trouvé un article et qu'il ne voulait pas que leur mariage soit en danger. Liza ne le voulait pas non plus. Mais qu'avait-elle fait ? Elle avait enfoui la tête dans le sable, s'était enfuie, avait mis sa vie en pause. Alors que Sean s'était précipité pour être à ses côtés.

Elle avait toujours cru être très différente de sa mère, mais elle voyait bien aujourd'hui que ce n'était pas vrai. Être franche sur ses sentiments était facile, quand ils étaient clairs et positifs. Mais ça l'était un peu moins quand il fallait avoir des conversations compliquées avec ses proches.

Liza était restée éveillée la plus grande partie de la nuit, l'esprit occupé par Finn, le baiser qu'ils avaient failli échanger, Sean, leur mariage, leurs espoirs, les filles, la vie réelle. Tout cela s'était mélangé dans sa tête comme une horrible mixture, jusqu'à lui donner la nausée.

Elle fut soulagée quand la lueur du jour envahit peu à peu la chambre, car l'obscurité semblait déteindre sur ses pensées.

À 5 heures, elle renonça à essayer de dormir et descendit.

Le temps avait brusquement changé dans la nuit, et un terrible orage avait ouvert la voie à une pluie torrentielle. Les gouttes martelaient le toit et les vitres, et dans le jardin les plantes ployaient sous leur force. Le changement de temps reflétait celui de sa situation. Les journées ensoleillées et solitaires étaient loin derrière elle.

Quand elle entra dans la cuisine, Sean était déjà assis devant la table. À en juger par sa mine, il n'avait pas beaucoup dormi non plus.

Leur conversation de la veille avait été compliquée. C'était le moins qu'on puisse dire. Quand elle avait ouvert la porte et l'avait vu devant elle, elle s'était mise à transpirer. Et pas seulement à cause de la chaleur, qui était accablante. Si Sean était arrivé une demi-heure plus tôt, il l'aurait trouvée en train de rire et de flirter avec Finn dans le pavillon.

Elle l'avait fait entrer, atterrée de le voir brandir ce stupide article. Où l'avait-il trouvé ?

— Tu es seul ? Où sont les filles ?

— À la maison. Je me suis dit que c'était le genre de conversation que nous devions avoir en tête à tête.

Il avait alors regardé sa robe, et la pile d'assiettes qu'elle n'avait pas encore rangées dans le lave-vaisselle.

— Tu n'étais pas seule ?

— Un ami est venu dîner.

Elle ne dit rien de plus, mais sentit ses joues s'empourprer et sut qu'il l'avait remarqué. C'était bizarre. Quand elle voulait qu'il remarque quelque chose, il ne le faisait pas. Et là, alors qu'elle aurait préféré qu'il ne voie rien, la rougeur de ses joues ne lui avait pas échappé.

— Cet article n'est pas…

— Il n'est pas quoi, Liza ?

— Il ne veut rien dire.

— S'il ne veut rien dire, pourquoi était-il dans ton sac ? Quand tu m'as dit que tu partais à Oakwood, j'ai cru que tu allais nourrir le chat. Je n'avais pas compris que tu voulais me quitter. J'aurais préféré le savoir.

La panique la submergea. Ce n'était pas du tout ce qu'elle voulait, et maintenant la situation était hors de contrôle.

— Je ne t'ai pas quitté ! Pas dans le sens où tu l'entends. J'avais besoin d'un peu d'espace. C'est tout, Sean. J'avais besoin de réfléchir.

Elle s'était imaginée en train de préparer ce qu'elle allait lui dire afin que ses paroles soient réfléchies, qu'elles aient un sens. Et maintenant elle était sur la défensive, prise au piège. Et fatiguée, ce qui n'était pas bon.

— Si tu avais besoin de réfléchir à notre mariage, tu ne crois pas que tu aurais dû me mettre au courant ? Quand on accuse quelqu'un, on lui donne le droit de se défendre.

— Je ne t'accuse de rien, Sean.

Il montra la bouteille de vin qui restait du dîner.

— Je peux la finir ?

— Bien sûr.

Elle versa le vin dans un verre.

Sean avait toujours été stable et équilibré. C'était une des choses qui l'avaient attirée chez lui, et cela n'avait jamais changé. Il avait soutenu Liza avec un calme imperturbable quand les jumelles étaient nées prématurément, puis quand son père était mort. En ce moment, il ne paraissait pas serein du tout.

— Tout le long du chemin j'ai préparé un grand discours, mais maintenant que je suis là, je ne trouve plus rien à dire. Pourtant, il n'a jamais été aussi important de trouver les bons mots, ajouta-t-il en la regardant d'un air las. J'étais si absorbé par ma vie que je n'ai jamais pris le temps de me demander comment je vivais.

Liza le comprenait car, d'une certaine façon, elle en était arrivée à la même conclusion.

— Tu as l'air épuisé.

— La semaine a été longue, et la circulation était infernale, dit-il en vidant son verre. Comme un vendredi soir.

— Oui.

Un vendredi soir. Et elle avait dîné avec Finn. Elle savait que ce n'était pas le moment de parler. Elle avait besoin de réfléchir, et Sean devait se reposer.

— Il est tard, tu as fait une longue route. Tu devrais aller te coucher pendant que je finis de ranger. Nous parlerons tranquillement demain.

— Tu es sérieuse ? Cette conversation est la plus importante de notre vie, et tu veux la reporter ?

— C'est justement parce qu'elle est sans doute la plus importante que nous ayons jamais eue que je veux la différer. Ce n'est pas le moment de parler, alors que nous sommes fatigués et stressés.

— Tu n'as l'air ni fatiguée ni stressée. Tu sembles avoir fait le plein d'énergie.

Son regard passa sur les fines bretelles de sa robe rouge et descendit sur ses sandales à talons.

— Tu es… incroyable. Différente.

— Je me suis offert une nouvelle robe.

— Ce n'est pas la robe. C'est toi, qui es différente.

Sans doute l'effet de la culpabilité. Liza avait l'impression d'en être imprégnée. Non qu'elle ait quoi que ce soit à se reprocher. En dehors de certaines pensées.

— Je viens de passer une semaine à me reposer au soleil. Et comme j'ai oublié de mettre de la crème solaire, mon nez pèle.

Sean avait presque esquissé un sourire.

— Moi qui te croyais en train de nettoyer la maison du sol au plafond ! Comment as-tu passé le temps ?

— J'ai vu Angie. Je suis allée à la plage. J'ai nagé tous les jours. J'ai peint.

Et flirté.

— Tu as peint ? C'est bien. Tu ne le fais pas assez souvent, et je crains que ce ne soit en partie ma faute.

— J'aurais dû prendre le temps de le faire, protesta-t-elle en secouant la tête.

— Comment ? Tu croules tellement sous les corvées que c'est un miracle que tu aies encore le temps de te brosser les dents. Il fait chaud et lourd, ajouta-t-il en se passant une main sur la nuque.

— Nous allons avoir de l'orage.

Au propre et au figuré.

Liza résista à l'envie de mettre la conversation sur le tapis, et d'en finir. Il fallait qu'elle réfléchisse à ce qu'elle allait dire. Et elle ne voulait pas parler alors qu'elle portait une robe rouge et sexy qu'elle avait mise pour recevoir un autre homme. Même si concrètement elle n'avait rien fait de mal, elle n'avait pas la conscience tranquille.

— Va te coucher, Sean.

Il avait fini par accepter, et avait monté son sac de voyage dans la chambre qu'ils occupaient lors de leurs séjours, tandis qu'elle regagnait son ancienne chambre pour dormir entourée de ses souvenirs d'enfance.

Et maintenant ils se retrouvaient face à face dans la cuisine, alors qu'une pluie torrentielle s'abattait dans le patio.

— Tu t'es levée tôt, fit remarquer Sean en lui tendant une tasse de café. Tu as dormi ?

— Pas beaucoup. Et toi ?

— Non. Pourquoi as-tu décidé de dormir dans ton ancienne chambre ?

— Je ne sais pas.

Elle prit une gorgée de café et se frotta les yeux.

— Quand je suis arrivée, j'étais fatiguée et je me suis installée dans cette chambre. J'avais besoin d'un changement radical.

— Tu voulais m'oublier ?

— Non.

Elle posa sa tasse. L'article se trouvait sur la table, entre eux. Il y avait tant de choses à dire.

— Rien de tout cela n'était prévu, Sean. Il s'est passé tellement de choses le dernier jour, et au cours des mois précédents. Quelque chose en moi a craqué. Je me sentais tout le temps submergée. Et seule. J'avais l'impression que ma famille me considérait comme une servante. Je ne servais qu'à apporter les objets que les autres avaient oubliés, à réserver les tables que personne n'avait pensé à choisir, ou à prévoir des repas que personne n'avait envie de préparer. J'avais cessé d'être une personne. C'était ma faute, car j'avais laissé tout cela arriver sans jamais protester.

C'était un soulagement de pouvoir enfin le dire. De tout étaler au grand jour.

Sean était blême.

— J'aurais dû m'en rendre compte. Je me suis comporté en parfait égoïste.

— Moi-même, je n'en avais pas conscience. Chaque instant de ma journée était occupé par des tâches à accomplir. Je n'avais plus une minute pour réfléchir. La peinture constituait pour moi une sorte de méditation, un moment de calme et de concentration. Quand j'ai cessé de peindre, j'ai perdu ces moments précieux. Je n'ai jamais pris le temps de me demander si cette vie était bien celle que je souhaitais avoir. Le jour où je suis partie, je cherchais simplement un peu d'espace pour réfléchir.

— J'ai revécu dans ma tête chaque instant de cette journée. Tu m'as suggéré d'aller dîner au restaurant, et je t'ai demandé de réserver une table. Tout en pensant que les filles nous accompagneraient… alors que c'était notre anniversaire de mariage. Je ne sais pas comment te demander pardon, ajouta-t-il, mortifié.

— Tu n'étais pas dans ton meilleur jour. Mais grâce au ciel il y a toujours des hauts et des bas dans un mariage, et tu as souvent été au top.

— Tu aurais dû me donner un coup de poêle sur la tête, comme l'a fait ta mère avec ce malheureux intrus. Si je n'avais pas trouvé cet article, est-ce que tu m'aurais parlé ?

— Oui. J'avais besoin de temps pour tout mettre en ordre dans ma tête, c'est tout.

— Tu ne voulais pas rentrer à la maison. Cela en dit long.

Ses traits étaient creusés, ses joues ombrées de barbe. Elle ne l'avait jamais trouvé aussi sexy.

Ou bien, elle était tellement bouleversée par la crainte de le perdre qu'elle remarquait des détails auxquels elle avait cessé de faire attention. Le temps passait, et votre regard finissait par glisser avec indifférence sur les choses qui auraient dû capter votre intérêt.

— J'allais rentrer, Sean. Je voulais te parler de ce que je ressens. Mais je n'avais pas encore décidé quand, ni comment. Je ne pouvais pas savoir que tu allais trouver cet article.

— Ce n'est pas moi qui l'ai trouvé, ce sont les filles.

— Oh ? Comment ?

— Je leur ai demandé de chercher le double des clés de la voiture. Elles ont fouillé dans ton sac et sont tombées sur l'article.

L'idée que quelqu'un d'autre qu'elle allait le lire ne l'avait jamais effleurée.

— Qu'ont-elles dit ?

— Au début, rien. Elles ne savaient pas quoi faire et elles ont gardé cela pour elles pendant quelques jours, tout en posant beaucoup de questions plus ou moins subtiles. Et hier, elles sont venues me trouver. J'étais incapable de leur répondre, ce qui ne joue pas en ma faveur. Quand tu as des problèmes de couple, tu es censé le savoir.

— Tu es en colère ?

— Non. Du moins, pas contre toi. Contre moi peut-être, parce que je n'ai pas vu ce que tu ressentais. Et surtout parce que je n'ai rien fait pour éviter d'en arriver là. Je suis surtout…

Il s'interrompit et secoua la tête.

— Je ne sais pas. Secoué. Désemparé. Terrifié, car je t'aime et je n'ai pas vu ce qui se passait. Je croyais que nous étions heureux. C'est terrible, de savoir que tu pensais tout cela et que tu n'en as rien dit. Je ne prétends pas être un expert en relations, mais je sais qu'on ne peut pas réparer quelque chose si on ignore que cette chose existe.

Oh ! Sean… La gorge de Liza se serra.

— Je t'aime aussi.

— Alors, pourquoi as-tu gardé cela ? demanda-t-il en poussant l'article sur la table. Pourquoi ne m'en as-tu pas parlé ?

— Quand ? Quand parlons-nous de nous et de notre relation, Sean ? Nous parlons de la vie de tous les jours, des filles, de problèmes concrets.

Il fit tourner le papier sous ses doigts.

— Huit signes. Combien s'appliquent à nous ? J'ai lu l'article, et je n'en suis pas sûr. Il y a le numéro deux… *Vous ne passez jamais de temps seuls ensemble.* C'est vrai, je le vois bien maintenant.

— Sean…

— Autrefois nous avions des soirées en amoureux. Que sont devenues ces soirées ?

— Elles se sont évaporées, entre le moment où ta carrière a décollé et celui où Caitlin a commencé ses cours de théâtre.

Liza entoura sa tasse de ses mains.

— Nous n'avons pas classé ces soirées dans nos priorités. Notre couple est passé au second plan.

— Pour moi, rien dans ma vie n'est plus important que toi. Donc, ce n'était pas voulu, c'était de la négligence, dit-il en lui prenant la main. Je te pardonne de ne pas l'avoir cru, mais tu es ma priorité. Tout ce que je fais, y compris mon travail, c'est pour nous.

— Je sais.

Liza était fatiguée, émue, et terriblement contente de le voir, et de parler enfin avec lui.

— C'était ma faute autant que la tienne. J'étais tellement absorbée par notre vie de famille que j'ai négligé notre couple. Je crois que c'est dû à mon enfance, à mon besoin d'être toujours présente. J'en ai trop fait, j'en suis consciente à présent.

La pluie avait cessé et un coin de ciel bleu venait d'apparaître. Ce rayon de soleil et les doigts de Sean sur les siens lui redonnèrent de l'espoir.

— Tu es la meilleure des mères. Les jumelles ont de la chance.

— Ce n'est pas vrai.

La vérité était dure à admettre, mais il le fallait.

— Je fais les choses à leur place, au lieu de les pousser à prendre leurs responsabilités. Caitlin me donne l'impression que je suis une mauvaise mère, aussi je fais tout ce que je peux pour maintenir la paix. Je veux qu'elle soit heureuse, et je la laisse me manipuler. C'est ma faute, et je dois régler le problème.

— Je ne pense pas que tu sois obligée de le faire. Les filles ont fait un sérieux examen de conscience depuis qu'elles ont trouvé cet article.

Comme par hasard, un tintement du téléphone de Sean annonça un nouveau message.

— C'est Caitlin. Elle veut savoir si nous allons divorcer.

— Un divorce ? C'est ce qu'elles pensent ?

— C'est la conclusion de l'article. Pouvez-vous régler les problèmes, ou vaut-il mieux mettre fin à votre mariage ?

— Je ne l'avais pas lu jusqu'au bout.

L'article l'avait affolée. C'était un peu comme lire une liste de symptômes sur un site de santé, et se convaincre qu'on a une maladie mortelle. Liza n'avait pas voulu croire que son mariage en était au stade terminal.

— En venant ici, je n'ai pas cessé de penser à cette dernière journée à la maison. J'étais perturbé, je pensais à mon travail, à mes clients. À tout, sauf à nous. Tu essayais de me pousser à sortir pour dîner, tu faisais tout ce que tu pouvais pour me rappeler que c'était notre anniversaire.

— J'aurais dû te le dire.

— Tu n'aurais pas dû avoir à le faire. J'aurais dû y penser. Réserver une table au restaurant et organiser une soirée en amoureux, sans que tu aies besoin de régler les détails matériels. Je suis désolé. Tu aurais dû pouvoir me dire que tu étais à bout. C'est ma faute si tu ne l'as pas fait. J'étais pressé de partir au travail… négligeant tout le reste.

— J'avais peut-être besoin de ces quelques jours de solitude. Ils m'ont fait du bien.

Parler avec Finn lui avait fait du bien aussi. Cela l'avait aidée à comprendre ce qui était important pour elle.

— Tu es sûre que tu comptais rentrer à la maison ?

— Mais bien sûr !

Elle était horrifiée qu'il éprouve le besoin de poser la question. Un rayon de soleil pénétra dans la cuisine, et elle se leva.

— Allons à la plage.

— Maintenant ?

— Pourquoi pas ? C'est ce que nous faisions toujours, après un orage.

— Quand nous étions adolescents.

— Et alors ? Il n'y a pas que les jeunes qui ont le droit de s'amuser, répondit-elle en pensant à sa mère. Il n'existe pas de loi interdisant d'avoir les mêmes distractions qu'autrefois. Il y aura du vent, les vagues seront puissantes, et la plage déserte.

Sean vida d'un trait sa tasse de café.

— Tu ne comptes pas t'habiller ? Et prendre ton petit déjeuner avant de sortir ?

— Nous emporterons de quoi déjeuner sur le sable. Après l'orage, la lumière sera magnifique. Je vais faire des photos dont je me servirai plus tard pour peindre.

Pendant que Sean partait se préparer, Liza prit des fruits et des muffins qu'elle mit dans un sac.

Sean sortit de la douche, les cheveux humides et un sweat-shirt sur les épaules.

— Cela faisait des années que je ne t'avais plus vue en short. Tu as renouvelé toute ta garde-robe ?

— Je n'avais pas de vêtements adaptés.

Elle enfila ses mules, et ils descendirent à la plage en passant à travers champs.

Le bord de mer était désert, en dehors d'un homme qui promenait son chien au loin. Liza se débarrassa de ses chaussures et entra dans l'eau. La mer était agitée, mais les nuages s'étaient dissipés et une journée ensoleillée s'annonçait.

— Nous nous sommes connus sur cette plage, dit Sean en l'enlaçant. Tu m'intimidais.

Elle se blottit contre lui.

— C'est ridicule. Tu étais le gars le plus cool de l'école, celui que toutes les filles voulaient.

— Et tu ne me regardais même pas.

— Je te regardais. Mais je n'osais pas le montrer.

L'eau glacée lui recouvrit les pieds et les chevilles, le froid la paralysa.

— Tu étais réservée, et ça me plaisait. Tu semblais vivre ta vie dans ta tête.

— J'avais appris à être indépendante.

Sean lui lança un coup d'œil entendu.

— Tu as parlé à ta mère ?

— Tous les jours.

Voyant sa surprise, elle ajouta :

— Nous avons plus parlé cette semaine que pendant des mois. Peut-être même des années.

— De quoi ?

— De tout. De sa vie. Martha publie des photos de leur voyage sur les réseaux sociaux. Des paysages, des vidéos. Leur compte s'appelle *Destination Happy End*. Je te montrerai plus tard. Visiblement, elles s'amusent comme des folles.

Devait-elle lui parler des lettres ? Plus tard, peut-être.

— Je commence à la comprendre, et cela m'aide beaucoup.

Elle lui glissa un bras autour de la taille et ils marchèrent ensemble, les pieds dans l'eau.

— J'adore être ici.

— Moi aussi. Tu te rappelles quand nous parlions d'acheter une maison ? Nous avions tellement de rêves. Que s'est-il passé ?

Il se souvenait. Liza avait cru qu'il avait oublié leurs conversations, mais ce n'était pas le cas. Son moral remonta.

— Nous avons grandi. Nous sommes devenus raisonnables.

— Il est sans doute temps de remédier à cela.

Sans prévenir, il la souleva, et elle poussa un cri alors qu'il entrait dans l'eau en la portant.

— Sean ! Si tu me laisses tomber, je…

— Si je te laisse tomber dans l'eau ? Mais c'est ce que je vais faire, ma chérie.

— Tu vas abîmer mon short neuf.

Elle poussa un nouveau cri quand une vague s'écrasa sur eux et lui éclaboussa le visage.

— La mer est trop agitée !

— Je suis là, dit-il en l'embrassant. Je serai toujours là pour toi.

Son cœur fit un bond. Quand s'étaient-ils parlé ainsi pour la dernière fois ? Elle ne s'en souvenait plus.

Ses vêtements trempés lui collaient à la peau.

— Tu es d'une insouciance ridicule.

— Je sais. Il est temps. Si tu veux mon avis, nous avons été beaucoup trop adultes ces derniers temps. Comme tu dis, il n'y a pas que les jeunes qui ont le droit de s'amuser.

Il la plongea dans l'eau et la serra contre lui.

— Nous allons faire cela plus souvent, Liza Lewis.

— Quoi ? Plonger dans l'eau glacée ? Nous noyer ?

— Nous allons être spontanés. Tu frissonnes, dit-il en repoussant les mèches blondes de son visage. Rentrons prendre une douche bien chaude.

Ils regagnèrent la maison en courant, main dans la main, répandant du sable dans la cuisine et dans l'escalier.

— Nous aurions dû nous rincer les pieds, dit Liza en riant et trébuchant.

— Nous nettoierons plus tard.

Sean l'embrassa et ils se glissèrent ensemble sous la douche exiguë.

Liza ferma les yeux tandis que l'eau coulait sur elle, entraînant le sable, le sel, et le stress des dernières semaines. La bouche de Sean était sur la sienne, lui communiquant l'espoir à travers ses baisers.

Puis il ferma le robinet, enveloppa Liza dans une serviette, et l'emporta dans la chambre.

Ses mains étaient sûres, son corps dur et familier. Il la toucha avec délicatesse, faisant disparaître les doutes, les douleurs, et la distance qui les séparait encore. Pour une fois, elle ne s'inquiéta pas pour le passé ou le futur. Il n'y avait plus que le présent, Sean, et la conviction d'être sincèrement aimée.

Comment avait-elle pu oublier cette sensation ? Comment avait-elle pu douter de ses sentiments pour elle, alors qu'ils étaient évidents ? Ce n'était pas seulement du sexe, c'était de l'amour et il le lui prouvait par chaque caresse, chaque baiser, chaque mouvement de ses hanches. Jusqu'à ce que le plaisir la submerge et la laisse sans force et comblée.

C'était de l'amour, songea-t-elle, lovée contre lui.

De l'amour.

— Cela me manquait, dit-il en la serrant plus étroitement contre lui.

— Vraiment ? Il n'y a pourtant pas longtemps que nous avons fait l'amour.

— Il y avait longtemps que nous ne l'avions pas fait comme ça. Que nous n'avions pas été aussi proches.

Elle comprenait ce qu'il voulait dire. L'intimité ne se limitait pas au contact physique.

— Je voudrais garder cette sensation d'intimité, mais je ne sais pas ce qu'il faut faire.

— Si nous essayons tous les deux, nous y arriverons. Je t'aime, Liza.

— Je t'aime aussi, dit-elle en se tournant vers lui. Et maintenant, qu'allons-nous faire ?

— Je vais te préparer un de mes fameux sandwichs au bacon, dit-il en l'embrassant. Ensuite, nous passerons la journée à parler de nos rêves et à faire des projets, comme autrefois. Je veux savoir absolument tout ce que tu penses. Nous devrions peut-être redescendre à la plage.

Il enfila son jean et sortit, tandis qu'elle restait pelotonnée dans le lit, trop alanguie pour bouger.

Le chant des oiseaux lui parvenait par la fenêtre ouverte et, quand elle se leva, elle vit que toutes les flaques d'eau s'étaient évaporées au soleil.

Elle entendit Sean s'affairer dans la cuisine et huma le parfum appétissant du bacon en train de frire.

Elle prit une douche rapide, sécha ses cheveux, et enfila une des robes d'été qu'elle avait achetées au village. Puis elle s'assit au bord du lit et envoya un message à Finn pour le prévenir qu'elle ne viendrait pas dîner.

Elle n'éprouvait plus de culpabilité ni de regret. Les moments qu'elle avait passés avec Finn n'étaient pour lui qu'une brève distraction, mais ils l'avaient aidée à se recentrer. Elle lui en était reconnaissante.

Quand elle entra dans la cuisine, Sean avait empilé des sandwichs au bacon dans une assiette et préparé un pot de café.

— Nous devrions appeler les filles, dit-elle en mordant dans un sandwich. Comment se sont-elles comportées cette semaine ?

— Comme d'habitude, jusqu'à ce qu'elles trouvent cet article. Tout à coup, elles sont devenues très attentionnées. Pour être franc, j'ai trouvé cela un peu déstabilisant, précisa-t-il en souriant. Hier, Caitlin m'a apporté le petit déjeuner au lit. L'alarme incendie s'est déclenchée trois fois, parce qu'elle avait fait brûler les toasts. Et elles ont toutes les deux passé une heure par jour à travailler dans le jardin des voisins, bien qu'Alice ait une peur bleue des vers de terre.

— Cette transformation s'est opérée sans que vous ayez eu une discussion ? (Elle termina sa bouchée.) Ce sandwich était délicieux. Je n'ai pas beaucoup cuisiné cette semaine. Je suis allée chez le traiteur presque tous les jours.

— Mais tu as préparé un repas très élaboré pour Angie, hier soir ?

Liza aurait pu mentir. Mais leur nouveau départ ne pouvait pas débuter avec un mensonge.

— J'ai cuisiné pour Finn Cool. C'est une longue histoire, ajouta-t-elle en voyant son regard interrogateur.

— Je ne suis pas pressé.

Il écouta tranquillement. Elle lui raconta tout, depuis l'apparition de Finn dans la cuisine, jusqu'au dîner de la veille.

— Ma mère ne m'avait pas dit qu'elle le connaissait aussi bien, mais cela ne m'étonne pas d'elle.

— Elle a toujours été très secrète, remarqua Sean en posant son sandwich. Et donc, est-ce que je dois m'inquiéter ?

— À quel sujet ?

— Le fait que tu te sois mise sur ton trente et un pour recevoir un homme. Je vois bien que tu as apprécié sa compagnie.

Liza sentit ses joues s'enflammer.

— Nous avons bavardé. Il m'a donné l'impression d'être… intéressante. J'ai eu conscience d'être un individu, pas seulement une épouse, une mère, ou un professeur. Nous avons parlé de créativité, du fait de suivre ses passions.

— Ses passions ? répéta Sean, sans la quitter des yeux.

— Pour l'art et la musique.

Elle avait été sur le point d'embrasser Finn, mais elle ne l'avait pas fait. Elle avait fait un choix, et il n'était pas nécessaire de le dire à Sean. Cette semaine, elle avait pris des décisions qui la concernaient et qui n'étaient pas dictées par les besoins de son entourage.

— Le fait de parler avec lui m'a aidée à réfléchir. Cette semaine, je me suis réveillée chaque matin avec enthousiasme en pensant à la journée qui s'annonçait. Je me suis promenée sur la plage. J'ai lu des livres sans me dire que j'aurais dû faire autre chose. Je me suis assise dans le jardin, sans penser à toutes les tâches qui s'accumulaient. J'ai mangé des plats que je n'avais pas préparés. J'ai peint, et je ne peux pas te dire à quel point cela m'a fait du bien.

Sean hocha la tête.

— Tu as fait de la peinture à l'huile ? Des pastels ?

— Un peu de tout. Finn veut acheter deux de mes tableaux pour sa maison.

Sean garda le silence un moment, puis sourit.

— De toute évidence il a bon goût. Comment sait-il que tu peins ?

— Je lui en ai parlé. Et je lui ai montré des photos de mes anciens tableaux.

Sean inspira longuement.

— Il y avait longtemps que je ne t'avais pas vue aussi énergique et enthousiaste.

— Ces conversations m'ont aidée à comprendre ce que je voulais.

Sean repoussa son assiette.

— Je suis désolé que tu n'aies pas pu avoir ce genre de conversations avec moi. C'était le quatrième paragraphe de l'article, n'est-ce pas ? *Confiez-vous encore vos rêves à votre partenaire ?* Ce titre m'a frappé. Je me suis rendu compte que je ne connaissais pas tes rêves. C'était le cas, à une certaine époque, je me souviens de la première fois où tu m'as dit que tu voulais être une artiste. Tu ne l'avais jamais dit à personne et je me prenais pour le roi du monde parce que tu m'avais confié ton secret.

— C'était un rêve irréalisable. On ne gagne pas beaucoup d'argent en peignant des toiles, et je n'ai jamais eu envie d'être une artiste pauvre.

— Mais je n'ai pas encouragé ton côté créatif, et je le regrette terriblement.

— C'était ma responsabilité, pas la tienne.

— Montre-moi ce que tu as fait, dit-il en se levant.

Elle prit la main qu'il lui tendait et l'emmena dans le pavillon.

— J'ai fait un grand ménage, pour transformer cette pièce en atelier.

Elle ouvrit la porte. Sean passa devant elle et alla regarder les toiles entassées contre le mur.

— Ce sont tous de nouveaux tableaux ?

— J'en ai peint certains cette semaine. Les autres sont d'anciens tableaux que j'ai retrouvés et dépoussiérés.

Elle ne parla pas de celui qu'elle avait peint dans un moment d'inspiration et qu'elle avait rangé dans la chambre de sa mère pour lui faire une surprise à son retour.

Sean se campa devant la toile que Finn avait admirée.

— C'est celui que tu destines à ton voisin ?

— Oui, il aime l'océan.

— Le paysage est sublime.

— Sa maison aussi. C'est un rêve d'architecte, elle te plairait.

— Il va falloir te construire un atelier à Londres.

Liza rangea quelques tubes de peinture. Le coquillage que Finn lui avait offert était posé sur le rebord de la fenêtre, souvenir de cette matinée sur la plage. Avait-elle tort de le garder ? Non. Pour elle, cet objet n'évoquait pas vraiment Finn, mais plutôt le moment où elle avait décidé de se remettre à la peinture.

— Nous n'avons pas de place pour un atelier.

— Nous en ferons, dit-il en s'approchant de la toile pour l'étudier de plus près. Tu as tellement de talent.

Une vague de plaisir déferla dans son cœur.

— Merci.

Sean se tourna vers elle et la prit dans ses bras.

— Quel est ton rêve, Liza ? Si tu pouvais décrire la vie parfaite, maintenant, quelle serait-elle ?

— Tu veux connaître le rêve, ou la réalité ?

— Commence par le grand rêve. Nous verrons comment le transformer en réalité.

Il y avait des années qu'ils n'avaient plus joué à ce jeu. *Grands Rêves, Petits Rêves.*

Son grand rêve. Elle lui posa une main sur la poitrine.

— J'aimerais quitter la ville. Vivre dans une maison de caractère comme celle-ci, qui soit proche de l'océan. J'aimerais une vie au grand air, avec beaucoup d'amis, de bons petits plats et de bons livres. J'aimerais peindre. Ne pas m'inquiéter tout le temps pour les jumelles. J'aimerais savoir que tu es heureux aussi. Je ne veux pas que ma vie de rêve se fasse aux dépens du bonheur de quelqu'un d'autre.

Sean lui caressa les cheveux.

— Nous avons toujours rêvé de vivre au bord de la mer. C'est ma faute, si nous sommes à Londres.

— Ce n'est pas ta faute. C'est une décision que nous avons prise en commun. Tu as travaillé dur pour développer ton cabinet, et je suis reconnaissante de la sécurité qu'il nous apporte.

— Mais la vie que nous menons ne ressemble pas du tout à celle que nous voulions il y a vingt ans, dit-il en s'écartant.

— C'est le cas pour beaucoup de gens. Et les rêves ne sont pas les mêmes à vingt ans qu'à quarante ans.

— Ce n'est pas sûr. Je pourrais vivre ici, dit-il en contemplant le jardin. Peut-être quand les filles partiront à l'université.

Le cœur de Liza se mit à battre plus fort. L'esprit de Sean allait dans la même direction que le sien. Elle éprouva une pointe d'enthousiasme et s'efforça de le refréner.

— Tu le penses vraiment ? Ce ne serait pas très commode. Il y a mon poste d'enseignante, et ton cabinet d'architecte. Je ne vois pas comment concilier tout ça.

— Nous allons y réfléchir, dit-il en l'embrassant. En attendant, continuons de partager nos rêves. Ainsi, nous saurons tous les deux quel est notre but.

Elle garda les bras noués autour de lui, et l'espace d'un instant elle eut l'impression qu'ils étaient seuls au monde. Comme autrefois.

Elle ne voulait pas d'un rêve fantaisiste. Elle voulait la réalité, mais dans une version améliorée.

— Je suis contente que tu sois venu.

— Vraiment ? Quand tu as ouvert la porte hier soir, j'ai cru que j'avais eu tort de venir. Ne renonce pas à notre couple, Liza, dit-il en resserrant son étreinte. Nous pouvons encore faire mieux.

Il lui avait manqué. L'homme dont elle était tombée amoureuse lui avait manqué.

— Je ne renoncerai jamais, dit-elle en posant la tête sur son épaule. Nous devrions appeler les filles. Et il y a quelque chose que je dois faire, avant d'appeler ma mère un peu plus tard.

— Tout cela a l'air très mystérieux.

Elle lui prit la main, et ils traversèrent le jardin.

— Oui, c'est un peu étrange. Je n'ai jamais interrogé ma mère sur sa vie, avant qu'elle ait rencontré mon père. Elle a des lettres qu'elle veut que je lui lise… en fait, je devrais peut-être en parler avec elle avant de tout te raconter.

— Je comprends. Je suis content que tu te sentes plus proche d'elle. Je sais que c'est ce que tu voulais. Occupe-toi de ta mère, pendant ce temps je vais appeler les filles pour mettre fin à leur supplice. Je me disais… que nous pourrions rester ici quelques jours de plus. Ce serait notre cadeau d'anniversaire.

Liza avait cru qu'ils retourneraient directement à Londres.

— Que ferons-nous ?

— J'ai quelques idées, répondit-il avec un sourire coquin. Nous pourrions nous coucher tôt, nous lever tard, nous promener sur la plage, dîner dehors. Tu peindras et je te regarderai. Nous pourrons lire, ou ne rien faire. Discuter. Qu'en penses-tu ?

Elle n'avait pas besoin de réfléchir pour répondre.

— Je dis oui ! répondit-elle en se haussant sur la pointe des pieds pour l'embrasser. Je devrais probablement parler aux filles, moi aussi.

— Plus tard. Va appeler Kathleen.

Avec le sentiment d'être plus forte que jamais, Liza emporta les lettres dans la chambre de sa mère et dénoua la ficelle qui les reliait. Elle prit les deux premières, et posa les autres sur la table de chevet de Kathleen.

Il aurait été tentant de les ouvrir à l'avance, afin d'essayer de préparer sa mère à ce qu'elles contenaient, mais elle savait que ce n'était pas ce que Kathleen voulait.

Popeye pénétra dans la chambre, toisa Liza d'un air un peu moins dédaigneux que d'ordinaire, et sauta sur ses genoux.

Liza fut tellement surprise qu'elle n'esquissa pas un geste. Le chat lui poussa la main de son museau, et elle le caressa avec précaution. C'était la première fois que Popeye lui témoignait de l'affection.

— Que t'arrive-t-il ?

Sa main glissa sur la fourrure, et elle l'entendit ronronner. Le chat commençait sans doute à accepter sa compagnie. Un peu comme sa mère.

Cette pensée la fit rire.

Popeye était toujours sur ses genoux quand Kathleen appela, très précisément à l'heure convenue.

— Tu as les lettres ?

— Oui. Je les ai classées par ordre d'arrivée et j'ai les deux premières entre les mains.

Liza ôta ses chaussures et s'allongea sur le lit, en évitant de déranger le chat.

— Tu n'as pas changé d'avis ? Je crains que ce ne soit difficile, ou perturbant.

Il ne devait pas être facile d'apprendre que l'homme que vous aviez aimé, que vous alliez épouser, avait eu une liaison avec votre meilleure amie. Elle n'était pas étonnée que Kathleen l'ait quitté, qu'elle n'ait plus eu de contact avec Ruth, et qu'elle ait même refusé d'ouvrir ses lettres.

— Non, je suis sûre de moi. Martha et Josh sont partis prendre le petit déjeuner, et explorer quelques sites recommandés par le guide. Je suis tranquille, j'ai tout mon temps.

Liza ouvrit la première lettre datée de septembre 1960.

Ma chère Kate,

Je ne suis pas sûre que tu liras cette lettre. Je ne t'en voudrai pas si tu ne le fais pas, mais j'écris tout de même. Il y a certaines choses que j'ai besoin de te dire, même si tu risques de ne jamais les entendre. Dire que tu étais la seule personne à qui je pouvais tout confier, et que tu n'es plus là pour m'écouter ! Quelle ironie. J'ai beaucoup perdu en te perdant, et je ne peux m'en prendre qu'à moi-même. Tu as été la meilleure des amies dès notre première rencontre à l'université, et tu l'es toujours restée.

Tout cela n'aurait jamais dû arriver, bien sûr. Et si j'avais été une aussi bonne amie pour toi que tu l'as été pour moi, je ne serais pas obligée de t'écrire ces mots. Mais je ne suis pas toi, bien que dans le passé j'aie souvent souhaité posséder quelques-unes de tes qualités.

Je ne pourrai jamais t'expliquer dans quel trouble et quelle confusion me plonge le fait de savoir que mon plus grand bonheur se fait aux dépens du tien, et aux dépens de notre amitié. L'idée que je t'ai profondément blessée ne me quitte pas une seconde.

Je sais que j'éprouve pour Adam des sentiments mille fois plus forts que ce qu'il éprouve pour moi. Je devrais sans doute m'en inquiéter, mais contrairement à toi je n'ai jamais souhaité vivre une grande passion. Je sais qu'il ne m'épouse que par obligation. Il est loin de ressentir pour moi le même amour que pour toi, et nous ne nous serions pas retrouvés dans cette situation sans le bébé...

Liza s'interrompit. Le bébé ?

— Liza ? Pourquoi as-tu arrêté de lire ?

— Ruth était enceinte ?

— Oui. Continue, je t'en prie. Je veux tout savoir.

Enceinte. Liza comprenait pourquoi sa mère était partie, sans essayer d'arranger la situation. Elle s'obligea à poursuivre sa lecture.

Tu sais que j'ai toujours voulu par-dessus tout avoir un enfant, et une famille. Tu me taquinais à ce sujet. Quel était l'intérêt de faire des études, si je n'avais pas l'intention d'utiliser mes diplômes ? Où était mon ambition ? Mais je n'ai jamais été comme toi. Je sais qu'Adam est venu te voir, quand il a découvert...

Liza entendit sa mère inspirer brusquement. Visiblement, cette partie de la lettre lui avait causé un choc. Devait-elle interrompre la lecture ? Non. À moins que Kathleen ne le lui demande.

Il m'a dit qu'il t'avait suppliée de le reprendre. De lui pardonner. Et que tu avais refusé de l'écouter, en lui

disant de prendre ses responsabilités. Il a essayé de te
revoir, mais tu étais partie. Tu t'es éloignée pour nous
donner une chance. Tu t'es retirée pour qu'il n'ait pas
le choix. Même dans notre séparation, tu t'es montrée
une meilleure amie que je ne l'ai jamais été.

Liza cessa de lire, la gorge nouée par l'émotion.

— Maman…

— N'arrête pas, Liza. C'est dur à entendre et je voudrais en finir le plus vite possible. Tu ne peux pas savoir à quel point je suis soulagée que tu lises ces lettres pour moi.

Liza déglutit. Son rôle n'était pas de porter un jugement, ou de demander des détails. Sa mère avait besoin qu'elle lui fasse cette lecture.

Essuyant les larmes sur ses joues, elle se concentra sur le texte de la lettre.

À présent il m'en veut. Je ne peux le lui reprocher,
même s'il est aussi responsable que moi de la venue de
cet enfant. Je ne m'attends pas à ce qu'il me soit fidèle,
et la prochaine fois que je t'écrirai, car je t'écrirai
même si tu ne lis pas mes lettres, il se peut que je sois
une mère célibataire.

Liza s'éclaircit la gorge.

— Il voulait te reprendre. Tu l'aimais, et tu aurais pu l'épouser.

— Je l'aimais plus que tout, et j'avais le cœur brisé. Mais je savais que je survivrais sans lui. Je n'étais pas sûre que Ruth en soit capable. Elle était tellement vulnérable. Je l'ai toujours protégée.

Sa mère voulait-elle en dire davantage ? Elles n'étaient pas habituées à ce genre de conversation.

— Votre amitié devait être exceptionnelle. Quel genre de fille était-elle ?

— Elle avait eu une enfance très dure. Solitaire. Des parents très stricts. Je ne les ai jamais rencontrés, mais je crois qu'ils étaient âgés. Ils ne lui rendaient jamais visite.

Liza posa les lettres.

— Comment as-tu connu Adam ?

— Au club de théâtre. J'avais entraîné Ruth avec moi. Adam était là. Il était étudiant en médecine et avait une haute opinion de lui, je suppose. Mais je le trouvais amusant. Je n'avais jamais raconté cette histoire à quelqu'un, ajouta Kathleen après un court silence.

Liza perçut une hésitation dans la voix de sa mère.

— Je suis contente que tu me la racontes.

Son cœur était gonflé, comme prêt à éclater.

— Moi aussi. Où en étions-nous ? Ah oui, Adam. Il faisait partie de ces gens agaçants qui réussissent tout. Il accomplissait ce qu'il voulait, sans effort apparent. L'été suivant, nous avions monté *Beaucoup de bruit pour rien*. J'étais Béatrice, et il était Bénédict. Tu sais que j'adore cette pièce, à cause du badinage, de l'énergie. La relation des deux personnages reflétait exactement la nôtre. Ruth intervenait sans cesse, pour nous supplier d'arrêter de nous chamailler. C'était une bonne âme.

— Je ne savais pas que tu aimais le théâtre.

Elle en apprenait beaucoup sur sa mère.

— Après l'université, je ne suis plus jamais restée assez longtemps au même endroit pour répéter une pièce.

À cause d'Adam et de Ruth. Sa mère avait tourné le dos à cette partie de sa vie. Cette conversation devait être lourde pour Kathleen.

— Tu devais être une magnifique Béatrice.

— Fougueuse était le mot qui revenait le plus souvent dans les critiques.

Liza imaginait très bien sa mère dans le rôle.

— C'est de toi que Caitlin doit tenir sa passion pour le théâtre, dit-elle, pour détourner un instant la conversation et surmonter l'émotion intense qui la submergeait.

Au prix d'un effort de volonté, elle parvint à se contenir. Elle ne voulait pas mettre sa mère mal à l'aise en lui révélant ses propres sentiments. Non seulement cette histoire la bouleversait, mais elle était émue que sa mère lui accorde sa confiance.

— Nous pouvons donc mettre toutes ses scènes mélo-dramatiques sur le compte de l'ADN.

— Peut-être. Bien que ses meilleures performances n'aient pas lieu sur la scène d'un théâtre.

Elles rirent ensemble, et Liza pressa le téléphone contre son oreille. Elle riait avec sa mère. C'était exceptionnel.

— Parle-moi encore d'Adam et toi.

— Cette relation était un cliché, en fait. Notre histoire est passée de la scène à la vie réelle. Mais Ruth et moi étions inséparables. Je ne faisais pas partie de ces gens qui laissent tomber leurs amis quand ils sont amoureux. Aussi, nous faisions beaucoup de choses ensemble, tous les trois. Ruth était allée acheter un pique-nique, quand Adam m'a demandée en mariage au bord de la rivière. Nos examens s'étaient terminés ce jour-là. J'avais bu une ou deux coupes de champagne, et j'étais joyeuse et optimiste. Il m'a offert une bague.

— Celle que j'ai trouvée dans le tiroir, dit Liza, perce-vant une note de tristesse dans sa voix.

— Oui. Je pense qu'elle a de la valeur, mais je n'en suis pas sûre. Tu te demandes sans doute pourquoi je l'ai gardée.

Kathleen marqua une pause, comme si elle n'était pas sûre elle-même de la réponse.

— Il n'a pas voulu la reprendre, et je n'ai pas eu le courage de la vendre. Je ne sais pas pourquoi. Je pensais peut-être que ce souvenir serait pour moi une sorte de mise en garde.

Liza se dit que, plus tard, elle la pousserait à la ranger dans un endroit plus sûr. Mais ce n'était pas une priorité.

— Tu avais accepté sa demande. Comment Ruth s'est-elle insinuée dans votre histoire ? Que s'est-il passé ?

Sa mère ne répondit pas tout de suite.

— J'étais naïve. Je croyais que Ruth n'était pas sensible à son charme. Elle était la seule personne qu'il ne parve-nait pas à impressionner. Et Adam, étant ce qu'il était, se sentait obligé de faire d'elle une admiratrice. Je suis sûre qu'il a dû se donner du mal pour arriver à ce résultat, car

Ruth n'aurait jamais fait les premiers pas vers lui. Non que je l'excuse totalement. Mais je vois bien ce qui a dû se passer. Adam était beau comme un dieu, et ses attentions ont dû la flatter. Mais ses sentiments pour lui étaient bien plus profonds que je ne l'avais cru.

Le cœur de Liza se serra, quand elle imagina ce que sa mère avait dû ressentir. Son fiancé et sa meilleure amie. Cette trahison avait complètement chamboulé sa vie.

— Cela durait depuis longtemps ?

— Non. C'était juste après le bal de fin d'année. Je devais m'y rendre avec Adam. Ruth n'avait pas prévu d'y aller. Elle n'aimait pas ce genre d'événement. Malheureusement, j'avais mangé quelque chose qui ne me convenait pas. Tu me connais, j'ai toujours manqué de prudence avec la nourriture. Donc, j'ai eu une sorte d'intoxication, et Ruth est partie au bal à ma place, avec Adam. Et voilà. Ils ne me l'ont pas dit tout de suite, mais je soupçonnais quelque chose car leur comportement avait brusquement changé. Quelques semaines plus tard, Ruth découvrit qu'elle était enceinte. À cette époque, être mère célibataire était très mal vu, les gens auraient été horrifiés.

— Oh… comment as-tu fait ?

— C'était dur. J'avais perdu mon amoureux et ma meilleure amie. Ruth était désemparée. Qu'allait-elle dire à ses parents ? Comment survivrait-elle ? Et elle se sentait coupable de m'avoir fait du mal. Adam est venu me voir et m'a suppliée de lui pardonner. Je ne savais pas qu'il l'avait dit à Ruth, je viens de l'apprendre par cette lettre. Il m'a dit qu'il avait commis une erreur stupide. Mais cette erreur ne pouvait plus être effacée. Ruth était enceinte, elle avait besoin d'être soutenue. Ses parents ne l'auraient pas fait, et je ne pouvais pas faire grand-chose pour elle. Restait Adam. Je lui ai expliqué qu'il devait réparer. Puis j'ai fait ma valise et suis partie. Je ne croyais pas que leur relation durerait, ni même qu'Adam serait là pour elle. Mais cela avait plus de chances d'arriver si je ne faisais plus partie du paysage.

Liza ferma les yeux. Enfant, elle voyait sa mère comme une personne détachée, qui menait sa propre vie. Elle avait souvent considéré que les décisions de sa mère étaient égoïstes. Et pourtant, dans ces circonstances, elle avait eu le comportement le moins égoïste possible. Aurait-elle eu autant de force de caractère, à sa place ? Elle était incapable de le dire. Mais à présent elle voyait sa mère sous un jour entièrement différent.

— Papa savait-il tout cela ?

— Oui. Comme tu l'imagines, après cela j'évitais les relations trop personnelles. Avec les hommes comme avec les femmes. J'eus la chance inouïe de trouver un travail qui m'enthousiasmait, avec *Destination Happy End*. La vie que je menais ne me permettait d'avoir que des amitiés superficielles. Et aussi, elle ne me laissait pas le loisir de trop réfléchir. Si ton père n'avait pas été aussi persévérant, je ne crois pas que je me serais mariée.

— Je suis contente que tu m'aies raconté tout cela, et que nous ayons lu ces lettres ensemble.

— J'aurais dû le faire plus tôt. Mais je préférais enterrer le passé. Je t'ai donné l'impression que c'était facile, mais ça ne l'était pas du tout. En réalité, ce fut terrible. Naturellement à cette époque nous n'avions pas d'Internet ni de téléphones mobiles, donc la communication n'était pas continuelle comme maintenant, et cela facilitait les choses. Cette pauvre Martha voit sans arrêt le nom de Steven apparaître sur son téléphone. Je n'avais pas à supporter cela. Je comprends pourquoi la pauvre petite éprouvait le besoin de s'échapper.

Martha voulait échapper à une relation toxique ?

Liza s'était doutée de quelque chose. Mais elle savait que sa mère n'aurait pas dû lui dire une chose aussi personnelle, et donc elle n'insista pas pour en savoir davantage. Chacun avait une histoire, n'est-ce pas ? La vie était rarement telle qu'elle apparaissait à la surface.

De toute évidence, sa mère appréciait la compagnie de Martha, et la jeune femme avait rendu ce voyage possible. Liza lui en était reconnaissante.

— Je suis sûre que tu as raison, il valait mieux que la rupture soit nette.

— Je m'inquiétais terriblement pour Ruth. J'étais en colère, bien sûr. Après tout, je ne suis pas une sainte. Mais j'avais peur qu'Adam l'abandonne avec le bébé. Peut-être a-t-elle perdu l'enfant. Je n'en sais rien. Je ne voulais pas savoir. Mais maintenant, je vais sans doute le découvrir…

Liza entendit la voix de sa mère trembloter, et ses doigts se crispèrent sur le téléphone.

— *Nous* allons le découvrir, rectifia-t-elle.

Elle était impliquée dans cette histoire à présent, et elle voulait connaître la fin.

— J'ai peur de regretter de lire ces lettres. Est-ce que je ne commets pas une erreur, Liza ?

Sa mère, qui n'avait jamais accordé de valeur à son opinion, lui demandait son avis et cherchait à être rassurée. Liza réfléchit prudemment à sa réponse.

— Quoi que contiennent ces lettres, cela ne changera rien à la décision que tu as prise. Les regrets ne servent à rien. Revenir sur le passé, avec du recul, n'a rien à voir avec le fait d'affronter une situation au moment où elle se produit.

C'était un conseil qu'elle pouvait s'adresser à elle-même. Il était inutile de regarder en arrière en souhaitant avoir été une mère différente. Elle ne devait pas regretter de ne pas avoir parlé à Sean plus tôt. Elle avait fait ce qui lui semblait juste sur le moment.

— Tu as fait ce qui était bon pour toi. Il faudra garder cela en tête quand nous lirons les autres lettres.

— Oui, tu as raison. Bien sûr. Merci. Tu as toujours été raisonnable, comme ton père.

Liza n'avait jamais entendu sa mère parler ainsi. Après la mort de son père, elle avait été triste, mais pragmatique. Après l'intrusion de l'inconnu dans la cuisine, elle avait été très combative. Mais maintenant, en affrontant son passé, elle montrait un aspect d'elle-même que Liza n'avait jamais vu. Un côté vulnérable.

— Nous devrions prendre notre temps, dit-elle en regardant la petite pile de lettres.

Combien d'autres révélations se cachaient dans ces missives ?

— Nous pourrions en lire quelques-unes par jour. Ou bien je pourrais les lire et te faire un résumé.

— Oh ! Liza… je ne mérite pas une fille comme toi, dit Kathleen d'une voix tremblante.

Ces paroles libérèrent l'émotion que Liza contenait à grand-peine.

— Tu aurais dû avoir une fille plus énergique, qui ait envie de faire le tour du monde comme toi. Je voulais que tu restes à la maison pour me lire des histoires.

— Tu mérites une mère qui ne te maintienne pas tout le temps dans un état d'anxiété.

— J'apprends à réprimer cette anxiété, avoua Liza en souriant. Avec le temps je finirai par être « relax », comme dit Caitlin.

— Ne change pas trop. Je t'admire telle que tu es. Je sais que j'étais souvent absente quand tu étais jeune. Pour toutes sortes de raisons. J'adorais mon travail, mais il y avait autre chose. Dans le fond, je n'ai jamais cessé d'avoir peur d'aimer trop profondément. Ce qui ne signifie pas que je n'aime pas, bien entendu. Mais j'avais peur de donner trop de place dans ma vie à cet amour. C'est un peu comme avoir le vertige et éviter de regarder en bas quand tu te trouves au sommet d'une falaise.

Liza avait toujours cru qu'elle était responsable de la distance entre sa mère et elle. Mais elle voyait maintenant que cela n'avait rien à voir avec elle. Enfin, elle comprenait.

La personnalité de sa mère avait été forgée bien avant que Liza n'apparaisse dans sa vie. Ses croyances et ses comportements étaient le résultat d'événements dont elle n'avait pas eu connaissance. Ce qui était arrivé à sa mère soixante ans plus tôt continuait de faire des remous dans sa vie. Sa mère avait souffert, donc elle avait appris à garder ses distances. Et cette attitude avait incité Liza à être proche de ses propres enfants. Sauf qu'elle s'y était mal prise. Et maintenant, elle devait réparer ses propres erreurs.

Si Adam avait épousé Kathleen, celle-ci aurait peut-être été une mère différente. Ce qui était une pensée ridicule, car alors Liza n'aurait pas existé. Mais elle devait garder en tête que tout était influencé par les événements, et que ses enfants n'échapperaient pas à cette loi. Peut-être seraient-elles toujours sur la défensive parce qu'elles avaient trouvé un article dont le titre était : « Huit signes que votre mariage bat de l'aile ». Peut-être décideraient-elles de ne pas se marier. Ou bien, une fois mariées, elles guetteraient sans cesse un de ces huit signes. Et elles seraient plus heureuses à cause de cela.

— Tu as mené la vie que tu voulais, et je respecte tes décisions, dit-elle. Cela m'incite à le faire aussi, à partir de maintenant.

— Vraiment ? Raconte-moi.

— Plus tard. Pour l'instant, occupons-nous des lettres. Que veux-tu faire ?

— Les lire. Toutes. Maintenant que nous avons commencé, je ne supporterais pas de ne pas aller jusqu'au bout. Tu as le temps ?

Liza leva les yeux et vit Sean entrer dans la chambre avec un verre de vin et une assiette de fromage. Il les posa doucement sur la table de chevet, arqua les sourcils en regardant Popeye lové sur les genoux de Liza, et lui tendit un morceau de papier sur lequel il avait écrit : « je t'aime ».

Liza lui sourit, et répondit à sa mère.

— J'ai tout mon temps. Continuons.

20

Kathleen

Albuquerque-Winslow, Arizona

> *Notre petite fille est née aujourd'hui. Nous l'avons appelée Hannah Elizabeth Kathleen. Tu vas peut-être trouver cela idiot, ou même indélicat, mais pour moi c'est important. Adam n'était pas d'accord. Je suppose qu'il ne veut plus penser à ce qui s'est passé. Mais je penserai toujours à toi comme à ma meilleure amie, même si je n'ai plus le droit de t'appeler ainsi.*

Kathleen regarda par la fenêtre. Ils traversaient les déserts du nord de l'Arizona et faisaient un détour par le spectaculaire parc national de Petrified Forest.

Ils s'étaient mis en route tôt le matin, afin que Martha et Josh puissent faire une courte randonnée pédestre, que tous les guides conseillaient d'effectuer aux premières heures du jour. L'heure n'avait aucune importance pour Kathleen, qui n'avait pas fermé l'œil.

Curieusement, le ronronnement du moteur et le paysage défilant derrière les vitres étaient plus propices au repos qu'une chambre d'hôtel silencieuse et peuplée de ses pensées.

Ils se dirigeaient vers le point de départ du Blue Mesa Trail, le sentier en boucle qui descendait au cœur du parc.

— Le chemin n'est pas long, nous n'en aurons pas pour longtemps, Kathleen. D'accord ?

Malgré l'heure matinale, Martha mit son chapeau pour se protéger du soleil et enduisit ses bras de crème solaire.

— Prenez votre temps. Profitez.

Kathleen avait hâte d'être seule pour passer du temps avec ses pensées et ses souvenirs.

Elle fit un petit signe à Martha et Josh, enchantée de voir Josh prendre la main de la jeune femme et se pencher vers elle en lui montrant quelque chose à l'horizon.

La vue était grandiose, mais Kathleen ne la contempla que quelques secondes avant de fermer les yeux.

Hannah Elizabeth.

Ruth était devenue mère à vingt et un ans. Et Adam était père. Quel défi cela avait dû être pour lui. Cependant, il semblait l'avoir relevé.

Elle était restée éveillée toute la nuit, pensant aux lettres que Liza lui avait lues à haute voix. Sa mémoire était défaillante la plupart du temps, mais curieusement cette fois-ci elle se rappelait chaque mot, et retrouvait ligne par ligne le contenu des lettres.

Elle revoyait clairement le visage de Ruth, elle entendait sa voix posée et réfléchie. À la fin, elle avait décelé chez elle une assurance qui manquait dans les lettres les plus anciennes.

Kathleen avait absorbé chaque fait exposé en ordre chronologique. Chaque lettre était une mise à jour de la vie de Ruth, une nouvelle image révélée.

Elle savait maintenant que Hannah était née avec un problème cardiaque qui avait nécessité une intervention chirurgicale quand elle avait quelques mois. Ce qui avait suscité l'angoisse de Ruth, bien que par la suite l'enfant ait été robuste et en parfaite santé. C'était l'état de Hannah qui avait poussé Adam à devenir chirurgien cardiologue.

Kathleen l'imagina masqué et ganté, tenant la vie d'une autre personne entre ses mains.

Dans les premiers temps, Ruth avait douté de l'amour d'Adam pour elle. Mais elle n'avait jamais douté de l'amour qu'il portait à leur fille. Elle pensait que c'était à cause de Hannah qu'il ne l'avait jamais quittée. Il adorait sa fille.

Hannah était une enfant intelligente et créative, une violoniste talentueuse, et son amour du sport l'avait rapprochée de son père. En hiver ils allaient skier au lac Tahoe, et en été ils louaient un bateau pour aller se promener sur la côte pacifique.

Des photos accompagnaient cette lettre. Liza les lui avait décrites, et proposé de les envoyer sur le téléphone de Martha.

Kathleen avait refusé. Lire une lettre était une chose, voir des photos en était une autre. Elle ne pouvait absorber que d'infimes doses à la fois de ce passé.

La carrière d'Adam avait entraîné la famille en Australie pendant un an. Puis ils avaient séjourné à Boston, avant de retourner s'installer en Californie.

Les lettres donnaient des nouvelles d'Adam et de Hannah. L'amour et la fierté que Ruth ressentait pour eux étaient évidents. Elle décrivait une vie épanouissante au sein d'une famille unie.

Kathleen éprouva un intense soulagement. Elle avait donc fait ce qu'il fallait. En s'effaçant elle leur avait donné une chance de réussir leur vie, et c'était ce qui était arrivé.

Elle était contente, et aussi un peu triste d'avoir manqué toutes ces années de la vie de son amie.

Si elle était restée en contact avec Ruth, elle aurait pu la soutenir quand on l'avait soignée pour un cancer, ou quand Adam était mort brusquement, dix ans plus tôt.

Mais Ruth avait d'autres soutiens à présent.

Elle avait sa fille, qui était devenue pédiatre et vivait près d'elle. Hannah avait suivi l'exemple de son père en étudiant la médecine.

Kathleen imaginait une jeune femme ressemblant à la fois à Ruth et à Adam. Elle regrettait un peu d'avoir demandé à Liza de ne pas lui envoyer de photos.

Ruth était aussi fière de Hannah qu'elle l'était de Liza.

Avait-elle dit à sa fille qu'elle était fière d'elle ?

Kathleen éprouva un moment de panique. Liza le savait-elle ?

La portière s'ouvrit brusquement et Kathleen sursauta. Martha apparut, souriante, et le visage rougi par le soleil.

— Désolée. Vous dormiez ? La balade était formidable ! Mais je suis contente que nous soyons venus tôt, je n'aurais pas aimé remonter le long de cette colline en pleine chaleur !

Il fallut quelques secondes à Kathleen pour se ressaisir.

— Le mot formidable ne me dit rien. Cette description ne me permet pas d'imaginer votre expérience.

Elle se sentait déstabilisée, les nerfs à vif. Elle aurait aimé que Liza soit là. Sa fille l'aurait comprise.

Elle avait lu ces lettres avec beaucoup de sensibilité et d'empathie. À aucun moment elle n'avait accablé sa mère de questions, l'obligeant à révéler les émotions qui tourbillonnaient en elle. Pourtant, elle avait dû avoir nombre d'interrogations en tête.

Des larmes piquèrent les yeux de Kathleen. Son plus grand regret, c'était de ne pas avoir été plus proche de Liza pendant toutes ces années. Cela l'attristait bien plus que son amitié perdue avec Ruth. Elle s'était tenue à distance des personnes qui comptaient le plus pour elle.

— La promenade vous a plu ? demanda-t-elle à Martha, qui s'assit dans la voiture.

— C'était magnifique. Il y a plusieurs couches de roches, de couleurs différentes. Des bleus, des violets… Attendez.

Martha sortit son téléphone et lui montra les photos.

— Cela vous donnera une meilleure idée. Vous voyez le bois fossilisé ?

Kathleen fut touchée que Martha insiste pour lui faire partager les excursions qui étaient au-delà de ses capacités physiques.

— C'est le résultat de l'érosion, ajouta Josh en prenant place sur le siège passager. Ce que vous voyez, ce sont des couches superposées de grès et d'argile de bentonite. Ces dépôts minéraux ont des centaines de millions d'années. Ils se sont formés à la fin de l'ère triasique.

— Votre frère vous traiterait de nerd, dit Martha.

— Certainement, répondit Josh en souriant. Et je lui ferais remarquer qu'il n'est pas politiquement correct de traiter quelqu'un de nerd.

— Et là, il lèverait les yeux au ciel et ouvrirait une autre canette de bière.

Josh éclata de rire. De toute évidence, ils avaient parlé du frère de Josh pendant la promenade. Les morts ne vous quittaient jamais, songea Kathleen. Ils vous accompagnaient pendant le reste du chemin.

Qu'aurait dit Brian, s'il avait été avec elle en ce moment ?

Tu as lu les lettres ? Tant mieux. Tu te sentiras mieux, maintenant que tu as mis de l'ordre dans ta tête.

Kathleen sourit. Elle n'avait jamais été très ordonnée.

Elle examina la photo que lui montrait Martha, afin de ne pas s'attarder sur ses sentiments.

— Je me sens jeune, en comparaison. Les couleurs sont saisissantes. On dirait la palette d'un artiste. Vous devriez envoyer ces photos à Liza. Elle a recommencé à peindre, et elle adore le bleu. Elle a toujours aimé peindre l'océan.

Elle fut tout à coup submergée par une vague de nostalgie. Elle aurait aimé être à Oakwood Cottage, sentir le soleil sur son visage et respirer l'odeur iodée de la mer. Ici tout était aride, brûlé par le soleil. En ce moment, son jardin devait être verdoyant et ses roses préférées devaient embaumer. Popeye était sans doute allongé sur la terrasse ensoleillée.

— Vous les enverrez à Liza ?

— Dès que j'aurai suffisamment de réseau, répondit Martha, dont le sourire s'effaça. Tout va bien, Kathleen ? Etes-vous sûre d'avoir assez bu ?

— Si seulement vous me disiez cela quand j'ai un verre de gin à la main.

Mais Kathleen prit la bouteille d'eau que Martha lui tendait, avala une gorgée, et regarda le paysage.

— Allez-vous mettre les photos en ligne ?

Martha lui donna un léger coup de coude.

— Je vois que vous prenez goût à la technologie.

Kathleen eut le petit frémissement d'horreur qu'on attendait d'elle, mais en réalité elle n'éprouvait aucune aversion pour la technologie. Après tout, c'était grâce à elle qu'elle pouvait discuter avec Liza.

— J'appellerai Liza quand nous nous arrêterons pour déjeuner.

— Vous pouvez l'appeler dès maintenant si vous voulez. Nous irons faire un tour, Josh et moi, pour ne pas vous gêner.

— J'attendrai l'heure du déjeuner. Elle doit être à la plage avec Sean en ce moment.

— Sean est au cottage ? Je croyais que Liza était seule.

— Il est venu la retrouver et ils vont rester quelques jours ensemble.

— C'est bien.

Oui, c'était très bien. Liza était-elle heureuse ? Kathleen avait toujours souhaité qu'elle le soit, mais maintenant que les barrières entre elles étaient tombées elle avait l'impression que son bonheur dépendait de celui de sa fille.

— Pouvons-nous faire une vidéo ?

Ce serait une excuse pour envoyer quelque chose à Liza sans avoir l'air de quémander son attention.

Avec l'aide de Martha, Kathleen déplia ses membres ankylosés et sortit de la voiture, une main en visière.

— Il fait déjà chaud.

— Nous allons faire vite.

Martha trouva le bon angle, fit signe à Kathleen et enregistra tandis que celle-ci parlait.

— Bravo. Une vraie pro ! Vous ne bafouillez jamais.

— Où allons-nous, maintenant ?

— Nous nous rendons à Winslow, en Arizona.

Martha se mit à chantonner, et Kathleen l'arrêta d'un geste.

— Nous avions conclu un accord. Je supporte votre insupportable musique, à condition que vous ne chantiez pas.

— Elle n'est pas insupportable. J'ai choisi chaque morceau en fonction de l'endroit où nous nous rendions. Après Winslow, nous irons au Grand Canyon, en passant par le Meteor Crater, qui s'est formé il y a cinquante mille ans, et qui est donc bien plus vieux que vous, Kathleen. Nous avons réservé une nuit supplémentaire au Grand Canyon. Josh a choisi des chambres avec vue, et vous pourrez vous asseoir sur le balcon pour assister au lever et au coucher du soleil !

Elle parlerait à Liza. Elle trouverait un moyen de la faire profiter du spectacle, songea Kathleen.

— Cela me paraît parfait, dit Josh.

— Pendant ce temps vous irez faire du rafting avec moi, lui dit Martha.

— Quoi ? Pas question.

— J'ai déjà tout réservé. Toutes mes économies y sont passées, aussi vous seriez grossier de refuser.

— Martha ! Je déteste l'eau. Vous le savez.

— Red aurait voulu que vous le fassiez.

— Et j'aurais refusé.

— Il aurait trouvé un moyen de vous persuader.

Martha se haussa sur la pointe des pieds pour l'embrasser sur la joue.

— C'est fou tout ce qu'on peut découvrir quand on sort de sa zone de confort.

C'était vrai, songea Kathleen enchantée qu'ils en soient à s'embrasser. Même si c'était Martha qui embrassait Josh, et non l'inverse. Martha était naturellement très démonstrative, bien sûr.

Aurait-elle demandé à Liza de lire ces lettres si Martha ne le lui avait pas suggéré ? Probablement pas. Elle lui en serait éternellement reconnaissante.

Les photos et vidéos terminées, ils réintégrèrent la voiture et repartirent. Kathleen demanda à écouter un échantillon de la playlist, au grand plaisir de ses jeunes compagnons de voyage.

Martha remuait la tête au rythme de la musique, fredonnait parfois quelques paroles, puis se rappelait qu'elle n'était pas censée chanter, et se taisait.

Kathleen sourit. En très peu de temps, ils avaient trouvé une routine confortable et apaisante.

Sa nostalgie s'était envolée, et elle envisageait la journée avec joie. Elle allait voir l'Arizona et la Californie, ce qu'elle avait toujours désiré. Quand le voyage serait fini, Oakwood Cottage l'attendrait, et elle apprécierait de retrouver sa maison après cette absence.

En attendant, elle était réconfortée de savoir que Liza y séjournait, qu'elle se promenait sur une plage qu'elle considérait comme la sienne, et qu'elle soignait les plantes du jardin.

À Winslow, Martha repéra facilement leur hôtel, et se gara devant le bâtiment. Celui-ci avait l'allure d'une hacienda d'inspiration espagnole et mexicaine.

Après le déjeuner, Kathleen alla explorer la ville avec Josh et Martha.

Celle-ci agita son téléphone sous son nez, surexcitée.

— Regardez, Kathleen ! Vous êtes tendance !

— Tendance ?

Kathleen, accablée par la chaleur, prit un vieil éventail dans son sac et le déplia.

— Sur les réseaux sociaux ! Notre dernière publication a été remarquée par une présentatrice de télévision. Elle l'a partagée, et nous demande si elle pourrait couvrir le voyage et vous interviewer. Et les vues ont explosé. Et… Poney ! Vous êtes célèbre, Kathleen ! Vous allez avoir besoin d'un agent.

— Je vous attribue le poste.

Kathleen s'éventa, tandis que Martha faisait défiler les commentaires sur son téléphone.

— Vous ne pouvez pas donner des interviews à tous ces gens, cela vous empêcherait de profiter du voyage. Pourquoi ne pas proposer une interview exclusive à la chaîne pour laquelle vous travailliez ? Vous pourrez en accorder d'autres en rentrant chez vous, si le cœur vous en dit. Je peux organiser tout cela pour vous. Ils vous offriront peut-être un contrat pour un livre ?

— Je préfère faire les choses que les écrire.

— Je serai votre prête-plume.

Josh secoua la tête, amusé.

— Vous n'avez jamais pensé à chercher un job dans les relations publiques ?

— Nan, j'ai déjà un job, merci. Je suis l'assistante personnelle de Kathleen. Je vais me charger de répondre aux médias à sa place.

Tout en parlant, Martha envoya une réponse sur son téléphone. Ses doigts semblaient voler sur les touches, et Kathleen la regarda, médusée.

— Je constitue sa première ligne de défense.

— De défense contre quoi ?

— Contre ceux qui voudraient lui donner du thé qui ne soit pas de l'earl grey. Et contre les paparazzi.

Martha envoya un message, puis un autre.

— Ils ne doivent pas connaître son style de vie étourdissant.

— En parlant de style de vie étourdissant, la chaleur me fait un drôle d'effet.

Kathleen passa son bras sous celui de Martha, qui rangea immédiatement son téléphone.

— Il fait trop chaud pour vous ? Voulez-vous retourner à l'hôtel ?

— Non, je préfère marcher un peu.

Que serait-elle devenue pendant ce voyage, sans Martha ? Josh passa devant, et Martha demeura avec elle.

— Vous avez demandé à Liza de vous lire les lettres, n'est-ce pas ? dit la jeune femme à voix basse. Vous n'êtes pas obligée de m'en parler. Mais si vous avez besoin d'un câlin pour vous réconforter, je suis là.

Un câlin. Malgré tout ce qui lui était arrivé, Martha débordait toujours d'affection. Cela donna de l'espoir à Kathleen.

— C'était ce qu'il fallait faire. Merci de m'avoir encouragée.

Adam n'avait pas quitté Ruth. Elle était sûre à présent d'avoir fait le bon choix.

Ruth avait eu une vie heureuse. Adam était resté avec elle. Bien que quelques passages dans les lettres aient laissé entendre qu'il avait sans doute eu une liaison. Kathleen n'en aurait pas été étonnée. Tout comme elle n'était pas étonnée qu'il ait fait une brillante carrière.

Kathleen l'imagina, sûr de lui, devant un pupitre de conférence. Peut-être un peu empâté, avec des fils gris dans les cheveux. Mais il avait toujours eu de la présence.

Martha lui pressa doucement la main.

— Cela vous a bouleversée, Kathleen ?

— J'étais un peu déstabilisée, mais c'était la bonne chose à faire.

— Allez-vous prendre contact avec Ruth ?

— Je ne l'ai pas encore décidé.

Cette idée la poursuivait depuis que Liza lui avait lu la dernière lettre.

— Je suppose que cela dépend de ce que vous voulez. Est-ce la fin, ou un nouveau début ?

Kathleen cessa de marcher. La chaleur l'accablait.

Une fin, ou un début. Martha avait raison. Devait-elle considérer les lettres comme la fin de l'histoire, ou prendre contact avec Ruth ?

Elle n'avait pas répondu à une seule de ces lettres. Sa vieille amie ignorait tout de sa vie. Elle ne savait même pas si elle était encore vivante.

Kathleen réfléchit tout l'après-midi, puis pendant qu'elle s'habillait pour le dîner. Sa chambre était ravissante, avec un mobilier ancien, un tapis zapotèque tissé main, et une baignoire en fonte.

Une fois prête, elle s'assit dans un fauteuil près du lit et appela Liza. Celle-ci répondit immédiatement, bien qu'il fût plus de minuit.

— Je t'ai réveillée ?

— Non. J'ai terminé une toile dans le pavillon, et nous avons dîné tard. Nous venons juste de finir. Nous avons chipé une bouteille de vin dans ta cave.

— Tu peux chiper tout ce que tu veux. Tu sais combien j'approuve que tu profites de la vie.

— J'ai pensé à toi toute la journée. Tu vas bien, maman ?

— Oui. Mais j'ai pensé à ces lettres, bien entendu.

— Moi aussi. Ruth a été heureuse. En partie grâce à toi.

— Je ne vois pas les choses sous cet angle, mais je suis contente qu'elle ait été heureuse.

— Que penses-tu de l'Arizona ?

— Il fait chaud, dit Kathleen en regardant par la fenêtre. Demain nous allons voir le Grand Canyon. J'espère que ça va marcher entre Martha et Josh.

— Tu fais toujours l'entremetteuse ?

— Je vais me gêner !

Liza éclata de rire.

— Tiens-moi au courant. Il me semble que Martha aurait bien besoin d'avoir une vie plus drôle. Et toi ? As-tu décidé si tu allais contacter Ruth ?

— Je réfléchis encore.

— Si tu veux réfléchir à haute voix, tu sais que je suis là.

— Merci. Je ne sais pas ce que j'aurais fait sans toi.

La vague de nostalgie réapparut.

— Tu t'en serais très bien sortie, comme d'habitude.

— Non.

Kathleen entendit le tintement d'un verre et imagina Liza, assise dans la cuisine du cottage, buvant du vin blanc frais dans un des jolis verres colorés qu'elle avait achetés à Venise.

— Tu me manques, Liza. J'aimerais que tu sois là.

— Tu me manques aussi.

La voix de Liza était étrange, un peu étouffée. Elle s'éclaircit la gorge.

— Tu es bien mieux avec Martha. Je t'aurais empêchée de boire, de manger des burgers et de veiller tard le soir.

— J'ai de la chance d'avoir une fille aussi attentionnée.

— Tu es sûre que tu vas bien ? Je ne reconnais pas ta voix.

Allait-elle bien ? Kathleen n'en était pas sûre.

— Je t'aime, Liza. Je t'aime beaucoup, je ne te le dis pas assez souvent.

Enfin, elle l'avait dit. Qu'est-ce qui l'avait retenue si longtemps ? Ses sentiments n'avaient pas changé, ils étaient toujours les mêmes. La seule chose qui avait changé, c'était le fait de pouvoir les exprimer.

Liza mit si longtemps à répondre qu'elle crut qu'elle avait raccroché.

— Liza ?

— Oui, je suis là. Je t'aime aussi, tu le sais.

Il y eut encore un silence.

— Tu es sûre que tu vas bien ? Si tu as besoin de moi, je peux prendre le premier avion demain.

Kathleen fut submergée par l'émotion. Elle aurait tellement aimé que sa fille soit là. Mais elle ne pouvait pas lui demander cela.

— Tu vas bientôt partir en France. Tu dois avoir beaucoup à faire.

— Veux-tu que je vienne ?

Oui, viens, je t'en prie. Elle serait tellement rassurée d'avoir Liza à côté d'elle si elle décidait de revoir Ruth, après toutes ces années. Mais Liza avait ses vacances en France, et sa famille. Et Sean. Lui demander de venir la rejoindre serait terriblement égoïste. Et Kathleen avait assez souvent fait passer ses besoins avant le reste, tout au long de sa vie.

— Non, répondit-elle fermement. Ce n'est pas la peine, mais je te remercie. Je dois te laisser. Nous avons réservé une table dans un restaurant très fréquenté.

— Passe une bonne soirée, maman. Je t'aime.

— Moi aussi.

Réconfortée par cette conversation, Kathleen se rendit au restaurant. La salle était bondée, et une délicieuse odeur de chili et de viande rôtie flottait dans l'air.

Elle prit du *pozole* aux haricots rouges, et cela lui rappela un de ses voyages au Mexique. Quand avaient-ils tourné cette émission ? En 1975 ? Non, plus tard.

Martha et Josh étaient en grande conversation au sujet de l'excursion dans le Grand Canyon, ce qui lui laissa le temps de déguster son plat en contemplant le jardin.

Dans ses lettres, Ruth parlait de son jardin en Californie et de sa terrasse avec vue sur l'océan Pacifique.

J'adore cuisiner, et je bois toujours du thé earl grey, comme autrefois.

Je pense souvent à toi et je me demande où tu es.

Je me demande s'il t'arrive aussi de penser à moi. Ces lettres sont pour moi un moyen de rester près de toi. Quand je les écris, j'ai l'impression que tu m'écoutes.

Kathleen posa sa fourchette.

— Je veux la voir.

Martha et Josh cessèrent de discuter.

— Ruth ?

— Oui, Ruth, dit-elle, le cœur battant. Je suis là, maintenant. Je ne retournerai peut-être plus jamais en Californie.

Martha sourit.

— Je crois qu'elle sera enchantée d'avoir de vos nouvelles.

— Vous recommencez à exagérer. Vous avez vraiment une tendance à l'hyperbole.

— Eh bien, pensons à sa réaction, avant de corriger ma grammaire. Croyez-moi, elle sera ravie.

— Elle risque de trouver bizarre que je reprenne contact après tout ce temps, dit Kathleen, un peu tremblante. Elle ne se souviendra peut-être plus de moi.

— Kathleen… elle n'a jamais cessé de vous écrire. Si elle ne voulait pas avoir de vos nouvelles, elle aurait arrêté. Si vous voulez mon avis, elle attend depuis longtemps que vous vous décidiez à la contacter.

— Elle est peut-être morte.

— Ou bien elle est vivante, et pense à sa vieille amie.

Martha posa sa serviette et se leva.

— Nous avons fini de manger. Retournons dans la chambre et appelons-la tout de suite.

— Bonne idée, dit Josh en prenant sa bière et le verre de Kathleen.

C'est ainsi que Kathleen se retrouva assise au bord de son lit, entre ces deux personnes auxquelles elle s'était profondément attachée. Martha d'un côté, Josh de l'autre, la soutenant comme des serre-livres.

— C'est de la folie. On ne peut pas revenir en arrière.

— Vous ne retournez pas en arrière, Kathleen. Vous allez de l'avant.

Martha ouvrit le message de Liza, qui contenait l'adresse et le numéro de téléphone de Ruth.

— C'est facile à dire, pour vous. Je risque de le regretter.

— Dans la vie, nous regrettons plus souvent les choses que nous n'avons pas faites que celles que nous avons faites, dit Josh. Du moins, il en a toujours été ainsi pour moi.

Kathleen savait qu'il pensait à son frère. Elle lui pressa la main, mais ne dit rien. Elle s'exprimait peut-être dans une langue plus correcte que Martha, mais elle était loin d'avoir son talent pour trouver les mots justes dans les moments d'émotion. Elle ne voulait surtout pas blesser Josh en débitant des platitudes.

— C'est parce que je ne veux pas que vous ayez de regrets que nous allons faire du rafting sur la rivière Colorado.

Josh lança à Martha un regard noir, avant de se tourner vers Kathleen.

— Si vous appelez, je déboucherai une bouteille du meilleur vin que vous ayez jamais goûté.

— Français ?

— Californien, rectifia-t-il en grimaçant.

Kathleen eut un frémissement désapprobateur.

— Quelle drôle de vie vous avez dû mener. Mais vous avez raison, faisons cela, décida-t-elle en redressant les épaules. Martha, composez le numéro.

Elle tint fermement la main de Josh pendant que Martha appelait. Le souffle court, elle l'écouta parler à quelqu'un.

Il y eut une longue pause. Kathleen se sentit oppressée. Sa capacité à contenir ses émotions ne s'était pas améliorée avec l'âge.

Finalement, Martha lui passa le téléphone, les yeux brillants.

— C'est Ruth. Elle veut absolument vous parler.

Kathleen prit l'appareil. Josh se leva, lui pressa gentiment l'épaule, et Martha l'embrassa sur la joue en lui murmurant qu'ils allaient attendre dans le couloir.

La porte se referma doucement derrière eux, et Kathleen demeura seule. Sa main tremblait tellement qu'elle avait du mal à tenir le téléphone.

— Allô ? C'est toi, Ruth ?

21

Martha

Grand Canyon

— Je n'aime pas la laisser seule.

Martha et Josh avaient mis deux heures pour se rendre à Peach Springs, pendant que Kathleen se reposait dans la magnifique auberge rustique qui offrait une vue imprenable sur le Grand Canyon.

Kathleen avait affirmé qu'elle aurait pu rester un mois entier à admirer ce paysage, et que passer une journée seule serait un plaisir. Néanmoins, Martha n'avait pas l'esprit tranquille.

Comment avait-elle pu s'attacher autant à Kathleen en aussi peu de temps ? C'était dû en partie aux circonstances, au fait de se côtoyer aussi souvent en voiture. Mais aussi, parce que Kathleen lui rappelait beaucoup sa grand-mère, et surtout parce qu'elle lui avait redonné confiance en elle.

Martha ne doutait plus de son habileté à conduire. Et même, elle commençait à aimer cela. Elle avait cessé de se reprocher les décisions prises dans le passé. Grâce à Kathleen elle ne les considérait plus comme de mauvaises décisions. Et si ses parents les désapprouvaient, c'était leur problème.

Mais ce matin elle était partagée entre son affection pour Kathleen et son désir d'aider Josh.

— Je sais qu'elle s'inquiète à l'idée de revoir Ruth. Je crois qu'elle aurait aimé que Liza soit là.

Ils avaient rabattu le toit ouvrant, et Josh tira sur le bord de son chapeau pour protéger ses yeux du soleil brûlant d'Arizona.

— Vous pourriez lui demander de venir ?

— Pas question. Elle a une famille, et ils vont partir en vacances en France.

— Dans ce cas, nous accompagnerons Kathleen chez Ruth. Si elle semble regretter sa décision, nous l'emmènerons se promener sur la plage. Ou bien nous irons à la maison.

— À la maison ?

— Chez moi. Je vis sur la côte, non loin de Santa Monica. J'ai une superbe vue sur l'océan, de ma terrasse.

Troublée, Martha l'imagina allongé sur sa terrasse, uniquement vêtu d'un short de bain. Son imagination avait toujours causé sa perte, et maintenant elle lui présentait des images de Josh nu. Elle s'efforça de se ressaisir et de remplacer ces images provocantes par d'autres, plus sérieuses. Josh penché sur son ordinateur, l'air grave. Cela ne marchait pas. Il avait souvent l'air sérieux, mais quand il souriait son visage s'illuminait.

— Vous vivez au bord de la mer ?

Trouvant que sa propre voix était bizarre, elle s'éclaircit la gorge.

— Je croyais que vous détestiez l'eau ?

Non, elle n'allait pas se le représenter émergeant des vagues, l'eau ruisselant sur ses larges épaules.

— J'aime la contempler, mais de loin.

— Donc, si je me noyais vous ne viendriez pas à mon secours ?

— J'alerterais les sauveteurs.

— Ce n'est pas pareil.

— Vous seriez en vie, et c'est tout ce qui compte. Le secret du succès, c'est de savoir déléguer une tâche à une personne plus qualifiée que vous. Si j'essayais de vous sauver, nous finirions noyés tous les deux. Ce qui me fait penser que vous aviez raison, nous n'aurions pas dû laisser Kathleen seule à l'hôtel. Faisons demi-tour. Qui a envie de faire du rafting, de toute façon ?

— Nous ! dit-elle en riant.

— Vous en avez envie, mais j'ai toujours pensé que c'était une mauvaise idée. C'est encore pire, maintenant que je sais que je vais peut-être devoir vous sauver la vie. Faites demi-tour.

Parlait-il sérieusement ? Elle éprouva un soudain élan de compassion.

— C'est très dur pour vous, de faire cela sans votre frère ?

— Peu importe ce que je fais, son absence est toujours cruelle.

Elle aurait aimé arrêter la voiture et le prendre dans ses bras, mais elle résista et continua de parler d'un ton léger.

— Dans ce cas, autant continuer. Vous ne pouvez pas renoncer maintenant que j'ai dépensé toutes mes économies pour vous. Dites : Merci, Martha.

— Vous avez de la suite dans les idées, Martha. Vous êtes casse-pieds, Martha !

Elle lui tapota la cuisse et regretta aussitôt son geste. Dès que ses doigts entrèrent en contact avec ses muscles durs, ces maudites images resurgirent. *Tu es folle, Martha !*

— Vous n'aurez pas besoin de me sortir de l'eau, c'est moi qui viendrai à votre secours.

Quoi qu'il en soit, elle ne regrettait pas d'avoir réservé cette journée. Elle ne supportait pas l'idée de voir Josh faire ce voyage seul, en stop, bavardant avec les uns et les autres sans jamais cesser de penser à son frère. Il aurait dû porter seul le poids de cette tristesse, sans l'aide de quiconque.

Néanmoins, il fallait reconnaître qu'il ne semblait pas particulièrement content de l'avoir à ses côtés. Elle sentait son regard peser sur elle, sous la visière de sa casquette de base-ball.

— Vous avez un brevet de sauvetage en milieu aquatique ?

— Non, mais les gens que j'ai engagés pour nous escorter sont qualifiés. Et je suis débrouillarde. Je vous promets de vous secourir si vous tombez dans l'eau la tête la première. Vous allez adorer le rafting, et je pense sincèrement que cela vous fera du bien.

— Les flocons d'avoine sont bons pour ma santé, ce n'est pas pour cela que je les aime.

— Auriez-vous été aussi grincheux, si Red avait été avec vous en ce moment ?

Josh eut un petit rire narquois.

— Encore plus. Red ne se serait pas contenté d'une journée d'excursion. Il aurait prévu une semaine de rafting sur la partie la plus difficile de la rivière. Et probablement sans accompagnateurs.

— Il paraît que la terreur crée un lien entre les gens.

— C'est pour cette raison que vous faites cela ? Pour que je m'accroche à vous ?

— Je n'ai pas besoin de ça. Quand j'aurai envie de vous attraper je le ferai.

Et à ce rythme, cela ne tarderait pas.

— Vous comptez le faire en conduisant ? Étant donné que vous êtes un chauffeur assez inexpérimenté, il vaudrait mieux s'arrêter avant.

— J'étais inexpérimentée à Chicago, mais maintenant j'ai de l'expérience. Je le ferai au bon moment. Pour prendre des décisions, je suis mon instinct.

— Quand vous voudrez suivre votre instinct avec moi, allez-y.

— Vous me draguez ?

— C'est possible. Ou bien j'essaye de ne plus penser au cauchemar que vous avez généreusement planifié pour moi.

— Je veux d'abord être sûre que c'est bien ce que je veux. Et ne pas le faire uniquement pour faire plaisir à Kathleen.

— Je comprends que vous m'ayez laissé voyager avec vous parce qu'elle le voulait. Mais vous coucheriez aussi avec moi pour lui être agréable ?

362

— Je suis en général assez accommodante. Il faut que j'en sois consciente quand je prends des décisions, dit-elle, parvenant au prix d'un effort à garder son sérieux. Kathleen est vulnérable en ce moment, et elle serait heureuse de voir que son petit plan pour nous rapprocher a fonctionné. Elle pense que j'ai besoin de reprendre confiance en moi.

— Ai-je mon mot à dire ?

C'était une chance qu'il ne puisse pas lire dans ses pensées, sans quoi il aurait préféré poursuivre à pied plutôt que de rester dans la voiture avec elle.

— Aucun de nous n'a son mot à dire. Nous ne sommes que des pions innocents dans le jeu de Kathleen. En parlant d'elle, vous avez peut-être raison, nous devrions faire demi-tour. Elle a fait bonne figure hier, mais elle n'a pas dormi de la nuit. Vous avez vu ses cernes, ce matin ?

— Elle a quatre-vingts ans, et la journée d'hier était fatigante.

Josh parvenait toujours à la rassurer. En effet, ils s'étaient rendus de Winslow à Flagstaff, en faisant un arrêt à Meteor Crater.

— Et vous l'avez accablée de détails scientifiques, ce qui a dû finir de l'épuiser.

Mais Martha savait que la fatigue de Kathleen avait des causes plus profondes. En réalité, elle appréhendait la rencontre avec Ruth.

— Maintenant qu'elle a pris sa décision, elle est pressée d'en finir. Sérieusement… vous croyez que nous aurions dû rester avec elle ?

— Non. Elle voulait que nous fassions cette excursion, répondit Josh en se frottant la joue. J'ai reçu l'ordre de vous faire passer un bon moment. Ce qui va me demander un sérieux effort étant donné ma répugnance pour les sports nautiques.

Martha resserra les doigts sur le volant.

— Vous êtes censé me faire passer un bon moment ? Qu'est-ce que ça signifie ?

— Vous verrez.

Elle était sûre que tout le temps qu'elle passerait en compagnie de Josh serait agréable.

— Et si je n'ai pas la même conception que vous d'un bon moment ?

— Dans ce cas, vous devrez mentir pour ne pas la décevoir.

— Je ne mentirai pas. Donc, vous avez intérêt à me faire plaisir, Josh Ryder. Interdiction de se plaindre de l'eau. Pas de sarcasmes, et pas de leçons de géologie sur la formation du Grand Canyon.

— Aimeriez-vous savoir combien de touristes innocents se noient chaque année en faisant du rafting sur la rivière Colorado ?

— Non.

— Et la température de l'eau ?

— Non plus.

— J'ai l'impression d'être avec Red.

Elle lui lança un regard en coin et fut soulagée de le voir sourire.

— Il avait aussi des cheveux frisés impossibles à coiffer, un postérieur volumineux, et une peau qui rougit au soleil ?

— Mmm… Arrêtez-vous là, dit-il en montrant le bas-côté.

— Maintenant ? Pourquoi ?

— Je peux affirmer sans crainte de me tromper que vos cheveux frisés sont adorables, ainsi que vos taches de rousseur. Mais il faut que j'examine votre postérieur de plus près avant de prononcer un jugement sur sa taille.

— Josh Ryder ! Je ne marche pas !

— Tant pis pour moi.

Il sourit, et elle aussi. Elle aurait dû être étonnée, puisqu'ils parlaient de son frère. Mais elle avait appris après la mort de sa grand-mère que le rire et la tristesse pouvaient coexister.

— Pourquoi avez-vous l'impression d'être avec Red ?

— À part le fait que vous me faites rire comme lui ? Il ne s'intéressait pas non plus à tous ces détails géologiques et techniques. J'essayais souvent de le persuader de changer de vie et de devenir adulte, mais tout ce qui l'intéressait c'était de surfer et de s'amuser. Curieusement, il n'a jamais essayé de me faire changer de vie, même si mes choix lui paraissaient fous.

— Malgré tout cela, vous étiez proches.

— Oui. Chaque fois que nous nous retrouvions, nous allions boire quelques bières ensemble.

— Je suis étonnée que votre méchant patron vous en ait laissé le temps. Vous auriez dû lui faire un procès pour cruauté envers ses employés.

— J'aime penser que j'étais juste avec tous les autres. Tournez à droite. Si vous êtes décidée à continuer, c'est par là.

Martha tourna et se gara sur le parking.

— À partir d'ici, nous devons prendre un bus pour aller au fond du Grand Canyon. Je suis surexcitée, pas vous ?

— Pas le moins du monde.

Mais il garda sa bonne humeur tandis que le bus descendait en cahotant le long du chemin. Il continua même de sourire lorsqu'ils prirent place dans le bateau.

Martha pressa sa cuisse contre la sienne, tandis que leur guide se présentait.

— Préparez-vous à traverser des montagnes russes. Nous allons franchir huit rapides. Vous allez vous mouiller !

Josh leva les yeux au ciel.

— Merci, Martha.

— Pourquoi ce ton sarcastique ? D'après le texte de présentation, nous allons être emballés. Si ce n'était pas vrai, ils ne l'écriraient pas dans leur prospectus.

— Je connais des façons moins dangereuses d'être emballé.

— Cessez de vous plaindre. Vous allez faire connaissance avec la formidable rivière Colorado.

Et elle allait faire intimement connaissance avec lui, s'il le voulait bien. Sa décision était prise, et elle était sûre d'elle. Josh était l'homme le plus séduisant qu'elle ait jamais rencontré. Elle adorait son attitude envers Kathleen, et la façon dont il parlait de son frère. Elle aimait son sens de l'humour. Et surtout, ce qu'elle ressentait quand elle était avec lui. Avec Josh, elle ne se sentait jamais diminuée, elle n'avait pas l'impression qu'elle aurait dû être différente. Il ne l'égratignait jamais, n'essayait pas de la faire changer, ou de la rabaisser. Sa confiance en elle avait été rongée par la vie, mais avec lui ses plaies guériraient.

Elle était heureuse, et cela lui suffisait.

Elle ne se demandait pas ce que l'avenir lui réservait. Personne ne se demandait cela, en réalité. Ils croyaient tous y penser, mais personne ne pouvait contrôler le futur. Si sa grand-mère n'était pas morte, Martha aurait obtenu son diplôme, mais alors sa vie aurait pris un chemin différent. Qui pouvait dire que cela aurait mieux valu pour elle ? Pour commencer, elle n'aurait pas connu Kathleen. Si elle n'avait pas eu tellement besoin de s'éloigner de ses parents et de Steven, elle n'aurait jamais accepté un emploi de chauffeur. Et elle ne serait pas assise en ce moment dans un bateau sur la rivière Colorado, au beau milieu du Grand Canyon, à côté d'un homme qui lui faisait battre le cœur. En réfléchissant, elle ne voulait rien changer au passé. Sauf peut-être pour trouver un moyen d'empêcher les gens qu'on aimait de mourir.

Mais tout ce qu'on avait vraiment, c'était le moment présent. Et elle était décidée à en profiter au maximum. Ses parents désapprouveraient certainement ses choix. Mais si elle avait appris une chose pendant ce voyage, c'était que le seul avis qui comptait c'était le sien.

Levant le visage vers le soleil, elle sourit. Pour la première fois depuis des années, sa vie lui plaisait.

— J'espère que vous sourirez toujours quand vous serez submergée par l'eau glacée, dit Josh en la serrant contre lui. À cette époque de l'année la température de la rivière est de…

— Ne me le dites pas ! Je le saurai bien assez tôt. Je commence à comprendre à quelle tâche votre frère s'était attelé.

Elle agrippa le col de son gilet de sauvetage, et l'attira contre elle.

— Vous allez vivre l'aventure de votre vie. Pas de panique. Notre guide est très expérimenté, et formé pour le sauvetage en rivière. Vous allez adorer.

— Vous parlez exactement comme Red.

Ne sachant quoi répondre, elle glissa sa main dans la sienne, et il lui pressa les doigts.

— Cela fait deux ans qu'il est parti, mais j'ai toujours l'impression d'entendre sa voix. Je l'entends me dire de sortir, de lever le nez de mes bouquins, de manger la croûte de la pizza, et de cesser de repousser les brocolis sur le bord de mon assiette.

— Vous n'aimez pas les brocolis ? Vous ne mangez pas de légumes ? C'est choquant. Je suis complètement d'accord avec Red sur ce point.

— Vous êtes d'accord avec lui sur tout.

À en juger par le ton de sa voix, cela ne le gênait pas. Bien au contraire.

— Je crois toujours entendre ma grand-mère me parler. Mais seulement quand je suis seule. C'est curieux.

La voix de la seule personne dont elle aurait dû suivre les conseils s'effaçait quand elle était avec des gens. Avec sa mère, sa sœur, Steven. Elle avait écouté les mauvaises voix.

— Qu'est-ce que votre grand-mère aurait pensé de cela ?

— Du voyage, ou de vous ?

Il sourit, et de fines rides apparurent au coin de ses yeux.

— Elle aurait tout approuvé !

Elle poussa un cri alors que l'eau lui fouettait le visage, et se mit à rire.

— C'est froid !

Elle se cramponna à Josh qui murmura quelques paroles indistinctes. Puis il sourit, tandis que leur guide naviguait habilement dans les rapides.

Plus tard, ils déjeunèrent au bord de la rivière de délicieux sandwichs et de cookies. Martha glissa l'un d'eux dans sa poche pour Kathleen.

Ses cheveux étaient frisés, son visage brûlé par l'ardent soleil d'Arizona, et elle ne s'était jamais sentie aussi bien.

Quand ils regagnèrent l'hôtel, le jour tombait. Kathleen leur avait laissé un message pour les avertir qu'elle s'était couchée tôt. Ils commandèrent de la pizza, et Josh laissa la croûte dans le coin de son assiette.

Puis ils regardèrent le soleil descendre sur le Grand Canyon.

— C'est le genre de spectacle qui vous fait réfléchir à la vie. Vous prenez conscience de votre insignifiance par rapport à l'immensité du monde. Et toutes ces choses qui vous paraissent énormes ne le sont pas du tout, en réalité.

Martha se tenait près de lui, et il lui passa un bras sur les épaules.

— Merci pour cette journée. Et ce n'est pas sarcastique, précisa-t-il avec douceur. Je suis content que nous ayons fait cela. Il aurait été content aussi.

— Vous auriez aimé le faire avec lui ?

— Vous lui auriez plu, ajouta-t-il en la serrant plus étroitement contre lui.

Une vague chaude l'engloutit.

— J'aurais aimé le connaître.

— Il vous aurait draguée, et vous aurait persuadée qu'il était bien plus intéressant que moi.

Martha leva les yeux vers Josh. Son cœur battait à toute allure, et elle était sûre que son frère ne lui aurait pas paru plus séduisant que lui.

— Nous aurions ri ensemble, il ne m'aurait pas ennuyée avec ses connaissances en géographie, et nous serions tombés d'accord sur les brocolis.

Josh lui caressa l'épaule.

— Mon frère me reprochait de tout prévoir à l'avance. Il manquait toujours son avion parce qu'il arrivait en retard à l'aéroport. Une année il est arrivé à la maison le lendemain de Thanksgiving parce qu'il n'avait pas fait de réservations. Sa devise était : « il suffit d'attraper la vague. »

Le soleil projeta des rayons orangés sur les rochers, et le ciel s'enflamma. Martha passa un bras autour du cou de Josh.

— C'est ce que nous faisons ? Nous surfons sur la vague ?

— Peut-être, dit-il en lui soulevant le menton. Qu'en penses-tu ? Vas-tu attraper cette vague, Martha ?

— Oui, chuchota-t-elle. Je le fais pour reprendre confiance en moi, tu sais.

— Bien sûr. Pour quelle autre raison ?

Sa bouche était si près de la sienne qu'ils pouvaient presque s'embrasser. Cet instant de suspense, d'anticipation, était l'expérience la plus érotique qu'elle ait jamais vécue.

Josh lui effleura la joue de ses doigts.

— Ma chambre, ou la tienne ?

— Laquelle est la plus proche ?

— La tienne. Mais elle est voisine de celle de Kathleen.

— Exact. Ma chambre. Au cas où elle me chercherait pendant la nuit.

Josh haussa les sourcils.

— Cela donnerait une conversation intéressante.

Il l'embrassa brièvement, lui donnant un avant-goût de l'ardeur de son désir, puis lui prit la main. Ils gagnèrent la chambre en courant, avec impatience. Elle éprouvait un désir désespéré qui frôlait l'indécence.

La hâte la rendit maladroite, et quand ils atteignirent la porte elle laissa tomber sa clé.

— Je déteste les clés, je ne…

— Je l'ai.

Josh fit tourner la clé dans la serrure, mais avant d'entrer il lui prit l'épaule.

— Attends. Tu es sûre, Martha ? Réponds vite.

Ses mâchoires crispées trahissaient le contrôle qu'il exerçait à grand-peine sur lui.

— Oui. Je ne doute jamais de mes décisions. Tu ne le sais pas ?

Elle le poussa dans la chambre, referma la porte d'un coup de pied, et l'attira vers elle.

— Viens…

Il enfouit les mains dans ses cheveux, et sa bouche se posa sur son cou, sa joue, son front. Elle essaya de lui déboutonner sa chemise, n'y parvint pas, et se demanda quel était le problème avec ses doigts.

— Je te plais vraiment ?

— Non, je ne fais ça que pour faire plaisir à Kathleen…

Elle gémit lorsqu'il lui prit le visage à deux mains et l'embrassa longuement. Martha avait déjà été embrassée, mais elle n'avait jamais ressenti cela. Sa respiration était haletante, son cœur battait à tout rompre, et elle songea qu'il devait le sentir, car il avait posé la main sur sa poitrine et la caressait. Puis sa bouche remplaça sa main et elle ferma les yeux, submergée par les sensations. Alors, il arracha ses vêtements avec impatience, et elle l'imita.

Ils n'avaient pas allumé les lumières, mais la lueur de la lune leur permit de gagner le lit sans se cogner aux meubles. Martha se laissa tomber sur le matelas et lui agrippa les épaules. Il se hissa au-dessus d'elle, son visage dans la pénombre.

Elle sentit son poids sur elle, ses épaules puissantes, ses lèvres se pressant contre les siennes. Elle enfonça les doigts dans ses muscles, l'attirant désespérément contre elle. Mais il voulait prendre son temps.

Sa bouche passa de ses lèvres à son cou, puis sur son épaule. Il s'attarda là, inspirant son odeur, goûtant chaque parcelle de sa peau comme si elle était un repas délicieux qu'on ne pouvait déguster qu'une seule fois dans l'existence. Elle n'avait jamais éprouvé autant de sensations à la fois, et son désir se décupla. Elle frissonna, savourant à la fois l'air glacé de la climatisation, la chaleur de ses mains viriles, le contact de sa langue sur ses seins. Elle l'explora à son tour, touchant, goûtant, percevant son changement de respiration tandis qu'il murmurait des paroles indistinctes.

Le désir se déployait en elle, mais il continua ses caresses jusqu'à ce qu'il ne reste plus une seule parcelle de son corps inexplorée. Elle était pantelante, concentrée sur les sensations. *Ses muscles, sa force. Sa chaleur, ses baisers. Le désir.*

Puis il pénétra en elle avec une douceur infinie. L'espace d'un instant elle cessa de respirer, consciente que rien auparavant dans sa vie n'avait été aussi juste, aussi parfait. Elle n'avait jamais connu ce mélange spécial du physique et des émotions. Elle ne s'était jamais sentie en accord aussi parfait avec un homme. Elle était prise dans un tourbillon de désir, et il lui répondait avec ardeur. Puis il n'y eut plus rien d'autre que la chaleur et la sensation, et ils basculèrent ensemble dans un gouffre.

Ensuite, longtemps après ce moment de vertige, ils demeurèrent étroitement enlacés, parlant à voix basse, enivrés par cette nouvelle intimité.

Par le passé, elle avait souvent douté de ses décisions. Ce n'était pas le cas à présent. Même s'ils ne devaient avoir que cette nuit, elle savait qu'elle ne regretterait rien.

Il la serra contre lui, et elle se sentit en sécurité, désirée, comblée. Josh ne dit rien, et elle leva la tête.

— Tu es bien ?

— Mmm…

Il avait fermé les yeux. Elle se demanda si elle s'était trompée, s'il avait des regrets.

— À quoi penses-tu ?

Il s'étira et finit par ouvrir les yeux.

— Je me disais que ce Steven était un parfait imbécile de t'avoir laissée partir. Mais comme je suis gagnant dans l'affaire, je ne peux pas trop lui en vouloir.

— J'ai fait une erreur en l'épousant, mais il m'arrive parfois de prendre de bonnes décisions.

— Tu en as pris au moins cinq dans l'heure qui vient de s'écouler.

— Josh Ryder ! N'as-tu donc aucune modestie ?

— Je ne sais pas. Explique-moi ce que c'est, et je te dirai si ça me correspond. Tu es incroyable, Martha, ajouta-t-il en l'embrassant.

Personne ne lui avait jamais dit cela.

— Juste pour savoir. Quelle partie de moi est incroyable ?

— Toute ta personne. Depuis tes cheveux frisés jusqu'à ton merveilleux postérieur. Mais c'est surtout ta personnalité. Tu es la personne la plus adorable, la plus généreuse que je connaisse.

Elle passa les doigts dans ses cheveux lisses et soyeux.

— Tu veux dire que je suis faible ? Une mauviette ?

— La gentillesse n'est pas de la faiblesse. C'est une qualité très sous-estimée.

Il roula sur le lit, l'entraînant avec lui.

— Sauf par moi, reprit-il. J'ai toujours su repérer la valeur des gens. C'est un de mes talents.

— Tu en as d'autres, dit-elle en faisant glisser ses doigts sur son torse. Tu veux que je te les énumère ?

Elle s'était reproché de prendre de mauvaises décisions. Mais chacune de ses décisions l'avait amenée vers ce moment. Si elle avait fait des choix différents, elle n'aurait pas été là maintenant. Or, pour rien au monde elle n'aurait voulu manquer cela.

Josh lui caressa le dos.

— Maintenant que tu as recouvré ta confiance en toi, je suppose que tu vas retourner dans ta chambre ?

— Cette chambre est la mienne.

— Ah, oui. Exact.

— La confiance est une drôle de chose…

Sa main s'aventura plus bas, et elle l'entendit inspirer brusquement.

— Elle est fragile. J'ai encore du chemin à faire. Je vais sans doute avoir besoin de toi encore quelque temps. Tu es crispé. Tout va bien ?

Il poussa un grognement, la fit rouler sur le dos, et s'allongea sur elle.

— J'ai une demande à te faire.

— Ah, non. Un divorce m'a suffi.

— Ce n'est pas ce genre de demande. Je te propose de regagner ta confiance en toi en divers endroits, le long de la côte pacifique.

372

Elle traça un sillon de baisers sur sa poitrine.

— Que suggères-tu, exactement ?

— Si tu veux une réponse cohérente, tu vas devoir arrêter cela pendant un petit moment.

Martha releva la tête, mais laissa sa main où elle était.

— Je te trouble ?

— Un peu, répondit-il, les dents serrées.

— C'est drôle.

— Pour toi. Pour moi, c'est un exercice de maîtrise de soi, et c'est frustrant. Quand nous aurons conduit Kathleen à destination et que nous saurons ce qu'elle a décidé, j'ai pensé que nous pourrions visiter la Californie. Big Sur. Monterey. Le parc de Redwood.

Le cœur de Martha se gonfla de bonheur. Elle eut l'impression d'avoir gagné un premier prix.

— Tu ne dois pas reprendre le travail ?

— Je devrais. Si tu refuses, je retomberai sans doute dans mes vieux travers.

— C'est du chantage.

— Non, c'est de la négociation.

— Quelle excuse donneras-tu à ton patron ?

— Je lui dirai que j'ai rencontré une jeune femme…

Il la souleva et la hissa au-dessus de lui, tout en lui caressant le dos.

— Qu'en penses-tu, Martha ? Tu dois rentrer chez toi ?

Pour quoi faire ? Son retour pouvait attendre. Tout pouvait attendre.

— Eh bien, je me sens responsable. Je ne voudrais pas que tu redeviennes triste et sérieux… Donc, c'est oui.

— Tu en es sûre ?

— Tout à fait sûre.

Elle n'avait jamais été aussi sûre d'elle dans toute sa vie.

22

Liza

Sean traversa la plage de sable, après un dernier bain matinal. Trempé et frissonnant, il s'empara d'une serviette.

— C'est revigorant. Malgré les vacances qui approchent, j'avoue que je n'ai plus envie de partir. J'avais oublié à quel point j'aimais cet endroit. Quand nous venons, nous n'en profitons jamais pour nous détendre. Il y a toujours une foule de corvées qui nous attendent.

Liza éprouva un pincement de culpabilité.

— C'est ma faute. Je fais toujours passer les loisirs après le reste. Mais cela va changer, je te le promets. À partir de maintenant, l'amusement sera au sommet de la liste.

— Pour tous les deux, dit-il en s'allongeant à côté d'elle sur la couverture. Il est tellement facile de tomber dans la routine, sans se poser de questions. J'imagine ce que serait notre vie si nous vivions ici. Après le travail, au lieu de passer des heures dans les embouteillages et de rentrer tard et épuisés, nous irions nous baigner. En hiver, nous ferions des promenades en plein vent sur la plage déserte, avant d'aller chercher notre repas chez le traiteur.

Ils en avaient parlé, mais envisageait-il sérieusement ce changement ?

— Ton affaire est à Londres, et elle est florissante.

— Mmm. Je vois deux possibilités. La première c'est de garder mon cabinet où il est et de venir ici quelques jours par semaine. Je devrai déléguer certaines tâches à mes associés.

— Tu serais tout le temps sur la route, tiraillé entre les deux.

— Mais ça pourrait marcher. J'irais à Londres le lundi, et je reviendrais le jeudi, ou quelque chose dans ce genre.

Elle tendit la main et essuya les gouttelettes qui s'attardaient sur sa joue.

— Nous serions obligés de garder la maison de Londres, et nous n'avons pas les moyens d'avoir deux maisons.

Sean lui agrippa le poignet et l'attira vers lui pour l'embrasser.

— Tu me mets des bâtons dans les roues.

— Je suis réaliste.

— Ne le sois pas autant. Deuxième option, je suggère à mes associés d'ouvrir un cabinet ici, en concentrant notre travail sur les propriétés de la côte. Beaucoup de gens ont envie de réaménager leur espace de vie, et je suis doué pour ça.

— C'est vrai, convint-elle en songeant à la façon dont il avait transformé leur petite maison londonienne.

— Je serais toujours obligé de me rendre à Londres de temps en temps, mais mon travail principal serait ici.

Liza songea à ce que serait sa vie. Elle aurait la plage. Elle pourrait se concentrer sur sa peinture. Elle verrait plus souvent sa mère, et Angie.

Elle avait rendu visite à son amie la veille, pour lui dire au revoir. Elle avait été franche, tout comme Angie l'avait été avec elle. Cette conversation lui avait rappelé pourquoi elles avaient toujours été aussi liées. Il y avait peu de gens à qui vous pouviez confier vos secrets les plus intimes, et Angie en faisait partie.

— Tu crois que tu aurais assez de travail pour ouvrir une deuxième étude ?

— Je ne sais pas, mais j'ai très envie d'essayer.

L'idée était tentante, mais cela lui paraissait difficile à mettre en œuvre.

— Les jumelles ne voudront pas quitter Londres. Pouvons-nous les obliger à déménager, alors qu'elles vont avoir des examens importants à préparer ?

— Il n'y a pas que les jumelles dans la vie, Liza. Notre vie est importante aussi. Quoi que nous décidions, il nous faudra du temps pour le mettre en place. Je te propose de passer une année à y réfléchir. En nous fixant comme but de venir vivre ici quand Caitlin et Alice partiront à la fac.

L'avenir, qui récemment encore lui paraissait sombre, s'illumina.

— L'idée me plaît.

— Cela me laissera le temps de chercher la propriété qu'il nous faut, dit-il en fourrant la serviette humide dans le sac de plage. Dans l'idéal, nous dénicherons un vieux cottage de garde-côte avec vue sur la plage, que nous pourrons rénover.

— Et je prendrai mon temps pour le meubler.

Elle se voyait déjà chinant dans les nombreuses boutiques le long de la côte. Elle improviserait, collectionnerait les coquillages et les bois flottés, badigeonnerait de chaux les murs du cottage. Et surtout, ils feraient beaucoup de projets ensemble. Depuis quelque temps, ils s'étaient mis à vivre leur vie en parallèle. Il fallait que cela cesse.

— Nous reviendrons bientôt.

Sean lui entoura les épaules de son bras et contempla la mer. Son corps avait pris une belle couleur dorée. Liza avait oublié qu'il bronzait aussi vite.

Elle rassembla leurs affaires.

— Oui, nous allons revenir. Tu n'as pas changé d'avis à propos de ce que nous avons décidé hier soir ? Dans la froide lumière du jour cela paraît irréfléchi, et même extravagant.

— Parfois, il est bon d'être spontané. Nous devrions suivre plus souvent notre instinct.

Sean lui enleva le sac des mains et ils retournèrent à la maison, prirent une douche et rangèrent leurs bagages dans la voiture de Sean. Ils avaient décidé de laisser celle de Liza au cottage, et de revenir la prendre plus tard pendant l'été.

Liza vérifia une dernière fois que la porte était bien fermée. Elle avait laissé des croquettes à Popeye, et la veille ils étaient allés tous les deux donner ses tableaux à Finn.

Liza s'était sentie vaguement mal à l'aise, mais les deux hommes étaient très décontractés. Finn lui avait fait un clin d'œil, puis avait discuté architecture avec Sean, tout en buvant un verre dans le jardin.

Le troisième tableau qu'elle avait peint pendant son séjour était posé dans la chambre de sa mère. Elle avait su dès le début ce qu'elle voulait représenter, et quand elle l'avait montré à Sean, sa réponse l'avait rassurée.

— Oakwood, avait-il dit dans un souffle, en contemplant le coucher de soleil sur le cottage. C'est superbe.

Liza espérait que sa mère serait du même avis.

Et maintenant, ils retournaient à Londres.

Sean lui prit la main.

— Tu es triste de partir ?

Liza se retourna pour regarder le cottage. Celui-ci lui avait fourni un refuge au moment où elle en avait eu besoin.

— Nous reviendrons. Les filles me manquent.

Elle avait eu une longue conversation avec elles, la veille. Liza avait avoué franchement ce qu'elle ressentait. Les filles étaient si bouleversées par l'article qu'elles avaient trouvé, et par l'idée que le mariage de leurs parents était en péril, qu'elles s'étaient montrées contrites et réfléchies.

— Tu fais tellement de choses pour nous, avait murmuré Caitlin. Je suis désolée, j'aurais dû m'en rendre compte et te remercier plus souvent. Je vais m'améliorer.

— Un merci sera apprécié, mais je voudrais surtout que vous commenciez à prendre vos responsabilités.

— Oui, nous allons le faire.

Liza devait admettre que dans l'ensemble la conversation s'était mieux déroulée qu'elle ne l'avait craint. Restait à savoir si cela durerait.

— Quand nous serons rentrés, j'appellerai ma mère avant que Martha et elle ne se mettent en route pour la journée. C'est bizarre, n'est-ce pas ? On ne s'attend pas à ce que sa relation avec ses parents change aussi tard dans la vie. Je ne pensais pas que nous serions proches un jour.

Mais toutes les barrières qui les séparaient s'étaient effondrées.

— Je suis content pour toi. C'est bizarre de penser que Kathleen a vécu tant de choses dans le passé. Quelle vie elle a menée !

— Je me demande ce qu'aurait été sa vie si elle avait épousé Adam.

— Nous pouvons tous jouer à ce jeu-là. Si je ne t'avais pas rencontrée sur la plage cet été-là, où serais-je en ce moment ? Si tu n'étais pas partie en claquant la porte, que serait-il arrivé à notre famille ?

— Je ne suis pas vraiment partie, Sean.

— Désolé. Tu es juste venue nourrir le chat, dit-il en souriant. À partir de maintenant, tu sais que tu n'auras qu'à nous menacer d'aller nourrir le chat pour que je retienne une table au restaurant et que je t'achète un cadeau spécial.

— Je garderai cela en tête.

— Il faut que je t'avertisse. Le mur de la cuisine a été transformé en tableau géant, sur lequel Caitlin note toutes les corvées assignées à chacun de nous.

Liza fit la grimace.

— Cela ne doit pas être très esthétique.

— En effet. Mais si ça leur rappelle qu'elles doivent faire leur part, cela en vaut la peine.

Sean tourna soudain le volant et s'arrêta devant une barrière à l'entrée d'un chemin de terre. Au loin, derrière le champ en pente, la mer n'était qu'un long trait bleu se détachant sous le ciel nuageux.

— Pourquoi t'arrêtes-tu ?

— Parce que ces dernières journées ont été un peu spéciales, et que l'idée de partir me rend nerveux, dit-il en se tournant dans son siège. J'oublie toujours les anniversaires.

C'est un de mes défauts, je sais, et je n'ai pas d'excuse. Je peux me concentrer sur mon travail, mais ne pas savoir où se trouve ma chemise bleue. Je m'efforce d'aborder tous les problèmes calmement, et je sais que ça te rend folle parce que tu vis au rythme d'un pilote de course. Mais il faut que je te dise, Liza… Je t'aime.

Il lui prit le visage à deux mains, et enchaîna :

— Je t'ai toujours aimée, dès le premier instant, même si j'oublie parfois notre anniversaire. Je me sens le plus heureux des hommes, et choisir un jour spécial pour fêter cela, c'est un peu dire que les autres jours sont ordinaires. Or avec toi, chaque jour est spécial.

— Sean…

— Laisse-moi finir. Je sais que nous sommes submergés de travail. Mon cabinet est en plein essor, le fait d'avoir des jumelles nous a toujours donné beaucoup à faire, et c'est toi qui en fais les frais. Nous sommes obligés de gérer les priorités, mais comment notre relation s'est-elle retrouvée tout en bas de la liste, alors qu'elle devrait être en première ligne ? Nous devons la faire passer avant tout le reste.

— Je sais. C'est ce que nous allons faire.

Comment avait-elle pu privilégier le lavage des débardeurs de Caitlin par rapport à une conversation avec Sean ? Elle rédigeait des listes de tout ce qu'elle avait à faire, mais passer du temps en tête à tête avec son mari ne figurait sur aucune de ses listes.

Sean l'embrassa doucement, et ils reprirent la route.

Quand ils parvinrent dans leur rue, Liza était un paquet de nerfs. Elle avait l'impression d'être partie depuis une éternité. Puis la porte d'entrée s'ouvrit, et Caitlin et Alice vinrent vers eux en courant, comme quand elles étaient petites.

— Maman !

Caitlin la serra si fort dans ses bras qu'elle pouvait à peine respirer. Alice imita sa sœur.

— Tu nous as manqué. Tu es magnifique ! s'exclama Caitlin en relâchant son étreinte. Cette robe te va trop bien. Elle est neuve ? Entrez vite, nous vous avons préparé une surprise.

Les deux filles échangèrent un coup d'œil, et poussèrent leurs parents vers la cuisine. La maison était resplendissante de propreté, et la table était couverte de plats. De minuscules sandwichs, des scones, des cupcakes, des cookies aux pépites de chocolat…

— C'est vous qui avez fait tout ça ? demanda Liza en posant son sac.

— Nous avons pensé que vous auriez faim après le voyage. Alice a cuisiné, et j'ai fait le ménage. Nous allons vous aider à préparer le voyage pour la France. Vous pourrez vous reposer.

— Ah… à ce propos, nous avons quelque chose à vous annoncer.

La mine de Caitlin s'allongea.

— On ne va plus en France ?

— Je crains que non.

— C'est trop de travail pour toi ? C'est notre faute ?

— Cela n'a rien à voir avec vous. Et tout ce que vous avez préparé est merveilleux. Je suis touchée.

Liza prit un cupcake. Ses filles étaient vraiment capables de faire cela ? Elle les avait sous-estimées. Ou bien, elle ne leur avait jamais laissé l'occasion de développer leurs talents.

— Mais nous avons reçu de mauvaises nouvelles de France, hier. Un tuyau a éclaté dans la maison que nous avions louée et le rez-de-chaussée est inondé.

— Oh ! non ! s'exclama Alice en se laissant tomber dans un fauteuil. Nos vacances en famille ! On ne peut pas partir ailleurs ? Je vais faire une recherche avec Caitlin…

— Nous y avons pensé aussi, et puis nous avons eu une meilleure idée, dit Liza en prenant la main de Sean. Nous avons un autre projet, j'espère qu'il vous plaira. Mais ce n'est pas en France.

— Non ? Comme tu voudras, maman, dit Caitlin. Du moment que nous sommes tous ensemble.

En famille.

Liza sourit.

— Je vous garantis que nous allons passer d'excellents moments en famille.

23

Kathleen

Barstow-Santa Monica

Debout sur la jetée de Santa Monica, Kathleen contemplait la mer.

Elle avait traversé la prairie et le désert, vu le Grand Canyon, les lumières de Las Vegas, et elle avait enfin atteint sa destination.

La main de Martha se referma sur la sienne.

— Nous l'avons fait, Kathleen. Et je n'ai pas jeté la voiture contre un lampadaire.

Kathleen ne dit rien, mais serra la main de la jeune femme. Elle ne trouvait pas les mots pour décrire ce qu'elle ressentait.

Josh prit son autre main, et ils s'approchèrent tous les trois de la plage.

— Voilà l'océan Pacifique, Kathleen.

— Oui, je vois. Mes yeux fonctionnent encore très bien.

L'océan Pacifique. Kathleen sentait le soleil et la brise chaude sur son visage, mais elle ne parvenait pas à se détendre. Elle ne pensait qu'à Ruth.

— Elle vit près d'ici ?

— Pas très loin.

Kathleen fit demi-tour et retourna vers la voiture.

— Alors, allons-y. Je ne veux pas attendre plus longtemps.

Elle vit Martha jeter un coup d'œil à Josh.

— Qu'est-ce que vous manigancez, tous les deux ?

— Rien.

Elle savait qu'ils ne lui disaient pas la vérité, mais elle était trop préoccupée par sa prochaine rencontre avec Ruth pour les interroger.

L'entrevue risquait d'être gênante. Cela faisait presque soixante ans qu'elles ne s'étaient pas vues. Elles n'avaient rien en commun à part leur passé, sur lequel il était un peu difficile de s'attarder.

Elle remonta dans la voiture qui était leur point de ralliement depuis Chicago. Kathleen s'y était autant attachée qu'à Martha et à Josh.

Il y avait une toute nouvelle intimité entre ces deux-là. Kathleen voyait les sourires qu'ils échangeaient en douce, leurs doigts qui s'effleuraient, les promesses silencieuses. Elle était contente pour eux, mais se sentait un peu seule.

Elle avait toujours été indépendante. Pourquoi ressentait-elle le besoin de s'appuyer sur quelqu'un pendant ce voyage ?

Elle parvint à se ressaisir au prix d'un sérieux effort. Si la rencontre avec Ruth était décevante, elle trouverait une excuse pour y mettre fin. Elle boirait une tasse d'earl grey, dirait à Ruth qu'elle avait été contente de la revoir, et réserverait une chambre d'hôtel avec vue sur l'océan.

Cette décision prise, elle eut hâte d'en finir.

— Vous êtes sûrs que nous allons dans la bonne direction ?

D'une main elle agrippait le dossier du siège de Martha, de l'autre elle maintenait le chapeau qui la protégeait du soleil.

Elle avait été d'accord pour effectuer la dernière partie du voyage en décapotable.

Cela aurait dû être plaisant. Mais comment aurait-elle pu se détendre en sachant qu'elle allait revoir Ruth, après tant d'années ?

— Oui, dit Josh en consultant le GPS. Il va falloir tourner à gauche, Martha. Puis se garer et attendre.

Attendre quoi ?

Martha jeta un coup d'œil dans le rétroviseur.

— Tout va bien, Kathleen ?

— Non ! s'exclama-t-elle, en proie à la panique. Je suis en train de faire une terrible erreur. Nous ne devrions jamais revisiter le passé. Ne tournez pas à gauche. Dirigez-vous plutôt vers la côte.

Martha et Josh échangèrent un regard.

— Kathleen…

— Vous pouvez économiser votre salive, je ne vous écouterai pas. Je sais ce que je veux.

Martha ralentit et se gara si brusquement que Kathleen dut agripper le fauteuil pour ne pas basculer.

— Je pensais que vous aviez fait des progrès en conduite automobile, mais je suis allée trop vite dans mon jugement. Je ne comprends pas pourquoi vous vous arrêtez. Nous devrions continuer tout droit.

Martha détacha sa ceinture et se retourna.

— Nous allons rendre visite à Ruth. Elle nous attend. Mais nous allons patienter ici quelques minutes.

— Pourquoi ? Vous travaillez pour moi, Martha, et c'est moi qui décide de l'itinéraire.

Martha lui posa une main sur le genou.

— Je comprends que vous appréhendiez…

— Ne prenez pas ce ton condescendant, Martha.

— Je suis votre amie. Comme vous avez été la mienne pendant tout le voyage.

Kathleen sentit un picotement dans ses yeux. Le sable, bien sûr. Ils étaient restés trop longtemps sur la plage.

— C'est ridicule.

— Sans vous, je n'aurais pas connu Josh. Je cherchais tellement à me protéger que j'aurais raté les parties les plus amusantes du voyage. Et le meilleur amant que j'aie connu dans ma vie.

Josh s'éclaircit la gorge et se tassa un peu sur son siège.

— Est-ce que c'est vraiment…

— Oui, répliqua Martha, sans tenir compte de son embarras. Nous avons tous fait des choses que nous trouvions difficiles pendant ce voyage. J'ai pris un auto-stoppeur, j'ai supprimé Steven de mes contacts…

— Il était grand temps, marmonna Kathleen.

— Josh a fait du rafting…

— Je ne suis pas sûr d'avoir envie de recommencer.

— Depuis quand ce voyage est-il devenu une compétition ? dit Kathleen en soupirant.

— Il ne s'agit pas de compétition. Nous avons chaque fois été soutenus par nos amis. Et vous ne serez pas seule aujourd'hui. Nous sommes avec vous, Kathleen.

— Pas du tout, protesta celle-ci, la gorge serrée. Vous dites n'importe quoi.

— Je sais que vous avez peur de revoir Ruth. Vous craignez de ne pas pouvoir maîtriser vos sentiments. Mais vous en êtes capable, Kathleen. Vous avez déjà géré tellement de choses. Et si vous ne le faites pas, vous risquez de le regretter.

— Pas du tout. Je mets un point d'honneur à ne jamais regarder en arrière.

— Mais en voyant Ruth vous irez de l'avant. Vous construirez quelque chose de nouveau avec elle.

— J'ai quatre-vingts ans, il est un peu tard pour construire quelque chose.

Martha arqua les sourcils.

— C'est vous qui dites cela ? Alors que vous venez de parcourir deux mille quatre cents miles ? S'il n'est pas trop tard pour vivre cette aventure, il n'est pas trop tard non plus pour rendre visite à une amie.

— Ruth est une étrangère, Martha. Je ne l'ai pas vue depuis soixante ans. Ne soyez pas aussi romantique.

— Votre amitié était profonde, unique. Ce genre de lien ne s'efface pas.

— Votre génération est trop sentimentale, répliqua Kathleen en tordant machinalement l'anse de son sac.

Bien, allons-y. Ce sera un désastre, et je serai ravie d'avoir un prétexte pour vous renvoyer.

Martha sourit.

— Si ça se passe mal, vous aurez besoin de moi pour vous enfuir.

— Et si je compte sur vos talents de conductrice, nous sommes fichus.

Que devait-elle faire ? Martha avait raison, bien sûr. Mais elle était terrifiée. Cette visite risquait de rouvrir toutes les plaies.

— Je devrais sans doute vous donner cela maintenant, au cas où les choses tourneraient mal entre nous, dit-elle en se penchant pour prendre le paquet qu'elle avait caché dans la voiture quelques jours plus tôt. C'est un remerciement.

— Pour quoi ?

— Pour ne pas avoir chanté alors que vous en mouriez d'envie. Pour avoir supporté avec bonne humeur une vieille femme acariâtre pendant un voyage inoubliable. Pour avoir été d'une aussi bonne compagnie. Et pour avoir souri même quand vous étiez terrifiée. Ah, non ! protesta-t-elle en voyant les yeux de Martha s'embuer. Pas de larmes !

Martha s'essuya les yeux du revers de la main, et ouvrit la boîte.

— Oh ! Kathleen…

Elle sortit la théière de son coffret et la contempla.

— Elle est magnifique. Où l'avez-vous trouvée ?

— J'ai la chance d'avoir des amis bien placés qui peuvent réaliser ce genre d'exploits.

Elle remercia en elle-même Liza qui avait déniché l'objet, et Finn qui l'avait expédié.

— Des cerises rouges ! s'exclama Martha, ébahie. Exactement comme sur celle de Nanna.

— Votre grand-mère serait fière de vous, Martha.

— Je la garderai précieusement. Je ne m'en servirai jamais.

— Ce serait dommage. Une théière est faite pour contenir du thé, tout comme un être humain est destiné à vivre, même si cela lui paraît dur parfois.

Sa voix vacilla, et elle sut que Martha s'en était rendu compte car elle lança un coup d'œil à Josh.

— Tu pourrais aller faire un tour ? Nous avons cinq minutes d'avance.

— D'avance pour quoi ? Nous allons prendre le thé, pas voir un spectacle, protesta Kathleen.

Ses doigts, crispés sur son sac, étaient blancs. Le moment était venu et elle ne pouvait plus reculer.

— Pourquoi Josh doit-il s'éloigner ? Étant donné que je suis désormais parfaitement au courant de votre extraordinaire vie sexuelle, je ne vois pas quel genre de conversation exige qu'il soit absent.

— Je sais que vous êtes anxieuse, Kathleen. Mais il n'y a que deux scénarios possibles. Soit vous n'avez plus rien en commun avec Ruth, vous la trouvez ennuyeuse, et nous partons après avoir bu une très déplaisante tasse de thé.

— Le thé ne peut pas être déplaisant, sauf si vous vous brûlez en le renversant.

Martha ignora la remarque.

— Soit votre amitié resurgit instantanément, et vous vous mettez à bavarder comme autrefois. Et vous passez un excellent après-midi. C'est ce que je prévois.

— La troisième possibilité, c'est que cette rencontre fasse revivre une partie de mon passé, que j'avais de bonnes raisons d'enterrer.

— Mais comment ? Vous ne regretterez pas votre décision, Kathleen. Même si c'était possible, vous ne voudriez pas changer le passé. Vous le savez. Grâce à ce qui s'est passé, vous avez eu une carrière éblouissante.

— Je déteste ce mot, il ne veut rien dire.

— Il veut dire que nous sommes éblouis, car votre carrière était fantastique.

— C'est vrai, ajouta Josh.

— Si vous aviez épousé Adam, il vous aurait rendue folle.

Kathleen fronça le nez.

— Encore un mot que je déteste. Pourrions-nous trouver des adjectifs plus précis ? Ne vous ai-je donc rien appris ces dernières semaines ?

— Vous m'avez appris la persévérance. Si vous étiez restée avec lui, vous auriez eu envie de le tuer. Je suis sûre que c'était un médecin renommé, mais il devait avoir un ego surdimensionné. Il n'aurait peut-être pas aimé que vous deveniez célèbre. Vous n'auriez pas pu parcourir le monde. Votre émission n'aurait jamais vu le jour.

— Rien ne peut permettre de l'affirmer, répondit Kathleen en chassant une poussière imaginaire sur sa jupe. Mais vous pourriez avoir raison. Il ne m'a jamais encouragée quand je lui exposais mes ambitions.

— Alors que Brian l'a fait. Attendez une seconde…

Martha prit son téléphone et chercha un moment avant de brandir l'écran sous les yeux de Kathleen.

— Voilà la photo de Brian quand vous avez reçu cette récompense, à Londres. Présentatrice de l'année, ou je ne sais quoi…

— Je ne comprends pas pourquoi vous me montrez ça, dit Kathleen, les yeux brillants de larmes.

— Regardez. Que voyez-vous dans ses yeux ? La fierté. La joie. Et beaucoup d'amour. Je donnerais n'importe quoi pour qu'un homme me regarde comme ça…

— Si vous portiez autre chose que des jeans…

— Nous parlons de vous, Kathleen. Et de Brian, que vous aimiez autant qu'il vous aimait. Brian n'était pas un prix de consolation. Vous vous rappelez ce que vous m'avez dit, en arrivant à Devil's Elbow ? Ce qui compte, c'est de rencontrer la bonne personne au bon moment. Ce qui n'est pas aussi facile que ça en a l'air, en réalité. Mais là n'est pas la question.

— Je n'ai pas employé exactement ces termes. J'ai dit…

— Kathleen !

— Donnez-moi un moment.

Kathleen ferma les yeux et pensa à Brian. À sa patience. À son talent pour la faire rire. À leur amour de la mer. Leur maison. Leur fille.

Il était sans aucun doute ce qui lui était arrivé de mieux dans la vie. Même mieux que *Destination Happy End*.

Sa plus grande aventure.

Martha avait raison, même si elle pouvait revenir en arrière elle ne changerait rien. Elle n'échangerait pas un jour de sa vie, avec ou sans Brian, contre du temps avec Adam.

Sa gorge se noua douloureusement. Brian lui manquait tellement. Lui seul la connaissait. Il n'y avait rien de plus beau dans la vie que d'avoir quelqu'un qui vous connaissait, et vous aimait quand même.

Brian la connaissait et l'aimait.

Elle ouvrit les yeux.

— Une tasse de thé, mais rien de plus, déclara-t-elle. Nous devrions convenir d'un signal. Au cas où j'aurais besoin d'un soutien. Ou de prendre la fuite. Quoique, avec mes rhumatismes, je ne sois pas sûre de pouvoir m'échapper. Vous serez obligé de me jeter sur votre épaule, Josh.

Elle vit Martha et Josh échanger un autre regard, et poussa un soupir exaspéré.

— Quoi, encore ?

— Vous aurez tout le soutien moral nécessaire, Kathleen.

Martha se tourna vers la route. Une voiture approcha et se gara à côté d'eux.

— Elle est là, dit Josh en descendant de la voiture avec Martha.

— Qui ? demanda Kathleen, se parlant à elle-même.

Avant qu'elle ait pu les appeler, la portière de l'autre voiture s'ouvrit et une femme en sortit.

C'était le portrait de Liza.

Kathleen sentit son cœur battre plus fort. Non, c'était impossible. Liza était en France, avec Sean et les filles.

Mais c'était bien Liza. Une Liza un peu différente, qui se tenait bien droite, les épaules rejetées en arrière. Elle souriait, sûre d'elle. Heureuse. Elle portait une robe qui flottait autour de ses jambes. Elle prit Martha dans ses bras, serra la main à Josh, et vint vers la voiture en souriant à Kathleen.

— Coucou, maman ! J'avoue que j'avais des doutes au sujet de la voiture, mais celle-ci te va très bien !

Kathleen resta sans voix. Elle voulut sortir de la voiture, mais ce ne fut pas nécessaire car Liza se glissa à côté d'elle. Elle eut un peu de mal à caser ses jambes dans l'espace réduit.

— Tu as traversé huit États avec les jambes coincées comme cela ? Je suis étonnée que tu puisses encore bouger ! s'exclama-t-elle en serrant Kathleen dans ses bras. J'espère que tu ne m'en veux pas d'être venue. Je voulais être avec toi. Nous pourrions aller voir Ruth ensemble ?

Ensemble. Elle n'était pas seule. Elle avait Liza.

Elle avait eu si peur de perdre son indépendance. Mais vous pouviez accepter le soutien de quelqu'un sans renoncer à être vous-même. Cela ne voulait pas dire que vous étiez faible, mais juste humain. Et cela vous permettait de faire des choses que vous n'aviez pas la force de faire seule.

Kathleen embrassa sa fille, tandis que Martha et Josh revenaient dans la voiture.

— Pourquoi n'es-tu pas en France ?

— C'est une longue histoire. Je te la raconterai après le thé.

— Où sont Sean et les filles ?

— Ils sont là aussi, dit Liza en attachant sa ceinture. Nous avons changé nos plans à la dernière minute. Tu ne seras pas étonnée d'apprendre que les filles ont sauté de joie quand nous leur avons dit que nous allions en Californie. Elles sont dans l'appartement que Josh a réussi à réserver à la dernière minute, et elles ont pour projet de venir vivre ici. Ce serait peut-être le stimulant idéal pour pousser Caitlin à poursuivre ses études. Elles ont hâte de te voir, et elles préparent le dîner pour ce soir.

— Les jumelles préparent le dîner ?

— N'aie pas peur. Elles sont plus douées que ne le laissaient penser les expériences passées. J'ai beaucoup de choses à te raconter, mais d'abord allons chez Ruth. C'est encore loin ?

— Pas tellement, répondit Josh en donnant des indications à Martha. Dans cette rue. Près de la plage. Adam avait dû bien réussir dans la vie, pour acheter une maison ici.

Les idées tourbillonnaient dans la tête de Kathleen. Elle avait tant de choses à dire à sa fille.

— Je ne peux pas vendre Oakwood, Liza.

— Tu as raison. C'est impossible.

— Je sais que tu penses que la maison est dangereuse pour moi, mais… Tu disais ?

— Tu ne peux pas la vendre. Je suis désolée de t'avoir suggéré de déménager. Reste chez toi, et si un jour tu as besoin d'aide, nous trouverons une solution.

— Je ne porterai pas d'alarme autour du cou.

— Je sais. Tu n'enlèveras pas les tapis, et tu te serviras toujours de l'escabeau. C'est ta décision. Ta vie.

Quand Martha se gara devant un grand portail de fer forgé, Kathleen se sentit de nouveau nerveuse. Mais il était trop tard pour avoir des regrets. Martha parlait déjà dans l'Interphone. Les grilles s'ouvrirent lentement. Et là, tout au bout de l'allée, se trouvait Ruth, avec celle qui était probablement sa fille.

Elle n'avait pas changé. Pas du tout.

Martha se gara, Josh descendit, et Liza aida Kathleen à s'extraire de la petite voiture. Elle lui prit le bras et resta à ses côtés, alors qu'elles se dirigeaient vers sa vieille amie.

Finalement, Kathleen avait eu tort de s'inquiéter, ou de songer à ce qu'elle allait dire. Dès qu'elle la vit, Ruth se précipita vers elle pour l'embrasser. Parfois les mots étaient inutiles. Tout pouvait se traduire par un geste d'affection.

C'est seulement quand elle entendit Ruth renifler un peu qu'elle s'aperçut qu'elle pleurait aussi.

Elle avait plus exprimé de sentiments en une seule matinée que pendant sa vie entière.

— Je suis Martha, dit la jeune femme en tendant la main à la femme qui accompagnait Ruth.

— Et moi je suis Hannah, la fille de Ruth. Nous nous sommes parlé au téléphone. Vous devez être Liza ? Nous sommes tellement contentes, ajouta-t-elle en serrant la main de Liza. Entrez. Nous avons préparé le thé. Nous pouvons nous asseoir à l'ombre, sur la terrasse.

Elle les conduisit à l'intérieur.

— Que tu es belle ! s'exclama Ruth en regardant son amie. Tu n'as pas changé du tout. J'ai l'impression d'avoir une vedette de cinéma devant moi. Je veux que tu me racontes toute ta vie. Tu dois avoir tellement de choses à dire. J'ai regardé tous les épisodes de *Destination Happy End*.

La possibilité que Ruth ait suivi sa carrière ne l'avait jamais effleurée.

— Comment est-ce possible ?

— Adam les avait enregistrés pour moi.

Kathleen fut un peu mal à l'aise en imaginant Adam et Ruth assis côte à côte, en train de regarder son émission.

Ruth passa son bras sous le sien, et l'entraîna à l'intérieur.

— Viens. J'ai de l'earl grey, et Hannah a préparé des biscuits sablés.

Hannah.

La fille de Ruth et d'Adam.

Liza, sa fille, la regardait en souriant, d'un air rassurant. Ce voyage ne l'avait pas seulement ramenée vers Ruth. Il l'avait aussi rapprochée de sa propre fille. Elles avaient tellement de choses à se dire. Et tout le temps de le faire.

Son périple sur la Route 66 avait été riche en expériences. Mais rien ne pouvait lui faire autant plaisir que d'être assise là, avec son amie et sa fille, à boire du thé en contemplant l'océan Pacifique. Le passé avait finalement trouvé sa place dans le présent, et elle était enchantée de sa vie actuelle.

Peut-être avait-elle enfin atteint la destination qu'elle cherchait depuis si longtemps.

REMERCIEMENTS

L'histoire de *Destination Happy End* a surgi dans ma tête il y a quelques années, un jour où j'avais pris le volant pour partir en week-end. Et donc mon premier « merci » doit être pour ma famille qui eut la patience d'interrompre toutes les conversations quand je me mis à crier : « Taisez-vous tous une minute ! Je viens d'avoir une idée et j'ai besoin de réfléchir. Est-ce que l'un de vous peut prendre des notes, pour que je n'oublie pas ? »

À l'époque, j'étais en train d'écrire un autre livre. Je classai donc cette idée dans mon esprit, où elle ne cessa de se développer, jusqu'à ce que le moment de prendre la plume soit venu. Le fait que j'aie attendu quelques années pour écrire ce roman explique sans doute pourquoi j'ai éprouvé une telle joie à le faire.

Chacune de mes idées est améliorée par Flo Nicoll, ma talentueuse éditrice qui m'apporte sa perspicacité, son calme et sa capacité exceptionnelle à voir le côté positif des projets sur lesquels nous travaillons ensemble.

Je suis extrêmement reconnaissante envers les équipes qui éditent mes livres de par le monde, avec autant d'enthousiasme et de dévouement. Mettre un livre entre les mains des lecteurs représente l'effort de tout un groupe pour mener à bien un travail complexe. Si je devais nommer chaque personne ayant participé, ce roman devrait sans doute comporter deux volumes. Mais mes remerciements vont tout particulièrement à Lisa Milton, Manpreet Grewal, et à toute l'équipe du Royaume-Uni, ainsi qu'à Margaret Marbury, Susan Swinwood, et l'équipe de HQN.

Je ne pense pas que je pourrais venir à bout d'un tel travail sans le soutien de mes amis. J'adresse un salut particulier et affectueux à RaeAnne Thayne, Jill Shalvis, et Nicola Cornick.

Enfin, je remercie mes lecteurs qui n'ont jamais cessé de m'encourager et qui continuent d'acheter mes livres. J'ai beaucoup de chance que vous choisissiez mes romans, alors que tant d'autres sont publiés. J'espère que vous avez aimé *Destination Happy End*.

Sarah
XX

Découvrez la nouvelle série
de Sarah Morgan : Puffin Island !

 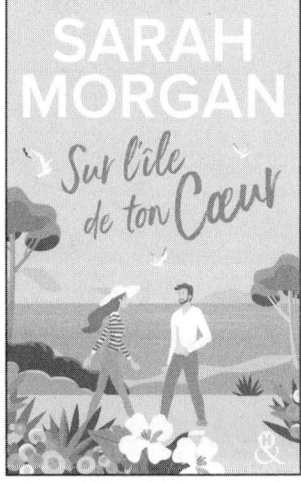

1

C'était l'endroit idéal pour quelqu'un qui ne voulait pas être trouvé. La destination de rêve pour les gens qui aimaient la mer.

Emily Donovan détestait la mer.

Elle arrêta la voiture au sommet de la colline et éteignit les phares. Une obscurité étouffante l'enveloppa comme une lourde couverture. Elle était habituée à la ville, avec ses toits scintillants, ses lumières éblouissantes qui tenaient la nuit à distance. Ici, sur cette île côtière rocailleuse du Maine, il n'y avait que la lune et les étoiles. Pas de foule, pas de klaxons, pas de buildings. Seulement les falaises battues par les vagues, le cri perçant des mouettes et l'odeur de l'océan.

Si elle n'avait pas eu d'enfant à l'arrière de la voiture, elle aurait pris un tranquillisant pendant la courte traversée en ferry.

Les yeux de la petite fille étaient fermés, sa tête penchée sur le côté. Elle serrait fermement dans ses bras un vieil ours en peluche. Emily prit son téléphone et ouvrit la portière sans bruit.

Pitié, ne te réveille pas.

Elle s'éloigna de quelques pas avant de composer un numéro. L'appel aboutit sur la messagerie.

— Brittany ? J'espère que tu t'amuses bien en Grèce. Je voulais juste te dire que je suis bien arrivée. Merci encore de me prêter le cottage.

De la gratitude. C'était le mot qu'elle cherchait. Elle éprouvait de la gratitude. Fermant les yeux, elle prit une longue inspiration.

— Je panique. Qu'est-ce qui m'a pris de venir ici ? Il y a de l'eau partout, et je déteste l'eau. C'est… c'est dur.

Elle jeta un coup d'œil à l'enfant endormie et baissa la voix.

— Elle voulait sortir de la voiture sur le ferry, mais je l'ai laissée attachée sur son siège. Il n'était pas question que je mette un pied dehors. Le mec flippant du port, celui avec les gros sourcils, a dû me prendre pour une folle. La prochaine fois que tu viendras, tu ferais mieux de dire que tu ne me connais pas. Je reste jusqu'à demain, je n'ai pas le choix. Mais je prendrai le premier ferry pour quitter cette île. J'irai ailleurs. Un endroit dans les terres, comme… le Wyoming, ou le Nebraska.

Alors qu'elle raccrochait, le vent souleva ses cheveux et elle sentit l'odeur iodée de la mer.

Elle composa un autre numéro, et fut soulagée en entendant la voix de Skylar.

— Skylar Tempest.

— Sky ? C'est moi.

— Em ? Que se passe-t-il ? Ce n'est pas ton numéro.

— J'ai changé de téléphone.

— Tu as peur que quelqu'un localise ton appel ? La vache ! C'est super excitant.

— Ce n'est pas excitant, c'est un cauchemar.

— Comment tu te sens ?

— J'ai envie de vomir, mais ça ne risque pas d'arriver car je n'ai pas mangé depuis deux jours. J'ai l'estomac vide et noué.

— Les journalistes savent où tu es ?

— Je ne crois pas. J'ai tout payé en espèces, et j'ai quitté New York en voiture.

Elle jeta un coup d'œil à la route, mais ne vit qu'une profonde obscurité.

— Comment font les gens pour vivre comme ça ? J'ai l'impression d'être une criminelle. C'est la première fois de ma vie que je dois me cacher.

— Tu as pensé à changer de voiture en route pour les semer ? Tu t'es teint les cheveux en violet, tu as acheté des lunettes ?

— Non. Est-ce que tu as bu ?

— Je regarde beaucoup de films. Tu ne peux faire confiance à personne. Trouve un déguisement qui t'aidera à te fondre dans le paysage.

— Je ne pourrai jamais me fondre dans un paysage du bord de mer. Je serai la seule à porter un gilet de sauvetage au beau milieu du village.

— Tout ira bien, tu verras.

Le ton très ferme de Skylar laissait deviner qu'elle n'en croyait pas un mot elle-même.

— Je repars demain à la première heure.

— Tu ne peux pas faire ça ! Nous étions d'accord que le cottage était la cachette la plus sûre. Personne ne te remarquera sur une île remplie de touristes. C'est le lieu rêvé pour des vacances.

— Ce n'est pas un lieu de rêve quand la vue de l'eau suffit à te provoquer une crise d'hyperventilation.

— Cela n'arrivera pas. Tu vas respirer l'air de la mer à pleins poumons, et te détendre.

— En fait, je n'ai pas besoin de rester ici. J'ai eu une réaction excessive. Personne ne me cherche.

— Ta demi-sœur est l'une des plus grandes stars d'Hollywood et tu es la tutrice de sa fille. Si ce détail venait à être connu, tu aurais toute la presse sur le dos. Il faut te cacher quelque part, et Puffin Island est l'endroit idéal.

Emily frissonna, sentant poindre une vague de panique.

— Comment pourraient-ils avoir entendu parler de moi ? Lana a passé toute sa vie à faire comme si je n'existais pas.

Et cela lui convenait parfaitement, car elle n'avait jamais eu envie d'être sous les projecteurs. Elle avait défendu coûte que coûte son intimité. Lana, en revanche, avait cherché à attirer l'attention depuis le jour de sa naissance.

Emily se dit que sa demi-sœur aurait été contente d'apprendre qu'elle faisait encore la une des journaux, un mois après l'accident d'avion dans lequel elle avait perdu la vie avec son amant.

— Les journalistes finissent toujours par découvrir la vérité. On se croirait dans un film !

— Mais ce n'est pas un film, c'est ma vie ! Je ne veux pas qu'elle soit exposée au monde entier et je ne…

Emily s'interrompit, puis prononça pour la première fois les mots à voix haute :

— Je ne veux pas avoir la responsabilité d'un enfant.

Des souvenirs du passé s'échappèrent des recoins obscurs de son esprit, comme de la fumée passant par les interstices d'une porte fermée.

— Je n'en suis pas capable.

Ce n'était pas juste pour la petite fille.

Ni pour elle.

Pourquoi Lana lui avait-elle fait cela ? Était-ce de la méchanceté ? Une décision hâtive ? Le désir pervers de se venger d'une enfance au cours de laquelle elles n'avaient rien partagé, en dehors du toit sous lequel elles vivaient ?

— Je sais que c'est ce que tu penses, et je comprends ta réaction, mais tu peux le faire. Tu dois le faire. Elle n'a plus que toi au monde désormais.

— Elle est mal tombée. Je ne suis pas faite pour ça. Je ne sais déjà pas m'occuper d'un enfant cinq minutes, alors pendant tout un été…

Dans son ancienne vie, les gens s'en remettaient à elle, reconnaissaient son savoir-faire, estimaient son opinion. Mais dans ce domaine, elle était incompétente. Elle avait passé son enfance à essayer de survivre, apprenant à se débrouiller seule et à se protéger pour compenser une mère souvent absente physiquement, et toujours lointaine émotionnellement. Après avoir quitté la maison, elle avait passé de longues heures à étudier et à travailler pour être en mesure de réduire au silence les hommes qui voulaient à tout prix prouver leur supériorité.

Et maintenant, elle se retrouvait là, projetée dans une vie où tout ce qu'elle avait appris était devenu inutile. Une vie qui exigeait des compétences qu'elle était consciente de ne pas posséder. Elle ne savait pas quoi faire. Comment faire. Et elle n'avait jamais eu envie de le faire. C'était injuste ! Elle se retrouvait dans une situation qu'elle avait tout fait pour éviter, toute sa vie.

Des gouttes de sueur perlèrent sur son front, et la voix de Skylar lui parvint à travers un épais brouillard.

— Si t'occuper d'elle peut te prouver que tu as tort, ce sera sans doute la meilleure chose qui te soit jamais arrivée. Tu n'es pas responsable de ce qui s'est passé quand tu étais enfant, Em.

— Je n'ai pas envie d'en parler.

— Ce qui ne change rien au fait que tu n'es pas responsable. Même si tu refuses d'en parler, la façon même dont tu as décidé de mener ta vie montre à quel point ton enfance a été difficile pour toi.

Emily jeta un coup d'œil à l'enfant endormie dans la voiture.

— Je ne peux pas m'occuper d'elle. Je ne suis pas la personne qu'il lui faut.

— Tu ne veux pas l'être, tu veux dire.

— Il n'y a pas de place pour elle dans ma vie. Je travaille seize heures par jour, et j'ai des déjeuners d'affaires.

— Ta vie est nulle. Je te le répète depuis des années.

— Ma vie me plaisait telle qu'elle était ! Je veux la retrouver.

— Tu parles de celle qui t'obligeait à travailler comme une machine et que tu partageais avec un homme au cœur de pierre ?

— J'aimais mon travail. Je savais ce que je faisais. J'étais compétente. Et je ne vivais peut-être pas une grande passion avec Neil, mais nous avions beaucoup de points communs.

— Cite-m'en un.

— Je… nous aimions aller dîner dehors.

— Ce n'est pas un point commun. Cela veut juste dire que vous étiez trop fatigués pour cuisiner.

— Nous aimions lire.

— Waouh ! Ce qui faisait sans doute de votre chambre un lieu super excitant.

Emily chercha un autre exemple, sans succès.

— Tu peux me dire pourquoi nous parlons de Neil ? C'est fini entre nous. À présent ma vie doit s'organiser autour de celle d'une fillette de six ans. Il y a des ailes de fée dans son sac. Je ne connais rien aux fées.

Son enfance avait ressemblé à la traversée d'un désert, à une épreuve d'endurance. Il n'y avait pas eu de place pour quelque chose d'aussi fragile que des ailes de fée d'une finesse arachnéenne.

— Je me revois très bien à six ans. Je voulais devenir danseuse classique.

Emily regarda droit devant elle, en essayant de se rappeler comment elle s'était sentie à cet âge – brisée. Même quand elle avait fini par se reconstruire, elle avait su qu'elle ne serait plus jamais la même.

— J'en veux à Lana. Je lui en veux d'être morte en me laissant dans cette situation. Je sais, c'est tordu…

— Non, c'est humain. Comment pourrais-tu réagir autrement, Em ? Tu n'avais plus parlé à Lana depuis au moins dix ans et…

Skylar s'interrompit, et Emily entendit des voix en fond.

— Tu n'es pas seule ? Je tombe à un mauvais moment ?

— Je me rends à un gala de charité au Plaza avec Richard, mais il peut m'attendre un peu.

Connaissant les ambitions politiques de Richard et son manque de patience, Emily doutait fort qu'il soit disposé à attendre. Elle imagina Skylar, avec ses cheveux blonds coiffés en un élégant chignon, son corps mince moulé dans un splendide fourreau de soie signé d'un créateur à la mode. Elle soupçonnait Richard d'avoir été plus attiré par les relations de la famille de Sky que par sa beauté et son optimisme rayonnant.

— Je n'aurais pas dû t'appeler. J'ai essayé Brittany mais elle ne répond pas. Elle est toujours sur son site archéologique, en Crète. Je suppose que c'est le milieu de la nuit, là-bas.

— Elle a l'air de bien s'amuser. Tu as vu ses dernières publications sur Facebook ? Elle a de la boue jusqu'aux coudes et est entourée de Grecs sexy. Elle travaille avec cette adorable spécialiste en céramiques, Lily, qui m'avait donné beaucoup d'idées pour ma dernière collection. De toute façon si tu ne m'avais pas appelée, je l'aurais fait. J'étais tellement inquiète. D'abord Neil qui te plaque, ensuite le fait de devoir quitter ton job, et maintenant, ça. Jamais deux sans trois, comme on dit.

Emily observa la fillette toujours endormie dans la voiture.

— En trois, j'aurais préféré que mon grille-pain me lâche au petit déjeuner.

— Tu traverses une mauvaise période. Mais rappelle-toi que rien n'arrive sans raison. Déjà, ça t'a permis de ne plus passer tes matinées vautrée dans ton lit à manger des céréales directement dans leur boîte. Il te fallait un nouvel objectif, le voilà.

— Je me serais bien passée d'une fillette de six ans qui s'habille en rose et tient à porter des ailes de fée.

— Attends une seconde…

Il y eut une pause, et le bruit d'une porte qui se fermait.

— Richard discute avec son directeur de campagne et je ne veux pas qu'ils nous écoutent. Je me suis cachée dans la salle de bains. Ce qu'il ne faut pas faire, au nom de l'amitié ! Tu es toujours là, Em ?

— Où veux-tu que j'aille ? Je suis entourée d'eau, répondit Emily en frémissant. Prise au piège.

— Ma chérie, les gens sont prêts à payer très cher pour être « prisonniers » sur Puffin Island.

— Pas moi. Et si je ne parviens pas à la protéger, Sky ?

Il y eut un court silence.

— À la protéger de la presse ou d'autre chose ?

— De tout, répondit-elle, la gorge sèche. Je ne veux pas de cette responsabilité. Je ne veux pas d'enfant.

— Tu as peur de t'ouvrir aux autres.

Inutile de nier l'évidence.

— C'est pour cela que Neil a rompu. Il m'a dit qu'il en avait assez de vivre avec un robot.

— Il peut parler, lui ! Quel salaud ! Tu as le cœur brisé ?

— Non. Je ne suis pas aussi sentimentale que toi et Brittany. Je ne ressens pas les choses aussi fortement.

Mais elle aurait dû ressentir quelque chose, non ? En réalité, après avoir vécu trois ans avec un homme, elle ne se sentait pas plus proche de lui qu'au premier jour. L'amour détruisait les gens, et elle ne voulait pas être détruite. Et maintenant, elle avait un enfant sur les bras.

— Pourquoi Lana a-t-elle fait cela ?

— Pourquoi t'a-t-elle nommée tutrice ? Dieu seul le sait. Connaissant Lana, elle ne devait avoir personne d'autre sous la main. Elle s'était brouillée avec la moitié d'Hollywood et avait couché avec l'autre moitié. Je suppose qu'elle n'avait pas d'amis pour l'aider. À part toi.

— Mais elle et moi...

— Je sais. Écoute, tu veux mon avis ? Elle devait se douter que tu mettrais ta vie entre parenthèses et que tu ferais tout pour sa fille, malgré la façon dont elle te traitait. Quoi que tu penses, tu as un grand sens des responsabilités. Elle savait que tu étais quelqu'un de bien, et elle en a profité. Em, je suis désolée, je dois te laisser. La voiture est devant la porte et Richard fait les cent pas. La patience ne fait pas partie de ses qualités et il doit surveiller sa tension.

— Bien sûr.

Richard aurait plutôt dû apprendre à contrôler son caractère coléreux. Em resta silencieuse ; côté relations, elle n'était pas en position de donner des conseils à qui que ce soit.

— Merci de m'avoir écoutée. Passe une bonne soirée.

— Je t'appellerai plus tard. Non, attends. J'ai une meilleure idée. Richard est occupé ce week-end et je comptais me réfugier dans mon atelier. Mais je pourrais plutôt venir te voir ?

— Ici ? À Puffin Island ?

— Pourquoi pas ? On passera un week-end entre filles. À traîner en pyjama et à regarder des séries, comme quand Kathleen était vivante. On parlera sérieusement et on établira un plan. J'apporterai tout ce que je trouve de rose. Tiens bon jusqu'au week-end. Un jour après l'autre.

— Je ne suis pas qualifiée pour m'occuper d'un enfant pendant cinq minutes. Alors tu imagines cinq jours !

Mais la pensée d'embarquer de nouveau dans ce ferry le lendemain matin la rendait aussi malade que celle d'être responsable d'un autre être humain.

— Écoute-moi, reprit Skylar en baissant la voix. Je n'aime pas dire du mal des morts, mais tu en sais beaucoup plus long que Lana. Elle laissait cette enfant seule dans une maison aussi vaste que la France, et ne la voyait presque jamais. Contente-toi d'être là. Le fait de voir la même personne deux jours d'affilée sera une nouveauté pour elle. Comment va-t-elle, au fait ? A-t-elle compris ce qui se passait ? Est-elle traumatisée ?

Emily pensa à la fillette silencieuse et grave. Les personnes réagissaient toutes différemment à un choc.

— Elle est calme et a peur des appareils photo.

— Les paparazzis massés devant la maison ont dû l'effrayer.

— D'après le psychologue, le plus important est de lui faire comprendre qu'elle est en sécurité.

— Il faudra lui couper les cheveux et lui trouver un nouveau nom. Une petite fille de six ans avec de longs cheveux blonds, qui s'appelle Juliette, ce n'est pas très discret. Autant lui mettre une pancarte autour du cou proclamant qu'elle vient d'Hollywood.

— Tu crois ?

La panique enfonça des griffes acérées dans le cou d'Emily.

— Je pensais qu'il suffisait de venir ici, au milieu de nulle part. Ce prénom n'est pas si rare.

— Dans l'absolu, non. Mais quand il est porté par une enfant de six ans dont tout le monde parle ? Crois-moi, il vaut mieux le changer. Puffin Island est peut-être une île isolée, mais il y a Internet. Tu as toujours la clé du cottage ?

La clé était au fond de sa poche depuis son départ de New York. Brittany leur en avait offert à chacune un double, le jour où elles avaient quitté la fac.

— Oui. Merci, Sky.

— Hé, dit celle-ci d'une voix douce. On s'est fait une promesse, d'accord ? Celle de toujours être là quand l'une d'entre nous en aura besoin. On se rappelle plus tard !

Juste avant de raccrocher, Emily entendit une voix dure et masculine. Une fois de plus elle se demanda ce que son amie Skylar, si libre d'esprit, pouvait bien trouver à Richard Everson.

Alors qu'elle remontait dans la voiture, la fillette s'agita.

— On est bientôt arrivées ?

Emily se retourna. L'enfant avait les yeux de Lana. Ces superbes iris verts qui avaient fasciné le public du monde entier.

— Presque.

Ses doigts se crispèrent sur le volant et le passé déferla sur elle, telle une vague s'apprêtant à engloutir un frêle esquif.

Elle n'était pas la personne idéale pour cette mission. Quelqu'un de bien aurait apaisé la petite fille, et lui aurait proposé toutes sortes de distractions de son âge, ainsi que des boissons saines et des repas nourrissants. Emily avait envie d'ouvrir la portière et de se jeter dans l'épaisse obscurité, mais elle sentait ces yeux verts fixés sur elle.

Ce regard blessé. Perdu. Confiant.

Elle n'était pas digne de cette confiance.

Lana le savait aussi. Pourquoi avait-elle donc fait cela ?

— Tu as toujours été ma tante ?

La voix ensommeillée la ramena au moment présent, et Emily se rappela que c'était sa vie désormais. Même si elle n'avait pas la moindre idée de ce qu'il fallait faire… elle devait le faire. Il n'y avait personne d'autre qu'elle.

— Toujours.

— Pourquoi je ne le savais pas ?

— Je… ta maman a dû oublier de te le dire. Et puis, nous vivions chacune à un bout du pays. Vous à Los Angeles et moi à New York.

Emily avait prononcé ces mots, mais elle était consciente que le ton de sa voix n'était pas le bon. Les adultes avaient une voix différente quand ils s'adressaient aux enfants, non ? Une voix douce, apaisante. Emily ne savait pas faire cela. Elle savait manier les chiffres, les formes, les plans. Contrairement aux émotions, les nombres, eux, étaient contrôlables et logiques.

— Nous allons bientôt apercevoir le cottage. Juste après le prochain virage.

Il y a toujours un virage supplémentaire sur la route. Juste quand vous pensez que la vie a enfin atteint une ligne droite et que vous pouvez adopter une vitesse de croisière, vous vous retrouvez dans un virage en épingle à cheveux, avec en guise de récompense pour votre excès de confiance une chute mortelle dans le vide et les ténèbres.

La petite fille remua sur son siège en se tordant le cou pour essayer de voir quelque chose.

— Je ne vois pas la mer. Tu as dit que nous irions dans un cottage sur la plage. Tu m'as promis.

La petite voix se mit à trembler, et Emily sentit le sang battre dans ses tempes.

Pitié, ne pleure pas.

Les larmes ne faisaient plus partie de sa vie depuis vingt ans. Elle avait fait en sorte de ne s'attacher à rien, pour ne pas avoir à en verser.

— Tu ne la vois pas encore, mais elle est là. La mer est partout.

Les mains tremblantes elle chercha un bouton, et les vitres s'abaissèrent.

— Ferme les yeux et écoute. Dis-moi ce que tu entends.

La fillette se crispa et retint sa respiration. L'air frais pénétra dans la voiture.

— J'entends un gros bruit.

— Celui des vagues qui s'écrasent sur le rivage, expliqua Emily qui parvint non sans mal à ne pas se boucher les oreilles. La mer bat ces rochers depuis des siècles.

— Il y a du sable sur la plage ?

— Je ne m'en souviens pas. C'est une plage.

Et elle n'envisageait pas de s'y rendre. Elle n'avait plus mis les pieds sur une plage depuis ce fameux jour… celui où sa vie avait basculé.

Rien, en dehors d'une profonde amitié, n'aurait pu la forcer à venir sur cette île. Et quand elle l'avait fait, elle était restée à l'intérieur, avec ses amies, pelotonnée sur le couvre-lit en patchwork multicolore de Brittany, tournant le dos à l'océan.

Kathleen, la grand-mère de Brittany, avait compris que quelque chose n'allait pas. Quand ses amies avaient dévalé le sentier qui menait à la plage pour aller se baigner, elle avait invité Emily à l'aider dans la cuisine ensoleillée et chaleureuse dont les fenêtres donnaient sur le jardin fleuri. Là, grâce au doux sifflement de la bouilloire qui couvrait le bruit des vagues, elle avait pu oublier que la mer venait presque lécher les marches du porche.

Elles avaient fait des crêpes dans une poêle qui avait autrefois appartenu à la mère de Kathleen. Quand ses amies étaient revenues, joyeuses et pleines de sable, les crêpes étaient empilées dans une assiette au milieu de la table. Légères, délicieuses, tièdes et dorées. Elles les avaient dégustées avec du sirop d'érable et des myrtilles récoltées dans le joli jardin de bord de mer de Kathleen.

Emily se souvenait encore de leur goût acidulé.

La voix de la petite fille la tira de ses souvenirs.

— Il faudra que je reste enfermée ?

— Je… Non. Je ne crois pas.

Les questions n'arrêtaient jamais, lui faisant prendre conscience de son inaptitude pour ce nouveau rôle de mère de substitution. Submergée par les doutes, elle perdait toute confiance en elle.

Elle aurait voulu s'enfuir, mais c'était impossible.

Il n'y avait personne pour prendre sa place.

Elle chercha une bouteille d'eau dans son sac, mais même après avoir bu sa bouche était encore sèche. Elle l'était depuis le moment où le téléphone de son bureau avait sonné pour lui annoncer une nouvelle qui avait changé sa vie.

— Il faudra penser à l'école.

— Je ne suis jamais allée à l'école.

La vie de cette enfant n'avait jamais été normale. Elle était la fille d'une star de cinéma, conçue pendant une célèbre production de Broadway de *Roméo et Juliette*. Selon les rumeurs, son père était l'acteur qui partageait l'affiche avec Lana. Mais comme il était à l'époque marié avec deux enfants, les principaux concernés avaient farouchement nié. Les deux acteurs avaient récemment été réunis dans un nouveau projet, et maintenant il était mort. Tué dans le même accident que Lana, avec le metteur en scène et toute l'équipe de production.

Juliette.

Emily ferma les yeux. *Merci, Lana.* Sky avait raison, il fallait faire quelque chose pour le prénom.

— Nous allons avancer au jour le jour.

— Il va nous retrouver ?

— Qui ?

— L'homme avec l'appareil-photo. Le grand, qui me suit partout. Je ne l'aime pas.

Un air glacial s'engouffra par la fenêtre ouverte et Emily remonta vivement les vitres, en vérifiant que les portières étaient bien verrouillées.

— Il ne nous trouvera pas ici. Personne ne nous trouvera.

— Ils sont rentrés dans ma maison !

— Cela n'arrivera plus ! s'exclama Emily, scandalisée. Ils ne savent pas où tu habites.

— Et s'ils trouvent ?

— Je te protégerai.

— Tu me le promets ?

Cette demande puérile lui rappela Skylar et Brittany.

« Faisons-nous une promesse. Quand l'une d'entre nous aura des ennuis, les autres lui viendront en aide sans poser de questions. »

L'amitié.

Pour Emily, l'amitié avait été le seul lien qui ne s'était jamais rompu dans sa vie. La panique céda la place à une émotion si puissante qu'elle en fut secouée.

— Je te le promets.

Elle n'avait jamais été mère, et elle n'était pas sûre de pouvoir aimer. Mais elle était capable de protéger cette enfant du reste du monde.

Elle tiendrait sa promesse, même si elle devait se teindre les cheveux en violet pour cela.

— J'ai vu de la lumière à Castaway Cottage.

Ryan tira sur l'amarre pour empêcher le bateau de repartir en arrière. Au-dessus d'eux, les lumières du Club Océan projetaient des rayons dorés qui dansaient à la surface de la mer. Le vent portait jusqu'à eux de la musique et des éclats de rire qui se mêlaient aux cris des mouettes.

— Tu es au courant de quelque chose ?

— Non, mais je ne m'occupe pas de mes voisins autant que toi. Je me mêle de mes affaires. Tu as essayé d'appeler Brittany ?

— Je suis tombé sur sa messagerie. Elle est sur un chantier de fouilles quelque part en Grèce. Je suppose que le soleil n'est pas encore levé, là-bas.

L'eau clapotait contre les flancs du bateau. Alec accrocha l'amarre arrière.

— Sans doute une location pour l'été.

— Brittany ne loue jamais son cottage.

À eux deux ils finirent d'amarrer le bateau. Ryan grimaça, son épaule le faisait souffrir.

— Mauvaise journée ? demanda Alec.

— Pas pire que d'habitude.

La douleur lui rappelait qu'il était vivant et devait profiter de chaque instant. Un souvenir du passé qui l'obligeait à faire attention au moment présent.

— J'irai au cottage demain matin, pour voir.

— Tu pourrais aussi t'occuper de tes affaires.

— L'île est petite, répliqua Ryan en haussant les épaules. J'aime savoir ce qui se passe.

— Tu ne peux pas t'en empêcher ?

— Je le fais par amitié.

— Tu es comme Brittany, toujours à fouiller.

— Sauf qu'elle fouille dans le passé, et moi dans le présent. Tu es pressé d'aller poncer tes planches, ou tu as le temps de prendre une bière ?

— Je pourrais en boire une, si tu me l'offres.

— C'est toi qui devrais payer. Tu es le riche Britannique.

— Je l'étais avant mon divorce. Et c'est toi le propriétaire du bar.

— Un rêve devenu réalité.

Ryan salua un des moniteurs du club de voile, vérifia les heures de la marée inscrites sur un tableau blanc près du ponton, et remonta avec Alec le long de la passerelle qui conduisait au bar et au restaurant. L'été venait à peine de commencer, mais il régnait une grande effervescence dans l'établissement. Ryan observa la foule, les lumières, et se rappela l'état dans lequel était le chantier naval trois ans plus tôt.

— Alors ton livre, ça avance ? Ça ne te ressemble pas de rester aussi longtemps au même endroit. Tes muscles vont fondre si tu passes trop de temps devant l'ordinateur, ou à feuilleter de vieux manuscrits poussiéreux. Tu as l'air tout frêle.

— Frêle ? répéta Alec en faisant rouler ses épaules musclées. Dois-je te rappeler qui t'a aidé à finir les travaux du Club Océan, quand ton épaule te faisait souffrir ? Et j'ai passé l'été dernier à construire la réplique d'un bateau viking au Danemark, avant de le ramener en Écosse. Je ne saurais même pas dire combien d'heures j'ai passées à ramer. Alors tes remarques sur les vieux manuscrits poussiéreux, tu peux les garder pour toi.

— Tu te rends compte que tu es sur la défensive ? C'est ce que je disais, tu te sens faible.

Le téléphone de Ryan émit un bip, et il le sortit de sa poche pour lire un texto.

— Intéressant.

— Si tu crois que je vais te demander de quoi il s'agit, tu peux toujours attendre.

— C'est Brittany. Elle a prêté Castaway Cottage à une amie qui a des ennuis, ce qui explique la lumière. Elle veut que je m'occupe d'elle.

— Toi ? s'exclama Alec, accompagnant la remarque d'un rire silencieux. C'est un peu comme confier un agneau à un loup en espérant qu'il ne le mangera pas.

— Merci. Qui te dit que cette fille est un agneau ? Si elle ressemble à Brittany, c'est peut-être elle, le loup. J'ai encore la marque de la flèche que Brittany m'a tirée dans la fesse il y a deux ans.

— Je croyais qu'elle visait à la perfection. Elle a manqué sa cible ?

— Non. J'étais la cible.

Ryan tapa une réponse sur son téléphone.

— Tu lui dis que tu as mieux à faire que de veiller sur sa copine ?

— Je lui dis que je vais le faire. Ça ne devrait pas être trop difficile. Je passe la voir, je la laisse pleurer sur mon épaule, je la réconforte…

— Et tu profites d'une femme sans défense.

— Non, car je n'ai pas envie de recevoir une deuxième flèche dans les fesses.

— Pourquoi tu ne refuses pas ?

— Parce que j'ai une dette envers Brittany, et c'est une façon de me racheter.

Il songea à leur histoire, et éprouva une pointe de culpabilité.

Alec secoua la tête.

— Encore une fois, je ne poserai pas de questions.

— Tant mieux.

Ryan remit le téléphone dans sa poche et gravit les marches du club deux à deux.

— Et donc, où en est ton livre ? L'histoire devient excitante ? Quelqu'un est mort ?

— J'écris l'histoire navale de la Révolution américaine. Il y a beaucoup de morts.

— Il y a du sexe, aussi ?

— Bien sûr. Ils s'arrêtaient souvent en plein milieu de la bataille pour coucher les uns avec les autres.

Alec s'écarta pour laisser passer un groupe de jeunes femmes qui se donnaient le bras.

— Je repars à Londres la semaine prochaine, tu vas devoir trouver un nouveau compagnon de beuverie.

— Voyage d'affaires ou de plaisir ?

— Les deux. Je dois faire un saut à la Caird Library, à Greenwich.

— Quelle drôle d'idée. Pour quoi faire ?

— C'est là-bas que se trouve la plus grande collection d'archives maritimes au monde.

Une des jeunes femmes jeta un coup d'œil à Alec en passant, puis s'arrêta, les yeux écarquillés.

— Je vous connais, dit-elle avec un sourire enchanté. Vous êtes le « Chasseur d'Épaves ». J'ai regardé toutes vos émissions, et j'attends la prochaine avec impatience. C'est tellement génial. C'est fou parce qu'à l'école je détestais l'Histoire. Mais vous arrivez à rendre le sujet sexy ! Nous sommes nombreux à vous suivre sur Twitter. Vous ne pouvez pas m'avoir remarquée, je sais que vous avez au moins cent mille abonnés.

Alec répondit poliment. Quand ils s'éloignèrent, Ryan lui donna une tape sur l'épaule.

— Hé, ce devrait être ton slogan. *Je rends l'Histoire sexy.*

— Tu as envie de finir à l'eau, ce soir ?

— Sérieusement, tu as vraiment cent mille abonnés ? Voilà ce qui arrive quand on traverse la jungle amazonienne en kayak et à moitié nu. Quelqu'un a dû voir ton anaconda.

Alec leva les yeux au ciel.

— Parfois, je me demande pourquoi je passe du temps avec toi.

— Parce que je possède un bar. Et surtout parce que je te protège de la foule de tes admiratrices. Donc, tu me disais que tu vas traverser l'océan pour te rendre dans une bibliothèque.

Ryan traversa le bar en saluant plusieurs personnes au passage.

— Et le plaisir du voyage consistera en quoi ?

— À visiter la bibliothèque. Côté affaires, j'ai rendez-vous avec mon ex-femme.

— Aïe. Je commence à comprendre pourquoi la visite de la bibliothèque ressemble à une partie de plaisir.

— Ça t'arrivera aussi un jour.

— Jamais. Pour divorcer il faut avoir été marié, et j'ai été vacciné très jeune contre le mariage. Une jolie clôture blanche ressemble en tout point aux barreaux d'une prison, quand on ne peut pas la franchir.

— Tu as dû t'occuper de tes frères et sœurs. C'est différent.

— Crois-moi, élever sa petite sœur de quatre ans, c'est la meilleure leçon de contraception pour un garçon de treize ans.

— Si tu veux fuir toutes formes de liens, pourquoi es-tu revenu sur l'île où tu as grandi ?

Parce qu'il avait vu la mort en face, et qu'il était revenu à la maison pour guérir.

— Je suis ici par choix, et non par obligation. Ce choix m'a été dicté par les homards et quatre mille kilomètres de côtes. Je peux partir quand je veux.

— Je te promets de ne pas répéter ça à ta sœur.

— Tant mieux. Parce que s'il existe une chose encore plus terrifiante qu'une ex-femme, c'est d'avoir une sœur qui enseigne à l'école primaire. Je ne sais pas comment font les instituteurs. Il leur suffit de lancer un regard pour que les gamins se tiennent à carreau.

Ryan choisit une table près de la fenêtre. Il faisait nuit, mais il aimait savoir que l'eau était là, juste au-dessous d'eux. Il prit la carte et haussa les sourcils en voyant Tom, le barman, passer avec deux cocktails surmontés d'ombrelles et de cierges magiques.

— Tu veux un cocktail ?

— Non, merci. Les étincelles me rappellent mon gâteau de mariage, et les ombrelles le temps londonien.

Une jeune femme traversa la salle d'une démarche dansante, ses cheveux blonds flottant sur ses épaules. Alec se prépara à répondre à une nouvelle admiratrice, mais la jeune femme s'adressa à Ryan et l'embrassa sur la joue.

— Contente de te voir. La journée a été fantastique. On a vu des phoques. Tu seras là pour le repas de homards ?

Ils échangèrent encore quelques mots, puis ses amis l'appelèrent au bar, et elle s'éloigna dans un nuage de parfum frais et citronné.

— Qui était-ce ? demanda Alec.

— Elle s'appelle Anna Gibson. Quand elle ne nous aide pas comme matelot sur le *Alice Rose*, elle travaille en tant que stagiaire sur le projet de protection des macareux. Pourquoi ? Elle t'intéresse ?

Ryan fit signe à Tom, derrière le bar.

— Je n'ai pas encore fini de payer pour ma dernière femme. Et de toute façon, ce n'est pas à moi qu'elle souriait. À en juger par la façon dont elle te regardait, elle a mis le cap sur le trésor au bout de l'arc-en-ciel. N'oublie jamais que l'arc-en-ciel mène au mariage, et que le mariage est le premier pas vers le divorce.

— Nous savons déjà tous les deux que je suis la dernière personne au monde à avoir besoin de ce genre de mise en garde, déclara Ryan en posant sa veste sur le dossier de la chaise.

— Et qu'est-ce qu'une fille comme elle fait aussi loin de la civilisation ?

— En dehors du fait que le *Alice Rose* est l'une des plus belles goélettes de l'État du Maine ? Elle a dû entendre dire que seuls les vrais hommes pouvaient survivre ici.

Ryan allongea les jambes, et ajouta :

— Dois-je te rappeler que ma marina est parfaitement équipée ? Nous avons des raccordements au téléphone, à l'électricité, au câble, au wi-fi et à l'eau potable. J'ai introduit la civilisation à Puffin Island.

— La plupart des gens viennent ici pour oublier tout ça. C'est mon cas.

— Tu te trompes. Ils aiment avoir l'illusion de s'échapper. Mais le monde de la consommation étant ce qu'il est, ils ont besoin de rester en contact avec lui. Si c'est impossible, ils iront ailleurs. Or cette île ne peut pas se permettre de les laisser partir. C'est mon modèle commercial. Nous les accueillons, nous les charmons, nous leur donnons accès au wi-fi.

— Il n'y a pas que le wi-fi dans la vie. Et il y a beaucoup d'avantages à ne pas recevoir d'e-mails.

— Ce n'est pas parce que tu les reçois que tu es obligé de répondre. C'est pour cette raison qu'on a inventé les courriers indésirables.

Ryan leva les yeux alors que Tom déposait leurs bières sur la table. Il poussa un des verres devant Alec.

— Ceci n'est pas trop civilisé pour toi ?

— Nous avons des preuves écrites que la bière existait déjà dans l'Égypte ancienne.

— Ce qui prouve que l'homme a toujours su quelles étaient les priorités.

— En parlant de priorités, ce bar est très fréquenté, dit Alec en prenant son verre. Ton ancienne vie ne te manque pas ? Ça ne t'ennuie pas de vivre toujours au même endroit ?

Ryan s'efforçait de ne plus penser à son ancienne vie.

La douleur dans son épaule avait presque disparu, mais d'autres blessures, plus profondes, ne guériraient jamais. C'était peut-être mieux ainsi. Cela lui rappelait qu'il fallait tirer parti de chaque instant.

— Je suis ici pour y rester. C'est mon devoir de faire entrer Puffin Island dans le XXIe siècle.

— Maman, maman !

Plongée dans son rêve, Emily roula sur elle-même et enfouit le visage dans son oreiller. L'odeur ne lui était pas familière. Les paupières mi-closes, elle vit de minuscules roses se détacher sur le coton blanc. Ce lit n'était pas le sien. Ses draps étaient modernes, de couleur unie, alors que là, elle avait l'impression de s'être endormie dans un jardin.

Dans un demi-sommeil, elle entendit la voix d'un enfant. Mais ce n'était pas elle qu'on appelait, puisqu'elle n'était la maman de personne. Elle ne serait jamais maman. Elle avait pris cette décision il y a très longtemps, quand son cœur avait été arraché de sa poitrine.

— Tante Emily ?

La voix était plus proche à présent. Dans la même pièce. Et elle était bien réelle.

— Il y a un homme à la porte.

Non, décidément, elle ne rêvait pas.

C'était un peu comme recevoir un seau d'eau glacée sur la tête.

Emily se leva d'un bond, le cœur battant. Alors qu'elle s'apprêtait à enfiler un peignoir, elle se rendit compte qu'elle s'était endormie tout habillée, ce qui ne lui était encore jamais arrivé. Elle avait eu peur de s'endormir, trop accablée par la responsabilité pour quitter un seul instant la fillette des yeux. Allongée sur le lit, elle avait laissé les portes ouvertes afin d'être alertée par le moindre bruit. Mais l'épuisement avait fini par avoir raison de son inquiétude, et elle avait sombré. Résultat, son pantalon noir et sa chemise impeccable étaient froissés, et ses cheveux avaient échappé à la barrette qui les retenait.

Mais ce n'était pas son apparence qui l'inquiétait.

— Un homme ?

Elle glissa les pieds dans ses chaussures, des mocassins confortables qu'elle avait achetés pour arpenter les rues et les couloirs du métro.

— Il t'a vue ? Il est seul ou ils sont plusieurs ?

— Je l'ai vu de ma fenêtre. Ce n'est pas l'homme à l'appareil-photo.

Les yeux de la fillette étaient grands ouverts et emplis de terreur. Emily éprouva une pointe de culpabilité. Elle était censée se montrer calme, digne de confiance. Être une figure parentale, et non une boule d'hystérie.

Elle regarda les grands yeux verts innocents, les boucles d'or qui donnaient à la petite fille l'allure d'une princesse de conte de fées.

Sortez-moi de là.

— Ça ne peut pas être lui, il ne sait pas où nous sommes. Tout va bien se passer.

Elle prononça les mots sans y croire en essayant de ne pas penser que si tout allait bien, elles ne seraient pas ici.

— Cache-toi dans la chambre, je m'en occupe.

— Pourquoi je dois me cacher ?

— Parce que je dois aller voir qui c'est.

Elles avaient pris le dernier ferry et étaient arrivées tard. Le cottage était situé à l'autre bout de l'île, en bordure de Shell Bay. Une cachette sur la plage, un refuge loin des tensions de la vie quotidienne. Sauf qu'Emily avait emporté les tensions dans ses valises.

Personne n'aurait dû savoir qu'elles étaient là.

Elle eut envie d'aller jeter un coup d'œil par la fenêtre, à travers ces rideaux de dentelle romantiques qui n'avaient pas du tout leur place dans une vie aussi terre à terre que

418

la sienne, mais elle décida que cela risquait d'éveiller les soupçons.

Son téléphone à la main, prête à faire couler le sang s'il le fallait, Emily ouvrit la lourde porte du cottage et inhala aussitôt l'odeur de la mer. La fraîcheur iodée de l'air la fit vaciller, ainsi que l'apparence de son visiteur.

Dire qu'il était remarquable aurait été un euphémisme. Elle reconnut immédiatement ce type d'homme. La virilité était inscrite profondément dans son ADN. Sa force et son charme physique faisaient partie du plan magistral établi par la nature pour faire en sorte que la Terre reste toujours peuplée. Les chaussures de sport, le pantalon de jogging noir et le T-shirt de coton le désignaient comme un amoureux du plein air, capable de relever tous les défis présentés par les éléments. Il aurait pu être nu, ou vêtu d'un costard, cela n'aurait pas fait de différence. Les habits ne changeaient rien à l'affaire. La réalité, c'est que ce genre d'homme pouvait pousser une femme sensée à faire des choses stupides.

Son regard glissa sur elle avec une appréciation non dissimulée ; et sans savoir pourquoi, elle pensa à Neil, qui était persuadé que les hommes devaient cultiver leur côté féminin.

Cet homme-là n'avait pas de côté féminin.

Il se tenait sur le seuil, tout en muscles, la dominant par sa taille et la largeur de ses épaules. Sa mâchoire était assombrie par une barbe naissante, et une fine couche de sueur couvrait son cou comme s'il venait de s'entraîner.

Même sous la torture, Neil aurait refusé de se montrer en public sans s'être rasé.

Une sensation étrange se répandit sur la peau d'Emily, puis dans son corps.

— Il y a un problème ? demanda-t-elle.

En fait, il y avait des tas de problèmes. Sans parler de sa propre réaction physique.

Un inconnu frappait à sa porte quelques heures à peine après son arrivée, ce qui ne pouvait signifier qu'une chose.

Ils l'avaient retrouvée.

On l'avait pourtant mise en garde contre les journalistes. Ils sont comme la pluie déferlant sur un toit. Ils trouvent la moindre faille, la moindre faiblesse, pour s'introduire chez vous. Mais comment avaient-ils pu faire aussi vite ? Les autorités, ainsi que les avocats qui géraient les affaires de Lana, lui avaient affirmé que personne ne connaissait son existence. Le plan était de garder le secret en espérant que l'histoire finirait par tomber dans l'oubli.

— J'allais vous poser la même question.

Sa voix était grave, parfaitement assortie au personnage.

— Vous avez l'air paniquée. La vie est tranquille, ici. On ne voit pas souvent ce genre de réaction sur Puffin Island.

Un habitant de l'île ?

Elle ne se serait jamais attendue à ce qu'un homme comme lui se plaise sur cette île perdue. Malgré ses habits décontractés, il y avait chez lui quelque chose de raffiné qui suggérait qu'il avait dû auparavant vivre loin de la côte du Maine.

Ses cheveux bruns étaient ébouriffés par le vent, son regard était vif et intelligent. Il l'observa un moment, comme s'il cherchait à se faire une opinion, puis son regard passa derrière l'épaule d'Emily. Instinctivement, elle referma légèrement la porte pour l'empêcher de voir l'intérieur en espérant que Juliette ne s'était pas montrée.

Si elle ne s'était pas sentie aussi mal, la situation l'aurait fait rire.

Allait-elle vraiment vivre de cette façon ?

C'était le genre de mélodrame qui convenait à Lana. Mais Emily avait toujours été la plus raisonnable, la plus réservée des deux.

— Vous habitez ici ? demanda-t-elle.

— Cela vous étonne ?

En effet, elle était étonnée. Mais tout ce qui comptait, c'est qu'il n'ait rien à voir avec les médias. Il n'y avait aucun risque. À part la newsletter locale et quelques groupes privés sur Facebook, il n'y avait pas de médias sur Puffin Island.

Emily se dit qu'elle était nerveuse à cause de son entrevue avec les avocats de Lana. Elle voyait des journalistes partout, même en rêve, et oubliait qu'il existait aussi des gens normaux. Des gens dont le métier n'était pas de mettre le nez dans les affaires des autres.

— Je n'attendais pas de visite. Mais j'apprécie que vous vous souciiez de nous. Je veux dire, de moi.

Elle devina à un très léger froncement de sourcils que son erreur n'était pas passée inaperçue. Avait-il vu la petite fille jeter un œil par la fenêtre ?

— C'est une île charmante.

— En effet. Aussi, je me demande pourquoi vous la regardez par une porte entrouverte. À moins que vous ne soyez le Petit Chaperon Rouge ?

La lueur malicieuse qui apparut dans ses yeux la troubla.

À en juger par cette bouche large et sensuelle, elle était certaine qu'il pouvait se transformer en loup quand ça lui chantait. Elle aurait parié qu'en alignant sur l'eau tous les cœurs qu'il avait brisés au cours de sa vie, on pourrait rejoindre le continent sans se mouiller un orteil.

— Dites-moi ce qui ne va pas, ajouta-t-il, lui donnant la confirmation qu'elle était loin d'avoir le talent d'actrice de Lana.

Son regard s'attarda sur elle, et le cœur d'Emily se mit à battre un peu plus fort. Elle dut faire un effort colossal pour se rappeler qu'une ancienne consultante en gestion, capable de transformer de l'eau en glaçon d'un seul regard, n'était probablement pas à son goût.

— Tout va bien.

— Vous en êtes sûre ? Parce que je n'hésiterais pas à abattre un dragon, si cela pouvait vous aider.

Le trait d'humour et le ton chaleureux lui firent encore plus d'effet que le regard appréciateur.

— Le cottage est isolé et je ne m'attendais pas à avoir de la visite, c'est tout. Je suis de nature prudente.

Particulièrement depuis qu'elle avait hérité de la fille de sa demi-sœur.

— Brittany m'a demandé de passer voir comment vous alliez. Elle ne vous l'a pas dit ?

— Vous êtes un ami de Brittany ?

Cette nouvelle ajouta une touche d'intimité à une situation qui aurait dû en être dépourvue. Ils n'étaient plus des étrangers, ils étaient reliés par une amie commune. Elle se demanda pourquoi Brittany lui avait demandé cela. Puis elle se rappela le message affolé qu'elle lui avait laissé la veille. Son amie avait trouvé un moyen de lui venir en aide sans perdre de temps.

Son cœur fit un bond, puis elle se calma aussitôt. Brittany n'aurait jamais révélé son secret. Si elle avait fait appel à cet homme, c'était parce qu'elle avait confiance en lui.

— Nous avons tous les deux grandi ici. Elle était en classe avec une de mes sœurs. Elles passaient leurs étés au camp de Puffin, à faire de la voile, du kayak, et à faire griller des marshmallows sur la plage.

Ce style de vie, qui paraissait divin, était complètement étranger à Emily. Elle essaya d'imaginer une enfance avec des camps de vacances en été.

— C'est gentil à vous d'être passé. Je dirai à Brittany que vous avez accompli votre devoir.

Il eut un sourire détendu et sexy.

— Croyez-moi, j'ai rarement eu un devoir aussi agréable à accomplir.

La façon dont il prononça ces mots, et le regard qui les accompagna, accentua le trouble d'Emily. Elle eut le sentiment qu'il serait allé jusqu'à prendre ses mensurations si on le lui avait demandé.

Elle en fut étonnée.

D'ordinaire les hommes la trouvaient inaccessible. Neil l'avait même accusée un jour d'être aussi froide que la banquise avant le réchauffement climatique.

« Si je t'épousais, je passerais ma vie à grelotter malgré mes sous-vêtements thermiques. »

Il disait qu'elle avait un problème, qu'elle était incapable de montrer ses émotions.

Pour Emily ce n'était pas un problème, c'était une décision qu'elle avait prise. L'amour la terrifiait. À tel point qu'elle avait décidé très jeune qu'elle préférait s'en passer plutôt que de se soumettre à cette torture. Elle ne comprenait pas pourquoi les gens en avaient désespérément besoin. À présent elle était en sécurité. Tranquillisée par l'idée que personne ne pouvait faire exploser une bombe dans son cœur.

Elle ne voulait pas ce que la plupart des gens désiraient.

Troublée par le regard de son visiteur, elle repoussa ses cheveux en arrière d'un geste un peu emprunté.

— Je suis sûre que vous avez un million de choses à faire, et que le baby-sitting ne figure pas sur la liste de vos activités préférées.

— Sachez que je suis un parfait baby-sitter. Comment avez-vous connu Brittany ? À l'université ? Vous n'avez pas l'allure d'une archéologue.

Il avait l'assurance d'une personne qui n'a jamais été confrontée à une situation qu'elle ne peut pas maîtriser. Et il essayait de lui soutirer des renseignements qu'elle n'avait pas envie de lui donner.

— Oui, je l'ai connue à la fac.

— Et comment va-t-elle ?

— Elle ne vous l'a pas dit, quand elle vous a appelé pour vous demander de jouer les baby-sitters ?

— Elle m'a envoyé un SMS, et non elle ne m'a rien dit. Elle fait toujours ses fouilles à Corfou ?

— En Crète. Elle se trouve dans l'ouest de la Crète, répliqua Emily, la gorge sèche.

Il y avait quelque chose dans ces yeux sombres aux paupières mi-closes qui encourageait une femme aux confidences.

— Et donc, vous avez connu Brittany toute votre vie ?

— Je l'ai sauvée d'une bagarre au CP. Elle avait apporté un morceau de verre poli de Kathleen à l'école pour le montrer en classe, et un gamin l'a volé. Elle a explosé comme un pétard. Je suis sûr que les gens ont vu les étincelles depuis Port Elizabeth.

L'anecdote ressemblait tellement à Brittany qu'elle ne pensa même pas à remettre en question la véracité de l'histoire.

Un peu plus détendue, elle inspira profondément et vit le regard du visiteur effleurer sa poitrine.

Brittany, qui aimait la taquiner, disait que Dieu avait retiré vingt centimètres à sa taille pour les ajouter autour de ses seins. Si elle avait eu le choix, Emily aurait préféré mesurer vingt centimètres de plus.

— Vous avez connu Kathleen ?

— Oui, je l'ai connue. Est-ce que vous allez m'ouvrir votre porte maintenant ? ajouta-t-il d'un ton amusé. Nous formons une communauté très soudée sur Puffin Island. Non seulement nous nous connaissons tous, mais nous comptons les uns sur les autres. Surtout en hiver, une fois que les touristes sont partis. Ce genre d'endroit rapproche les gens. En plus de ça, Kathleen était une amie proche de ma grand-mère.

— Vous avez une grand-mère ?

Elle essaya de l'imaginer sous les traits d'un garçon jeune et vulnérable, et n'y parvint pas.

— En effet. C'est une femme admirable qui n'a pas perdu l'espoir de me guérir de mes mauvaises manières. Combien de temps pensez-vous rester ?

La question la prit au dépourvu. Elle n'avait pas d'histoire toute prête, pas d'explication.

— Je ne sais pas encore. Écoutez, monsieur...

— Ryan Cooper.

Il fit un pas en avant et elle n'eut d'autre choix que de serrer la main qu'il lui tendit.

Des doigts chauds et forts se refermèrent sur les siens, et elle sentit quelque chose la traverser. Cette tension sexuelle était inédite pour elle. Elle se répandit sur sa peau et sembla pénétrer dans tout son être. Elle imagina ces mains sur son corps, cette bouche sur la sienne. Troublée, elle retira sa main mais la sensation demeura. Comme si le fait de le toucher avait déclenché une réaction qu'elle ne savait comment arrêter.

Déstabilisée par ce contact inattendu, elle fit un pas en arrière.

— Brittany sera rassurée de savoir que vous êtes passé au cottage, mais comme vous le voyez tout va bien, et…

— Ce n'était pas le cottage que je venais voir, mais vous. Eleanor, je suppose. Ou peut-être Alison ?

Il demeura solidement campé devant elle, les jambes écartées. De toute évidence, il ne partirait pas avant de l'avoir décidé.

— Rebecca ?

— Pardon ?

— Votre nom. La première chose qu'on apprend à propos de quelqu'un sur cette île, c'est son prénom. Avant d'aller plus loin.

L'espace d'une seconde, elle eut le souffle coupé. *Plus loin.* Était-ce une allusion sexuelle ? Quelque chose dans cette voix grave et veloutée pouvait le laisser penser. Mais Emily n'avait pas besoin de se regarder dans un miroir pour savoir qu'il y avait peu de chances qu'un homme comme lui perde du temps avec une femme comme elle. Il n'était pas du genre à aimer les glaçons.

— Je ne crois pas que je verrai beaucoup de monde.

— Vous ne pourrez pas faire autrement. L'île est petite. Vous aurez besoin de faire des courses et de manger. Et donc, vous serez obligée de rencontrer des gens. Si vous passez l'hiver ici, vous apprendrez ce qu'est la vie en communauté. Il n'y a rien de tel qu'une tempête, un ouragan ou un brouillard à couper au couteau pour vous rapprocher de vos voisins. Si vous comptez vivre ici, il faudra vous y habituer.

Elle ne pouvait pas s'y habituer. Elle était responsable d'un enfant, et même si elle ne s'estimait pas à la hauteur de la tâche, elle prenait cette responsabilité très au sérieux.

— Monsieur Cooper…

— Ryan. Votre mère était peut-être moins traditionnelle, et elle a choisi un prénom exotique ? Ambre ? Arabelle ?

Devait-elle lui donner un faux nom ? Mais à quoi bon, puisqu'il connaissait très bien Brittany ? Elle était dépassée. Sa vie bien ordonnée avait soudain basculé dans le chaos. Loin d'être sûr et prévisible, le futur semblait soudain rempli d'embûches et de trous noirs prêts à l'engloutir.

Et pour couronner le tout, elle n'était plus seule.

— Emily, finit-elle par avouer. Je m'appelle Emily.

— Emily, répéta-t-il lentement, avec un sourire qui fit augmenter la température de deux degrés au moins.

— Bienvenue à Puffin Island.

Également disponibles en poche

Harper
Collins
POCHE

Composé et édité par HarperCollins France.

Imprimé en avril 2023
par CPI Black Print (Barcelone)
en utilisant 100% d'électricité renouvelable.
Dépôt légal : mai 2023.

Pour limiter l'empreinte environnementale
de ses livres, HarperCollins France s'engage
à n'utiliser que du papier fabriqué à partir de
bois provenant de forêts gérées durablement
et de manière responsable.

Imprimé en Espagne.